Bo

Romantrilogie

Hans-Ulrich Möhring

Traum von Frau

Roman

Bo

Erstes Buch

www.tredition.de

Umschlaggestaltung: Notburga Reisener

© 2019 Hans-Ulrich Möhring

Verlag und Druck: tredition GmbH, Halenreie 40-44, 22359 Hamburg

ISBN
Paperback: 978-3-7497-6251-4
Hardcover: 978-3-7497-6252-1
e-Book: 978-3-7497-6253-8

»Gut auch sind ...«

»Rein vom Kopf her müsste man eigentlich schwul werden.«
Als giftige Schoten denkt er sich die Worte, todesbitter, da er
sie zerbeißt. Doch statt sie, wie beabsichtigt, ebenso bitter auszu-
speien, schluchzt er sie mehr in sich hinein (»... mühüsste man
eihhgentlich *schwhul* werden«), so dass ihm im selben Moment
peinlich das Missverhältnis aufgeht zwischen seinem, gelinde gesagt, aufgewühlten Zustand, dem äußeren Anblick, den er bieten
muss, von Weinkrämpfen geschüttelt, und dem glatten Spruch,
mit dem er sich, statt ehrlich zu sagen was los ist, lieber ins Allgemeine flüchtet. Da geht ihm sein ganzes Leben zu Bruch, und
trotzdem, denkt er angewidert und schlägt, einmal, zweimal, dreimal, mit der flachen Hand auf die steinerne Brüstung der Kupferbergterrasse, auf der er weit vorgebeugt sitzt und tränenblind auf
die Treppenstufen tief unter sich starrt, trotzdem, trotzdem muss
er selbst daraus noch eine Nummer machen und gottverdammte
Sentenzen ablassen. Der Film im Kopf läuft immer. »Bodenlos
wie die Verzweiflung selbst tat sich unter seinen Füßen der Abgrund auf«, flüstert der innere Souffleur. Bo wischt sich die
Tränen aus den Augen: Fallhöhe zirka zwölf Meter. Noch einmal
klatscht er wütend auf den Stein, holt flatternd Luft, das Zwerch-
fell zittert. Er kann nicht sehen, dass die Hand, die sich beruhigend auf seine Schulter legen wollte, in der Bewegung erstarrt ist,
aber er spürt ihre Nähe, zupackbereit für den Fall, dass er jetzt
komplett den Rappel kriegt und tatsächlich springen will; spürt

auch die Verlegenheit, eine plötzliche Kälteblase im Rücken, denn obwohl sein Geschluchze kaum zu verstehen gewesen ist, »schwul«, das hat Mani verstanden. Wenn schon. Er ist über den Punkt hinaus, weit, wo er noch auf irgendwas Rücksicht nehmen könnte, es gibt für ihn keine Hoffnung mehr. Hoffnung? Ha! Will er sich etwa einreden, er wäre heute abend mit einer ernsthaften *Hoffnung* ins MG gekommen? Oh, gewiss doch, er hat auf Petras Erscheinen gehofft, und gehofft, und schließlich fast nicht mehr, gehofft ... und dann ist ihm fast das Herz stehengeblieben vor Freude und Schreck, als er sie vom Rand aus, wo er stand und sich den Hals verrenkte, doch noch in der Menge erblickte, im allerletzten Moment. Die Rout 66 kamen schon auf die Bühne. Fred hängte sich die Gitarre um, ein letzter kurzer Soundcheck, ein Nicken zu Egon am Bass, zu Dave am Schlagzeug, Ruud am Mikro: Go! Mit einem Ruck stieß er sich von der Wand ab, um ... was zu tun? Sein Herz krampfte sich zusammen. Langsam. Er ließ sich wieder zurücksinken, fühlte, wie ihm der Schweiß in zwei dünnen Rinnsalen an den Seiten hinunterrieselte. Nichts überstürzen. Er ... brauchte noch ein bisschen.

Die Band begann mit ihrem gewohnten Intro, »Route 66« nach der Stones-Version, den Refrain allerdings abgeändert zu »Get your kicks with *Rout* 66«. »Irgendwas mit sechsundsechzig vielleicht«, hatte Egon angeblich gemurmelt, als sie im Frühjahr 1966 nach einem Namen für die Gruppe suchten, die sie gründen wollten. Ruud: »Wie wär's mit The Sixty-sixers? Oder The Sexty-sexers!« Fred: »Hm, gibt's was, was sich so ähnlich wie ›Route‹ anhört?« Eifriges Blättern im Englischwörterbuch: »Rotte, (wilder) Haufen« – die Geschichte war schon Legende. Und der Song heizte im Nu die Stimmung an, regelmäßig. Instrumental war die Band mittlerweile sowieso erste Sahne, nur Ruud, der Sänger, passte ihm nicht, heute so wenig wie im Frühjahr im Haus der Jugend, vor allem wegen seiner affektierten Art, die ganze Zeit mit den Hüften zu wackeln, dass man meinen konnte, er wollte eine Clownsnummer abziehen. Dazu die dämliche Sonnenbrille. Der niederländische Akzent. Überhaupt: die Stimme! »Dedicated Follower of Fashion« brachte Ruud ja noch ganz passabel rüber, aber als er anfing, »Paint It Black« zu kieksen, eines von Bos Lieblingsstücken seit Urzeiten, da konnte er nicht anders, er musste aufstöhnen, sich kopfschüttelnd umsehen: *ihn* sollten sie singen lassen! Im Schullandheim hatte er »Paint It Black« am Lagerfeuer gesungen, mit Schreien und Zucken und Am-Boden-Wälzen und allen Schikanen, und die ganze Klasse hatte geklatscht und gejohlt. Na, geklatscht und gejohlt wurde hier auch.

Was okay war. In den anderthalb Jahren ihres Bestehens hatten sich die Rout unheimlich weiterentwickelt. Erst im Juni waren sie im »Talentschuppen« auf einen beachtlichen zweiten Platz hinter den Petards gekommen, und die spielten schon eine halbe Ewigkeit zusammen. Seit kurzem war mit Dave auch ein neuer Drummer dabei, deutlich besser als der alte, ein in Deutschland hängengebliebener GI, der »You Really Got Me« so hart und präzise schlug, so perfekt auf Egons ruppigen Bass abgestimmt, dass Ruud – Bo musste es wider Willen zugeben – richtig Schärfe und Biss in die Stimme gehämmert bekam. Außerdem waren zu den Nachziehern englischer Hits ein paar Eigenkompositionen dazugekommen, »Burning For You«, »Crazy Baby«, »Take A Ride With Me«, deren Spezialität die langen Instrumentalpassagen waren, vor allem die immer virtuoser werdenden Soli von Fred, der vorhin auf die Gitarre eingedroschen hatte, als wäre er Pete Townshend persönlich, und sich jetzt wie Jeff Beck anhörte.

Die bunten Blasen des Flüssigkeitsprojektors schwammen durch den langen, schummerigen Kellerraum des MG (»Emm

Dschie«), wie das »My Generation« bald nach der Eröffnung allgemein hieß, sie blubberten auf den Gewölbewänden und auf den Tanzenden, verformten sie mehr, als diese sich selbst schon verformten. Leute, die er jeden Tag in der Schule sah, erkannte er kaum wieder, so verwandelt waren sie in dieser Atmosphäre, und nicht nur durch das Licht. Petra allerdings erkannte er wieder, und wie er sie wiedererkannte! Sie stand ganz vorn an der niedrigen Bühne, wo sie, schien es von hinten, die Band keinen Moment aus den Augen ließ, so sehr sie sich schlängelte und schüttelte und alles wackeln ließ, was bei einem Mädchen nur wackeln konnte. Stellte er sich vor. Wenn er mehr von ihr gesehen hätte als nur ab und zu durch eine Lücke im Gedränge eine Schulter, einen haareschlenkernden Hinterkopf, einmal ganz kurz den zur Seite gedrehten Oberkörper im Profil, hätte er ewig hier stehen können. Hätte? Er stand schon ewig hier! Nein, es gab kein Drumrum, er musste sie ansprechen, irgendwie, unbedingt, heute, jetzt! – dabei wusste er tief im Innern genau, aber woher eigentlich? woher!, dass er bei ihr keine Chance hatte, nicht die geringste, nein, vergiss es, die Jungs da vorne, drei, vier Jahre älter als er, mit der Schule fertig und angehende Helden des Underground, die interessierten sie, kein eben sechzehn gewordener Bubi eine Klasse unter ihr, dessen Fläumchen kaum für einen richtigen Schnurrbart taugten. Sein Herz flog ihm in den Hals, seine Eingeweide zerflossen. Er hatte nicht den Hauch einer Chance. Nicht den Hauch. Er wusste es. Nicht den Hauch. Los.

Wieder stieß sich Bo von der Wand ab, unwiderruflich diesmal, und tauchte in die Menge ein. Er fühlte den Blick, mit dem Mani ihn streifte, vom Tanzen mit Gisa kurz aufschauend; erwiderte ihn nicht. Keine Ablenkung jetzt. Nicht nachdenken. Bewegen. Vor ein paar Monaten hatte er, von Flugphantasien im Traum inspiriert, im samstäglichen Einkaufsgewühl in der Lotharpassage ein neues Spiel erfunden: zügigen Schritts und doch ruhig, ohne Hast die Menschenmasse durchschneiden, tief, gleichmäßig atmend, blitzschnell die Richtungsänderungen der vor ihm Gehenden vorausahnen und in die noch nicht geöffnete, aber sich ... jetzt öffnende Lücke gleiten und gleichzeitig die Entgegenkommenden per Körpersprache, ohne Blickkontakt, die Augen auf Brusthöhe haltend, in die gewünschte Richtung lenken, dazu ein Lied im Kopf, meistens »I Feel Free«, unangreifbar, unberührbar, auf Wolken. Ba, ba, ba, ba-bá-ba. Er war auch dabei, sich einen ähnlichen Tanzstil anzugewöhnen. Als voriges Jahr alle in der Klasse brav in die Tanzstunde getrabt waren, hatte er sich verweigert; schon damals hatte er unter dem Schmalz und Schnulz körperlich gelitten. Auf so ein Zeug sollte tanzen, wer wollte. Undenkbar, zu so was (und überhaupt) ein Mädchen aufzufordern. Seinerzeit auf der Konfirmandenparty war ihm nichts anderes übriggeblieben. Er hatte mit Claudia, seinem heimlichen Schwarm über Jahre, einen »Blues« tanzen müssen. Ein Grauen. Wie gern hätte er sie in eine Ecke entführt und mit ihr geredet – aber wie? und was? Stattdessen hielt er sie wie ein rohes Ei, buffte ihr mit dem Knie ans Bein, vermied es krampfhaft, die Partie, wo ihr Busen zu vermuten war, auch nur mit dem Jackettärmel zu streifen, den Blick in eine nicht vorhandene Ferne gerichtet. Ein-, zweimal verstohlen hinunterlugend sah er die Schicht Schminke auf ihrem Gesicht. Er roch ihr heftiges Parfüm, stärker noch seinen eigenen sauren Schweiß. Später knutschte sie mit Peter Silbermann, diesem Arsch. Nein, er würde nie wieder ein Mädchen auffordern, dieses Spießerspiel konnten sie ohne ihn spielen. Doch er spürte durchaus, dass er den einen oder andern Mädchenblick auf sich zog, augenrollend vielleicht, aber nicht nur, wenn er seine weiten Wirbel drehte, Luftsprünge machte, zwischen den paarweise vor sich hin Zuckenden hindurchschoss, ekstatisch bis dorthinaus und doch immer darauf bedacht, mit niemandem zusammenzustoßen, genau wie im Innenstadtgetümmel, was auch meistens gelang, solange er ganz bei sich blieb und nicht –

Zack. Er hatte sich fast zu ihr durchgetanzt, als der Kerl ihn anrempelte und er Petra in den Rücken rumste. »I can't control myself, I can't control myself«, kreischte Ruud auf der Bühne. »Aaaaah!« Mit einer schwungvollen Bewegung steckte er das Mikro in den Ständer und nahm die Huldigung der Menge entgegen. »Pause, Leuten!«, rief er. »In halb Stund gäht wejter.«

»Mensch, Bo, was ist los mit dir? He, komm da runter!« Mani tritt vorsichtig neben ihn und stützt sich auf die Brüstung. Achselzuckend röchelt Bo ein paar heisere Laute, die sich anhören, als würde er gleich ersticken, und prompt verschluckt er sich und bekommt einen Hustenanfall, der ihn am ganzen Körper durchschüttelt und in die Tiefe zu stürzen droht, ob er nun springen will oder nicht. Er hält sich an der Kante fest. Schwul werden! Er stößt grimmig die Luft aus. Wie in einer Endlosschleife sind ihm die Worte durch den Kopf gerattert, als er vorhin aus dem MG gestürmt und weggelaufen ist, bloß weg, von Mani verfolgt, den er wüst fluchend beiseite schubste, als dieser vor ihm aus der Toilette trat, einen witzigen Spruch auf den Lippen. Schon im Laufen fing die Bearbeitung an. Verrückt, wie man einerseits völlig außer sich sein kann und es gleichzeitig fertigbringt, wie mit einem anderen, überhaupt nicht betroffenen Teil, sich ganz nüchtern eine griffige Formel für den Zustand der absoluten Vernichtung zu überlegen. Vergleichbar vielleicht dem entscheidenden Satz im Abschiedsbrief, der allen klarmacht, womit sie einen unausweichlich in den Selbstmord getrieben haben. Was machen Homos eigentlich genau? Sich gegenseitig wichsen? Er hat keine Ahnung. Aber hat er vielleicht eine Ahnung, was die Normalen miteinander machen? Männer ... und Frauen ...

Wieder schnürt es ihm die Kehle zu. Die Szene von vorhin würgt ihn: Oh, 'tschuldigung, ach, du bist's, so ein Zufall, äh, he, wie wär's, wollen wir 'ne Cola zusammen trinken? Hätte ihr künstliches Lächeln, ihr leerer Blick nicht ausreichen müssen, dass er kapierte? Nein, wie ein Idiot, wie ein Masochist ist er ihr ins offene Messer gerannt und hat sich – Ach, Quatsch, von Messer keine Rede, ein Messer hat sie gar nicht gebraucht, sie hat ihn einfach an sich abgleiten, an sich vorbeiwehen lassen, während sie mit ihm zur Theke tappte, sein kaum zu übersehender Sturm der Gefühle war ihr nur ein leidiges Lüftchen, ein Herbstlaubgestöber, gegen das sie den Mantel zuknöpfte und den Schal vor die Brust zog, damit ihr der Wind nicht kalt in die Bluse pfiff – oder heiß vielmehr, heiß, ein Samum der Leidenschaft, der einem das Fleisch versengte! Und während sie sich zu zweit in eine Polsterecke zwängten, von außen betrachtet Romantik pur, und er tief Atem holte für sein großes Geständnis, begriff er, als dieses Gesicht sich auf einmal schmerzlich zu verziehen begann, dass Petra sich in der Tat fest zuknöpfen musste, dass sie eigene Sorgen hatte, die ihr jetzt die Tränen in die Augen trieben. Er machte den Mund wieder zu. Die dürren Blätter seiner ungesagten Worte trudelten noch einen Moment durch die Luft und fielen dann stumm zu Boden. Sie wusste sowieso, was er sagen wollte, und es tat ihr leid, wirklich, ihre Augen versuchten es auszudrücken, mehr noch jedoch hatte sie am eigenen Leid zu schlucken, und so tat sie alles, um ihn nicht anhören zu müssen, machte dunkle Andeutungen, stützte den Kopf in die Hände, dass die langen Haare bis zum Boden hingen und er so gern, so gern eine Hand auf ihren zitternden Rücken gelegt, sie vorsichtig gestreichelt, langsam an sich gezogen hätte, aber er traute sich nicht, seine Hände waren wie gelähmt, und schließlich brach es aus ihr heraus: sie war in Fred verliebt.

Er hatte Petra erst vor ein paar Wochen kennen gelernt – was man so kennen gelernt nennt. Sie war mit einer Clique, zu der auch Mani und Gisa gehörten, durch die Stadt gezogen, und als er ihnen überraschend am Kaufhof begegnete, hatte er seine Unsicherheit damit überspielt, dass er eine Schau abzog. Das konnte er. In den Kaufhofauslagen wurde gerade umdekoriert, und er hatte die dämlichen Posen der Schaufensterpuppen nachgeahmt: die Glieder verrenkt und Fratzen geschnitten und Sprüche gerissen und spitze Schreie ausgestoßen, bis sich alle vor Lachen krümmten, besonders als er auch noch von ein paar Alten angemeckert wurde und die ebenfalls nachäffte, und Petra hatte am ausgelassensten gelacht, lange blonde Haare, schlanke Figur und ein Gesicht wie ... wie Milch und Honig, was ihn natürlich noch zusätzlich angespornt hatte. Alle zusammen waren sie dann zum Rhein gezogen, hinter zum Winterhafen, und es war ein traumhafter Nachmittag gewesen, von Erregung durchzittert, von Hoffnung vergoldet. Vorher hatte er sie nur ein paarmal flüchtig auf dem Schulhof gesehen. Sie war nach der Zehnten in den Musischen Zweig am Schloss gewechselt, neu eingerichtet und als Sonderregelung auch für Mädchen geöffnet, die in dem Jungengymnasium begafft wurden wie Wundertiere. Wenn er nicht sitzengeblieben wäre, würden sie jetzt in die selbe Klasse gehen. Aber vielleicht war ja noch nicht alles verloren ...

Alles verloren. Wie sollte man aus den Weibern schlau werden? Den einen Tag lachen sie dich an, am nächsten bist du für sie nur noch Luft. Oder ein Mülleimer, in den sie ihre vollgeheulten Tempos schmeißen. Hätte er sie gleich dort am Rhein klarmachen sollen, hatte er die einmalige Gelegenheit verpasst, als er, von ihrem Lachen angestachelt, immer weitergeblödelt und sich in immer absurdere Nummern hineingesteigert hatte, statt ihr peu à peu an die Wäsche zu gehen? Aber, verdammt, er hatte schlicht und einfach keine Erfahrung mit Mädchen, hatte nicht wie Mani zwei Schwestern, die ihm das andere Geschlecht entzauberten und nahbar, begreifbar machten. Er hatte sich an ihrem Lachen berauscht, ihren fröhlichen blauen Augen, die ihn strahlend zu spiegeln schienen. Aber hinterher auf dem Nachhauseweg, den er so beschwingt angetreten hatte, war er nach und nach immer hohler geworden, unzufrieden mit seinem Reden und Hampeln, seiner Angeberei, seiner Unfähigkeit, etwas zu tun. Aber wie tat man ... was? Mit Jungen ging das hin und her. Die schulischen Heldentaten hielten sich meistens die Waage, die wichtigen Namen und Titel waren schnell abgeglichen und man hatte spitz, mit wem was anzufangen war und mit wem nicht. Aber Mädchen zogen einen magnetisch an, umso mehr, wenn man nicht wusste, woran man war, und alles Bemühen, es rauszukriegen, ins Leere lief. Als er im Sommer sein Glück bei Iris versuchte, konnte er es nicht fassen, dass die Ermordung von Benno Ohnesorg völlig an ihr vorbeigegangen war. Der werde schon provoziert haben, habe ihr Vater gemeint. Na, die politischen Themen ließ er lieber sein. Hatte sie Jimi Hendrix im Beat-Club gesehen? Wie der die Gitarre mit den Zähnen bearbeitet hatte! Och, die Walker Brothers hatten ihr besser gefallen, die fand sie so was von süß. Ihr absolutes Lieblingslied war »To Love Somebody«. Besser, man fragte nicht so genau nach, so fand man nie einen Draht. Aber fand man den – unfassbare Vorstellung – im Bett!, wenn man mit ihr nicht reden konnte, wenn eine die wichtigen Sachen nicht schnallte? Unberührbare, anbetungswürdige Wesen, so erschienen einem die Mädchen von fern, aber in der Nähe fingen die Probleme an, auch mit der Anbetung. Manchmal laberten sie einen solchen Müll, dass man sich wirklich fragte, was man sich je von so einer erhofft hatte. Ging es darum, sich an ihrem Körper zu bedienen und fertig? Worin, verdammt noch mal, bestand denn die große Verheißung von langen Haaren und runden Hüften, von zwei fettgepolsterten Milchbehältern und, schluck, einer Scheide? Gemessen an seiner Sehnsucht musste dort zwischen ihren Beinen ein Glück verborgen liegen, von dem man sich als davon Ausgeschlossener gar keinen Begriff machen konnte, aber dem man doch, wenn man mal am Haken hing, bedingungslos hinterherhechelte: man konnte kaum mehr an was anderes denken. Und was sonst noch so um diese Scheide herum war, tat das überhaupt nichts zur Sache? War er ein Pawlowscher Hund oder was? Dann konnte er gleich ein Astloch ficken! Jungs wie Mani hatten keine Schwierigkeiten, bei den Mädchen zum Zug zu kommen, andere aus seiner Klasse spielten noch mit der Modelleisenbahn, aber seine Not, seine Verzweiflung, die war einmalig, beispiellos: zerrieben zu werden zwischen totalem Verlangen und totaler Frustration. Da-da, da-da-da, da-da-da-da-da ... I can't get no ...

Iris hatte ihn natürlich abblitzen lassen, freundlich und unmissverständlich, als er sich, innerlich so hohl, dass er die Worte in sich hallen hörte, in Saly's Pan Club einen Ruck gegeben und sie plump, wie der letzte Trottel, gefragt hatte, ob sie mit ihm gehen wolle. Drei Wochen später hatte sie sich auf der Wiese im Freibad überraschend über ihn gebeugt: ob er Lust habe, mit Ball zu spielen? Er hatte den Kopf gehoben und auf die vor ihm hängenden verflucht gut gepolsterten Milchbehälter geblickt, denkbar spärlich verpackt. Vor jedem Gedanken war ihm schon der Impuls in die Zunge gezuckt, und er hatte das Gesicht verzogen und gesagt: »Kannst du vielleicht mal die Dinger aus der Sonne nehmen.« Das war das letzte Wort, das er mit Iris gewechselt hatte und in diesem Leben wohl wechseln würde. Bedauern und Befriedigung stritten in ihm, als er sie später aus der Ferne dabei beobachtete, wie sie mit drei anderen Jungen Ballwerfen spielte. War dies das Mädchen, das er wochenlang als Inbegriff der Schönheit, der Geschmeidigkeit, der sinnlichen Verführung angeschmachtet hatte? Und jetzt sieh dir das an: dieses ungelenke Armschlenkern, wie mit dem übrigen Körper gar nicht verbunden, ein Bild der Hilflosigkeit und Tolpatschigkeit, ein peinliches Gewabbel von Brüsten und Hintern, der flatschige Schritt nach vorn, der vorfallende Oberkörper, alles. Der Ball kam nie dorthin, wo er sollte, sondern hüpfte und kullerte nur über den Rasen. Und die Jungen machten sich einen Spaß daraus, ihr auf den Bauch oder die Schenkel zu werfen, dass es klatschte und rote Abdrücke gab, und sie kreischte nur blöde und schützte ihre Brüste und griff sich, wenn ihr niemand zuvorkam, den Ball, um wieder danebenzuwerfen, auch wenn die Jungen noch so nahe vor ihr herumtänzelten. Merkte sie gar nicht, wie sie verarscht wurde?

Wer von den dreien würde sie wohl hinterher abschleppen?

Petra jedenfalls würde er nie und nimmer abschleppen. Und ihr Schmerz, ihre Ehrlichkeit machten sie noch begehrenswerter – und absolut unerreichbar; was wiederum seinen Schmerz steigerte und das wieder ihren und so perverserweise fast eine Art Verbindung zwischen ihnen schuf, eine Möglichkeit zu reden. Sie brachte es nicht über sich, Fred schöne Augen zu machen – er würde es eh nicht merken, so wie ihm die Mädchen zu Füßen lagen. Sie brauchte sich nicht einzubilden, dass er nur auf sie gewartet hätte, er konnte unter so vielen auswählen. Doch sie war ihm einfach verfallen.»Du kannst das bestimmt nicht verstehen ...«Oh, er verstand sehr gut. Er sah selbst, wie souverän, wie überlegen Fred auf der Bühne stand, völlig eins mit seiner Gitarre, ein berauschter Gott, ein Dionysos, und dabei die ganze Zeit diesen entrückten Ausdruck im Gesicht, der immer wieder hinter dem Vorhang der langen Haare aufblitzte. Wer war er dagegen? Eine Frau auf der Welt gab es, die er respektieren konnte, die seine Anbetung wirklich verdiente – und die liebte natürlich einen anderen, so hoffnungslos wie er sie. Es gab kein Glück für ihn. Sein Leben war vorbei, bevor es richtig angefangen hatte. Sollte er vielleicht schwul werden? Er spürte den Druck hinter den Augen, unaufhaltsam steigend. Wer weiß, versuchte er die Tränen zurückzudrängen, vielleicht war Petra ja im Grunde gar nicht anders als die andern; als Iris. Anders aber müsste das Mädchen sein, das er lieben wollte, konnte, ein wenig, na ja ... wie ein Junge?

Die Musik ging wieder los, sie musste nach vorn. So sah sie wenigstens nicht, wie Sekunden später seine mühsam gewahrte Fassade zerbrach.

Mani blickt über die nächtliche Stadt, ihre Lichter. Eigentlich ragen nur die Kirchen über die flachen dreistöckigen Häuser direkt gegenüber, der Dom, links hinten die Christuskirche, daneben die schlanken zwiebeligen Zwillingstürme von St. Peter, matt weißlich oder gelblich angestrahlt alle und doch nur richtig zu erkennen, wenn man sie kennt. In der Schneise der abfallenden Straße am Ende als Hellstes der klobige Turm von St. Quintin. Die ganze Stadt klerikal verwanzt. Madonnen mit Pfannkuchengesichtern. Er seufzt und legt seinem Freund doch noch die Hand auf die Schulter. Auch wenn es bestimmt bloß wieder so ein blöder Spruch war, ein wenig misstrauisch gemacht hat er ihn doch. Richtig sicher sein kann man nie – und so furchtbar lange ist es auch noch nicht her, dass sie sich schwitzend und schnaufend auf dem Teppich gewälzt haben, sich umklammernd, kitzelnd ... in die Eier grapschend. Oh, Mann. »He, Bo.« Er drückt leicht zu. »Boo Boo«, brummt er leise, und nach einer Weile noch mal: »He, Boo Boo.«

»Yogibär.« Die altgewohnte Antwort klingt seltsam mechanisch, als sie schließlich kommt. Mani spürt, wie die Lungen Luft holen, einmal, zweimal, spürt ein leises Zittern in den Schultern, ein kurzes Krampfen, und zieht dann, als der Oberkörper sich zur Seite neigt, um sich umzudrehen, mit einem verlegenen Tätscheln die Hand zurück. Unwillkürlich muss er grinsen, erleichtert, und Bo, der jetzt vor ihm steht, scheint das Grinsen zu erwidern, denn seine Mundwinkel verziehen sich, breit und breiter, vor allem der rechte. »Du machst vielleicht Sachen«, will Mani sagen und setzt an, den Kopf zu schütteln und die eben sinken gelassene Hand zum Schulterklopfen zu heben, da sieht er, wie Bos Augäpfel nach oben wegkippen, das ganze Gesicht verzerrt sich, der Kopf ruckt heftig zur Seite, und bevor er in seinem Schreck reagieren und den Freund auffangen kann, liegt dieser zuckend vor ihm am Boden und stößt unmenschliche Laute aus.

Rad. Radradradradradradrad. Wie angeklebt hing sein Blick an den kreisenden Speichen, während er das Fahrrad den Berg hinunter und am Bahnhof vorbei in die Neustadt schob. »Kommt gar nicht in Frage!«, hatte Mani ihn angebellt, als er sich schließlich tatterig den Staub abgeklopft hatte und sich – »Geht schon wieder. Alles okay.« – zur Heimfahrt auf den Sattel schwingen, na ja, setzen wollte: »Du schiebst deine Karre! Und ich komm mit!« Genauso leichenblass wie Bo war er gewesen, nachdem dessen Zuckungen abgeklungen waren und er, vor Schreck selber noch nachzitternd, dem Freund geholfen hatte, schwerfällig wie ein alter Opa wieder auf die Beine zu kommen. »Menschenskind, was war *das* denn?« Von Bo nur Ächzen, Stöhnen, Achselzucken. So'n Anfall halt. Früher öfter gehabt. Schon ewig nicht mehr. Nicht so schlimm, wie's aussieht.

So?

Zum rhythmischen Quietschen des Hinterrads, noch immer nicht geölt, gingen vorne die Speichen im Kreiskreiskreis, und dummdummdumm drehte sich das innere Karussell mit, als ob ... Nein, wie hieß es richtig? Als ging mir ein Mühlrad im Kopf herum: so. Durch ein rotierendes Wagenrad hatten im alten Rom die Wehrpflichtigen in die Sonne schauen müssen, und wer dabei umkippte, wurde ausgemustert. Das waren die Sachen, die in Latein bei ihm hängenblieben. Aber dass er jetzt noch mal umkippte, war unwahrscheinlich. Das kreisende Rad verdichtete sich zwischen den Straßenlaternen, erst blitzte jede Speiche einzeln, dann wurde daraus eine grauverschwommene Scheibe, das Drehen eher gefühlt als gesehen. Schon hellte es wieder auf, je näher sie dem nächsten Lichthof kamen und ihre langen Schatten verblassten, verschwanden, um hinter der Laterne von neuem zu wachsen, sein schwarzer Schatten schmaler und krummer als Manis, länger werdend, grauer, verblassend, blitzende Speichen, herum, herum, und wieder von vorn, erst Blitz und dann Grau.

Blitz und dann Grau. Als ob das Rad rückwärts läuft. In der Zeit. Radradradradradradrad. Da war ich noch ein Kind.

Im Rückblick nur Nebel, grauverschwommen. Eher gefühlt als gesehen. Die einzige richtige Erinnerung daran der Blitz, der Blitz und das Einschießen in den Körper und das furchtbare Reißen und Stürzen, das Zerschellen in tausend Scherben. Zersprühen der Farben. Zerspringen der Formen. Wie Granatsplitter, in Zeitlupe niederregnend und lautlos ins Erdreich einsinkend, erlöschend. Dann Nacht. Nichts. Im Zurückkommen das Nebelgrau. Keine geschlossene Wand, ein zähes, träges Fließen. Aus unendlicher Ferne leises Murmeln, vielstimmig hallend wie Echos des eigenen Fallschreis. Weiche Konturen, die sich aus dem Grau schälten, körperlose Gesten, dann das Gefühl eines großen Verlusts, eine Leere. Schatten nahmen Gestalt an – die Schatten der Unterwelt, in die er hinabgeschleudert worden war! Auch als sie sich als die Leute herausstellten, die ihn umstanden, sich über ihn beugten, hatte er in ihnen nur lebende Tote gesehen und in ihrer Tagwelt nur die dünn übertünchte Düsternis der anderen Seite.

Aber vielleicht waren das alles bloß Einbildungen. Phantasmen. Vielleicht hatte er das bildlose Geschehen nachträglich mit angelesenen Unterweltsbildern überträumt. Standfotos aus der

Echohöhle. Die endlose Kahnfahrt ins Dunkel. Blitz. Die Bestie, die ihn zerriss mit messerscharfen Zähnen. Blitz. Die schwarze Königin auf dem eisernen Thron. Blitz Blitz Blitz. Traumschnappschüsse. Die Zackenmuster vor den Augen – waren die wirklich dagewesen oder hatte sich die Vorstellung nur durch die bohrenden Fragen von diesem Nervenarzt in ihm festgesetzt? Ein kleiner Junge noch, sah er sich vor ihm im höhlenartigen braunledernen Behandlungszimmer sitzen, die Mutter schützend zur Seite, und Doktor Laumers Fragen nur mit Nicken oder Kopfschütteln beantworten – doch hatte er auf die Frage nach hellen Flecken oder Blitzen vor den Anfällen genickt oder den Kopf geschüttelt? nach einem flauen Gefühl im Magen? nach einem schlechten Geschmack im Mund? Nicht mehr zu sagen. Hatte sich irgendein Körperteil taub angefühlt, ein Kribbeln irgendwo, Nadelstiche? Kopfschmerzen? Blitz Blitz Blitz. Jein. Na. Sowieso scheißegal, ob er umkippte und vor die Hunde ging: Petra würde er nie bekommen. Nie.

»Scheint ja zu gehen mit dir«, knurrte Mani, dem der Weg doch lang wurde, so neben dem geistesabwesenden Freund herlatschend, um die Zeit. »Meinst du, du kannst fahren?«

Ein Blick auf den käsebleichen Jungen genügte, und der ganze heiße Zorn, der in Hilde zuletzt immer höhere Flammen geschlagen und sich von zwölf zu halb eins, eins, Viertel nach eins zu immer drastischeren Strafandrohungen gesteigert hatte, war verraucht, und wo er gebrannt hatte, schoss schlagartig verwandelt mit mächtigem Strahl die Fontäne der mütterlichen Angst empor. Sofort war sie klatschnass vor Schreck. Die x-mal vorgesagten Vorwürfe fielen ihr nur aus dem Mund, weil sie so lange schon vorn auf der Zunge lagen, und die Befürchtung Alkohol?, Rauschgift? war mit Bodos Abwinken weggewischt. O Gott, nein, bitte nicht, nur das nicht, bitte! Hilfesuchend wandte sie sich an seinen dabeistehenden Freund, den sie erst jetzt richtig wahrnahm, und obwohl dessen gebrummelte Erklärungen kaum zu ihr durchdrangen, saugte sie seinen vernünftigen Ton begierig auf. Der Schreck trocknete ein wenig ab. Sie hörte Bodo versichern, der Anfall sei nicht so schlimm gewesen, kein richtiges Wegtreten, gar nicht zu vergleichen mit früher, und wollte ihm glauben. Sie ließ sich alles noch einmal erzählen, verstand ein wenig, beruhigte sich. »Du kannst deinem Herrgott danken, dass du einen Freund wie Manfred hast« – aber der müsse sich jetzt schleunigst auf den Heimweg machen, und falls er zuhause Ärger bekam wegen der späten Stunde, solle er seine Eltern an sie verweisen, sie werde ihnen gern bestätigen, wie kameradschaftlich er sich um seinen Freund gekümmert hatte. Vielen vielen Dank und gute Nacht.

Kurzes Gemurmel, als die Jungen sich noch zu einer Probe verabredeten, dann schloss sie die Tür. »So, und jetzt ab ins Bett mit dir! Alles weitere morgen!« Was immer mit ihrem Sohn war, erst einmal musste er gründlich ausschlafen und sich erholen. Und sie auch. »Leise! Vati schläft schon!«, zischte sie ihm nach, damit er nicht wieder die Badtür so zuschlug. Als Hilde ins dunkle Schlafzimmer trat, wälzte Walter sich ächzend herum und knipste die Nachttischlampe an. Er rieb sich die Augen und runzelte die Stirn, als er die Uhrzeit sah. Ein Glück, dass er gewohnt früh schlafen gegangen war, sonst wäre alles viel komplizierter geworden. Bevor er etwas sagen konnte, hatte sie den Morgenmantel an den Haken gehängt und war zu ihm unter die Bettdecke geschlüpft. »Schlaf weiter. Bodo ist spät nach Hause gekommen, weil er wohl einen Rückfall hatte. Lass uns morgen reden. Ich bin hundemüde.«

Zum Frühstück waren sie allein in der Küche. Ingo übernachtete bei einem Freund in Frankfurt, und Walter hatte darauf verzichtet, Bodo wie üblich zu wecken. Während sie Kaffee kochte, die Brötchen aufbuk und den Tisch deckte, zog er sich abwartend hinter seine Zeitung zurück. Sonst war er ja keiner von den Stillen, er redete gern und sagte zu allem offen seine Meinung, und das mochte sie an ihm, dass man bei ihm wusste, woran man war, jetzt aber spürte er anscheinend, wie sehr ihr der Schreck noch in den Gliedern saß, und nahm Rücksicht, ließ ihr Zeit. Sein Schweigen tat gut. Sie goss heißes Wasser in den Kaffeefilter, seufzte. Albert früher, der hätte wohl auch geschwiegen, aber ganz anders, der konnte einen zur Verzweiflung treiben mit seinem eisigen Schweigen, stundenlang, und wenn man irgendwann doch wagte, den Mund aufzumachen, bekam man eine schneidende Bemerkung ab, wie eine Ohrfeige, und war wieder still. Ingo hatte leider etwas davon geerbt, und manchmal erschreckte sie das, gerade die Art, wie er Walter in Diskussionen beim Abendbrot über den Mund fahren konnte. Es wäre vielleicht doch nicht verkehrt, wenn er sich bald in Frankfurt ein Studentenzimmer suchen würde. Aber ihr Sorgenkind war und blieb Bodo. Wie furchtbar, wenn diese Anfälle jetzt wieder losgehen würden!

Mit Walter hatte sie bisher kaum darüber geredet, höchstens entschuldigend eine frühere »Nervenschwäche«, die wohl immer noch beeinträchtigend wirke, ins Feld geführt, wenn er sich über die »Schlappheit« des Jungen beklagte. Sie rührte nicht gern an diese Zeit nach der Scheidung. Sorgen und Selbstvorwürfe waren damals ihr täglich Brot gewesen, und als der Junge dann noch den ersten epileptischen Anfall hatte, mit gerade mal neun, hatte sie fast die Hoffnung verloren. Was blieb ihr denn übrig, als arbeiten zu gehen? Sie konnte von Glück sagen, dass sie die Schwesternstelle im Hildegardis trotz ihrer langjährigen Berufsunterbrechung überhaupt bekommen hatte. Auch die Wohnung war ein Glücksfall gewesen, gleich bei Oma und Opa um die Ecke, wo die

Jungen zu Mittag essen konnten, nachdem ihr der erste Inserent, bei dem sie vorsprach, sofort in barschem Ton erklärt hatte, er vermiete nicht an geschiedene Frauen, in seinem Haus herrsche Anstand. Dann hatte sie Walter kennen gelernt, und es war anfangs vielleicht nicht gleich die ganz große Liebe gewesen, aber die Aussicht darauf, ein normales Familienleben zu führen, wo die Söhne auch wieder mehr von ihrer Mutter hatten und es einen Mann im Haus gab, der bei ihnen Vaterstelle vertreten konnte – ein Mann mit Erfahrung und Verständnis, aber auch fähig, konsequent durchzugreifen – das hatte letztlich den Ausschlag gegeben. Sie bereute es nicht.

Sie holte die Brötchen aus dem Ofen und zupfte am Zeitungsrand, schenkte Kaffee ein. Während sie aßen, hob sie hervor, wie rührend besorgt sein mitgekommener Freund um Bodo gewesen war. Walter wollte Genaueres über den »Rückfall« wissen, und sie berichtete, was der Nervenarzt damals gesagt hatte, bevor sie auf den furchtbaren Morgen zu sprechen kam. Der Gedanke daran gab ihr immer noch einen Stich ins Herz. Zwanzig Minuten vor Bodo hatte sie aus dem Haus gemusst, und als sie sich in der Tür umdrehte und winkte, war sie erschrocken wie noch nie in ihrem Leben ... das heißt, im allerersten Moment hatte sie an einen dummen Scherz geglaubt, als der Junge auf einmal die Augen verdrehte und sein eben noch zerstreut lächelndes Gesicht sich abstoßend verzerrte, immer mehr und mehr, bis das einseitige höhnische Grinsen, so hatte es ausgesehen, den Kopf nach rechts herumriss, nach hinten, die Schulter, den ganzen krampfenden Oberkörper, begleitet von einem geradezu tierischen Schrei, und bevor sie einen Schritt auf ihn zu tun konnte, war er im Stürzen schon mit dem Kopf an die Kommode und auf den Fußboden geschlagen, wo er sich knurrend und zähneknirschend und am ganzen Leib wie unter Strom zuckend wand. Da endlich war sie laut aufschreiend zu ihm gesprungen und hatte ihn genommen, ihn gehalten, ihn an sich gedrückt und immer wieder seinen Namen gerufen, Bodo, Bodo, aber er war offensichtlich nicht bei Sinnen und hörte sie gar nicht, und erst nach zwei, drei entsetzlich langen Minuten, in denen sie trotz aller medizinischen Erfahrung vor Angst und Verzweiflung nicht mehr ein noch aus wusste und gar nicht mitbekam, dass Ingo schon nach einem Krankenwagen telefonierte, da löste sich seine Starre Gott sei Dank, die Krämpfe verebbten und er fing mit einem Ächzen leise zu jammern an, wohl weil ihm die Platzwunde am Kopf wehtat, die sie in der Aufregung gar nicht bemerkt hatte. Sie waren beide blutbeschmiert.

Hilde tupfte sich mit der Schürze die Augen. Walter legte sein Brötchen hin und nahm ihre Hand, bis sie weiterreden konnte. Hatte es noch mehr solche Vorfälle gegeben, wollte er wissen, und sie erzählte, dass dieser erste Anfall von den insgesamt vier der einzige war, den sie selbst miterlebt hatte. »Einer ist auf dem Schulweg passiert, und sie haben mich kurz nach Arbeitsbeginn in die Uniklinik gerufen, wo sie ihn eingeliefert hatten. Die beiden anderen waren im Unterricht. Er hat in der Schule eine Weile im Krankenzimmer gelegen, dann hat ihn ein Klassenkamerad nach Hause begleitet. Verletzt hat er sich dabei nicht noch einmal, aber meine Sorgen sind deswegen nicht geringer geworden, das kannst du dir vorstellen.«

Ja, das konnte Walter sich vorstellen, gut konnte er das. Und er konnte jetzt auch das Verhalten des Jungen viel besser verstehen, diese Verträumtheit, dieses Rumphantasieren, diese leichte Reizbarkeit. Sie hätte, fand er, ihm das ruhig schon früher erzählen können. Man hätte da sehr viel eher gegensteuern sollen. Gerade diese Beatmusik, die Bodo immer hörte, war ganz gewiss ein schädlicher Einfluss, und wenn er gestern abend diesen Rückfall gehabt hatte, dann hing das sicher mit der Beatmusik da in diesem Keller zusammen, diese Lautstärke, dieses ständige Bumbumbum – das hielt ja kein Mensch aus. Es wäre bestimmt gut für den Jungen, wenn man ihn in andere Bahnen lenken würde, die seiner Gesundheit zuträglicher waren.

Ganz bestimmt! Und genauso schädlich, dachte sie bitter, während Walter sich mit der Zeitung aufs Klo verzog und sie den Frühstückstisch abräumte und das Geschirr wegspülte, genauso schädlich war zweifellos, dass Albert in all den Jahren nie aufgehört hatte, die Jungen in seinem Sinne zu beeinflussen, gerade Bodo mit seiner reizbaren Phantasie war viel zu empfänglich für die großen Reden, die sein Vater gern führte, und die Bücher, die er ihm schenkte, und ließ sich davon leicht aufputschen. Der Meinung war auch Walter, das hatte er ihr in früheren Gesprächen deutlich erklärt, von überhitzten Phantasien hielt er gar nichts. Walter war Realist, sagte er selbst, einer, der auf dem Boden der Tatsachen stand, und wenn er es nicht schon gewesen wäre, sagte er, dann hätte ihn die Arbeit bei der Kripo dazu gemacht. Diese ganzen Spinnereien, sagte er, hätten viel Unglück über unser Volk gebracht, und damit hatte er völlig recht. Am besten, man vergaß die ganze furchtbare Zeit, den Krieg, das Unglück, alles. Und die Zeit mit Albert vergaß sie am besten gleich mit, vor allem die Jahre, als es mit seinen Spinnereien losging und er sich unbedingt sofort um die Reaktivierung bemühen musste, noch bevor die Bundeswehr überhaupt gegründet war. Ihr schauderte, wenn sie daran zurückdachte, an die Unruhe, die er in die Familie brachte, an das Elend der ständigen Umzieherei: erst verschwand er für ein Vierteljahr nach Bonn, dann musste die Familie von Mainz nach Regensburg umziehen, und kaum hatte sie sich da ein bisschen eingelebt, bekam er den heißersehnten Kommandeursposten – in Rendsburg! Mit den Menschen dort oben war sie überhaupt nicht warm geworden, diese fischige norddeutsche Art! Endgültig voll war das Maß dann gewesen, als sie dahinterkam, dass Albert sich eine kleine Freundin hielt und bei der den spendablen Oberstleutnant spielte.

Wenn sie nur daran dachte, kam der Zorn wieder hoch. Energisch trocknete sie sich die Hände ab, zog die Schürze aus und trat ans Fenster. Hoffentlich hörte der Regen auf, wenn sie am Nachmittag ihren Spaziergang machen wollten. Auch dafür war Albert nicht zu haben gewesen. Ach, hätte sie die Jungen doch nur fernhalten können von diesem … diesem Ehebrecher! Familienzerstörer! Gerade Bodo. Wie der Mann die traumtänzerische Veranlagung des Jungen förderte, das hatte ihr nie gepasst und passte ihr immer noch nicht. Letztlich war er selber bloß ein Traumtänzer, und wenn sie ihn hundertmal zum General beförderten und ihm die Brust mit Orden behängten, gar nicht zu vergleichen mit einem Mann wie Walter, der mit beiden Beinen fest auf der Erde stand und der wusste, wie eine Frau zu nehmen war, und auch mal feiern und fröhlich sein mochte. Am liebsten wäre es ihr gewesen, wenn nach der Heirat auch die Söhne seinen Namen angenommen und sie dann alle Tischbier geheißen hätten und fertig … aber das wollte sie ihnen dann doch nicht zumuten. Wie auch immer, Bodo musste auf jeden Fall anders an die Hand genommen werden, als sein Vater sich das vorstellte. Wenn jetzt bloß diese Nervengeschichte nicht wieder anfing! Später im Beruf wäre es sicher gut, wenn er eine ruhige Tätigkeit ausüben würde, vor Aufregung geschützt, vielleicht in einer Bank oder irgendwo in der Verwaltung.

Er schlief bis Mittag. Was für ein Luxus! Genüsslich rekelte er sich in den Federn, drehte sich auf die andere Seite. Normalerweise – da kamen sie, die ersten scharfen Taggedanken – wurde er von »Vati« selbst in den Ferien spätestens um acht aus dem Bett geschmissen, am Wochenende sowieso. Langes Schlafen war nichts für einen richtigen Jungen, außerdem schadete es der Gesundheit. Ingo, diesem zwanghaften Frühaufsteher, hatte das nie etwas ausgemacht, weswegen sich »Vatis« Gesundheitsfürsorge von Anfang an vorzugsweise auf den Jüngeren erstreckte. Bo vermied es, sich mit seinem Stiefvater zu krachen, er hatte ja auch nicht wirklich was gegen ihn, aber über diesen Schwachsinn, ihn nicht ausschlafen zu lassen, wie er wollte, hätte er sich echt aufregen können. Es gab doch gar keinen Grund aufzustehen! Der Kirchgangsterror hatte praktisch im Moment der Konfirmation aufgehört, und ihn auf ihre Sonntagsspaziergänge mitzuschleifen hatten sie auch längst aufgegeben. Es wäre überhaupt alles viel besser, wenn sie ihn einfach in Ruhe lassen würden.

An diesem Tag ließen sie ihn halbwegs in Ruhe, nachdem er beim Mittagessen noch ein bisschen abgewiegelt und den nächtlichen Zwischenfall als eine Art Depressionsblackout verkauft hatte. Ja, von ihm aus auch Liebeskummer. Soll vorkommen, so was. »Aber mach bitte keine Dummheiten, Junge.« Er musste versprechen, den Tag zuhause zu bleiben und sich zu schonen, vor allem die Probe mit Mani abzusagen, laute Beatmusik sei unter den Umständen auf gar keinen Fall das richtige für ihn. »Ja, klar, ich bin eh zu kaputt.« Und die Hausaufgaben hatte er auch noch nicht gemacht. Hmpf. Er zog sich in sein Zimmer zurück. Draußen graues Geniesel, so grau und trostlos wie ... Windschnell wehte ein Traumbild auf, quasi im Augenwinkel, doch bevor sich der Blick darauf richten, die Hand danach greifen konnte, war es schon zerstoben. Einen Moment meinte er noch, einen Fetzen erhascht zu haben, wollte ihn halten, doch als er hinguckte, war die Hand leer, wie meistens. Während er die Autos auf den grauen Straßen spritzen und die wenigen Fußgänger schattenhaft unter Schirmen dicht an den Hauswänden hasten sah, kamen stattdessen Erinnerungen an alte Tagträume, in denen er sich bei solchem Wetter, mit einem Buch auf die Couch gefläzt, Sachen wie die Hadeshöhle ausgemalt hatte, die düstere Fahrt auf dem Unterweltsfluss. Die nasse Straße draußen verwandelte sich. Wie flüssiges Blei das Wasser, das der Nachen geräuschlos durchschnitt. Am Totenstrand die Grube, in die das warme Blut des Opfers floss, geschlachtet und zerstückelt. Sein Blut. Schon strömten die Scharen der Schatten herbei, um davon zu trinken. Die Schatten ...

Er ging zum Schreibtisch. Vielleicht war es ja so was wie eine unterbewusste Erinnerung gewesen, was ihm neulich die Katakombenidee eingegeben hatte. Aber über die erste Strophe des Gedichts war er nicht hinausgekommen. Auch wenn die Stimmung stark war, fiel es schwer, die richtigen Worte dafür zu finden. Er holte den Zettel aus der Schublade. »Wie Rattenschatten huschen die Verfolgten / durch nasse dunkle Gänge ...« Gejagt von den Soldaten des Imperators fliehen sie in den Untergrund, rotten sich zusammen, aber was sollen sie tun gegen die Übermacht? Um den Widerstand zu organisieren und sie zu einer schlagkräftigen Einheit zusammenzuschweißen, muss einer kommen, der dort unten zuhause ist, einer, der jeden Winkel kennt, jedes Versteck, jeden möglichen Hinterhalt. Er führt sie auf heimlichen Wegen, und dabei spürt er, wie die blonde Schöne ihn verstohlen anblickt, wie sie seine Nähe sucht, wortlos nimmt er ihre Hand ...

Nein, so nicht. Die dritte Strophe musste anders gehen. Erst musste die Scheu der anderen vor dem unheimlichen Einzelgänger angedeutet werden, der wie aus dem Nichts aufgetaucht war und sie zunächst einmal vor den Häschern in Sicherheit brachte. Oder? Bo seufzte, rieb sich das Gesicht. Als er vor Jahren den ersten Anfall im Unterricht gehabt hatte und die Klassenkameraden am nächsten Tag ermahnt worden waren, Rücksicht auf ihn zu nehmen, wäre er fast vergangen vor Scham und ... noch etwas anderem. Halb hatte er sich wie ein Schwächling gefühlt, halb wie ein Held. So oder so, irgendwie war ein Abstand zwischen ihm und den anderen gewachsen. Wenn er nach einem Anfall wieder zu sich kam, der Kopf wie in Watte gepackt und der Körper zerschlagen, als hätte er zehn Stunden Steine geschleppt, blickte er noch stundenlang mit unendlicher Distanz auf die Welt, wie an einen Ort entrückt, wo er mit dem, was Mitschüler, Lehrer, Eltern, ja was ihn selbst im Alltag bewegte, nichts mehr zu schaffen hatte. Die anderen sahen ihn am Boden zucken und röcheln, aber sie hatten keine Ahnung, was wirklich mit ihm passierte, und um sie das wenigstens ein bisschen fühlen zu lassen, gab er auf dem Schulhof mit einer Bemerkung von Doktor Laumer an, die er sich gemerkt hatte: Im Altertum hätten die Leute geglaubt, dass die »Fallsüchtigen«, so hießen die damals, von einer göttlichen Macht besessen seien; daher der lateinische Name »Morbus sacer«. Heilige Krankheit.

Mit dem Katakombengedicht kam er auch diesmal nicht weiter. Unwillig schob Bo den Zettel beiseite. Nein, so ging das nicht, er war in der falschen Stimmung. Er durfte nicht in diesen krampfigen Ton verfallen, die ganze Szene musste anders sein ... unmittelbarer ... und verfremdeter zugleich. Vor allem durfte er keine großen Erklärungen geben. Er hatte niemandem was zu erklären.

Niemandem.

Wem auch? Ob es ihm passte oder nicht: Mani war nicht nur sein bester, er war im Grunde sein einziger Freund. Dass er seinerzeit in der Volksschule kaum Anschluss gefunden hatte, lag sicher mit an der Krankheit. Auf dem Gymi war es dann besser geworden, aber nicht viel. Es war manchmal nicht zu sagen, ob er sich von den anderen zurückzog oder die sich von ihm. Warum er in manchen Momenten so empfindlich reagierte, wusste er selbst nicht. Als ob in ihm, in seinem Körper, fremde Kräfte am Werk waren, die er nicht kontrollieren konnte, die ihn von den anderen isolierten, und wenn er noch so sehr versuchte, normal zu tun. Am Ende des letzten Schuljahrs, als definitiv klar war, dass er sitzenbleiben würde, und obendrein Mani anfing mit Gisa zu gehen und für andere Sachen kaum noch einen Kanal frei hatte, war daher der Weltuntergang nahe gewesen. Mutterseelenallein unter einem Haufen Kinder die zehnte Klasse wiederholen, die Aussicht hätte ihm fast den Rest geben. Auf die Griechenland-fahrt, die Mani mit Arnulf und noch ein paar anderen in den Sommerferien machte, hatte er auch nicht mitgedurft: Wollte er vielleicht noch fürs Sitzenbleiben belohnt werden? Außerdem war gegen »Vatis« Argument, dass man die frisch an die Macht ge-putschte Militärjunta nicht unterstützen sollte, schwer etwas zu sagen. Denen, die fahren durften, war das natürlich egal gewesen, so sehr Bo ihnen auch ihren unpolitischen Opportunismus unter die Nase gerieben hatte.

»Ja, tschüs«, rief er der Mutter zu, die den Kopf hereinsteck-te, um zu sagen, dass sie doch noch zu ihrem Spaziergang aufbrachen, der Regen sei so gut wie abgezogen. »Viel Spaß.« Ein Glück, da musste er nicht groß rumlavieren und sich ihr Gemecker an-hören, wenn er nachher doch zu Mani zum Proben ging. Er griff sich die am Schreibtisch lehnende Gitarre. Auf der Platte hörte sich dieses träumerische Vorspiel kinderleicht an, aber er brach sich bisher fast die Finger daran. So rundum begeistert wie Mani war er gar nicht von den Doors, aber »The End« fand auch er sagenhaft gut. Sein Lieblingsstück im Moment. Die Idee, zu-sammen Musik zu machen, war überhaupt seine Rettung gewesen. Kurz nach den Ferien hatte er auf dem Schulhof einmal laut dar-über nachgedacht, was es für eine Schau wäre, wenn sie eine Band gründen würden: Mani nahm doch schon länger Klavierstunden, und er machte auf der Klampfe auch keine schlechten Fortschritte. Gut genug singen konnten sie allemal: schließlich hatten sie jahrelang, hä hä, zusammen im Schulchor geträllert. Klasse Idee! Mani, der seinen Eltern im Sommer ein silbernes Fender Rhodes abgepresst hatte – zur Mittleren Reife, zum Geburtstag und um sich »musikalisch weiterzuentwickeln« – war sofort Feuer und Flamme. Jetzt musste Bos alte Gitarre, ein Erbstück von Ingo, nur noch mit einem Tonabnehmer ausgerüstet und an ein altes Radio angeschlossen werden, desgleichen die zum Mikrofon umfunktionierte und auf einen Lampenständer montierte Telefonkapsel, und sie konnten loslegen. Das heißt, erst einmal wollten sie musikalisch ein klares Konzept haben, bevor sie andere Leute mit ins Boot holten, und so trafen sie sich seitdem mehr oder weniger regelmäßig bei Mani zuhause im elterlichen Partykeller und übten passende Stücke ein, Sachen wie »House Of The Rising Sun« oder »The Night Before«, wo das neue E-Piano gut zur Geltung kam.

Durch das gemeinsame Proben war ihre Freundschaft inzwischen wieder so dick wie eh und je. Ein Glück. Wenn Mani gestern abend nicht gewesen wäre ... Nein, natürlich wäre er nicht gesprungen, das konnte nicht einmal er sich einreden, aber er wäre mit seiner ganzen ohnmächtigen Wut und Verzweiflung allein gewesen, so elend allein, wie er es nur zu oft war und ohne Mani noch viel öfter wäre. Ach, scheiß drauf. Auf die andern Idioten konnte er eh verzichten. Auf die Weiber genauso. Bo schnaubte verächtlich, vergriff sich und fing noch einmal von vorne an. Mani hatte er auch den Namen zu verdanken, Bo, unter dem er seit über zwei Jahren bei allen lief, mittlerweile sogar bei Ingo, und mit dem er gut leben konnte, jedenfalls besser als vorher mit Bobo, woraus die meisten immer Popo gemacht hatten, was im Mainzerischen sowieso kaum zu unterscheiden war. Was half's, wenn einer Bodo Bodmer hieß, musste er damit leben, veräppelt zu werden. In Schweden war Bo ein normaler Vorname, und nach einem Schwedenurlaub war Mani zum Schulanfang damit angekommen. Vorher hatte er ihn eine Zeit lang Boo Boo gerufen oder in den Ritterspielen vergangener Zeiten Bodo d'Mer, und auch sonst ließ er sich laufend neue Namen für ihn einfallen, einfach aus Jux und Dollerei. Mani durfte das. Gisas Masche dagegen, neuerdings mit spitzer Stimme »Bo le beau« zu flöten, wenn sie ihn sah, ging ihm unheimlich auf den Senkel. Er verstand eh nicht, was Mani an der eigentlich fand. Seiner unmaßgeblichen Meinung nach gehörte sie zu der Sorte Mädchen, die nur so scheinlebendig wurden, wenn jemand sie anguckte. Petra dagegen, ah, das war etwas völlig anderes, die war ... die war ... ach, Rattenkacke, er wusste nicht, wie die war, was die war, er wusste nur, dass es riesengroß war, das Loch, das sie in ihm riss, dieses hohle Brennen, das er schon beim Gedanken an sie kriegte, wie ein Krater mitten in der Brust, im Leben, in den er sich mit aller Macht stürzen wollte, weil er die einzige Rettung zu sein schien, dabei war er in Wirklichkeit die totale Vernichtung. Scheiße, ihm wurde ganz eng im Hals. Räuspernd und schluckend zupfte er die letzten Töne des Gitarrenvorspiels, leider doch nicht ganz so spannungsvoll wie Robby Krieger. »This is the end«, begann er mit rauer Stimme, »beautiful friend.«

Was Mani und Bo schon als Sextaner zueinander zieht und bald so stark zusammenschweißt, dass sie vom alten Schell, den sie in Geschichte haben, den Spitznamen »die Dioskuren« angehängt bekommen, ist vor allem die Leichtigkeit und Selbstverständlichkeit, mit der sie gemeinsam in Phantasien abtauchen und darin stundenlang fortschwimmen können, ohne dass ihnen langweilig wird oder sie zu streiten anfangen, wer länger der Gute gewesen ist und wie sehr man den Bösen malträtieren darf. Wo sie gehen und stehen werden sie zu ihren Heftchenhelden und fegen ganze Nachmittage lang als Falk und Bodo durch die Nachkriegswildnis des Goetheplatzes mit seinen Schuttbergen und Brennnessel-dickichten oder vollbringen, wenn schlechtes Wetter ist, ihre Taten bei einem von ihnen zuhause, wo sich dann Sofa, Sessel, Tisch und Schrank in Bergfesten, Burgverliese, Schlachtfelder und finstere Höhlen verwandeln, bei Bedarf auch in dichten Dschun-gel, wenn sie zur Abwechslung Akim und Tibor, oder Wild-West-Szenerien, wenn sie Winnetou und Old Shatterhand sind, oder Slim und Jess.

Mit niemand anderem laufen die fliegenden Wechsel, die es braucht, wenn man nach endloser Verfolgungsjagd durch Wald, Sumpf und Gebirge den Bösewicht schließlich gestellt hat und der Kampf auf Leben und Tod beginnt, so reibungslos wie mit Mani. »Du bist jetzt Ritter Laban!«, oder »Du bist Santer!« oder »Sulky, der Dschungelkönig«. Als Laban muss Bo sich natürlich trotz er-bitterter Gegenwehr irgendwann von Falk niederringen lassen, aber da schießt plötzlich Ulrich von Altenburg aus dem Hinterhalt auf Bodo d'Mer einen Armbrustpfeil ab, der ihn zum Glück nur am Oberarm streift (»Ah, das wirst du mir büßen, du Hund!«), und nun können alle Schwertkünste und heimtückischen Finten des verräterischen Landvogts nicht verhindern, dass Mani von Bo Schritt für Schritt auf den Abgrund zugetrieben wird, wo er nach einem gewaltigen letzten Schlagabtausch, tödlich getroffen, mit rudernden Armen und einem gellenden Schrei in die Tiefe stürzt. Es kommt nur ganz selten vor, dass sie wegen der Rollenvertei-lung zanken, während Werner, wenn sie ihn mitspielen lassen, es grundsätzlich unter seiner Würde findet, Cassim zu sein, und un-bedingt als König Holger den Ton angeben und auch noch stän-dig der größte Fechter sein will. Natürlich gibt es auch langwierige

Lagebesprechungen und Strategiediskussionen, in denen man schon mal unterschiedlicher Meinung sein kann, aber wenn es drauf ankommt, muss man sich einig sein, um gleichzeitig nach den Regieanweisungen zu handeln, die von den kämpfenden Recken gleich mitgesprochen werden (»Nimm dies, Elender! So, jetzt biegen da hinten die Männer von Graf Wiegand um die Ecke, die sind mit ihren Pferden nicht durch die Drachenschlucht gekommen und mussten außen rum. Da! Da! Ihr sollt euer blaues Wunder erleben! Achtung, Falk, hinter dir!«). Längere Ritte, Verfolgungen und sonstige erhebende Momente werden durch Grölen der Titelmelodie von »Ivanhoe« oder »Am Fuß der Blauen Berge« markiert. Frauen kommen natürlich keine vor, und Namen wie Lucia, Rita oder Nscho-tschi fallen höchstens mal, wenn der Held die Betreffende den Armen des Entführers entreißt und hinter seinem breiten Rücken in Sicherheit bringt, bevor er dem Schurken den Garaus macht. Reale Weiblichkeit stört nur – ganz massiv in Gestalt einer Mutter, die irgendwann ins Zimmer geplatzt kommt und sich künstlich aufregt, weil es ihrer Meinung nach höchste Zeit für die Hausaufgaben ist oder weil die Couch beim letzten Sprung vom Schrank gekracht hat, als wäre sie nun endgültig durchgebrochen.

Zusätzlichen Zündstoff für die Phantasie liefern die Abenteuer- und Entdeckerromane, die ihm die Großeltern aus der Ostzone zu Weihnachten und Geburtstag schicken, mehr aber noch die Sagen und Rittergeschichten, die er von seinem Vater geschenkt bekommt und die endlose Debatten mit Mani anheizen, wenn der sie sich ausleiht und ebenso gierig verschlingt wie sein Freund. Hätten Kastor und Polydeukes ihre entführte Schwester Helena auch dann aus der Hand der Athener befreien können, wenn die Waffenbrüder Theseus und Peirithoos nicht in der Unterwelt gefangen gewesen wären? Hätte Achilles im Kampf über Dietrich von Bern gesiegt? (Ja.) Gegen Siegfried? (Nein.) Hätten er und Patroklos gegen Parzival und Gawan die Oberhand behalten? Gegen Roland und Oliver? Gegen Hagen und Volker gewiss – wobei die zwei sich gegen Kriemhild und ihre Hunnenhorden prächtig geschlagen haben. Aber auf wessen Seite steht in diesem Gemetzel das Recht: auf der Seite der rachdurstigen Frau, die mit ihrer Schwatzhaftigkeit Siegfrieds Tod letztlich selbst verschuldet hat, oder der königstreuen Männer, die den Mord beschlossen und ausgeführt haben und dann sehenden Auges in den Untergang ziehen? Schwer zu entscheiden. Und macht Orestes sich schuldig, als er die Ermordung des Vaters an der Mutter rächt? Fast jeden Tag müssen an der Straßenecke, wo sich nach der Schule ihre Wege trennen, noch solche und ähnliche brennenden Fragen verhandelt werden, die keine Rücksicht auf ein wartendes Mittagessen dulden.

Als Mani im vierten Stock aus dem Fahrstuhl stieg, hörte er auf dem Treppenflur schon die bekannten Töne. Mann, dem Jungen war es echt ernst mit dem Musikmachen, dass er sich an so was rantraute und einfach nicht lockerließ. Er drückte die Klingel. Keine Reaktion. Anscheinend war sonst niemand zuhause. Er klingelte noch einmal, länger, im Takt des Songs, soweit man davon sprechen konnte. Die Tür ging auf.

»He, ich dachte, ich komme zu dir«, sagte Bo verwundert.

»Ja, schon, aber bei mir ist, na ja, was dazwischen gekommen.« Er zuckte verlegen die Achseln und folgte Bo, der ihn mit hochgezogenen Brauen hereinwinkte und durch den schmalen Flur vorausging zu seinem Zimmer. »... the end of laughter and soft lies ...«, sang Jim Morrison gerade. Mani ließ sich auf der Couch nieder und lauschte dem pathetischen Schluss, dem Knistern der Nadel in der Leerrille, dem Knacken, mit dem der Tonarm von der Platte abhob, der eintretenden Stille. Sie schwiegen beide. Mani seufzte. »Gisa meint, ich hätte wegen gestern abend bei ihr noch was gutzumachen«, sagte er schließlich, »und so unrecht hat sie nicht.« Sie hatte stinksauer geklungen, als er bei ihr anrief, und er hatte die Szene auf der Kupferbergterrasse tüchtig dramatisiert, um sie davon zu überzeugen, dass ihm gar nichts anderes übriggeblieben war, als Bo so schnell wie möglich nach Hause zu schaffen. Aber was hieß hier »dramatisiert«? Selten im Leben hatte er sich so erschreckt wie in dem Moment, als das Gesicht seines Freundes sich vor seinen Augen in eine dämonische Fratze verwandelte, fast wie in diesem alten Jekyll-und-Hyde-Film, den er vor Jahren mal im Fernsehen gesehen hatte und wo ihn immer noch grauste, wenn er daran dachte. Mit seiner drastischen Schilderung hatte er Gisa schließlich rumgekriegt, aber ... Er wandte sich Bo zu, der sich in die andere Couchecke gesetzt hatte: »Die Probe heute werden wir abblasen müssen«.

Bo nickte und wirkte schon wieder ziemlich weggetreten. »Ja, klar, können wir auch ein andermal machen«, murmelte er, ohne den Kopf zu heben, und Mani fragte sich, ob er jetzt gleich wieder anfangen würde, zu zucken und sich am Boden zu wälzen. Vielleicht war die Sache doch schlimmer, als sein Freund zugeben wollte, auf jeden Fall musste diese Krankheit etwas Altes sein, das ihm die ganzen Jahre, die sie sich kannten, irgendwie in den Knochen gesteckt hatte. Wie bei Doktor Jekyll. Gruselige Vorstellung. Vielleicht hatte Bo deswegen in früheren Zeiten öfter von den Kranken und Kaputten gefaselt: dass sie so eine Art Helden wären oder so. Weil er selber so eine Krankheit in sich hatte. Damals war ihm das nur plemplem vorgekommen und sonst gar nichts. Auf so Hirntrips zu gehen war sowieso eine von Bos Spezialitäten, und wenn er da mal drauf war, brachte ihn nichts mehr davon ab. Eine Zeit lang hatte er von nichts anderem geredet als von Dietrich

Bonhoeffer und dass er mal Missionar werden wollte und solches Zeug. In dem Alter hatte man einfach den letzten Schrott im Kopf. Brachte es was, ihn jetzt noch auf so uralten Kram anzusprechen? Lieber nicht. Das war ewig her ... und sowieso zu peinlich.

Bo stand auf und trat an seine vorsintflutliche Musiktruhe.

»Haben deine Eltern noch Stunk gemacht?«, fragte Mani.

Bo winkte ab. »Ging schon. Aber ist vielleicht gar nicht schlecht, wenn wir das Üben heute sein lassen. Ich hänge immer noch an diesem elenden Vorspiel fest.« Er setzte den Tonarm auf das letzte Stück der LP. »Verdammt gut«, murmelte er, als Kriegers Gitarrentöne zu perlen begannen, und ließ sich wieder auf die Couch fallen. Mani knurrte zustimmend.

All die Jahre hatte er Bos Launen mehr oder weniger an sich abgleiten lassen, auch wenn sie manchmal ganz schön weckerfällig waren. Aber reden brachte da eh nichts. Der Kerl konnte zickig sein wie ein Mädchen, und wenn die rumzickten, brachte es auch nichts zu reden. Man musste zusehen, dass sie sich abregten, und einfach die Sachen machen, die man mit Mädchen halt machen konnte, und wenn sie dann wieder in der Spur waren, hatte sich der Grund für ihr Getue meistens ganz von selbst gegeben. Irgendein verquerer Mädchenscheiß. Da war jedes Wort zu viel. Und bei Bo war es ähnlich: man musste ihn auf die Sachen bringen, die mit ihm zu machen waren – natürlich andere als mit Mädchen, Gott bewahre. Aber auf seine Zickereien einzugehen brachte gar nichts, das machte alles bloß klemmig und peinlich.

»Ich geh dann mal«, sagte er und stemmte sich hoch.

»M-hm«, machte Bo.

Während sie zu Tür schlurften, fiel Mani ein, wie er selbst zur Zeit von Bos Bonhoeffer-Tick ständig von Otto dem Großen geredet hatte, den hatten sie da in Geschichte durchgenommen.

Aus irgendwelchen beknackten Gründen waren ihm die Italien-
feldzüge des Kaisers im zehnten Jahrhundert unheimlich wichtig
vorgekommen. Schrott im Kopf, echt. Er musste grinsen. »Weißt
du noch, wie ich immer Boni zu dir gesagt habe?«, bemerkte er, als
sie auf dem Flur standen.

»Wie kommst du jetzt da drauf?«

»Ist mir nur grad so eingefallen.«

Jetzt zuckte es auch in Bos Mundwinkeln. »Und du warst
Otto der Hinterletzte.« Er deutete den Kratzfuß an, den er dabei
zur Begrüßung gemacht hatte, und sie mussten beide lachen.
»Auch der letzte Hintern genannt.«

In der taghellen Welt des Kämpfens und Siegens ist Mani sein ver-
lässlicher Waffenbruder, doch in die Gefilde der Nacht kann er
den Freund nicht locken, und nach zwei verunglückten Versuchen
zieht Bo es vor, seine unheimlichen Expeditionen ins Reich der
Hel allein auszuspinnen: wie er dem Feuerriesen und dem rei-
ßenden Wolf zum Trotz unbeirrt weiter zum Nastrand zieht, dem
giftdünstenden sonnenlosen Totenstrand aus den *Nordischen
Götter- und Heldensagen*, der sich in seinem Kopf mit der schaurigen
Schilderung des Hades in den *Sagen des klassischen Altertums* ver-
mischt. Als schiffbrüchiger Odysseus landet er am kalten, nebe-
ligen Gestade des Okeanos, steigt auf geheimen Pfaden in die
Unterwelt ab und hält die herandrängenden Schatten mit dem
blanken Schwert vom Opferblut fern, bis der blinde Seher Tiresias
davon getrunken hat und ihm verborgene Weisheiten offenbart,
die er zur Heimkehr braucht und die nur für ihn bestimmt sind.
Solche Fahrten und Opferungen verlangen einen besonderen Mut,
der dem Schlachtenmut der großen Schwertkämpfer mindestens
gleichwertig ist, wenn er ihn nicht übertrifft. Diese Einschätzung,
vermutet Bo, würde Mani eher nicht teilen, und er sieht sich in

seiner Vermutung bestätigt, als er seinem Freund die Überlegungen nahezubringen versucht, zu denen ihn seine jüngste Lektüre anregt.

Wobei Lektüre das falsche Wort ist. Zum vierzehnten Geburtstag hat Bo dem väterlichen Päckchen statt der erwarteten nächsten Sagensammlung ein Buch mit dem Titel *Die maßgebenden Menschen* entnommen und ist stolz wie Oskar gewesen, dass der Vater ihm schon so ein gewichtig klingendes Erwachsenenbuch zutraut. Beim ersten, auch beim zweiten und dritten Leseversuch hat er allerdings feststellen müssen, dass in diesem Fall an das gewohnte Schmökern nicht zu denken ist. Zwar geht es darin auch um altertümliche und sagenumwobene Dinge, doch statt spannende Geschichten von Sokrates, Buddha, Konfuzius oder Jesus zu erzählen, ist der Verfasser, ein gewisser Jaspers, bloß mit der Abwägung ihrer Lehren und der Bewertung ihres Wirkens beschäftigt. Bos Blättern beschleunigt sich, nur hin und wieder bleibt er an einer Stelle hängen, die ihm etwas sagt. »Wahre Größe«, liest er, liegt nicht in Kraft, Leistung, Intelligenz, Tüchtigkeit, überhaupt in nichts Mess- und Vergleichbarem (sehr gut!), sondern in der Einmaligkeit eines Lebens, das für alle sichtbar und fühlbar das »Ganze des Seins« verkörpert; ohne große Menschen bleibt das Dasein »geschichtslose Nichtigkeit«. Hätte fast von ihm sein können. Wie aber verkörpert einer das ganze Sein? Was heißt das überhaupt? Und wie passt dieses rätselhafte Ganzsein damit zusammen, dass weiter hinten behauptet wird, bemerkenswert viele Große wären Kranke, Krüppel, Psychopathen (er schlägt das Wort nach), und gerade diese »Beschädigten und Verwundeten« wären die eigentlichen schöpferischen Naturen? »Gesunde Muscheln liefern keine Perlen.« Er liest es mit einem merkwürdigen Kribbeln im Bauch. Bestimmt wird Mani sich an die Stirn tippen, wenn er ihm damit kommt.

Die Vorstellung, ihre Helden könnten Kranke und Krüppel sein, hält Mani in der Tat für hirnverbrannt, daran lässt er keinen Zweifel, als sie das nächste Mal von der Schule nach Hause trödeln. Er tippt sich an die Stirn. Der Witz bei einem wie Achilles ist doch, dass er stärker ist als alle anderen, wie kann er da krank sein oder physopathisch oder so? Aber werden solche wie Achilles und Siegfried nicht auch als Rasende geschildert, die im wildesten Kampf irgendwie vom Wahnsinn gepackt werden? »Boo Boo.« Mani zieht die Brauen hoch. Das ist doch gerade die volle Entfesselung ihrer übermenschlichen Stärke, das hat doch nichts mit »krank« zu tun! Bo hat seine Zweifel. Außerdem ist der Kampf mit der Waffe nicht alles. »Mancher ist tapfer, der das Schwert nie rötet in eines andern Brust«, zitiert er seinen aktuellen Lieblingsspruch aus den *Nordischen Sagen*. Im wirklichen Leben sind die großen Männer keine lanzenschwingenden Sagenhelden. Warum soll der tiefere Anstoß zu ihren besonderen Leistungen nicht etwas sein wie ... eine Unnormalität? Eine Schwäche von ihm aus, gut – aber gerade diese spezielle Schwäche ist es, die ihnen außergewöhnliche Kräfte verleiht.

Doch wo sind sie im wirklichen Leben, die großen und außergewöhnlichen Männer? Sie scheinen sich zu verbergen. Im Konfirmationsunterricht stellt Pfarrer Barth seinen Zöglingen einen sehnigen, braungebrannten Mann mit leuchtenden Augen und energischen Gesten vor, und dieser Pfarrer Sommer erzählt ihnen von seiner Arbeit als Missionspastor unter deutschstämmigen Kolonisten im brasilianischen Espírito Santo und von seinen Plänen, diese Arbeit künftig auf die Notleidenden und Landlosen auszuweiten, Indios, Neger und Mischlinge. Ausführlich beschreibt er, wie schlicht und wesentlich die Menschen in seiner Gemeinde leben, wie frei von der Hetze und Hektik des sogenannten modernen Lebens, von dem ganzen unnötigen Tand und Schnickschnack, der inzwischen, zwanzig Jahre nach dem Krieg, auch in Deutschland das Leben immer mehr beherrsche, das habe er bei seinem Besuch hier schmerzlich erfahren müssen. Erst in Espírito Santo habe er wirklich verstehen gelernt, dass Kultur nicht von technischer Zivilisation abhängt, von Fernsehern, Plattenspielern, Autos, Waschmaschinen, sondern vor allen Dingen erfülltes Gemeinschaftsleben bedeutet. In seiner Gemeinde würden schon die kleinen Kinder zum Mitmachen erzogen, zum Mitarbeiten und Mitfeiern, und hätten gar keine Gelegenheit, der schlaffen, passiven Wohlstandsbehäbigkeit zu verfallen, dem Konsum und Kommerz, wie die Menschen hierzulande, leider auch die Jugend, die lieber auf den Radioknopf drücke, als selbst zu musizieren, selbst etwas zu unternehmen, und sich von seichter Schlagermassenware beschallen lasse, an der sich gerissene Geschäftemacher eine goldene Nase verdienten. Er legt den Konfirmanden ans Herz, sich mit Männern wie Dietrich Bonhoeffer zu beschäftigen oder mit beispielhaften Streitern für die Armen und Schwachen wie Albert Schweitzer und Mahatma Gandhi, vielleicht einmal eine Biographie zu lesen und sich auf jeden Fall lieber Menschen dieses Kalibers zum Vorbild zu nehmen als neumodische Heulbojen und Hüftwackler wie ... er sei da nicht auf dem laufenden ... Elvis Presley oder Peter Kraus. Mit solchen und ähnlichen »Stars« wolle die durchamerikanisierte Unterhaltungsindustrie aus der Jugend bloß eine lethargische, manipulierte Masse machen und nicht eine weltoffene, sozial engagierte und aktive Kraft in Jesu Christo, unserem Herrn.

Amen. Peter Kraus hin oder her, nachdem er sich ein paar Bücher aus der Pfarrbibliothek geholt hat, ist Bo überzeugt, dass er später mal als Missionar, und wenn das nicht, dann als Entwicklungshelfer nach Espírito Santo gehen wird, zu den Indios und den landlosen Negern; oder nach Gabun. Wahnsinn, was Albert

Schweitzer als Arzt in Lambarene geleistet hat, versucht er Mani begreiflich zu machen, das sei wirklich gelebte und nicht bloß gepredigte Nächstenliebe, auch wenn es Stimmen gebe, die ihm Reste von Europäerüberheblichkeit vorwerfen, so was wie ein wohlwollendes Herabsehen als Weißer auf die Neger. Das will Bo, wenn er dort unten arbeitet, auf jeden Fall vermeiden. »Ich bin braun, aber lieblich, ihr Töchter Jerusalems. Seht nicht auf mich herab, nur weil ich braun bin« – so lautet eine Stelle aus dem Hohenlied, die der Pastor aus Brasilien den Konfirmanden zitiert hat, verbunden mit der Ermahnung, sich ja nicht einzubilden, bloß weil sie weiß sind und sich alles kaufen können, wären sie etwas Besseres als die Menschen aus den armen Ländern, die ein wahrer Christ auf gar keinen Fall als drittklassig ansehen dürfe, auch wenn sie neuerdings unter dem abwertenden Sammelbegriff »dritte Welt« liefen. Bo hat die Stelle nachgeschlagen, und immer wenn er daran denkt, sieht er ein braunes brasilianisches Mädchen vor sich, barfuß und im zerlumpten Kleid, und er gibt ihr Kleider und Schuhe aus dem Schrank seiner Mutter und teilt heimlich sein Mittagessen mit ihr. Vom Hohenlied ist bisher weder in Religion noch in der Konfirmandenstunde die Rede gewesen, und sein Atem geht schneller und seine Gedanken überschlagen sich, wenn er darin von den Brüsten liest, die »wie zwei junge Rehzwillinge« und »wie Trauben am Weinstock« sind. Hinterher hat er ein schlechtes Gewissen. Immer wenn er Radio hört, auch.

Einem ein schlechtes Gewissen machen, das konnten sie gut, die Erwachsenen. Überall witterten sie Anzeichen der Erschlaffung und Amerikanisierung. Ächzend warf Bo sich auf die Couch, während Jim Morrison »weird scenes inside the gold mine« beschwor. Er meinte, die Verachtung fühlen zu können, die Pfarrer Sommer bei seinem Anblick empfunden hätte, schlaff auf die Couch gelümmelt und beschallt von amerikanischen Heulbojen und Hüftwacklern. Sein Vater genauso. Dessen Sprüche über die rückgratlose Gammelei der heutigen Jugend hatte Bo sich erst bei seinem Besuch voriges Wochenende mal wieder anhören dürfen, dazu die alten Geschichten, die er schon auswendig kannte, von dem Jungenbund, dem der Vater vor dem Krieg angehört hatte, von innerer Zucht und äußerer Tatkraft. Kaum zu glauben, dass er auf das Zeug früher total abgefahren war. In Wirklichkeit waren die meisten Erwachsenen viel rückgratloser als die Jugend. Daher auch ihre Angst, sich gehenzulassen. Ihr Zwang, immer strammstehen zu müssen. Sie fürchteten, dass die »schädliche Beatmusik« ihr stützendes Normalitätskorsett sprengte und sie dann ohne äußeren Halt nackt und schutzlos dastanden. So wie er. Und Jim Morrison.

»This is the e-end.« Noch bevor der Tonarm hochkam, setzte Bo ihn an den Anfang zurück. Den Orgelpart hatte Mani schon ziemlich gut drauf, er aber war weit davon entfernt, die Gitarre so hinzukriegen, wie sie zu klingen hatte. Wenn er ehrlich war, erleichterte es ihn eher, dass er Mani heute nicht sein armseliges Gekniddel vorspielen musste. Auch dass er die Mutter doch nicht anlügen musste, war eher erleichternd. Oft genug blieb ihm ja gar nichts anderes übrig. Jetzt musste er bloß noch die Hausaufgaben machen, dann würde sie ausflippen, wenn sie zurückkam. So ein braver Bubi!

Er lehnte sich auf der Couch zurück, schloss die Augen, ließ sich von der Musik durchpulsen. Nach einer Weile begann er zu vibrieren, erst leicht, dann stärker, am ganzen Leib. Das war ihm geblieben von damals. Die richtigen epileptischen Symptome hatte er schon lange nicht mehr, aber er konnte immer noch dieses elektrische Gefühl in sich auslösen, das unmittelbar vor den Krämpfen gekommen war, dieses Seelenflattern, wie er es nannte: die

Muskeln begannen zu zucken, der Kopf wurde leer, aber das Überschnappen, das Wegtreten blieb aus, er behielt die Kontrolle, blieb auf der Kippe, und statt Grauen strömte die pure Lust in ihn ein. Als im Radio einmal »Not Fade Away« von den Stones kam, war es ihm so gegangen. Er hatte das einsetzende Zucken zu einem wohligen Zittern gedämpft, dem er wie von außen zuschauen konnte, ja er schaute sich selbst von außen zu, gerade in dieser Erregung, die ihn andererseits von Kopf bis Fuß erfüllte, so widersinnig das klang.

Waren das Schritte im Flur? Die Eltern waren zurück! Rasch stellte Bo den Plattenspieler aus, setzte sich an den Schreibtisch. So brav. Während er die Schulsachen aus seiner Tasche kramte und auf dem Tisch verteilte, kam wieder die Frage hoch, die schon den ganzen Tag unterschwellig an ihm nagte, und zögernd ließ er sie zu.

Hatte er den Anfall gestern nacht eventuell bloß gespielt?

Nein ... so war es nicht. Nein. Nicht ganz. Er war wirklich zusammengebrochen wegen Petra, und dann hatte er sich in den Zusammenbruch wohl so hineingesteigert, bis die Zuckungen wirklich kamen und die Sache sich verselbstständigte. In seiner Vorstellung hatte auf einmal Petra hinter ihm gestanden statt Mani. Er hatte gedacht, er hätte sich wieder im Griff, doch da schrie es erneut in ihm auf. Sie musste doch begreifen, was sie ihm antat, wie er ihretwegen litt! Warum sah sie nicht, wie krank, wie verwundet er war, wie sehr er sie brauchte, um leben zu können? Er hatte sich umgedreht, sich vor sie hingestellt in seiner ganzen Not, jede Nervenfaser zum Zerreißen gespannt, und dann war das Gefühl so stark, so absolut überzeugend gewesen, dass der Körper wie von selbst den alten Ausweg nahm.

... von dir das Bild ...

»Die schiere Anarchie ist auf die Welt, die blutgeschwärzte Flut ist losgelassen, und überall«, Bo dämpfte die Stimme zu einem heiseren Flüstern, »ertrinkt der Kult der Unschuld.« Er öffnete bei den letzten Worten die gereckten Fäuste und ließ dramatisch die Hände sinken.

»O weh, o weh!«, jammerte Petra und streckte händeringend die Arme zu ihm empor. »Sag an, mein Dichter, wächst denn nirgends Rettung?«

Bo durchbohrte sie aus seiner erhöhten Position mit einem herrischen Blick und schlug dem Denkmalslöwen am 117er Ehrenhof aufs bronzene Hinterteil. »Gewiss ist eine Offenbarung nahe!«, donnerte er. »Gewiss ist uns die Wiederkunft nahe!« Ehe die innere Zensurbehörde einschreiten konnte, griff er dem Tier unter dem geometrisch exakten Schwanzbogen zwischen die Beine und tat so, als umfasste er das deutlich ausgebildete Geschlechtsteil, bewegte kurz die Hand hin und her. Heiß schoss ihm die Röte ins Gesicht, und trotz der eisigen Kälte brach ihm der Schweiß aus. Er nahm die Hand wieder weg; hoffentlich hatte er es nicht übertrieben. Petras Augen leuchteten. »Ein Schreckensbild im Wüstensand«, raunte er drohend und beugte sich vor, die Stirn finster gerunzelt, »mit Löwenleib und Menschenhaupt, der Blick so blank und unbarmherzig wie die Sonne ...«

»O Himmel, hilf!«, stöhnte Petra, doch ihre Mundwinkel zuckten, sie konnte es nicht mehr verhindern, und noch während

Bo etwas von »zwei Jahrtausenden steinernen Schlafs« zischelte, musste auch er übers ganze Gesicht grinsen, er prustete, er kicherte, und schließlich brachen sie beide in ein befreiendes Gelächter aus, das erst verebbte, als er vom Sandsteinsockel hinuntersprang und sie verlegen nebeneinander standen, nicht wissend wohin mit den Händen. Spätestens jetzt hatte sie ihn herumgekriegt, er spürte es, und sie spürte es auch. Die Niederlage war süß. »Magst du noch auf einen Tee mitkommen?«, fragte sie. Bo zuckte die Achseln und freute sich wie ein Schneekönig, und passend dazu begann es zarte Flocken vom Himmel zu rieseln, obwohl schon Anfang April war.

Klar, sie wollte nicht ihn. Sie wollte seine Gedichte. Und so sehr er sich sträubte, seit Wochen schon, genoss er ihr Werben doch, ihr echtes Interesse an seinen Poetereien, wie er sie nannte, auch wenn er selbst ein durchaus gespaltenes Verhältnis dazu hatte, zur Zeit mehr denn je. Wollte er sie wirklich veröffentlicht sehen? Ihm graute vor der Entblößung – und er lechzte danach. Lechzen wie Grauen jedoch wurden überstrahlt von dem Glück und Überglück, sich überhaupt in diesem Zwiespalt befinden, sich mit Petra, mit Petra! über diese Frage neckisch zanken zu dürfen. Hätte er das nach jenem Abend im MG je für möglich gehalten? Eine verrückte Geschichte, und keineswegs nur beglückend.

Ungefähr zwei Wochen nach seiner totalen Vernichtung war Petra auf dem Schulhof auf ihn zugekommen. Wenn er nicht gesehen hätte, dass sie selbst eine hochrote Birne hatte, wäre er wahrscheinlich auf der Stelle in Ohnmacht gefallen. Auch so fehlte nicht viel. Sie hatte, äh, eine Bitte. Na ja, Bitte war vielleicht zu viel gesagt ... eine Frage halt ... und die war bestimmt unmöglich, wahrscheinlich würde er sie jetzt gleich wegjagen, aber irgendwie ... (waren das Tränen in ihren Augen?) ... irgendwie wusste sie nicht, wen sie sonst fragen sollte. Es gab da eine Sache, die sie unbedingt machen wollte. Sie brauchte jemand, der ihr dabei half. Jemand, der das verstand. Sie hatte noch mit niemand darüber geredet. Außer mit ihm jetzt.

Über Fred.

»Fred«, sagte Bo.

Petra holte Luft. Gab sich einen Ruck. Die Sache war die, sagte sie mit gepresster Stimme, dass sie eine Schülerzeitung gründen wollten, die *Sardine,* und sie war in der Redaktion – Bo nickte: das wusste er, natürlich, und hatte sich, natürlich, mehr als einmal überlegt, eben deswegen mitzumachen – und für die erste Nummer wollte sie ein Interview mit Fred machen. Ihr Gesicht wurde noch eine Spur röter, soweit das möglich war. Sie wollte ein Interview mit Fred machen, wiederholte sie, und alle fanden das eine gute Idee, gell, schließlich hatte Fred letztes Jahr am Schloss Abi gemacht, und jetzt war er dabei, mit den Rout 66 groß rauszukommen, und jeder an der Schule kannte ihn, absolut jeder – ein Interview mit Fred wäre ein richtiger Knüller.

»Bestimmt«, sagte Bo.

»Machst du mit?«, fragte sie. »Hilfst du mir?« So wie sie ihn ansah mit ihren feuchten Augen, was sollte er machen? Rattenkacke.

Sie machten das Interview. Er hatte befürchtet, Petra würde vor Nervosität kein Wort herausbringen, doch sie war erstaunlich professionell und hantierte mit Papis Uher Report wie eine alte Häsin. Beim ersten Punkt »Erinnerungen an die Schule« unterbrach sie Fred nach wenigen Sätzen, als dieser anfing, vom Leder zu ziehen und die Pauker samt und sonders als arme kleine Neurotiker abzukanzeln. Ganz so krass könne er es nicht bringen. Vielleicht hatte er ja auch eine nette Erinnerung auf Lager ... wenn er mal nachdachte. Fred zog die Brauen hoch und erzählte, wie toll er es gefunden habe, dass der alte Kretzschmer ihm in Sport eine drei gegeben hatte, obwohl er im ganzen Jahr höchstens fünf-mal anwesend war und auch da praktisch nicht mitgemacht hatte. Beim Punkt »Musik« fragten sie Fred nach den nächsten Auftritten der Gruppe. Nach ihren Anfängen. Zielen. Prägenden musikalischen Einflüssen. Jahrelang hatte er neben der Schule klassische Gitarre gelernt, erzählte Fred. Seit einiger Zeit nahm er Flamencostunden, um neue Ausdrucksmöglichkeiten auszuprobieren. Plattenvertrag? Puh, er winkte ab, das wäre natürlich klasse, aber daran war noch lange nicht zu denken, so wie die Plattenbosse drauf waren. Bo ließ die Bemerkung fallen, dass er und ein Freund dabei waren, auch eine Band zu gründen, und erntete ein wohlwollendes Nicken: »Viel Glück.« Die abschließende Frage über die Mädchen musste er stellen, das hatte Petra von ihm verlangt: ob Fred sich als der große Star, der er fast schon war (grins), vor den Mädchen überhaupt noch retten könne? Wieder zog Fred die Brauen hoch, und einen Moment sah es beinahe so aus, als lächelte er. »Absolut«, sagte er. »Ich kann mich retten. Gar kein Problem.«

Hinterher gingen sie zu zweit in Saly's Pan Club, und Petra spendierte ihm zum Dank eine Cola und war so überdreht, dass sie Bo überfallartig umarmte und ihm einen Schmatz auf die Backe drückte. Er saß da wie geohrfeigt. Wieder kriegten sie beide rote Köpfe. Wie auch immer, jedenfalls war ihm, als sie ein paar Tage später das von Petra abgetippte Gespräch redigierten, in einem unbedachten Moment eine Bemerkung über die Gedichte entschlüpft, die er im stillen Kämmerlein manchmal schrieb, und darauf hatte Petra keine Ruhe gegeben, bis er ihr schließlich ein paar Proben zeigte. Ohne ihr hartnäckiges Nachbohren hätte er den Gedanken einer Veröffentlichung, und auch noch in der Schülerzeitung an seiner Penne!, erst gar nicht an sich herangelassen. Oder doch? Oder doch nicht? Warum, zum Donner, konnten seine Gefühle niemals eindeutig sein? Und wenn sie es waren, warum konnte er dann nicht im richtigen Moment das richtige tun? Er hätte sie einfach nur halten müssen, als sie sich ihm an den Hals schmiss. Er wusste nicht, was er wollte, da hatte Ingo ganz recht, der große Bruder, für den immer alles genau so und nicht anders war. Klare Entscheidung. Sicheres Urteil. Kein Wenn und Aber. Handeln.

Entschiedenes Handeln fällt ihm schwer, das ist nichts Neues, und dass es in bezug auf Mädchen noch schwerer ist, erfährt er erstmals 1963 – auch viel später noch genau zu datieren, weil in dem Jahr Uwe Seeler im Pokalendspiel die Dortmunder ganz allein mit 3:0 abschießt. Jetzt will Bo endlich auch im Verein spielen, selbst den dicken Kuno Radke haben sie bei der D-Jugend genommen, aber bei der Mutter beißt er da auf Granit. Wenn es nach ihr ginge, würde sie ihn sogar vom Sportunterricht freistellen lassen, was er mit wütenden Protesten abwendet (und später bereut, als sie ein ganzes Jahr lang Geräteturnen machen), aber ihn bei den 05ern anzumelden, dazu kann er sie auch mit hartnäckigstem Quengeln nicht bewegen: seine Anfälle haben doch mit sportlicher Betätigung überhaupt nichts zu tun, das hat der Arzt ausdrücklich gesagt! Auf dem Ohr ist sie taub. Ersatzweise meldet sie ihn im Schulchor und im Kirchenchor an. Sie hat einfach immer Angst um ihn. Aber am Nachmittag mit den Jungen aus der Nachbarschaft im Bombenloch zu bolzen, das lässt er sich nicht verbieten. Gut, dass die Mutter nichts von den Kopfballduellen weiß, die sie zwischen den Wäschestangen austragen, wenn für ein Spiel nicht genug Leute zusammenkommen; nach jedem Kopfstoß sieht er Sternchen. Als Spieler ist er gar nicht so schlecht, vor allem in der Abwehr, und er wäre noch besser, wenn er mehr Ehrgeiz entwickeln würde, meint Werner, der schon länger im Verein spielt. Bei allem Einsatz fehle ihm »der letzte Siegeswille«. Statt »im Kopf rumzuspinnen« und »Starnummern abzuziehen« solle er lieber versuchen, mal einen anständigen Pass zu spielen. Dabei spinnen die andern genauso rum und wollen seit dem HSV-Pokalsieg alle Uwe Seeler sein. Ihm reicht es, wenn er Wolfgang Weber ist – obwohl er gar nicht *so* hart reingeht wie der, aber, sagt er sich, konsequent. Neulich haben ihm hinterher alle erklärt, er hätte erstklassig gespielt, vereinsreif. An dem Tag hat, das erste und einzige Mal überhaupt, ein Mädchen mitgemacht, mit ihrem Bruder, neu zugezogen, sogar bei ihm in der Mannschaft, und dabei ganz passabel gespielt, jedenfalls besser als Kuno Radke. Im Gegensatz zu den andern hat er auch mal einen Ball an sie abgegeben und bei ihrem eiernden Torschuss, daneben, »prima« gesagt. Alle Gedanken daran, ob er Seeler, Schnellinger oder Haller sein wollte, waren wie weggeblasen, und zum Abschied hat sie ihm, und nur ihm, zugenickt und vielleicht sogar gelächelt. Sein Glück kennt keine Grenzen, als das Mädchen wenig später im Kinderchor der Paulusgemeinde bei der Probe auftaucht. Claudia heißt sie. Claudia Pappstein. Während der ganzen Chorprobe überlegt er, ob er sich trauen soll, sie zu seinem zwölften Geburtstag einzuladen. Doch die Idee hat sich schnell erledigt, denn als er sie hinterher anguckt und auf eine Reaktion hofft, scheint sie ihn gar nicht wiederzuerkennen, und er bringt keinen Ton heraus.

Frau Jäger lächelte, als die beiden zur Tür hereinkamen, sie mochte ihn ganz gern, auch wenn ihr Mann grundsätzlich etwas gegen langhaarige Typen hatte. Petra erzählte ihrer Mutter kurz von der Redaktionssitzung und stöhnte über den Krampf in der Hand, den sie vom Letraset-Rubbeln habe, und Bo gab ein paar wunderbar dämliche Zitate aus dem ersten Artikel einer geplanten Serie, »Vom Vollzug in der Leeranstalt«, zum Besten, in dem der

Direx durch den Kakao gezogen wurde. Sie drohte ihm scherzhaft mit dem Finger. Mit Müttern konnte er gut ... solange es nicht die eigene war.

Endlich hatte der Jasmintee fertig gezogen und sie verkrümelten sich in Petras aufregend fremd riechendes Mädchenzimmer, wo er sich im Schneidersitz in ihren Sessel pflanzte, die kalten Hände um die wärmende Tasse gelegt, und mit dem aufsteigenden Dampf zugleich den Anblick ihrer Hinterpartie einatmete. War es okay, wenn sie die neue Scheibe der Mamas und Papas spielte?, fragte sie über die Schulter und legte sein Brummen als Zustimmung aus. Na ja, ein paar Sachen von denen ließen sich aushalten, aber manches, fand er, war auch ziemlich schnulzverdächtig. Ihr Blick fiel auf seine roten Schocksocken, und er freute sich, als sie anerkennend Daumen und Zeigefinger zusammenlegte und die Lippen in Pfeifstellung schob, während sie sich vor ihm auf die Matratze setzte. Sie nahmen den Faden ihres unterbrochenen Gesprächs wieder auf, und Petra erzählte weiter von der vierzehntägigen Frankreichfahrt im Februar, organisiert von der Jungen Presse Rheinland-Pfalz und bezuschusst vom deutsch-französischen Jugendwerk, an der sie mit knapp vierzig anderen Schülerzeitungsredakteuren teilgenommen hatte. Nach Besuchen in Besançon und Beaune waren sie in Dijon, wie gesagt, vom Oberbürgermeister richtig groß empfangen worden, und dann war Paris natürlich wahnsinnig spannend gewesen, die Champs-Élysées, der Louvre, Les Halles, auch eine Werksführung bei Renault und sogar die Teilnahme am Unterricht im Lycée Lamartine, wo Lehrer und Schüler ganz förmlich miteinander umgingen, mit »Madame le Professeur« und dem ganzen steifen Gehabe, und trotzdem die Atmosphäre viel besser war als an deutschen Schulen. Aber das beste, für sie, waren die Führungen durch Redaktion und Druckerei von *Figaro* und *Le Monde* gewesen.

Vor allem bei *Le Monde* waren ein paar leitende Redakteure ganz offen und interessiert gewesen und hatten sich viel Zeit genommen, um sich mit ihnen über die journalistische Arbeit, allgemein über das deutsch-französische Verhältnis, ach, über alles mögliche zu unterhalten. In Frankreich gab es nämlich so was wie Schülerzeitungen gar nicht, und die Redakteure hatten gestaunt, was für eine Verbreitung die in Deutschland hatten und wie sehr sich die deutschen Schüler dafür engagierten, wie wohlinformiert sie waren. Der Herr Waschewski, der als Begleiter mit war, hatte bei Bedarf gedolmetscht und sich überhaupt toll ins Zeug gelegt, um ihnen bei diesen großen Zeitungen die Türen zu öffnen. Auch wie er vorher schon die Gründung der *Sardine* gefördert hatte und sie jetzt in der Redaktionsarbeit unterstützte, wo er konnte, fand sie spitze. Er war überhaupt ihr Lieblingslehrer. Bo hörte auf, zustimmend zu nicken, runzelte die Stirn. Das mit der repressiven Toleranz würde er ihr noch mal erklären müssen.

Hörte sich toll an, die Frankreichfahrt, meinte er, bestimmt eine spannende Erfahrung, gar keine Frage. Und dass der Waschewski es subjektiv ehrlich meinte, wenn er sich da reinhängte und sie unterstützte oder auch wenn er sich für ein erweitertes Mitspracherecht der Schülermitverwaltung einsetzte und so, daran zweifelte er nicht im geringsten. Der Punkt war – das habe er vorhin sagen wollen – dass er trotzdem objektiv, Bo hob den Finger und die Stimme, *objektiv* systemstabilisierend handelte, wenn er das revolutionäre Potential des Schülerprotests zum Beispiel mit politisch unverfänglichen Fahrten entschärfte und allgemein die Illusion nährte, Schule und Gesellschaft ließen sich isoliert voneinander betrachten und eine wirkliche Schulreform sei ohne radikale gesellschaftliche Umwälzung überhaupt möglich. Mit dem Segen der Kultusbürokratie durften sie in der SMV irgendwelchen Kinderkram treiben, für Pausenaufsicht und Milchverkauf sorgen,

Schulfeste und Laienspielgruppen organisieren, bei Klassenfahrten und Schülerlotsendienst mitmachen, für die Unicef und die Kriegsgräberfürsorge sammeln, sie durften auf harmlosen Spielwiesen wie Schülerzeitungen ein bisschen herumkaspern und sich an der langen Leine furchtbar frei und eigenständig fühlen, aber *objektiv* waren das nur die pseudodemokratischen Feigenblätter einer undemokratischen Schule in einer formaldemokratischen Gesellschaft. (Zang!) Er lehnte sich zurück, sah sie an, beugte sich wieder vor. Für Schülerzeitungen – war ihr das eigentlich klar? – galt nicht mal die Pressefreiheit. Da konnten reaktionäre Typen wie der Jaspers Loblieder auf die SMV und die Einübung der Spielregeln der parlamentarischen Demokratie singen, soviel sie wollten; die wurde durch die geplante Einführung der Notstandsgesetze faktisch eh abgeschafft. Jedenfalls, mit der partiellen Toleranz wurde bloß die Unterdrückung im ganzen zementiert. Letzten Endes sollten die Schüler rechtlos gehalten werden, der autoritären Disziplinierung durch Lehrer und Eltern wehrlos ausgeliefert, und in der Gesamtstrategie der Herrschenden hatten liberale Typen wie der Waschewski die Funktion, die Politisierung der Schüler in kontrollierbare Bahnen zu lenken, ihr Veränderungspotential zu entschärfen und sie in die nur oberflächlich verbrämten autoritär-repressiven Strukturen einzubinden.

»Somebody take us away!«, trällerten die Mamas und die Papas, und Petra summte kurz mit, bevor sie ihn kritisch ansah und ansetzte, ihre tolle Frankreichfahrt zu verteidigen. Er ruderte zurück: nein, nein, die wollte er ihr gar nicht madig machen, und was die bürgerliche Presse betraf, war *Le Monde* bestimmt das Beste und Informativste, was es international gab (hatte er Ingo vor einiger Zeit sagen hören). Im Grunde jedoch, da war er ganz sicher, mochte Petra es gern, wenn er solche scharfen politischen Töne anschlug, er sah es an den leuchtenden Augen, die sie dann immer bekam, und vorhin, als er ihr davon erzählte, wie sie nach der Flugblattaktion im Februar eine Unabhängige Schülergemeinschaft gegründet hatten, fest dabei momentan zwar nur zwölf Leute, aber immerhin von drei Schulen, Schloss, Rama und Gutenberg, als Kerngruppe erst mal ganz gut, leider kein einziges Mädchen dabei, weshalb sie beschlossen hatten, sich in nächster Zeit verstärkt um die Mädchenagitation zu kümmern, vielleicht vorm Frauenlob noch mal extra Flugblätter zu verteilen, zu Themen wie Empfängnisverhütung und Sexualerziehung und so – da hatte sie ihm versprochen, demnächst mal zu einer USG-Sitzung ins Haus der Jugend zu kommen. Eventuell würde sie noch ihre Freundin Sabine mitbringen, der hatte dieses irre Gedicht, das er ihnen neulich in der Pause gezeigt hatte, auch so gut gefallen, und ohne dass er wusste, wie ihm geschah, hatte sie ihn dann am 117er Ehrenhof dazu gekriegt, voll theatralisch Yeats' »Second Coming« auf deutsch zu deklamieren. Und auch jetzt wieder ... Wie machte sie das? Sie stimmte ihm grundsätzlich zu, sie lächelte ihn an, so dass er die Beine anziehen musste, damit sie den Aufstand der Masse in seiner Hose nicht sah, sie plädierte dafür, sich trotz allem die Möglichkeiten der Spielwiese, so beschränkt sie waren, mit taktischem Geschick zunutze zu machen, um von den so eroberten Positionen weitere Schritte zu unternehmen – und ehe er sich versah, war sie wieder beim Inhalt der zweiten Nummer und seinen Gedichten. Mindestens zwei wollte sie haben; drei? Sie fand, dass da ein ziemliches Veränderungspotential drinsteckte. Wie war er überhaupt zum Schreiben gekommen, das hatte er ihr noch nie erzählt; hatte es so was wie eine dichterische Initialzündung gegeben?

Im ersten sogenannten Familienurlaub in Österreich – ohne Ingo, der hat mit den Pfadfindern nach Norwegen fahren dürfen – steht

Bo auf dem Gipfel der Hohen Mut und schaut über die Ketten der Dreitausender. Eine nie gesehene wilde Gebirgslandschaft – und auf einmal muss er an das Singen im Kirchenchor denken, und dann an die Schule. In Deutsch hat Herr Waschewski sie kurz vor den Ferien das romantische Gedicht »Mondnacht« auswendig lernen lassen und ausgerechnet ihn zum Aufsagen drangenommen, und er hat sich beim Lernen gefragt, was einen wohl bewegen mag, solche ... tja, Gedanken kann man es kaum nennen, solche Eindrücke, Bilder zu Papier zu bringen. Sollen andere die lesen und nachempfinden? Wieso? An den Schülern, die das Ding über hundert Jahre später im Deutschbuch lesen müssen, geht der Schmalz mit der vom Himmel geküssten Erde und überhaupt der altmodische Ton auf jeden Fall vorbei. Oder war dieses Mondscheinerlebnis, auch wenn man es sich von der Beschreibung her kaum vorstellen kann, so stark, dass es Eichendorff ganz egal war, ob jemand anders das Gedicht las und gut fand? – er hatte es in Worte gefasst, die für ihn stimmten, was andere auch davon halten mochten, damit er vielleicht später, in anderen Lebenslagen, dahin zurückgehen konnte wie zu einer Steckdose, in die er sich einstöpselte, um daraus Kraft zu ziehen.

Warum ihm das beim Blick auf die Gipfel und Gletscher der Ötztaler Alpen in den Sinn gekommen ist, weiß er selbst nicht, als er am Abend in der Pension, schon ins Bett gekuschelt, daran zurückdenkt, sonst ist eigentlich nichts gewesen, er hat geschaut und nur nach einer Weile, als die Erinnerung kam, eine seltsame Freiheit verspürt, eine grundlose Zufriedenheit, trotz der angespannten Gesamtsituation. Als ob es nun ihn in diese rätselhafte alte Steckdose eingestöpselt hätte. Und nachdem die Mutter schließlich nach nebenan zu Herrn Tischbier gegangen ist, knipst er das Licht wieder an, sucht sich Papier und Kugelschreiber und gibt der unbestimmten Erregung nach, die ihn seit dem Mittag erfasst hat. Das Gefühl auf dem Berg, war es nicht ganz ähnlich dem der letzten Strophe von Eichendorffs Gedicht? Still hat er sie sich dort oben vorgesagt und dabei versucht, möglichst genau nach Nordwesten zu gucken:

Und meine Seele spannte
Weit ihre Flügel aus,
Flog durch die stillen Lande,
Als flöge sie nach Haus.

Nach Haus. Aber nicht nach dem Haus zuhause, wo demnächst Herr Tischbier einziehen soll, sondern dorthin fliegen, wo er *sie* vermutet, um *ihr* diesen Blick zu überbringen, besser noch, sie mit dem in die Ferne fliegenden Blick zu sich herbeiwünschen in diese gewaltige Natur, auf den hohen Berg, an den stillen See, unter den klaren Himmel, hierher und doch ganz woanders, in ein Land, das erst noch gegründet werden muss, von ihnen, und nur dieses von ihnen gemeinsam gegründete Land, ein Land ohne Erwachsene, ist das Zuhause, an dem – ein Schamgefühl durchrieselt ihn – der Himmel die Erde küsst. Tastend, unbeholfen versucht er sich an Reimen um dieses Land ... und ... und um dieses tiefe Gefühl: so still wie ..., so hoch wie ..., so klar wie ..., dem er unmittelbar weder Ziel noch Richtung geben kann, aber bei dem ihm, wenn er die Augen schließt, deutlich wie eine Fotografie, Claudias Gesicht erscheint:

... Und so schön wie von dir das Bild,
Das mir aus meinem Herzen quillt.

Die Worte, die er auf das Papier schreibt, glühend vor Scham und Glück, sind wie der Eintritt in eine neue, geheime Dimension, die ihm allein zugänglich ist und so heikel und empfindlich, dass sie bei der kleinsten inneren Distanz, oder wenn er nur daran denkt, sie jemand anders zu zeigen, sofort zuschnappt und sich fest vor ihm verschließt.

Petra sah ihn aufmerksam an, während er drucksend etwas von einer, na ja, so einer Art Eingebung in den Alpen vor Jahren erzählte. Ausgelöst, wie sollte es anders sein, von einem Mädchen, in das er sich irgendwie verguckt hatte. Mädchen? Sie stellte die Ohren auf. Ach, er winkte ab, um dann aber doch mit schiefem Grinsen ein paar Erinnerungen an den großen Schwarm seiner Kindheit auszupacken. Seit dem Fred-Interview hatte Petra offenbar beschlossen, ihn als brüderlichen Seelenverwandten zu betrachten, den sie – beseligend wie quälend – behutsam aus dem Schneckenhaus seines Unglücks lockte, wenn er sich in einer seiner unberechenbaren Anwandlungen mal wieder darin verkrochen hatte, und es war nicht zu übersehen, dass sie ihn noch »schwesterlicher« behandelte, wenn er sich von ihr solche romantischen Geschichten, und sei es nur in Andeutungen, aus der Nase ziehen ließ. Es war, als leuchtete sie von innen auf, und weit und eng zugleich wurde es ihm ums Herz, wenn er sie anblickte, denn es war so so so deutlich, dass sie wirklich genau sein Typ war, nicht nur weil sie umwerfend gut aussah, sondern wegen ihrer ganzen Art. Sie war kein gelacktes Püppchen wie Gisa, sie hatte diese tollen Momente, wo sie richtig wild und ausgeflippt war ... aber dann auch wieder nicht zu viel. Sie behielt etwas Weiches. Anders als zum Beispiel die eine Frau da neulich im Republikanischen Club. Eigentlich hätte er es ja gut finden müssen, wie sie, weil es im RC keine Toilette gab, einfach total frei und emanzipiert vor der Tür in den Bauschutt gepisst hatte, statt nach nebenan ins »Racky« zu gehen. Oder wie sie »Entspannt ficken!« geschrien und ihr Bier gekippt und laut prustend gelacht hatte, als Tom Schroeder meinte, diese Klo- und Sauberkeitsdebatten seien allesamt faschistisch und am liebsten würde er aus dem RC statt ein Haus des Frusts ein Haus der Lust machen und Matratzen auslegen, damit man nicht bloß saufen und kiffen und diskutieren, sondern auch ganz entspannt ficken konnte. Aber was ihm bei Männern wie Schroeder schon leicht unangenehm war, das war ihm bei einer Frau noch viel unangenehmer, fast schon widerlich, auch wenn das mit Sicherheit kleinbürgerlich war und es dafür natürlich überhaupt keine theoretische Rechtfertigung gab.

»Weißt du«, sagte Petra, nachdem sie eine Weile geschwiegen und der Musik gelauscht hatten, »die meisten Jungs, die ich kenne, würden sich lieber die Zunge abbeißen, als Sachen zu erzählen, die mit Liebe zu tun haben. Zum Beispiel ...« Sie senkte den Kopf, hob ihn wieder, nannte ihr Beispiel nicht. »Finde ich toll, dass du das kannst.«

Bo schluckte. »Liebe, na ja.« Er winkte wieder ab. »Ich war zwölf damals. Ich weiß auch nicht, was ich mir eingebildet habe. Ist doch klar, dass da nichts laufen konnte. Ich hätte auch gar nicht gewusst, was – ich hatte nicht den geringsten Schimmer von irgendwas.«

Schimmer, ha ha, als ob er den heute hätte. Er war sechzehn, sechzehn!, und immer noch Jungfrau – was heißt Jungfrau, er hatte noch nicht einmal ein Mädchen geküsst! Er war wirklich ein Paradebeispiel dafür, wie einen die sexuelle Unterdrückung im Spätkapitalismus psychisch verkrüppeln konnte. Verklemmt wie Omas Nachttischschublade. Eben noch hatte er in der Redaktionssitzung große Reden über sexuelle Revolution und die triebfeindliche christliche Sexualmoral geschwungen und die Spießer in der Runde mit der Idee einer öffentlichen Orgie im Stadtpark geschockt. Er hatte gewichtig erklärt, dass sie in der USG demnächst eine Arbeitsgruppe Sexualität gründen würden, geleitet von einer SDS-Genossin aus Frankfurt!, und angeregt, für die nächste Nummer der *Sardine* ein sexualpolitisches Manifest zu verfassen. Aber wenn es darum ging, die Sprüche in die Praxis umzusetzen, war er nicht für fünf Pfennig freier als der letzte Kniffarsch. Dafür war er der Größte, wenn es ums Kompensieren und Sprüchemachen ging. Und Weltmeister im Wichsen, herzlichen Glückwunsch.

»Words remain unspoken, thoughts cannot be heard«, sangen die Mamas und Papas im Hintergrund.

Ein wenig zweischneidig ist es schon, wie Herr Tischbier, der nach dem Urlaub tatsächlich bei ihnen einzieht und den er und Ingo nach der Hochzeit »Vati« nennen sollen, für ihn Partei ergreift, wenn die Mutter Bo bei Tisch wieder einmal ermahnt, sich körperlich zu schonen. Sport, das müsse sie einsehen, sei ein gutes Mittel gegen die leibliche und geistige Erschlaffung, die bei Jungen in dem Alter häufig auftrete, wenn sie zu »äh, Stubenhockerei und Vielleserei und so weiter« neigten. Ein vielsagender Blick, und die Mutter versteht. Bo auch, denn ähnliche Töne hat er unlängst schon in einer speziellen »Knabenstunde« bei Pfarrer Barth zu hören bekommen, der sie ermahnte, sich die aufwallende Geschlechtslust als verlockende Schlange im Garten des Körpers vorzustellen, den altbösen Feind, der mit Willensstärke und Charakterfestigkeit niedergeworfen werden müsse. Für den Mann sei die Liebe geradezu ein Kriegsdienst, ein Frontkampf gegen die Hydra der Triebe und Phantasien – »Bodo, du alter Grieche, erklär mal den andern, was die Hydra ist!« Die Mutter streift ihn mit einem beinahe scheuen Blick, und er wird rot. Was so schlimm daran sei, die Bibel zu lesen, versucht er sich zu rechtfertigen, aber »Vati« will das Thema nicht weiter vertiefen, im Grunde seien sie sich ja einig, dass sportlicher Ausgleich für einen Jungen wie ihn genau das richtige ist, und das – zwinker – werden sie der Mutti schon noch begreiflich machen, nicht wahr?

Dass es etwas Krankhaftes ist, sich selbst zu »beflecken«, scheint eine ausgemachte Tatsache zu sein, aber wie krank, fragt sich Bo, im Bett noch über den Propheten Hesekiel gebeugt, wie krank muss einer sein, der sein Laster obendrein an der Bibel auslebt? Wie sündhaft besessen muss er von dem Wunsch sein, sich aller natürlichen Hemmungen zu entledigen und sich der teuflischen Schlange vollkommen auszuliefern, wenn er sich nicht einmal auf die normalen Vorlagen beschränken mag – die allerdings dürftig genug sind: ein paar schlecht zu erkennende halbnackte Eingeborenenfrauen in alten Entdeckerbüchern über Somalia und Neuguinea, ein heimlich aufgehobenes Illustriertenbild, dem zu entnehmen ist, was es mit der neuen Oben-ohne-Mode ungefähr auf sich hat – sondern seine gestörte Phantasie auch noch mit dem Wort Gottes aufstachelt?

Dabei hat er anfangs mit ganz lauteren Motiven im Hohenlied geblättert und war ehrlich überrascht, als er darin auf eine Art Wechselrede zwischen einem »Freund« und einer »Freundin« stieß, die sich gegenseitig zur Liebe rufen, zum Herzen und Küssen unter blühenden Granatbäumen. Dann aber hat ihm die in Fahrt kommende Phantasie orientalische Landschaften und halbverschleierte verführerische Schöne ausgemalt, die sich für ihn – er war jetzt Kara Ben Nemsi – unter Palmen entblätterten (wie Granatbäume aussehen, weiß er nicht), und er hat sich gefragt, ob die Heilige Schrift nicht noch mehr hergibt. Direkt an das Hohelied schließen die Propheten, allen voran Jesaja; was für ein anderer Ton gleich auf der ersten Seite: Wehe dem sündigen Volk ... Vom Schwert sollt ihr gefressen werden ... Die fromme Stadt ist zur Hure geworden ... Ich will meine Hand wider dich kehren, spricht der Herr ... Wehe! Gerade die Propheten hat Pfarrer Barth seinen Konfirmanden zur Lektüre empfohlen: aufrüttelnde Rufer und Mahner seien sie gewesen, die ihr Volk dazu anhielten, nach den Jahren des heidnischen Götzendiensts umzukehren zum Herrn, sein Strafgericht in reuiger Demut zu ertragen und wieder heimzufinden in seine Liebe – »ein für uns heute immer noch aktuelles Thema!« – die Empfehlung begleitet von einem traurigen Lächeln, wohl weil er das Unverständnis in ihren Gesichtern sah und doch nicht anders konnte, als ihnen seinerseits diese Mahnworte mit auf den Weg zu geben und zu hoffen, sie mochten eines Tages in ihnen Wurzeln schlagen und Früchte tragen.

Von Jesajas Hure animiert forschte Bo weiter. Erst bei Jeremia wurde er wieder fündig: »Du hast mit vielen Buhlen gehurt«, hieß es dort. (Was waren »Buhlen«? Mit Buhlen huren ...) »Ich habe gesehen deine Ehebrecherei, deine Geilheit, deine freche Hurerei, ja deine Greuel auf Hügeln und auf Äckern.« Er versuchte, sich Greuel auf Hügeln und Äckern vorzustellen. Bei Hesekiel gingen ihm dann die Augen über. Auch jetzt verfehlen die Stellen nicht ihre Wirkung auf ihn. Er glüht. Er schwitzt. »Du spreiztest deine Beine gegen alle, so vorübergingen, und triebst große Hurerei«, liest er. Seitenweise kann der Prophet sich gar nicht beruhigen über die verruchte Geilheit der beschimpften Frau, die anscheinend die Stadt Jerusalem darstellen soll, über ihr schamloses Treiben mit Ägyptern, Philistern, Assyrern, Chaldäern. »Weil du bei deiner Hurerei deine Scham entblößtest und deine Blöße vor deinen Buhlen aufdecktest«, wird der Herr deiner Unzucht ein Ende machen, dass alle Weiber im Lande sich warnen lassen – aber Bo will kein Ende dieser finsteren, brutalen, aufgeilenden Drohungen und Schmähungen. Und ein paar Seiten weiter geht es aufs neue los. Jetzt ist die Rede von den zuchtlosen Schwestern Ohola und Oholiba, die lassen ihre Brüste begreifen und den Busen ihrer Jungfrauschaft betasten. Sie huren und buhlen, was das Zeug hält. Die Brunst ihrer Buhlen ist wie die der Esel und Hengste. Gottes Strafgericht wider sie ist furchtbar: die viehischen Buhlen selbst verstümmeln die hemmungslosen Huren und werfen sie nackt in den Staub, dass die Schande der Hurerei und Unzucht aufgedeckt wird. Sie aber können das Huren nicht lassen und fangen von neuem an, die Beine zu spreizen – und Bo ergießt sich in das hastig aufgefaltete Taschentuch.

Trotz nagender Schuldgefühle wegen der offenkundigen Sünde, die zu Umkehr und Gottesfurcht rufenden Propheten-worte so schamlos zu missbrauchen, suhlt sich Bo in der Vorstel-lung, wie Ohola oder Oholiba, egal welche, vielleicht alle beide, sich von ihm den Busen ihrer Jungfrauschaft betasten lassen, ihm ihre Blöße aufdecken und überhaupt in jeder erdenklichen und vor allem unerdenklichen Weise mit ihm buhlen. Zugleich ist nicht daran zu zweifeln, dass dies das Gemeinste und Verwor-fenste ist, was eine Frau tun kann und wofür man sie, wenn man ihre Hurerei satt hat, mit Verachtung und Schmähung strafen muss. Wieder spannt sich seine Schlafanzughose. Als Mani zwei Jahre später von einem Mädchen in der Rheinallee erzählt, Dora oder Nora, die einen mit auf ihr Zimmer nimmt und so, und die Mutter weiß nicht nur Bescheid, sondern sie macht dem schon ein wenig nervösen Besucher sogar die Haustür auf und schäkert mit ihm ein bisschen im Wohnzimmer herum, wobei ihr ständig der Morgenrock über die Schulter rutscht, und schenkt ihm noch einen Marillenlikör »zur Stärkung« ein – da ist der Prophet Hese-kiel Bo sofort wieder gegenwärtig. Und als er sich im selben Sommer im Freibad fragt, wer von den drei ballwerfenden Jun-gen Iris abschleppen wird, verändert sich auf dem grollenden Heimweg der Wortlaut der Frage zu: Mit welchem Buhlen wird sie huren?

»Hast du denn später noch andere Liebesgedichte geschrieben?«, wollte Petra gern wissen. Was er ihr bisher gezeigt hatte, war ja eher ... sie wusste gar nicht, wie sie das nennen sollte. Zum Beispiel dieses eine, »In den Katakomben« – das musste übrigens unbedingt in die Zeitung rein, unbedingt – da waren die unterirdischen dunklen Gänge, wo die Verfolgten sich versteckten, fast so was wie eine Gegenwelt im Untergrund, gell, wo sie so seltsame Riten feierten, ein bisschen wie die Kellerpartys im MG, und am Schluss kam dann so eine Art Totentanz und die Gerippe warfen ihre Leichentücher ab und standen gegen die Tagwelt auf ... brrr, sie schüttelte sich, das waren echt tolle Bilder, richtig surrealistisch, aber, wie gesagt: gab es auch Liebesgedichte?

Bo hob abwehrend die Hände. »Als ich mich das nächste Mal am Dichten versucht habe, so mit vierzehn, da war ich von der Liebe erst mal geheilt.« (Claudia war tatsächlich mit diesem bescheuerten Silbermann gegangen – er hatte sie einmal im Bistro zusammen gesehen. Wie konnte es sein, dass sie auf so einen Hohlblock flog? Jahrelang hatte er sich von ihrer schönen Fassade blenden lassen. Aber was heißt schön? So toll sah sie in Wirklichkeit gar nicht aus mit ihrem flachen Busen und ihrem Schlafzimmerblick, den sie bekam, wenn Silbermann in der Nähe war. Geheult wie ein Schlosshund hatte er trotzdem.) »Aber das war echt nichts Besonderes, was ich da zusammengeschustert habe. Unbewusst, denke ich mal, werde ich wohl nach einem Ausdruck für die psychischen Verkrüppelungen gesucht haben, die das kapitalistische System einem antut. Das heißt, zum einen waren die Sachen natürlich ohne jedes politische Bewusstsein, aber zum andern ging es in gewisser Weise schon auch um das Leiden an den unmenschlichen Verhältnissen ... was Adorno das beschädigte Leben nennt. So 'ne Art unbewusste Trauerarbeit auf der privatistischen Gefühlsebene. Wobei da die ganzen bürgerlich-moralischen und klerikal-faschistischen Vorstellungen, mit denen man großgeworden ist, noch ziemlich heftig reingespielt haben ...« Petra konnte sich darunter nicht so recht etwas vorstellen. Bo zögerte. Sollte er ihr davon erzählen, wie er eine Zeit lang sein Selbstmitleid in Floskeln aus Kirchenliedern verpackt hatte? Lieber nicht. Im Kirchenchor hatten sie, kurz bevor er austrat, »Du großer Schmerzensmann« geübt, und dieses Bild vom Schmerzensmann, in immer dunkleren Farben ausgemalt, vom einsam Leidenden in der Masse der Satten und Zufriedenen, war bei ihm zu einer richtigen Manie geworden. Am schlimmsten – ihn schauderte, wenn er daran zurückdachte – war eine Umtextung von »Befiehl du deine Wege« gewesen: »Mein Leben ist zu Ende, bevor es recht begann. Ich falte meine Hände und nehm das Leiden an ...« Er hatte sich in Bilder schwarzer Verzweiflung hineingesteigert wie vorher in Bilder heroischer Rettungstaten.

»Ich weiß nicht, irgendwo ging's auch darum, die persönliche Frustration in eine Kritik an der Gedankenlosigkeit und Saturiertheit zu wenden, mit der die Masse der Leute so dahinlebt – aber, klar, was am Schluss auf dem Papier stand, das war echt Peinlichkeit hoch drei.«

Ein dunkel erinnertes Traumbild, das ihm eines Morgens nachhängt, spinnt er über Tage und Wochen zu einer kompletten Geschichte aus: Das Haus, in dem Claudia wohnt, brennt. Alle Bewohner sind schon gerettet, nur sie ist durch einen unerklärlichen Zufall vergessen worden, und keiner der Feuerwehrleute traut sich jetzt noch, die ausgefahrene Leiter in den vierten Stock hinaufzuklettern (in Wirklichkeit wohnt Claudias Familie parterre), wo Bo, der gerade um die Ecke gebogen kommt, die Unglückliche hinter den hochschlagenden Flammen vom Fenster zurücktaumeln sieht. Ohne Zögern springt er auf die Leiter, reißt sich energisch von den hindernden Händen zweier Feuerwehrmänner los und flitzt flink wie eine Katze nach oben. Der Brand droht ihn zu verschlingen, doch die Feuerwand ist dünn, und mit einem tollkühnen Sprung ist er hindurch, rollt über den Wohnzimmerteppich. Überall Rauch und Flammen. Im Nebenzimmer – sein Herz krampft sich zusammen – sieht er Claudia ohnmächtig auf dem Boden liegen, und als es ihm nicht gelingt, sie zu wecken, zieht er sie hoch und lädt sie sich mit der Kraft der Verzweiflung – der Rauch macht das Atmen unmöglich, aber wie Kara Ben Nemsi bei der Rettung Senitzas hat er vorher noch einmal mit einem tiefen Zug die Lungen gefüllt und hält jetzt eisern die Luft an – über die Schulter. Eine letzte übermenschliche Anstrengung, und er ist mit ihr durch die Flammenwand gedrungen – wo ihm ein nachgestiegener Feuerwehrmann die Leblose abnimmt und er sich gerade noch an der Leiter festklammern kann, sonst wäre er in die Tiefe gestürzt.

Im Krankenwagen, wo sie beide behandelt werden, kommt Claudia wieder zu sich. »Wer hat mich gerettet?«, fragt sie matt, noch mit nicht ganz abgewaschenen Rußspuren in Gesicht und Haaren, und als der Notarzt mit einem Lächeln auf ihn weist, der auf der Pritsche neben ihr liegt und sich von einer Schwester die zum Glück nicht schweren Verbrennungen einsalben und verbinden lässt, tastet ihre Hand nach seiner, drückt sie, und aus ihren wunderschönen blauen Augen trifft ihn ein warmer, dankbarer Blick, so dass ihm am ganzen Leib heißer wird als vorher oben in der brennenden Wohnung. Bescheiden wehrt er ihren Dank ab, ihre Hand aber, die lässt er nicht los.

Doch es gibt noch mehr zu tun. Die Familie steht buchstäblich auf der Straße. »Selbstverständlich könnt ihr fürs erste bei uns unterkommen«, erklärt er Claudia, und nach anfänglichem verlegenen Sträuben nehmen ihre Eltern das Angebot dann doch dankend an. Er läuft voraus und richtet ein Zimmer her, viel Platz haben sie ja nicht zuhause, aber, begegnet er »Vatis« Einwänden mit einem Satz, den er in den Kriegsgeschichten am Abendbrottisch oft genug gehört hat: »In der Not muss man zusammenrücken.« Die obdachlose fünfköpfige Familie muss mit Notlagern auf dem Fußboden fürliebnehmen, bis eine neue Wohnung gefunden ist, und das enge Zusammenleben ist in der Tat nicht ganz einfach, nirgends ein Platz, wo man Hausaufgaben machen oder spielen kann, aber die tägliche Nähe zu Claudia macht diese Entbehrungen mehr als wett, und als die Pappsteins schließlich ausziehen, gibt Claudia ihm zum Abschied einen langen Kuss, und das in den Wochen zwischen ihnen gewachsene Band wird nie mehr vergehen.

Dass die Liebe Leiden brachte, verstand Petra gut. Dachte er nicht doch noch manchmal an diese Claudia? Auf welche Schule ging die eigentlich? Bo zog das Keine-Ahnung-Gesicht. Konnte sein, dass sie irgendwo eine Lehre machte – in einem Reisebüro? Nee, für ihn war die Frau Schnee von gestern.

Petra seufzte auf rätselhaft weibliche Weise und kam wieder auf die Zeitung zurück, und mit einem letzten rollengerechten Widerstreben ließ er sich schließlich das Versprechen abringen, das Katakombengedicht und noch ein anderes rauszurücken. Zugegeben, die beiden fand auch er ganz okay, obwohl er sich mittlerweile fragte, ob solche Poetereien und überhaupt Literatur und der ganze Überbaukram nicht die pure Selbstbefriedigung waren, kleinbürgerliche Innerlichkeitswichserei, um's mal krass zu sagen. Petras Stirn legte sich in attraktive Falten. Sicher, ganz fertig war er mit der Frage noch nicht, wahrscheinlich konnte die Kunst im politischen Kampf unter Umständen schon eine gewisse Funktion haben. Schließlich betraf die Veränderung der gesamtgesellschaftlichen Verhältnisse nicht nur Institutionen und staatliche Strukturen, sondern diese Strukturen wirkten sich auch auf die Psyche aus, deformierten sie zum autoritären Charakter. Aber konnte man nach Auschwitz noch Gedichte schreiben? Konnten Gedichte eine echte kulturrevolutionäre Kraft entfalten, mobilisierend wirken, bewusstseinsverändernd? Oder war dazu letztlich nicht doch bloß die politische Aufklärung und die direkte Aktion in der Lage? Wusste sie eigentlich, Bo kicherte, dass sie vor drei Wochen – aber das durfte sie ja nicht weitererzählen – den Briefkasten vom Hachgenei in die Luft gejagt hatten, diesem oberreaktionären Referentensack vom Kultusministerium, der die offene Zensur der Schülerpresse befürwortete? Einfach mit einer Mischung aus Unkraut-Ex und Puderzucker. Irre, wie das gekracht hatte.

Petra schüttelte ungläubig den Kopf. Nein, mitgemacht hätte sie dabei sicher nicht – das war doch furchtbar gefährlich, oder? Wenn sie nun von der Polizei erwischt worden wären? Und, ehrlich gesagt, so richtig begriff sie nicht, was das an den Verhältnissen ändern sollte. Na, die Geschichte, wie Mani und er in der Stadt im angekifften Zustand als Fidel und Che mit ausgestrecktem Revolverfinger einen Streifenwagen »beschossen« hatten, erzählte er lieber nicht. Die Bullen waren zwar ausgestiegen, aber hatten sie zum Glück nicht verfolgt, als sie in die engen Altstadtgassen abgehauen waren. »Hit and run, hit and run!«, hatten sie gebrüllt. »Viva la revolución!«

Immer wenn er das im Österreichurlaub entstandene Gedicht an Claudia aus der Schublade holt, es durchliest und wieder durchliest und manchmal sogar versucht, mit oder ohne Erfolg, aus einem neuen Vergleich, der ihm einfällt, eine weitere Strophe zu bauen, streiten in ihm Stolz und Scham: Stolz, weil er sich durch diese wenigen aus ihm selbst geschöpften Worte, durch die besondere Stimmung, in die sie ihn beim stillen Vorsagen versetzen, vor den andern Menschen ausgezeichnet fühlt, hinausgehoben über die breite Masse; und Scham, weil es letztlich doch bloß Worte, gefühlsduselige Worte sind, Wörter nachgerade (ein Unterschied, den Herr Waschewski seinen Schülern zu der Zeit mit mäßigem Erfolg beizubringen sucht), während seine Phantasie sich eigentlich viel lieber Taten ausmalt, Bilder entschlossenen Handelns. Da ist es eine willkommene Bestärkung des Stolzes, als er zu Weihnachten vom Vater einen Band *Deutsche Heldensagen* geschenkt bekommt und darin der Gestalt des Spielmanns Volker von Alzey begegnet, »der das Schwert so gut führt wie den Geigenbogen«. Heldisches Handeln und gefühlvolles Singen und Dichten müssen gar kein Widerspruch sein, jawohl, denn Volker steht in vielen Schlachten furchtlos seinen Mann, treu bis in den Tod. »Du herrlichster aller Helden«, ruft Hagen ihm nach, als er schließlich gefallen ist, nachdem er unter den schlitzäugigen Hunnen gewütet hat wie ein Wirbelsturm und zahllose der feigen Gesellen, die sich nur in der erdrückenden Übermacht stark fühlen, von seinen Streichen den Tod gefunden haben. Aber im Jahr darauf wird Bo durch das Blättern in den *Maßgebenden Menschen* aufs neue verunsichert. Ist er vielleicht dazu bestimmt, nur in der Ersatzwelt der Träume und Bücher zu leben und bestenfalls »Perlen« von der Art hervorzubringen, wie sie laut Jaspers gesunde Muscheln niemals liefern? Eine kranke, eine wunde Muschel: die ganzen Gedanken und Worte, die er produziert, nichts als schöner Schein um eine Schwäche tief in ihm drin, die Unfähigkeit, das Leben tätig in die Hand zu nehmen und ihm den Stempel des eigenen Willens aufzudrücken. Die Krankheit eine heimliche Lust, die ihm die Rechtfertigung verschafft, sich hängen zu lassen und nicht ständig robust und gesund und lebenstüchtig sein zu müssen; wie Ingo.

Wunde Muschel. Klingt gut. Wie ein geheimer Indianername, der Name, den allein der Große Geist kennt. Das darf er nur nicht Mani erzählen, sonst wird der ihn wochenlang Wuschelmuschel rufen – oder, schlimmer noch, Wuschimuschi.

Volker von Alzey jedoch ist keine wunde Muschel gewesen, und im Ausklang der Ritterspielphase beschließt Bo, künftig als Volker an Falks Seite zu streiten. In seiner Vorstellung singt der germanische Spielmann jüdische Minnelieder nach dem Vorbild des Hohenliedes, wo sich die Liebenden mit absonderlichen und doch eigentümlich erregenden Vergleichen belegen: er »ein junger Hirsch auf den Scheidebergen« mit »Lippen wie Rosen, die von fließender Myrrhe triefen«, sie »ein verschlossener Garten«, »ein Born lebendiger Wasser« und ihr Schoß »wie ein runder Becher, dem nimmer Getränk mangelt«, die Zähne »wie eine Herde Schafe mit beschnittener Wolle, die aus der Schwemme kommen«, der Hals »wie der Turm Davids, mit Brustwehr gebaut, daran tausend Schilde hangen«. Solche Bilder, vielleicht nicht ganz so verstiegen, würde er auch gern finden, um seine unsterbliche Liebe zu Claudia auszudrücken. Aber auf Vergleiche wie Salomo muss man erst mal kommen. Auf jeden Fall ist sie einmalig, ob er sie nun besingen kann oder nicht, ganz anders als andere Mädchen. Das *Bravo*-»Traummädchen« zum Beispiel lässt ihn völlig kalt; die letzte Schnepfe.

Die Platte war längst abgelaufen, aber zum Abschied musste Petra ihm noch einmal ihr Lieblingslied vorspielen. Sie drehte auf volle Lautstärke, ohne sich darum zu kümmern, dass ihre Mutter zum zweiten Mal zum Abendessen rief. »Sag ehrlich, wie findest du's?« Sie sah ihn erwartungsvoll an, und Bo tat so, als lauschte er konzentriert, als hätte er es noch nie gehört, dabei lief es als Single seit Monaten im Radio. Zugegeben, wenn man sich mal an die weichgespülten Strahlemannstimmen gewöhnt hatte, war der Drive, den das Ding hatte, gar nicht so schlecht. Seine Konzentration wurde echt. Auf den Text hatte er noch nie geachtet. »Young girls are coming to the canyon, and in the morning I can see them walking ...« Mit jäher Gewalt rollte die Welle des Verlangens über ihn hinweg, und einen Herzschlag lang, zwei, drei, stand er vollkommen nackt vor ihr. »Doch, find ich gut«, sagte er mit belegter Stimme und rotem Kopf. Ihre Mutter rief zum dritten Mal. »Jetzt muss ich aber los.«

»Macht ihr eigentlich noch Musik zusammen, du und der Mani?«, fragte Petra, als ob sie ihn gar nicht mehr gehen lassen wollte. Hastig zog er seinen Mantel an, ein Erbstück von seinem Opa und genauso graugesprenkelt und abgetragen wie der von Fritz Teufel auf dem *Stern*-Foto im vorigen Jahr. »Erzähl ich dir ein andermal«, vertröstete er sie und musste es hilflos geschehen lassen, dass sie ihm eine Art Kuss auf die Backe gab. Bloß weg. »Young girls are coming to the canyon«, jubelten ihm auf dem Heimweg die wonnesonnigen Kalifornier durch den Kopf, und er würgte sie mit Gewalt ab. Arrgh. Ja, was war mit ihrer eigenen Musik? Der Eifer, mit dem sie am Anfang geübt hatten, musste er sich eingestehen, hatte spürbar nachgelassen, seit sie beide in der USG mitmachten und Schulreform und Systemveränderung alles andere in den Hintergrund drängten. Dabei war ihre Version von »I'm A Man« wahrscheinlich besser als die der Rout 66, die den Orgelpart auf Gitarre umarrangiert hatten, und obwohl Bo das Raue, Kehlige in Stevie Winwoods Stimme durch Lautstärke ersetzen musste, klang sein Gesang doch wenigstens nicht nach Tralala wie bei Ruud. Auch die Mischung von verhaltener Intensität, bedrohlich fast, und ekstatischem Ausbruch, mit der Jim Morrison »The End« sang, bekam er für seinen Geschmack ganz gut hin, und seine Gitarrenbegleitung samt Vorspiel war auch besser geworden. Natürlich kam er nicht im entferntesten an Fred heran, der sein Instrument in tausend Tonarten singen, jaulen, schrillen, blubbern, stottern lassen konnte – wie denn auch? Wenn einer klassische Gitarre lernte. Und Flamenco.

Fred. Bo senkte den Kopf und zog sich den braunen Hut über die Ohren, ebenfalls aus dem Bestand seines toten Opas und vor kurzem von ihm, trotz Protests der Oma, unter der Dusche in Pilzform gebracht. Wieder legte sich diese zähe, klebrige Traurigkeit über ihn, wie so oft in letzter Zeit, und sie wurde noch klebriger, als ihm am Peter-Cornelius-Platz die Szene vor Augen trat, wie er damals nach dem Österreichurlaub im Vorbeifahren dort auf dem Spielplatz Claudia gesehen hatte.

Obwohl er so einen Schreck kriegt, dass er fast vom Rad fällt, nimmt er allen Mut zusammen und fährt zu ihr hin, nuschelt hallo und wechselt tatsächlich ein paar Worte mit ihr. Er erwähnt den Urlaub im Ötztal. Nein, sie ist in den Ferien nicht weggewesen, sie haben nur mal am Wochenende Ausflüge in den Taunus und den Hunsrück gemacht. Ach, sein Urlaub war auch nichts Tolles, das einzig Besondere daran hat er mit sich allein abgemacht ... Er schwankt, ob er ihr von dem Gipfelblick und seinem nächtlichen Dichten erzählen soll, andeutungsweise wenigstens, doch sie fängt schon wieder an zu schaukeln und winkt einer Freundin, und er fährt weiter. Fünf Minuten, höchstens, haben sie zusammengestanden. In der Erinnerung jedoch eine unerschöpfliche Ewigkeit, jede ihrer Mienen, ihrer Bewegungen, ihrer Haltungen, ihrer Worte, das kleinste Schulterzucken und Nasehochziehen und Anstupsen der Schaukel im Gedächtnis eingemeißelt wie in unzerstörbaren Granit.

Zuhause zieht er sich mit einem reich bebilderten Band über die großen Weltreligionen zurück, den er sich in der Pfarrbücherei ausgeliehen hat. Nachdem er den Propheten Hesekiel beinahe auswendig kann, jedenfalls die einschlägigen Kapitel, hat er sich gefragt, ob die heiligen Schriften anderer Völker wohl ähnlich ergiebig sind wie die Bibel, und jetzt gewinnt er den Eindruck, dass man sich nur ein bisschen mit Religion beschäftigen muss, um sofort bei geschlechtlichen Themen zu landen. Im Kapitel »Hinduismus« bleibt er an der Abbildung eines indischen Tempelreliefs hängen, auf der in aller wünschenswerten Deutlichkeit, wenn auch leider etwas klein, zu sehen ist, wie nackte Männer und Frauen in zum Teil akrobatischen Posen allerhand abenteuerliche Verrichtungen aneinander vornehmen. Schwer vorzustellen, dass sie es bei Jeremias Greueln auf Hügeln und Äckern schlimmer getrieben haben. Neben dem Bild einer Göttin mit prallen Kugelbrüsten stehen Auszüge aus einem mittelalterlichen Gedicht, in dem sich der Gott Krishna nach heißem Liebesspiel mit einer ganzen Heerschar schöner Kuhhirtinnen von diesen abwendet, um nur noch einer von ihnen liebestrunken nachzustellen und sich schließlich nach aufreizendem Hin und Her voller Wollust und im hilfreichen Beisein ihrer Gefährtinnen mit ihr zu begatten. Gierig verschlingt Bo die komisch klingenden Verse um das »Wonnegelände der schwellenden Lende«, die »schamgewürzte Lust«, das »Lippennektartrinken«, den »wallenden Busen«, den »Liebeskampf« mit schonungslos beißenden Zähnen und kratzenden Nägeln, »schauerdurchrieselt, empfindungsdurchzittert, stöhnend und blinzelnd, von Verlangen umwittert«. Das soll eine Religion sein?

Mit den Indern können sie sich alle nicht messen, stellt er bei seinen Studien fest, aber in einem Buch über die iranische Geisteswelt begegnet ihm einige Wochen später die Vorstellung von einer »Brücke des Gerichts«, an der dem Verstorbenen die guten Gedanken, Worte und Werke seines eigenen Lebens in Gestalt einer wunderschönen fünfzehnjährigen Jungfrau entgegentreten, »von edlem Wuchs und mit schwellenden Brüsten«. Durch die Liebe, die der Verstorbene seiner Seele im Leben entgegengebracht hat, ist diese so schön und lieblich geworden, und jetzt im Tode bekommt er die Liebe zu ihr vergolten – oder seine Lieblosigkeit in Gestalt eines abstoßenden Weibsbilds, nackt, hässlich, stinkend und schmutzig. Er stellt sich vor, wie ihm an der Brücke des Gerichts Claudia entgegenkommt. Sie ist das Bild alles Guten, das er im Leben gedacht, gesagt, getan: geliebt hat. Gleichzeitig entsteht dieses Gute erst, kommt erst zum Vorschein durch die Liebe zu ihr. Ja, ja, er will sich zum Guten bekehren, nicht willensschwach und charakterlos der Unreinheit nachgeben, die viel zu oft über ihn Macht gewinnt, sonst macht er sie zum stinkenden Scheusal, zu Ohola und Oholiba. Der Kampf gegen die Hydra ist fast übermenschlich schwer. Aber wenn er Claudia die Treue hält, ihrer Schönheit nachfolgt wie einem fernen leuchtenden Stern, holt sie das Beste aus ihm heraus, richtet ihn auf zu herkulischer Größe. Sie reinigt seine Seele von allen abnormen Trieben – wünscht er sich inbrünstig, doch schon beim kleinsten Gedanken an sie werden sie wieder wach.

Was hatte Petra davon, mit ihm zusammenzuglucken und zu quatschen, wenn sie ihn doch gar nicht liebte? In tiefe Traurigkeit versackt schloss er die Haustür auf und wartete auf den Fahrstuhl. Was! Es war nicht nur der Gedichte wegen, nein, sie mochte ihn wirklich ganz gern, das merkte selbst er, aber dass irgendwas lief zwischen ihnen, wusste sie zielsicher zu verhindern. Wie eigentlich? Mit ihrer »schwesterlichen« Art? So dass er erst gar nicht auf den Gedanken kam, es könnte mehr zwischen ihnen sein als nettes Gerede? Aber was hieß, auf den Gedanken *kommen*, er hatte sowieso kaum noch was anderes im Kopf als Bilder davon, wie er mit Petra ... Ach, zum Teufel.

»Versteh ein Mensch, was die Weiber wollen!«, hatte er neulich Mani vorgeseufzt und mit männlicher Solidarität gerechnet. Aber der hatte nur die Achseln gezuckt und, als ob er sich mit Ingo abgesprochen hätte, gesagt: »Ist doch egal. Frag dich lieber, was *du* willst. Der Rest ergibt sich von ganz allein.«

... down from your cross ...

Im ersten Moment denkt Fred, er muss sich verhört haben. »Oh, hallo ... Ja klar kenn ich dich.« Seine Rechte krampft sich um den Hörer, als wollte sie ihn zerquetschen. »Wir haben uns sogar schon mal gesehen, in der *Song*-Redaktion ... Ist schon 'ne Weile her ...« Kaiser kann sich nicht erinnern. Tom hat ihm von ihnen erzählt, Tom Schroeder vom Republikanischen Club?, und er hat eine schlichte Frage: ob sie Lust hätten, in Essen aufzutreten? Es hätte sich sicher schon rumgesprochen ... Natürlich weiß Fred Bescheid: seit Monaten rührt Rolf-Ulrich Kaiser, der große Wirbler in der Folk- und Popszene, mit seinem Team landauf landab die Werbetrommel für die Essener Songtage. Vor ein paar Wochen hat Fred im RC mit ein paar Leuten zusammengesessen, und Tom hat lang und breit über den Stand der Vorbereitungen erzählt: Probleme mit der Organisation, der Unterbringung, dem lieben Geld, der »scheißmaterialistischen Basis«, auf der man mit solchen idealistischen Projekten regelmäßig eine Bauchlandung mache, weswegen auch einige Ausfälle verkraftet werden müssten, denn wenn es um die Gage ging, oho, da sei für die Herren von Traffic, Pink Floyd und Jefferson Airplane, für die Dame genauso, Solidarität ein Fremdwort. Na, sie würden die Lücken schon noch gestopft kriegen – und mag Fred dabei auch ins Träumen gekommen sein, ernstlich zu hoffen gewagt hat er nicht.

Kaiser spult derweil Namen und Daten ab: fünf Tage im September mit internationaler Starbesetzung, The Fugs, Alexis

Korner, The Mothers of Invention, Julie Driscoll und viele andere mehr, von deutscher Seite Gruppen wie Amon Düül, Tangerine Dream, Schnuckenack Reinhardt, dazu die Crème der politischen Liedermacher, Hüsch, Süverkrüpp, Degenhardt, Neuss, Wader. Fred weiß das alles längst. Er weiß, es ist die Chance ihres Lebens. Und ausgerechnet jetzt: zwei Tage, nachdem er Ruud noch mal richtig die Meinung gegeigt hat, woraufhin die Pissnelke tödlich beleidigt getan hat und mit großem Buhei und Türenknallen auf Nimmerwiedersehen abgerauscht ist, so dass sie nun ohne Sänger dastehen. Die »kreative Denkpause«, die er der Band vorgestern verordnet hat, ist beendet, bevor sie angefangen hat. Bloß, woher auf die Schnelle einen Sänger nehmen? Während er sich die Bedingungen darlegen lässt – Fahrtkostenerstattung, Quartier, Verpflegung und 50 Mark Taschengeld pro Gruppenmitglied – arbeitet sein Hirn auf Hochtouren, und als Kaiser ausgeredet hat, weiß er, was zu tun ist. Er sagt auf der Stelle zu.

Dieser Lange, der im Winter bei dem Interview mit dabei war, dieser ... Bo. Fred sieht ihn vor sich. Einen Versuch wär's wert. Bo ist der kleine Bruder von Ingo, mit dem er letztes Jahr Abi gemacht hat, und als sie sich vor ein paar Monaten in der Straßenbahn begegnet sind, hat Ingo nebenbei eine Bemerkung zu den musikalischen Gehversuchen des Brüderleins gemacht, kritisch, versteht sich, wie sich das für einen frischgebackenen Frankfurter Soziologen gehört, aber was Freds feine Ohren durchgehört haben, klang nicht uninteressant. Außerdem ist er beim Blättern in der *Sardine* an zwei Gedichten von Bo hängengeblieben, die ihm nicht schlecht gefallen haben, und so schaut er wenige Stunden nach dem Telefonat mit Kaiser in Saly's Pan Club vorbei, wo er den Gesuchten wie erwartet antrifft, über ein Buch gebeugt, irgendwas von Wilhelm Reich. Erst mal ein bisschen vorglühen lassen, den Jungen, sagt er sich, und sieht mit Genugtuung, wie sich Bos Augen fast erschrocken weiten, als er sich ihm gegenüber in die Ecknische schiebt.

Bo fiel aus allen Wolken, als Fred sich zu ihm an den Tisch setzte und ihn ohne Umschweife auf seine Gedichte ansprach. Dass Fred die wahrgenommen hatte – unglaublich! Unglaublich, dass er ihn überhaupt noch kannte. Er gab sich peinlich berührt: eigentlich seien das bloß so private Fingerübungen gewesen, aber die Petra – die Blonde, die damals bei dem Interview mitgemacht hatte – habe ihn endlos deswegen genervt und sich einfach nicht abwimmeln lassen. »Hat sie gut gemacht«, sagte Fred und wandte sich ab, um ein paar Worte mit Saly zu wechseln, der an den Tisch getreten war, um die Bestellung aufzunehmen. »Weißt du«, nahm er seinen Faden wieder auf, »ich habe mich beim Lesen gefragt, ob man so was in der Art auf Englisch hinkriegen könnte.« Fred wusste sehr wohl, dass ihre ersten Eigenkompositionen textlich nicht das Heißeste vom Heißen waren – »Crazy baby, makin' me shout, crazy baby, turnin' me inside out«, und so weiter, na ja. Er äffte Ruuds niederländischen Akzent nach. Seit Dave bei ihnen mitmachte, waren die Texte ein bisschen besser geworden, wenigstens nicht dieses Pidgin-English, das die andern Gruppen verzapften. Aber was ihn seit einiger Zeit beschäftigte ... Er strich sich den Bart, fixierte das Zappa-Poster über Bos Kopf. »Bisher waren mir die Texte ehrlich gesagt ziemlich schnurz. Ich will Musik machen, verstehst du, Musik, die für sich selbst spricht. Free music. Nicht so was wie dieses Liedermachergeschrummel: klampf, klampf, Klassenkampf. Das kann's doch nicht sein, oder, dass du dein politisches Glaubensbekenntnis mit irgendwelchen Hänschen-klein-Melodien unterlegst und denkst, damit bringst du die Revolution voran. Wenn die Musik selbst nicht subversiv und revolutionär ist, kannst du den Rest auch vergessen. Aber wirklich subversiv ist die Musik nur, wenn sie aus dem Unbewussten kommt, verstehst du, aus Tiefenschichten, wo nicht die Bewusstseinspolizei den Knüppel schwingt. Wetten, auf der Waldeck sind sie bald so weit, dass die Politfuzzis die Musik ganz verbieten und nur noch diskutieren wollen. ›Kunst ist Scheiße‹, ›Kunst ist reaktionär‹ und was sie sonst für Sprüche drauf haben. Als ob's um so was wie abgehobene Kunst gehen würde. Hirnis. Na, mal sehen, was sie da abziehen nächste Woche im Hunsrück. Weil, wie willst du die verkrusteten Strukturen zerbrechen – die sind doch in den Menschen selbst drin und nicht bloß irgendwo da draußen in der Gesellschaft – wie willst du die je zerbrechen, wenn du nicht das Unbewusste freisetzt? Die ganzen unterdrückten Triebe, die Leidenschaft und die Phantasie. Die innere Sprengkraft. Oder? Und was Besseres als Musik gibt es gar nicht, um den Ordnungspanzer des Systems zu sprengen: um die Phantasie zu befreien und jede Form von Unterdrückung abzuschütteln, politische, sexuelle, rationale. Um endlich«, er deutete flüchtig auf Bos abgelegtes Buch, »das Lustprinzip gegen das abgefuckte Realitätsprinzip durchzusetzen.«

Freds Tomatensaft kam, und während er Pfeffer und Salz darüber streute und umrührte, warf er Bo, der hochrote Ohren bekommen hatte, weil er an Äußerungen über kleinbürgerlichen Überbaukram vor noch gar nicht so langer Zeit denken musste, einen Blick zu. Kannte er Bretons surrealistische Manifeste? Nein? Sollte er mal lesen. »Psychischen Automatismus« nannte Breton das, eine künstlerische Produktion, die sich freimachte vom Diktat der Vernunft, der Logik mit ihrem Hass auf das Wunderbare, die über freie Assoziation und spontane Improvisation in die höhere Wirklichkeit des Traums, des Rauschs, des Wahnsinns eindrang, über psychedelische Drogen, und die sich so gewissermaßen zum Sprachrohr des Unbewussten machte. Break on through to the other side, yeah. Die Faust geballt, den Arm angewinkelt ruckte er kurz mit der Schulter. Na jedenfalls, was ihn seit kurzem beschäftigte, wie gesagt, war, ob man nicht auch textlich so was hinkriegen könnte, eine Symbiose von Musik und Text, eine Befreiung auf allen Ebenen. Die Sachen, die Pete Brown für die Cream geschrieben hatte, nicht wahr, die waren ein gutes Beispiel für die Art von spirit, die er meinte. »Ich weiß nicht, ob du zu so was Lust hättest, aber vielleicht denkst du mal drüber nach.« Was ihm an Bos Gedichten gefallen hatte, um darauf zurückzukommen, war dieser einerseits fast agitatorische, angriffige Ton, der sich aber in echt poetischen Bildern bewegte und nicht vordergründig politisch war, eher so existentiell. Zum Beispiel das eine mit dem Sturm und der Leiche, wie hieß das noch mal? Der letzte Dreck?

Bo nickte. Es hieß »Das Letzte«: »Ich bin der Dreck unter euerm Teppich, ich bin die Leiche in euerm Schrank, ich bin der Sturm in euern Gärten. Ich bin verrückt? Ihr seid krank!« Er hatte es, ungewöhnlich für ihn, in einem Zug durchgeschrieben, nachdem ihn seine Mutter Anfang des Jahres zu einem Psychologen geschleift hatte, weil sie das einfach nicht mehr normal fand, wie er sich verhielt, so völlig in sich verschlossen und schwermütig und immer gegen alles, was man sagte, und auch in der Schule schon wieder auf der Kippe, und der Psychologe hatte dann an ihm praktisch ein Exempel statuiert und ihn mit eisiger Freundlichkeit als typischen Fall von realitätsgestörtem »vaterlosen« Protestierertum behandelt. Eher springt er aus dem Fenster, als dass er noch einmal zu diesem Arsch in die Praxis geht, hatte er die Mutter hinterher angebrüllt. Als er sich am Abend, immer noch bebend vor Zorn, zum Schreiben hingesetzt hatte, waren die Worte förmlich aus ihm herausgeschossen.

Er holte leicht zitternd Luft: anscheinend sollte er als Texter für die Rout 66 angeworben werden. Doch bevor er etwas sagen konnte, beugte Fred sich ein wenig vor und sah ihm direkt in die Augen. Eigentlich habe er ihn etwas anderes fragen wollen. »Hast du nicht damals was davon erzählt, dass du mit einem Freund zusammen Musik machst?« Das Gesicht unbewegt. Was sie so spielten? War sein Freund gut als Keyboarder? Vielleicht hatten sie ja Lust, am nächsten Donnerstag mal zur Probe zu kommen, und man konnte schauen, ob man zusammenpasste, die Rout 66 und Bo als Sänger.

Bo räusperte sich. Nein, er hatte sich nicht verhört. Er leerte den letzten Finger lauwarme Cola, mit dem er seit einer Stunde seinen Platz behauptete, und starrte stirnrunzelnd in die Luft, bis der Knoten in seiner Kehle sich ein wenig gelockert hatte. »Mani ist klasse am Keyboard«, sagte er mit heiserer Stimme. Er räusperte sich abermals und zählte auf, was sie bisher geprobt hatten. Neuerdings versuchten sie sich auch an Soulstücken, »Mustang Sally« und so. Schwarze Musik hatte ihn schon immer fasziniert: er hatte, Bo schnitt eine verlegene Grimasse, vor Jahren mal im Chor gesungen, und seine einzig richtig gute Erinnerung daran waren zwei Gospels, die ihre Chorleiterin mit ihnen eingeübt hatte. »Die selbe Art shouting wie beim Soul, weißt du, mit call and response und so«, erläuterte er.

Fred nickte und schaute auf die Uhr. »Klingt doch gut«, sagte er. »Also dann, bis Donnerstag.« Er stand auf.

»Bis dann«, sagte Bo. Er zögerte. »Sag mal ... und was ist mit Ruud?«, setzte er schließlich doch noch hinzu.

»Ruud!« Fred, schon mit gezücktem Portemonnaie an der Theke, verdrehte die Augen. Der sei schon lange fällig gewesen. Seine schwule Version von »Dandy« sei ja noch ganz witzig gewesen, aber als er immerzu ankam und dies parodieren wollte und das, erst Sam the Sham und neulich, du fasst es nicht, »Massachusetts«!, da sei ihm irgendwann der Kragen geplatzt. Na, höchste

Zeit. Auch deswegen, weil sie, er zog leicht die linke Braue hoch, in gut drei Monaten bei den Internationalen Essener Songtagen auftraten.

»Musik ist eine Hure, die mit jedem Text schläft.« Den Spruch, angeblich ein Zitat von Ernst Bloch, hatte Ingo eingestreut, als er sich Anfang des Jahres im Auftrag des Frankfurter Sozialistischen Deutschen Studentenbundes mit seinem kleinen Bruder und zwei anderen »opinion-leadern« des langsam in Gang kommenden Mainzer Schülerprotests über Möglichkeiten beriet, die Konflikte an den Schulen strategisch zu eskalieren, und in den drei Tagen bis zur verabredeten gemeinsamen Probe mit den Rout 66, die Bo intensiv zur Arbeit an einer Textidee nutzte, kam er fast jedes Mal, wenn seine Gedanken von dem entstehenden Song abschweiften, auf die Entgegnung zurück, mit der er Ingo damals zumindest einen Moment lang verblüfft hatte, schmückte sie weiter aus, schärfte ihre Pointe. Musik, hatte Ingo beiläufig erklärt, während sie über Ansatzpunkte zur Radikalisierung der bislang noch perspektivlos und rein gefühlsmäßig rebellierenden Jugendlichen diskutierten, Musik sei politisch neutral und könne höchstens insofern eine gesellschaftsverändernde Wirkung haben, als sie einen entsprechenden Text transportiere. Als Vehikel des Textes könne sie diesem dann eine gewisse Eingängigkeit verleihen, aber ihr eigenständiger Beitrag zur Bewusstwerdung sei null. Null. Wie schon Ernst Bloch gesagt habe ...

An dem Punkt hatte Bo Zweifel angemeldet: Wenn demnach die Musik das Weibliche und der Text das Männliche wäre und der Mann will seinen Text unverfälscht bewahren, seinen Bewusstseinsstand, dann wäre doch die Konsequenz, dass er sich entweder ganz von der Frau fernhält, weil sie nichts Eigenes zur Bewusstwerdung und Veränderung beiträgt, oder er muss sie zur

Hure machen und sie seinem Willen als passives Objekt unter-werfen, als bloßes Vehikel – keine besonders sexualrevolutionäre Alternative. Im inneren Nachsprechen des Wortwechsels wurden Bos Formulierungen immer geschliffener. Ingo hatte eingeräumt, dass das Bild blöd gewählt war, und das Gespräch rasch auf das eigentliche Thema zurückgebracht, aber in Gedanken griff Bo die Auseinandersetzung immer wieder auf, führte sie weiter. Warte mal, sagte er, vielleicht ist das Bild gar nicht so blöd. Vielleicht ist es ganz bezeichnend. Wofür, fragst du? Tja, vielleicht für eine ge-wisse ... Blindheit? Oder Taubheit? Wäre es nicht möglich, fuhr er nach einer kurzen Pause fort, in der er sich in der Vorstellung am verdutzten Blick des Bruders weidete, dass die Musik doch etwas zu sagen hätte? dass die Frauen etwas zu sagen hätten? was auch für die Revolution wichtig sein könnte? Dann: Wenn du mit Huren buhlen willst, bitte schön, viel Spaß mit Ohola und Oholi-ba. Er lächelte süffisant. Was, die kennst du nicht? Ach, spielt keine Rolle, es mag genügen, wenn ich dir sage, dass sie mich langweilen. Ich will keine Huren haben und keine Hurenmusik machen. Die Musik muss was Eigenes sein, für sich selbst spre-chen ... und die Frauen genauso. Ich will, dass eine Frau mit mir auf der selben Ebene steht, verstehst du, ich will sie nicht als Vehikel für irgendwas. Das kannst du von mir aus mit Vera machen – falls die sich das bieten lässt.

Gar nicht daran zu denken, so was vor Ingo auszusprechen. Oder vor sonst wem. Zumal er, wenn er genauer nachdachte, selbst nicht recht wusste, was er mit dem auf selber Ebene ste-henden Nichtvehikel so weltbewegend anderes anfangen wollte als sonst Männer mit Frauen. Aber es klang gut. Es gefiel ihm. Es hätte bestimmt auch Vera gefallen ...

Er wandte sich wieder seiner Idee zu. Als er vor etlichen Wochen das letzte lange Gespräch mit Petra gehabt hatte, über seine Gedichte und andere Sachen, da waren ihm am Tag danach Bilder zu einem Gedicht gekommen, in dem er den jämmerlichen Schmerzensmann seiner pubertären Selbstgeißelungsphantasien aufforderte, endlich von seinem Kreuz abzusteigen, sich zu befreien und die andern dazu, gegen die Römer zu kämpfen, die Schriftgelehrten und die Geldwechsler zum Teufel zu jagen ... Maria Magdalena zu ficken. Die Kirchenväter waren alles neurotische Spießer gewesen, die ihn verharmlosen, ihn kastrieren wollten. (Hatte nicht selbst Jaspers so was in der Richtung geschrieben?) Vor seinem inneren Auge hatte Jesus mehr und mehr die Gestalt Che Guevaras angenommen. Im Basteln an einzelnen Versen, bei dem Entschluss, zum ersten Mal auf Reime zu verzichten, sich einfach vom Rhythmus der Sprache von Bild zu Bild tragen zu lassen, hatte ihn ein trotziges Hochgefühl durchströmt. Das war das Irre an Gedichten: die Worte schüttelten gewissermaßen die Fesseln ab, in die der Alltagsgebrauch sie legte, und gewannen eine neue, ungeahnte Freiheit, so dass sie einen mit Kraft vollpumpen konnten wie ... wie eine Demo, eine politische Aktion. Aber die Aktion brachte was, veränderte was, über das private Hochgefühl hinaus. Was brachte es, ein Gedicht zu schreiben? – So hatte er sich in seine üblichen Widersprüche verheddert, und das Gedicht war dabei auf der Strecke geblieben.

Jetzt aber war die Inspiration wieder da. »Bloody Jesus, come down from your cross!«, schrieb er. »There is no father in heaven!« Manche Formulierungen hörten sich ein wenig zweifelhaft an. Aber wenn die Band das Lied im Prinzip gut fand, konnte Dave ja in der Nachbearbeitung für das amtliche Englisch sorgen. Und auf einmal hatte er sogar eine Melodie im Ohr. Du-du-du, du-du: da knallte Egons Bass rein. Iiiing-iii-jii-jii: Freds Gitarre heulte auf. Im Hintergrund der Klangteppich von Manis Fender Rhodes: vjuuu-u-ju-ju. Schlagzeug: ein harter, treibender Rhythmus. Er sah sich auf der Bühne stehen – bis Essen konnten die Haare noch ein gutes Stück wachsen. Essen! Wahnsinn! Internationale Songtage! Vor ihm die ekstatischen Massen! Würde er das packen oder würde er vor Lampenfieber keinen Ton herausbringen? Und vorher musste er ja noch das Probesingen am Donnerstag bestehen. Nicht allein war er noch nie öffentlich aufgetreten – na ja, vor der Klasse damals im Schullandheim – er hatte außer mit Mani auch noch nie mit jemand anders zusammengespielt, mit richtigen Musikern, einer richtigen Anlage. Er hatte keine Ahnung, was eine solche Probensituation, erst recht eine Bühnensituation mit ihm machen würde. Aber wenn er es schaffte, wirklich in die Musik reinzugehen, wirklich zu *singen,* dann konnte er total abheben, das wusste er, und sicher konnte er dann auch die Leute mitnehmen und ihrerseits zum Abheben bringen. Ganz sicher.

Es stimmte nicht, was er Fred erzählt hatte, dass seine einzig gute Erinnerung an den Kirchenchor das Gospelsingen war. Klar, das war etwas Besonderes gewesen, aber auch sonst hatte er sich meistens auf die Chorproben bei Fräulein Schmale gefreut, und nicht nur deswegen, weil er da Claudia sah und hin und wieder sogar neben ihr zu sitzen kam, ganz nahe, so dass er die von ihrer Schulter ausstrahlende Wärme fühlte oder sie beim Umblättern des Gesangbuchs mit dem Ellbogen streifte. Nein, das war es gar nicht, es war das Singen selbst, dieses Gefühl, weit und hoch hinausgetragen zu werden, wie auf Flügeln, wenn er alle Kraft, die er hatte, in seine Stimme legte, wenn er alle Angst und Scham hinter sich ließ und sich dabei verrückterweise sicher und geborgen fühlte, gerade in dieser Ungeschütztheit, geborgen in der Natürlichkeit seiner eigenen Stimme. Das offene Singen war zugleich ein Schutz, der es möglich machte, alles zu geben, alles zu zeigen. Und es schuf, wenn es gut lief, zwischen den Singenden, manchmal auch zu den Zuhörern, diese ganz spezielle Verbindung, überhaupt nicht persönlich und für den Moment doch tiefer als jede Freundschaft, selbst zu einem wie Peter Silbermann, der bei den Aufführungen meistens neben ihm stand. Erst hinterher fiel ihm wieder ein, dass er den gar nicht leiden konnte.

Will Fräulein Schmale dieses Gefühl bewusst unterstützen, als sie einmal zur Probe ein Tonbandgerät mitbringt und ihnen Ausschnitte eines Gottesdienstes schwarzer Baptisten irgendwo im Süden der USA vorspielt? Vielleicht, denn während Herr Zimmerschied, der den Schulchor leitet, halbe Proben lang an den Versenden von »Der Mensch lebt und bestehet nur eine kleine Zeit« das Schluss-t üben lässt oder das Zungen-r in »Brich dem Hungrigen dein Brot« (»Be-dod! Be-dod! Be-dod! Erst langsam sprechen, dann immer schneller, bis es von selbst in das rollende Brrrrrot übergeht!«), hält sie »ihre Kinder« dazu an, »einfach frisch heraus von Herzen« zu singen: die technischen Feinheiten kämen dann irgendwann von alleine und seien auch nicht so wichtig. Bo kann es beim Hören der Aufnahme erst gar nicht glauben, dass dieses rhythmische Gebrüll einer überschnappenden Männerstimme, immer wieder beantwortet und bekräftigt und unterbrochen von lauten Zurufen aus der Gemeinde, und darauf dieser wilde, leidenschaftliche Gesang, begleitet von einem rumpelnden Klavier und Händeklatschen, ein Gottesdienst sein soll; es hat auf jeden Fall nichts mit der Veranstaltung zu tun, die Pfarrer Barth unter gleichem Namen Sonntag für Sonntag abzieht. Anfangs sitzt Bo, wie die anderen auch, entgeistert da und weiß nicht, was er davon halten soll, aber als Fräulein Schmale dann nur noch die Lieder spielt – Gospels hießen die, hat sie ihnen erläutert, G-O-S-P-E-L, Gospel – da überträgt sich nach einer Weile und mit der Zeit immer mehr eine solche Fröhlichkeit auf ihn, dass er am liebsten mit in die Hände geklatscht und »Äimen« gerufen hätte. Er lässt die Muskeln ein wenig zittern, kostet die Erregung aus. Und das Tollste ist – er zuckt zurück wie vom Schlag getroffen, und ein wonniger Schauder durchprickelt ihn –: er hat an Claudias Schulter gelehnt und es gar nicht gemerkt.

So eine Musik, solche Stimmen hat er noch nie gehört. Eine solche Begeisterung! Er blickt verstohlen Fräulein Schmale an, die ihre Chorkinder ihrerseits mit einem feinen Lächeln im Gesicht beobachtet. Gewiss, räumt sie hinterher ein, als einige ihr Befremden über das Gehörte nicht verhehlen können, eine solche Musik lässt sich hier nicht einfach übernehmen. Wir sind keine amerikanischen Neger, es ist nicht unsere Art, Gefühle so rückhaltlos zu äußern, hinauszuschreien, so durch den ganzen Körper gehen zu lassen: denn sie müssen sich vorstellen, dass es die Leute währenddessen nicht auf den Stühlen hält, sie springen auf und tanzen und fallen regelrecht in Trance – Trance: ein Zustand, in dem man so sehr aus sich selbst herausgerissen wird, aus seinem gewöhnlichen Ich, dass man in eine besondere Nähe zu Gott gelangen kann. Mit einer zarten Röte im Gesicht mustert sie die gerunzelten Stirnen der Kinder, wobei das Stirnrunzeln bei Bo von dem Versuch kommt, sich einen solchen Zustand bei Fräulein Schmale vorzustellen: die Haare dem strengen Knoten entwunden, der mausgraue Rock verrutscht, die Hornbrille davongeflogen, einen unfassbaren Ausdruck im jubelnden Gesicht. Morbus sacer, denkt er. Das kommt uns natürlich fremd vor, fährt sie fort, keine Frage, aber dahinter steht, genau wie in unserer Tradition, das tiefe, freudige Vertrauen darauf, dass Gott uns nach den Leiden und Schmerzen dieses Lebens in seinem Reich gnädig empfangen und trösten wird – wobei die Rassendiskriminierung in den USA zu diesen Leiden natürlich ein übriges beiträgt. Wenn wir uns die Lieder in unserem evangelischen Gesangbuch, sie deutet auf das vor ihr liegende Exemplar, einmal genauer vornehmen, dann sehen wir, dass aus vielen eine ähnliche leidenschaftliche Gottesliebe spricht; auch der Gemeindegesang habe in früheren Zeiten eine ganz andere Inbrunst gehabt als heute. Sie werde ihnen in den kommenden Stunden davon erzählen: von Paul Gerhardt, von der Herrnhuter Brüdergemeine, von Rudolf Alexander Schröder und dem Kirchenkampf im Dritten Reich. »Auch wir besitzen Schätze musikalischer Gottesliebe, die wollen wir in Zukunft gemeinsam heben. So, und jetzt singen wir zum Abschluss noch die Nummer 274, ›Jesu, geh voran‹.«

Bos stille Liebe zu Claudia erhält einen ersten Knacks, als er sie einige Wochen später vor der Probe auf der Straße trifft und sie beim Einbiegen in den Kirchenhof bemerkt: »Ich hoffe, Fräulein Schmale verschont uns jetzt langsam mal mit ihrer Negermusik.«

Im Singen schwang man sich über sich selbst hinaus, über das »gewöhnliche Ich«. Aber wahrscheinlich klappte dieses besondere Schwingen nur dann, wenn einem die Musik, die Lieder auch sonst unter die Haut gingen. Als sie damals im Chor die beiden Gospels gesungen hatten, da hatte er manchmal zu fühlen gemeint, wie sich ihm vorsichtig, versuchsweise die Ohren für eine unbekannte Welt öffneten; vor allem das langsame »It Is Well With My Soul« ließ ihn wochenlang nicht los, ständig tönte es ihm durch den Kopf, schmückte er es mit Trillern aus, dachte sich Rufe aus der schwarzen Gemeinde dazu, korrigierte die Aussprache der großenteils unverstandenen und eben deshalb umso bedeutender, fast magisch klingenden englischen Wörter. Und als um die selbe Zeit neue Töne aus dem Radio kamen, spärlich zunächst, gut versteckt in der Masse der gängigen Schlager, dann aber immer stärker herausstechend, da war er in seiner Klasse einer der Ersten gewesen, die diesem ungewohnt klingenden »I Want To Hold Your Hand« etwas abgewinnen konnten, über das sich alle aufregten, weil es nur Gekreisch wäre und gar keine richtige Musik. Wobei ihm »Rote Lippen soll man küssen« – die Erinnerung stieg auf wie ein übler Geruch – deswegen nicht schlechter gefallen hatte. Auch unter den Kirchenliedern hatte es einige gegeben, die er richtig liebte, »Befiehl du deine Wege« zum Beispiel: »Der Wolken, Luft und Winden gibt Wege, Lauf und Bahn, der wird auch Wege finden, da dein Fuß gehen kann«, hieß es darin, und irgendwie beflügelten ihn diese Worte, wenn er sie auf dem Schulweg vor sich hin sang, etwa vor einer Mathearbeit, für die er wie so oft nicht genug gelernt hatte. Die Mathearbeit rettete das zwar nicht, aber es festigte in ihm, wenn er mal wieder in Weltuntergangsstimmung war, die Hoffnung, trotz allem nicht ganz verloren zu sein. Lange fiel es ihm gar nicht auf, dass er solche Verse in bestimmten Phasen laufend wiederholte, aber wenn ihm sein Singen dann bewusst wurde, erschienen sie ihm wie ein Kommentar zu dem inneren Zustand, in dem er sich gerade befand: »Was ist die Schuld, in was für Missetaten bist du geraten?« Oder: »Trotz dem alten Drachen, Trotz dem Todesrachen!« Wenn er in Gedanken bei Claudia war, kam oft »Ja so ein Mädel, ungarisches Mädel«, und als im vorigen Jahr sein Mainzer Opa gestorben war, hatte er wochenlang »Death Of A Clown« vor sich hingebrummt. Zu dem Zeitpunkt hatte der Beat die deutschen Schlager und Operettenschnulzen längst aus seinem Herzen gefegt und die Kirchenlieder gleich mit.

Was ja nur gut war. Als Kind ließ man sich einfach den letzten Mist eintrichtern. Dass er sich aber die Musik überhaupt aus dem Herzen fegen ließ beziehungsweise sie aus besserer Einsicht gleich selber hinausfegte, weil sie halt nicht gesellschaftsverändernd wirkte, sondern im Gegenteil von der Vergnügungsindustrie zur Entpolitisierung und kommerziellen Gleichschaltung benutzt wurde – Argumente, die so zwingend waren, dass man sie selbst vehement gegen andere vertreten und diese damit in die Enge treiben musste – diese Vorstellung hatte etwas, das ihm, wenn die Euphorie des besseren Wissens nachließ, die Luft zum Atmen zu nehmen drohte und ihn doch gleichzeitig, wie zum Ersatz für die natürliche Atemluft, mit dem Treibgas einer ungeheuren Wichtigkeit aufblähte. Dann war es, als ob er sich selbst an seiner empfindlichsten Stelle eine Riesenspritze in den Leib jagte und mit der spitzen Nadel solange unter scheußlichen Schmerzen im Einstichloch herumstocherte, bis das rationale Betäubungsmittel wirkte, bis der ersehnte Zustand überlegener Gefühllosigkeit erreicht war. Bei seinem Bruder allerdings schien das der dauerhafte Normalzustand zu sein, für den er weder Spritzen noch sonstige künstliche Hilfsmittel brauchte.

Ingo, wegen »Morbus Scheuermann« wider Erwarten vom Wehrdienst befreit, hatte gleich nach dem Abitur angefangen, in Frankfurt Geschichte, Soziologie und Philosophie zu studieren, und diese heftig herbeigesehnte Lebensveränderung schlug sich auch im Verhältnis der Brüder positiv nieder. Die Distanz, die jahrelang zwischen ihnen geherrscht hatte, schien zu schwinden. Wenn Ingo nach Hause kam, brauchte er in der ersten Zeit jemanden, dem er die Welten, die sich ihm eröffneten, schildern und die Erkenntnisse, die er dort gewann, vortragen konnte, und er war dankbar, und auch ein wenig erstaunt, dass »der Kleine« sich seine Frankfurter Geschichten mit so großer Geduld und ehrlichem Interesse anhören mochte. Um seine Politisierung weiter zu fördern und ihm vor allem die Ohnmacht einer rein kulturkritischen Opposition gegen das Bestehende vor Augen zu führen, schenkte er ihm zu Weihnachten Adornos *Prismen*. Bo seinerseits hatte das erregende wie verunsichernde Gefühl, als Kampfgenosse für ein großes Gefecht rekrutiert zu werden, das sein Bruder am Horizont heraufziehen sah. An manchen Abenden waren es die reinsten Volksreden, die Ingo ihm über die bei Habermas und Haag gehörten Vorlesungen hielt oder über das Referat von Dutschke und Krahl auf der SDS-Delegiertenkonferenz. Das Weihnachtsgeschenk nahm er mit einem schiefen Grinsen entgegen. Er war geschmeichelt, und ein wenig vorsichtig.

Er hatte den großen Bruder immer bewundert, seinen Ernst, seine Willensstärke, seine Entschlossenheit. Ingo war bald nach der Scheidung der Eltern den Pfadfindern beigetreten, als wollte er, wenn schon die Erwachsenen der Verantwortung ihres Erziehungsauftrags nicht nachkamen, sich seinerseits selbst zu einem konsequenten Verantwortungsbewusstsein erziehen. Mit strenger Miene erzählte er dem kleinen Bodo von Pfadfindergesetz und Pfadfinderversprechen, von Pfadfinderehre, Pfadfindertreue, Pfadfinderhilfsbereitschaft, Pfadfindergehorsam. Die Zugehörigkeit zu seinem Stamm »Florian Geyer« war bald das Wichtigste in seinem Leben. Selbständigkeit und Charakterentwicklung würden gefördert, erklärte er ein paar Jahre später, als er den Zehnjährigen als »Wölfling« keilen wollte, denn ebenso unerlässlich wie Disziplin und klare Führungsstrukturen seien freie Entscheidung und entschlossenes eigenes Handeln in der »Sippe«, für das man persönlich jederzeit geradestehen müsse. Pflicht gegen Gott, Pflicht gegen die Mitmenschen, Pflicht gegen sich selbst, so laute das Gebot; Liebe zur Heimat, Dienst am Vaterland, Treue zur Mutter Erde, Ritterlichkeit gegen jedermann.

Mit starken Worten zum hohen Wert der Ritterlichkeit lockte Ingo seinen verträumten Bruder. Widerstrebend gab die Mutter schließlich ihrem zarten Jüngsten die Erlaubnis, zum Sommerzeltlager in der Lüneburger Heide mitzufahren. Angeleitet von einem alten Asienfahrer sollte das Lagerleben das Treiben eines Heerlagers unter Dschingis Khan nachstellen, hatte Ingo erklärt, dazu gab es mongolische Reiterspiele, vorgeführt von einer Rovergruppe, die anderthalb Jahre dafür geübt hatte, und Reitkurse für alle Interessierten. Die Jungen sollten in Jurten untergebracht sein, den Zelthütten der Nomaden und Krieger, und in Rollenspielen einen Eindruck vom Leben in der asiatischen Steppe bekommen. Sie würden das Dschingis-Khan-Lied und andere tolle Lieder singen: »Langsam reitet unsere Horde neuem Kampf und neuen Taten zu.« Noch Monate später schmetterte Ingo seiner Restfamilie morgens ein markiges »Jabonah!« entgegen, das angeblich »Aufbruch« bedeutete und während des Lagers den üblichen Pfadfindergruß »Gut Pfad!« ersetzt hatte.

Und der kleine Bodo hatte sich locken lassen, zu mächtig waren die Phantasien, die Ingo in ihm aufrührte. Aber im Reitkurs bei Ingos Freund Socke war er schon beim Aufsteigen schmerzhaft vom Pferd gefallen, weil er vor lauter Eifer, sich forsch und selbstsicher in den Sattel zu schwingen, den rechten Steigbügel verfehlte und überkippte, bevor ihn jemand halten konnte. Zu einem zweiten Versuch ließ er sich nicht mehr überreden. Er fühlte sich fremd und unbehaglich unter den ganzen tüchtigen Vielkönnern und Vielwissern. Der streng geregelte Tagesablauf gefiel ihm nicht, das frühe Aufstehen, der Morgenappell, die ständigen Gruppen und Aufgaben und Projekte. Das ständige Zusammensein mit andern. Das ständige Beurteiltwerden und Sichbewährenmüssen. In der freien Natur zu sein hätte ihn nicht gestört, aber er hätte lieber auf der Wiese gelegen, einen Grashalm gekaut und den Wolken nachgeträumt, als die Gräser und Blumen botanisch zu bestimmen und die Unterschiede von Numbulokumbo- und Zitrolopipolowolken samt Rückschlüssen auf die Wetterentwicklung auswendig zu lernen. Sein Unglück, das er erst noch zu überspielen versuchte, wuchs. »Schlechte Laune und schlappe Haltung haben hier nichts verloren!«, ermahnte ihn Socke, und er schluckte die Tränen hinunter. Als er sich aber am gemeinsamen Singeabend »Wer nur den lieben langen Tag« singen hörte, wurde ihm schlagartig bewusst, dass er im Grunde genau das mochte, was das Lied anprangerte: den lieben langen Tag ohne Plag, ohne Arbeit verändeln, und dass er damit gemeint war, wenn es hieß: »der gehört nicht zu uns!«. Zu Ingos unsäglicher Beschämung und gegen das Zureden des Lagerleiters setzte er durch, dass sie ihn nach fünf Tagen abreisen ließen und in Hannover in den Zug nach Frankfurt setzten, wo er von der Mutter abgeholt wurde. Sie musste ihn sofort wieder von den Pfadfindern abmelden. Lange ließ Ingo ihn deutlich spüren, wie erbärmlich schwach er diesen Schritt fand, und wenn er noch so willensstark betrieben worden war. Alles was mit Mongolen und dergleichen zu tun hatte, war fortan für Bo verpönt. Dass in seinen *Deutschen Heldensagen* die Hunnen als schlitzäugige Feiglinge gezeichnet wurden, las er noch Jahre später mit tiefer Befriedigung.

Schon äußerlich unterschied er sich stark vom Bruder, so dass man sehr genau hinschauen musste, um die Familienähnlichkeit zu erkennen: die großen, vollen Lippen etwa, die bei Ingo nur deshalb oft schmaler wirkten, weil ihm das feste Zusammenpressen zur zweiten Natur geworden war, die weitstehenden Augen, die kleinen Ohren, »Nietzscheöhrchen«, wie ihr Vater vor Jahren in unverständlichem Stolz mehrmals zu Freunden bemerkt hatte. Ansonsten waren sie denkbar verschieden: Ingo mit dem kantigen Schädel und den ruhigen Zügen des Vaters, breit schon als Jugendlicher in Schultern und Brustkorb, mittelgroß, Hände, die nach Zupacken aussahen, dicke strohblonde Haare, die bei ihm auch zu den langhaarigsten Zeiten nie länger wurden als bis zum Kragen und vorher wie nachher meist millimeterkurz geschoren waren, dazu ein zeitweise struppiger, später gepflegt gestutzter Bart; Bo dagegen, Mutters Problemkind, mit ihrem langen, nervösen Gesicht, hochaufgeschossen schon vor der Pubertät, wellige bräunliche Haare, bei denen er frühzeitig um jeden Zentimeter kämpfte, feine Hände, aber große Füße, langbeinig latschender Gang und leicht gebeugte Haltung, worin sich eine Grundfaulheit ebenso deutlich auszusprechen schien wie Fleiß und Strebsamkeit in der Straffheit des großen Bruders. Dass Bo mit sechzehn weniger Taschengeld bekam als alle andern in der Klasse, zehn Mark im Monat!, war ihm ein Anlass zu ständigem Gequengel, während Ingo zu seiner Zeit auf die Einschränkung und die dadurch erzwungene Eigenständigkeit regelrecht stolz gewesen war und von dem Geld sogar noch etwas gespart hatte.

Die greifbarste Verbindung zwischen den Brüdern war jahrelang die Gitarre, die Ingo mit zwölf für die Lagerfeuergesänge bei den Pfadfindern bekommen hatte und mit der er später einige Jahre lang zu Pfingsten zum Chansonfestival auf der Burg Waldeck im Hunsrück pilgerte. Als er Bo daran herumzupfen sah, brachte er ihm die ersten Griffe bei und ließ es zu, dass dieser gelegentlich mit der Gitarre verschwand, um einfache Akkorde und Läufe zu üben. Sein eigenes Musikinteresse trat mit den Jahren hinter ernsteren Beschäftigungen zurück. Während des ersten Auschwitz-Prozesses kannte Ingo monatelang kein anderes Thema als die dabei zum Vorschein kommenden Greuel und, was er fast noch empörender fand, die größtenteils laue und abwiegelnde Reaktion in der Öffentlichkeit. Er litt darunter, keinen erwachsenen Gesprächspartner zu haben, mit dem er seine Eindrücke hätte verarbeiten können; in der Zeit knüpfte er auch den jahrelang abgebrochenen Kontakt zum Vater wieder an, den Bo bis dahin immer allein in Koblenz besucht hatte, wo er inzwischen eine Bundeswehrschule leitete. Er nahm am Ostermarsch teil. Bei den Pfadfindern konzentrierte er sich fortan auf die politische Bildungsarbeit, organisierte eine gewagte Kundschaft in die baskische Stadt Guernica, die im spanischen Bürgerkrieg von den Deutschen bombardiert worden war, führte auf einem Bundeslager ein Teach-in über die erstarkende NPD durch. Im Sommer 1967 trat er zusammen mit Socke nach kurzer, heftiger Opposition gegen das seiner Meinung nach veraltete »Waldschratentum« und die autoritären Führungsstrukturen bei den Pfadfindern aus. Die Gitarre vermachte er ganz dem Bruder, nachdem er bei Adorno gelesen hatte, die jugendbewegte Musizierfreudigkeit sei infantil und nur eine Ersatzbefriedigung. Das Waldeckfestival sei letztlich zu folkloristisch und politisch harmlos, ließ er verlauten, wenn auch immer noch besser als »diese Ami-Scheiße, die du dir bei Radio Luxemburg reinziehst«, wie er Bo einmal anknurrte, worauf dieser zurückgiftete: »Du hörst dich schon wie Wati an«, womit ihr Stiefvater gemeint war, Wa-lter Ti-schbier, offiziell »Vati« genannt. »Adorno sagt«, erwiderte Ingo kühl: »Vergnügtsein heißt Einverstandensein.«

Dass der große Bruder auf einmal seine Nähe suchte und sichtlich Lust dazu hatte, die erregenden Entwicklungen im Zentrum der Revolte mit ihm zu besprechen, freute Bo mehr, als er zeigen mochte. Aber eine leise Reserve blieb doch, bei aller Freude. Mit Ingo, was er auch tat, stand immer ein Anspruch im Raum, an dem man gemessen wurde. Konnte man je bestehen? Druck zu machen beherrschte er mindestens so gut wie der Alte, sei es mit einem Weihnachtsgeschenk. Allein der Versuch, Adornos sich selbst verschlingende Sätze zu verstehen, konnte einen zur Verzweiflung treiben. Statt sich im Lesen einzuprägen, schienen die Worte vom Hirn abzuperlen, so dass es nach jedem Satz genauso blank und unbeschrieben dalag wie vorher, nur etwas matter, abgescheuert. Einige Tage lang quälte sich Bo durch die zwanzig Seiten des ersten Aufsatzes. Im »Freiluftgefängnis« der »finsteren Einheitsgesellschaft«, lautete das Fazit, ist alles bloß noch »Hoheitszeichen absoluter Herrschaft dessen was ist«. Die Kultur ist zur affirmativen Reklame verkommen und ganz und gar nichtig, Schund. Selbst das radikalste Wort »droht zum Geschwätz zu entarten«, denn – aha, daher wehte der Wind: »nach Auschwitz ein Gedicht zu schreiben, ist barbarisch«. Hätte er sich bloß diese eine unbedachte Bemerkung über seine Poetereien verkniffen! Der Geist ist »der absoluten Verdinglichung« nicht gewachsen, »solange er bei sich bleibt in selbstgenügsamer Kontemplation« – statt revolutionär zu handeln vermutlich. Druck. Eine Kunst eigener Art, aus einem schmalen dtv-Bändchen ein Folterinstrument zu machen.

Restlos begeistert dagegen war Bo von der neuen Freundin, mit der Ingo eines Tages zur Vorbesprechung für die Gründung einer Unabhängigen Schülergemeinschaft im Haus der Jugend auftauchte – »die Vera, 'ne Genossin vom SDS« – nicht nur weil sie richtig gut aussah mit ihren engen Jeans und dem dicken weißen Strickpullover, unter dem ausgesprochen aufregende Formen zum Vorschein kamen, als sie sich ihn während der Sitzung mit einer schwungvollen Bewegung mitten im Reden über den Kopf zog und dabei ihre üppige dunkle Mähne filmreif verwuschelte, sondern auch weil sie mit einer Scharfzüngigkeit politisch argumentieren konnte, wie Bo sie beim weiblichen Geschlecht so noch nicht erlebt hatte. Manometer. Respekt, Bruder. Er hätte ihr ewig zuhören können, wie sie die Forderungen nach umfassender Mitbestimmung der Schüler, einem freien Kurssystem ohne Versetzungen und Benotungen, Einschränkung der Pflichtfächer zugunsten frühzeitiger Spezialisierung, Vermittlung kritisch-rationalen Denkens statt Religionsunterricht sowie Einführung des

Fachs Sexualkunde einordnete in den allgemeinen Kampf gegen die Entwicklung zur autoritären Leistungsgesellschaft, die anstelle freier Individuen angepasste Neurotiker und Karrieretypen produziere. Die würde jeden KuMi-Bürokraten an die Wand reden, war er sich hinterher mit Mani einig. Als das Flugblatt mit dem Gründungsaufruf fertig formuliert und einstimmig beschlossen war und Vera nach einem Freiwilligen fragte, der die Wachsmatrize, auf die sie den Text über Nacht tippen wollte, anderntags im Asta abziehen würde, meldete Bo sich sofort und schmolz unter ihrem Lächeln dahin.

Noch mehr beeindruckte ihn Vera, als sie einige Monate später einen langen Einführungsvortrag vor der neugegründeten Arbeitsgruppe Sexualität hielt, die im Gegensatz zu den eher schwach besuchten AGs Schulreform und Ökonomie auf erfreulich reges Interesse stieß, auch bei den Mädchen, um deren Mobilisierung man sich mit einer Flugblattaktion vor dem Frauenlob-Gymnasium eigens bemüht hatte. Befriedigt und auch ein wenig aufgeregt registrierte Bo, dass Petra Wort gehalten hatte und mit ihrer Freundin Sabine dem Aufruf zur Vorbereitung einer großen »Sexualkampagne« an allen Mainzer Schulen gefolgt war. Er setzte sich an die Wand, wo er sowohl sie als auch Vera gut im Blick hatte, und ließ sein Auge mal auf dieser, mal auf jener ruhen. Zunehmend auf dieser, musste er feststellen, denn so hinreißend seine Angebetete fraglos war mit ihren hüftlangen blonden Haaren, hell hervorleuchtend aus der Masse der fast fünfzig Anwesenden, vor der wortgewaltigen wie wohlgeformten Psychologiestudentin verblasste sie doch.

»Was wollen wir, wenn wir Sexualerziehung in der Schule fordern?« Vera, vorn in der Mitte sitzend zwischen Ingo und Arnulf, der als Wortführer der USG die Diskussionsleitung hatte, erhob laut und deutlich ihre Stimme. Bo war schon überzeugt, bevor er wusste, wovon, und mit der Erläuterung, die Aufklärung dürfe sich nicht auf die biologischen Vorgänge beschränken, mit der Konsequenz, dass die Schüler die entsprechenden Organe und Verrichtungen auswendig lernten und statt zu Bienen und Blütenstaub ihr Sprüchlein nun zu Ei- und Samenzelle aufsagten, sprach ihm die Referentin aus der Seele. Langweiliger als Bio war höchstens noch Physik. Vor sich auf dem Tisch hatte Vera mehrere Zettel mit handschriftlichen Aufzeichnungen liegen, aber beim Reden blickte sie immer wieder davon auf und sah ihre Zuhörer an, wobei sie die Ellbogen so dicht nebeneinander aufstützte, dass die Oberarme die Brüste nach oben und vorn pressten, was echt scharf aussah. Machte sie das mit Absicht? »Für uns ist Sexualerziehung keine akademisch-theoretische Angelegenheit«, fuhr sie fort, »sondern sie interessiert uns ganz praktisch vom Standpunkt der psychischen Umstrukturierung der Massen, wie Wilhelm Reich sagt, auf den ich noch zurückkommen werde.« Ihren Sinn bekomme sie erst in Verbindung mit der Forderung nach freier sexueller Betätigung der Schüler ab dem sechzehnten Lebensjahr, und eben dazu müsse die Sexualkunde befähigen, indem sie zum Beispiel die Stellungen beim Liebesakt behandelte, Formen des Vorspiels und der gegenseitigen Erregung, sogenannte Perversionen wie Homosexualität, Cunnilingus und Fellatio, Masturbation, Sadismus/Masochismus und so weiter, denn die gesellschaftlich bedingte Ahnungslosigkeit und Verkrampftheit der Geschlechter im Umgang miteinander mache eine befriedigende Begegnung auf Anhieb oft unmöglich. Lebhafte Zustimmung allgemein.

Täuschte sich Bo oder presste Ingo bei den letzten Worten die Lippen noch fester zusammen als sonst? Die besondere politische Brisanz der frei gelebten Sexualität geschlechtsreifer Jugendlicher leuchtete ihm jedenfalls sofort ein. Vera zufolge waren die

Jugendlichen der ideale Ansatzpunkt zur Massenmobilisierung, denn als schwächste und rechtloseste Gruppe in der Gesellschaft waren sie auf diesem Gebiet am tiefsten und nachhaltigsten von der allgemeinen Unterdrückung betroffen und psychisch am schwersten geschädigt. Laut dem Kinsey-Report hätten gerade die jungen Männer mit dem höchsten Bildungsgrad die geringste sexuelle Befriedigung: die wenigsten homosexuellen Kontakte, die meisten erotischen Phantasien, am häufigsten Petting und am wenigsten vorehelichen Koitus. Außerdem onanierten sie am häufigsten. Bo wurde knallrot im Gesicht, als hätte sie ihn persönlich vor den anderen bloßgestellt, und ausgerechnet in dem Moment schien Petra ihn mit einem Blick zu streifen.

Es dauerte ein Weilchen, bis er wieder konzentriert zuhörte. Vera erzählte unterdessen von dem alternativen Kindergarten, den sie in Frankfurt gegründet, und von den Kinderläden, mit denen die Berliner Genossinnen nachgezogen hatten, ein Thema, das Bo nicht so brennend interessierte, auch wenn er natürlich einsah, dass es zum Aufbau einer neuen Gesellschaft neuer Menschen bedurfte, die noch nicht die autoritären Zwangsmechanismen und Panzerungen des patriarchalischen Systems verinnerlicht hatten. Wie sich die erstrebte Glücksfähigkeit und Selbstregulierung der Bedürfnisse konkret in Schlafen, Essen, Spielen, Lernen, Sozialverhalten und Sexualität der Kinder ausdrückte, hätte er nicht so genau erfahren müssen. Spannender fand er die Zusammenfassung, die Vera von Wilhelm Reichs *Einbruch der Sexualmoral* gab, einem Buch aus den dreißiger Jahren, in dem der marxistische Psychoanalytiker Freuds These, die zentrale Voraussetzung der kulturellen Entwicklung sei die Sexualverdrängung, eindeutig widerlegt und Ursprung wie gesellschaftliche Funktion der sexualfeindlichen Moral aufgezeigt habe. Zeitgenössische Forschungen beim Südseestamm der Trobriander belegten, dass die sexuelle

Verelendung in der autoritär-patriarchalischen Ordnung mit ihren Hemmungen und Neurosen durchaus nicht allgemein kulturbedingt war, weil in einer freien Gesellschaft die Menschen ihren sexuellen Energiehaushalt schlicht durch Triebbefriedigung regulierten und keine moralische Normen brauchten, die sie in ihrer Liebesfähigkeit nur beschnitten. Die Trobriander waren überzeugt, dass der weiße Mann eine Frau nicht zum Orgasmus bringen konnte, weil er die längere Friktionszeit nicht durchhielt, die zur vollen Befriedigung der Frau nötig war, und schlicht zu früh kam. Aus irgendeinem Grund schien Ingos Gesicht zu versteinern.

Vera hob wie beschwörend die Hände. So unglaublich es klang, bei den Trobriandern wurden Kinder und Jugendliche in ihrer sexuellen Entdeckungslust nicht nur nicht gestört, sie wurden sogar ausdrücklich gefördert. Die Kinder durften das elterliche Geschlechtsleben ungehindert miterleben und außerdem, davon angeregt, nach Herzenslust selber sexuell miteinander spielen. Jüngere wurden von Älteren eingeweiht, es gab keine Überwachung, keine Befehle, keine Strafen. Trobriander müsste man sein, seufzte Bo innerlich. Er hätte sich von Vera in die Liebe einführen lassen und die Friktionszeit verlängern gelernt (er hatte einen vagen Verdacht, was das Wort bedeutete), und dann wäre er mit Petra eine Zeit lang in ein Jugendhaus gezogen, um dort mit ihr alle Spielarten der gegenseitigen Lusterzeugung kennen zu lernen. Und wenn die Jungen oder die Mädchen in Scharen zu einem sogenannten »Liebesausflug« ausschwärmten, konnten auch andere Paarungen ausprobiert werden. Ein Paradies. Vor Begeisterung hörte er nur noch mit halbem Ohr zu, als Vera die Einschränkung der Freiheit durch das Aufkommen von Klassenstrukturen und entsprechenden wirtschaftlichen und politischen Herrschaftsmechanismen schilderte. Dies belege, bemerkte sie abschließend, dass sexuelle Unterdrückung und Untertanenstruktur historisch entstanden und somit auch überwindbar seien. Indem die Individuen für ein befriedigendes Geschlechtsleben kämpften, für die Verwirklichung der eigenen Bedürfnisse und das Recht auf ein glückliches Leben, lernten sie zugleich, sich dem Zwang der dauermonogamen Ehe zu widersetzen, und betrieben damit letztlich die Zerschlagung der patriarchalischen Familie, die als Ideologiefabrik wesentlich dafür zuständig sei, die unterdrückerischen Strukturen von klein auf in der Psyche zu verankern. Diese Zusammenhänge gelte es bei der Kampagne im Auge zu behalten und in der Schulung zu vertiefen, für die sie den Reichtext vorschlage.

Vera lehnte sich zurück und nahm lachend das Klatschen und Trampeln entgegen, das nach kurzem Zögern aufbrandete. Gab es Fragen oder sonstige Beiträge zum Vortrag der Genossin, bevor sie zum praktischen Teil übergingen? Arnulf sah sich im Raum um. Nein? Gut, dann konnten sie jetzt – Einen Moment. Ingo hatte doch noch etwas zu ergänzen. Die Freiheit, von der Vera geredet hatte, das wolle er noch einmal klarstellen, sei natürlich nicht zu verwechseln mit der heute von systemimmanenten Reformern wie Oswalt Kolle propagierten »neuen«, ach so freien Sexualmoral, die ganz im Interesse der Herrschenden war, weil die gesamtgesellschaftlichen Unterdrückungsmechanismen dabei unangetastet blieben und das Ganze bloß auf den privaten »Spaß« hinauslief. Das Gefährliche am persönlichen Glück sei immer, dass es zu Blindheit für die größeren Zusammenhänge und zu leichterer Ausbeutbarkeit führen konnte. In der spätkapitalistischen Gesellschaft wurde auch die Sexualität zur Ware, mit der Folge, dass der Konsum angereizt, die Manipulierbarkeit der Leute erhöht und die sozialen Zwänge abgepuffert wurden. Außerdem blieben natürlich die Strukturen der bürgerlichen

Kleinfamilie unangetastet, alles drehte sich nur darum, sie »befriedigender« zu gestalten, so wie man im Knast eine Zelle aufhübschen mochte: die Familie als kleinste Zelle des Staates im wahrsten Sinne des Wortes. Aber wie Adorno sagte, konnte es in einer unfreien Gesellschaft sexuelle Freiheit genauso wenig geben wie irgendeine andere Freiheit. Die geplante Sexualkampagne müsse daher an zwei Fronten kämpfen: einerseits die traditionellen autoritären Unterdrückungsmuster zerbrechen, andererseits die Scheinbefreiung durch isolierte Aufklärung und formale Liberalisierung entlarven. Die Forderung etwa nach Freigabe der Antibabypille oder die Verteilung eines Sex-Fragebogens an den Schulen wie letztes Jahr in Frankfurt müsse immer eingebunden sein in den Kampf für die radikale Veränderung der gesamtgesellschaftlichen Verhältnisse, denn eine wirkliche Befriedigung aller Bedürfnisse, auch der sexuellen, könne es erst in einer Gesellschaft geben, in der alle Formen von Zwang, Unterdrückung und Herrschaft abgeschafft waren – und, setzte er noch hinzu, mit der Schaffung dieser Gesellschaft dürfe natürlich nicht gewartet werden, bis alle Kinder von heute zu neuen Menschen erzogen waren.

Vera zog ein Gesicht, dem anzusehen war, dass sie und Ingo dieses Thema schon öfter verhandelt hatten. Jetzt aber nickte sie nur kurz, worauf Arnulf vorschlug, über die praktische Durchführung der Kampagne zu diskutieren. Wortmeldungen? Ein USGler vom Gutenberg-Gymnasium meldete sich und sprach sich für Aktionen wie kürzlich in Homberg aus, wo die Schüler die Turnhalle in »Free Love Center« umbenannt und Sprüche wie »Vögeln statt Turnen« angebracht hatten. Da hätten die Genossen erkannt, dass es um den totalen Tabubruch und die Erotisierung des Alltagslebens ging, um die Praxis der sexuellen Befreiung und nicht bloß um irgendwelches theoretisches Aufklärungsgeschwafel. »Wir müssen für unser Recht kämpfen, jederzeit und überall zu vögeln, auch in der Schule«, rief er und stieß die geballte Faust in die Luft. Ihm sei auch schon eine tolle Parole eingefallen, unter der die Kampagne laufen könne: »Wir sind alle vögelfrei!«

Dieser Beitrag wurde mit lautem Hallo aufgenommen, jedenfalls seitens der Jungen. Die Mädchen reagierten verhaltener, manche begannen zu kichern. Nachdem die Auseinandersetzung eine Weile darum gegangen war, ob man Spruchbänder an der Turnhalle aufhängen oder die Sprüche direkt an die Wand pinseln sollte, meldete sich Petra zu Wort. Sie habe diese »Parole« vorige Woche schon in der Form »Die Weiber sind alle vögelfrei« auf dem Schulhof gehört, sagte sie. Stille. Petra betrachtete einen Moment ihre Fingernägel, dann fuhr sie mit unsicherer Stimme fort: »Ich find ja auch, dass wir Oberstufenschüler, äh, miteinander schlafen dürfen sollen, wie die Vera gesagt hat, gell. Und das mit den Tobrianern hab ich auch interessant gefunden – wenn das wirklich gegenseitig ist bei denen. Aber zwischen, dings, Vögeln und Turnen ist schon ein Unterschied, find ich«, ihre Wangen röteten sich ein wenig, »und so Sachen wie in der Kommune 1, wo angeblich alle miteinander ins Bett gehen, um sich zu befreien oder so, da find ich, das hat nichts mit Liebe zu tun. Die Voraussetzung muss doch sein, dass die beiden sich wirklich lieben, gell. Ich will jedenfalls nicht mit jemand ins Bett gehen, so einem oberflächlichen Kerl, der die Mädchen bloß ausnutzen will zu seinem egoistischen Vergnügen.« Sie schien fertig zu sein, und Sabine, die neben ihr saß, sah aus, als wollte sie etwas Unterstützendes hinzufügen, doch Petra fiel noch etwas ein. Zu der Forderung nach Aufklärung über Empfängnisverhütung nämlich. Da wollte sie noch sagen, dass man die Leute, die Erwachsenen, auch darauf aufmerksam machen sollte – außer auf den ganzen Horror und die verpfuschten Leben durch erzwungene Frühehen und Abtreibungen und so – in was für eine Welt heutzutage Kinder hineingeboren wurden. Krieg, Gewalt und Unterdrückung, wohin man schaue. Es sei überhaupt nicht zu verantworten, in so eine Welt Kinder zu setzen, bloß weil es zur bürgerlichen Wohlanständigkeit gehörte. Sie jedenfalls wollte unter gar keinen Umständen ein Kind haben, das einmal von den Herrschenden in den nächsten patriotischen Krieg geschickt werden konnte – dem nützte dann auch die freiheitlichste Erziehung nichts mehr – und das sei ihrer Meinung nach die einzige moralisch und politisch verantwortliche Haltung.

Es rührte Bo richtig, dass Petras Stimme vor Aufregung eine deutliche Mainzer Klangfarbe bekommen hatte. Ein eigentümlicher Stolz erfüllte ihn. Er war sicher, kein oberflächlicher Kerl zu sein. Er liebte sie wirklich – im Gegensatz zu dem italienischen Studenten, mit dem sie Anfang des Jahres ein paar Wochen gegangen war, diesem eingebildeten Laffen. Und was das Kinderkriegen anging, so hatte er dazu zwar noch keine klare theoretische Position, aber dass Petra inzwischen politisch so radikale Sachen sagte, rechnete er sich als persönliches Verdienst an. Sein Reden hatte Früchte getragen! »Find ich klasse, was du da vorhin gesagt hast«, erklärte er ihr strahlend, als sie hinterher zu ihm an den Bücherstand kam, um ihm einen der Raubdrucke vom *Einbruch der Sexualmoral* abzukaufen, die Vera mitgebracht hatte.

Das einzige, was Bos Laune hin und wieder ein wenig trübte, als er drei Wochen später an seinem »Bloody Jesus« feilte, glückselig über die neuen Perspektiven, die Fred ihm eröffnet hatte, war der beklommene Gedanke: Wie soll ich diese plötzliche Kehrtwende bloß Petra erklären?

»Turning and turning in the widening gyre ...« Träumerisch beschwörend, mit einem leicht drohenden Unterton, setzte die
Stimme ein, während die Gitarre, zart, hoch, das Kreisen des ent-
fliegenden Falken malte und Orgel und Bass den dunklen Hintergrund gaben – ein ziemlicher Kontrast zu den schlagzeug-
bestimmten Instrumentalnummern von Guru Guru Groove unmittelbar vor ihnen. In der Aula der Pädagogischen Hochschule
wurde es still. Die Energie, schien es, übertrug sich. Mählich steigerten sich Tempo, Lautstärke, Dissonanz. »Mere anarchy is
loosed upon the world ...« Bos Gesang wurde rauer, schneidender,
bis er bei »a shape with lion body and the head of a man« aus
vollem Halse schrie, um nach einem langen Gitarrensolo von Fred
mit dem »rough beast«, das sich zur Wiederkunft nach Bethlehem
schleppt, so düster und unheimlich auszuklingen, wie er ange-
hoben hatte. »Bolero«, hatte Egon nach der Lektüre des Gedichts
geurteilt, als Bo der Gruppe im Juli den Vorschlag machte, Yeats'
»Second Coming« zu vertonen, und: »Halt 'ne kontinuierliche
Steigerung von Anfang bis Ende«, hatte Fred übersetzt, als er
seinen verständnislosen Blick sah, aber der Abschwung am
Schluss, das Zurücksinken in das anfängliche Raunen und Wabern
war ihm wichtig gewesen, und er hatte den anderen so lange in
den Ohren gelegen, bis sie sich schließlich bereitfanden, den
»Knick im Spannungsbogen«, auf dem er beharrte, musikalisch
umzusetzen.

Unmittelbar davor, auf der Bühne stehend und dem Einsatz entgegenfiebernd, hatte Bo am ganzen Leib gezittert. Panik flog ihn an. Dann aber hatte er mit dem ersten Ton (»Tuuurning ...«) die Augen geschlossen und war, statt vergeblich dagegen anzukämpfen, in das Zittern hineingegangen, hatte das Vibrieren der Muskeln – selbst in den Lippen, das war noch nie dagewesen! – ausgekostet und das anfängliche Beben in der Stimme noch übersteigert, geradezu zelebriert. Intensität pur, sagte er sich. Energie pur. Bis zum Zerreißen gespannt und diese Zerreißspannung halten, halten ... Und doch, obwohl er zum ersten Mal im Leben vor einer größeren Menschenmenge auftrat, kam seine Nervosität nicht an den Zustand heran, in dem er sich bei der ersten Probe mit den Rout 66 ein gutes Vierteljahr vorher befunden hatte.

Wie ein Besessener hatte Bo die drei Tage bis zu jenem schicksalsentscheidenden Donnerstag an seinem »Bloody Jesus« gearbeitet, und das Ergebnis, fand er, konnte sich sehen lassen – und hören, denn Mani, der auf die Nachricht hin wie ein wildgewordenes Känguruh über den Schulhof gehopst war und »Bo Bo Bo Chi Minh!« gebrüllt hatte, war sofort eingestiegen und hatte musikalisch mitgetüftelt. Aber als es dann so weit war und er in der alten Fabriketage in Mombach »Paint It Black« singen wollte, blieb ihm vor lauter Aufregung erst mal die Stimme weg; dann verpatzte er seinen Einsatz; und als es endlich zu laufen schien, war er gleich wieder verunsichert, weil er im ersten Moment seine eigene Stimme nicht hörte: er war eben nur ihr selbstgebasteltes Telefonkapselmikro und keine anständige Anlage gewohnt. Es half ihm wenig, dass Mani routiniert in die Tasten griff wie ein Profi und mit den anderen harmonierte, als ob er seit Jahren zur Gruppe gehörte; ihm schien seine eigene Sonne – »blotted out from the sky« – in nächtlichem Schwarz oder doch ziemlich dunklem Grau unterzugehen, als er zum Schluss die ganze Welt, mit allem was er stimmlich aufzubieten hatte, »painted, painted, painted black« sehen wollte, »yeah!« Von Fred kein Kommentar. »Kannst du ›Hey Joe?«, fragte er nur, und die Nummer klappte unerwartet gut. Ein kurzer Blickkontakt zwischen Fred und Egon, eine schiefe Kopfbewegung von diesem, die als Kopfschütteln wie als Nicken gedeutet werden konnte. Sie spielten noch ein paar Stücke, und bei »I'm A Man« hatte Bo das Gefühl, langsam in die Gänge zu kommen: dass Fred sich zu zwei längeren Improvisationen hinreißen ließ, nahm er als gutes Zeichen. »Okay, Pause«, sagte Fred schließlich, schwang sich die Gitarre über den Kopf und sah ihn an, hielt den Blick. Bo merkte, wie ihm schwindlig wurde. Fred nickte. »Wir versuchen's.« Dass Mani mitmachen sollte, schien sich von selbst zu verstehen, und dieser fühlte sich gleich so dazugehörig, dass er sich auf der Geburtstagsparty für Dave, in die die Probe am späteren Abend überging, für das Drehen und Rumgehenlassen der Joints zuständig machte und den Alleinunterhalter gab. Die vor allem um Mädchen vermehrte Runde lachte sich schlapp, als er Bos nervöses Gezappel nachahmte und seinen Gesangsstil persiflierte. »Das Ariose ist nicht so das Fach von unserm Bo Diddeldei«, frotzelte er, »ihm liegt eher das Rezitativische – aber mit *feeling*«, dunkel gegurrt, »vui Gfui, wie die Bayern sagen.«

Damit begann eine Wahnsinnszeit. So turbulent die Ereignisse der Außenwelt waren, ihr öffentlicher Lärm drang nur als schwaches Hintergrundrauschen in Bos schallisoliertes, weißglühendes Bewusstsein. Anfang Mai war er noch im Gewerkschaftsbus zum großen Sternmarsch gegen die Notstandsgesetze nach Bonn gefahren, nachdem er vorher heftig dafür agitiert und so manchen Mitschüler, der sich zuletzt doch nicht traute, zur Schnecke gemacht hatte; auch bei der Kundgebung in Frankfurt war er natürlich dabei gewesen; vier Wochen später nahm er es kaum noch zur Kenntnis, als die bekämpften Gesetze allem Widerstand zum Trotz in Kraft traten. Die Ermordung Robert Kennedys, einen Monat nach Martin Luther King, die unsägliche Enzyklika »Humanae Vitae« mit der päpstlichen Verdammung jeglicher Empfängnisverhütung (Wasser auf die Mühlen der »Sexualkampagne«!), das unrühmliche Ende der Studentenrevolte in Frankreich, der blutige Fortgang der Tet-Offensive in Vietnam, die Schüsse von Valerie Solanas auf Andy Warhol, die Gründung der DKP, Studentenunruhen in Belgrad, Mailand, Istanbul, Montevideo, Rio de Janeiro, Mexico City, Chicago, Berlin: Frankfurt! – Hintergrundrauschen. Dass »Jumpin' Jack Flash« aus dem Radio tönte, bekam er über das Rauschen hinweg noch mit, aber viel lauter tönte die Musik in seinem Kopf. Mani musste fast Gewalt anwenden, um ihn im August zur Kundgebung am Theaterplatz gegen den Einmarsch der Warschauer-Pakt-Truppen in die Tschechoslowakei zu schleifen, und zu den USG-Sitzungen, für die Mani auch einmal einen Probentermin sausen ließ, tauchte Bo höchstens noch sporadisch auf und auch das meistens nur, wenn er mit Petras Erscheinen rechnete. Petra! Sie wusste gar nicht, dass sie für ihn so etwas wie eine Muse war, dass ihr Bild die Worte aus ihm herauszog wie ein Magnet. Eines Tages würde sie es erfahren. Einstweilen jedoch musste er in diesem anderen Feuer brennen.

»Bloody Jesus« hatte allen nicht schlecht gefallen, als er gegen Ende der ersten Probe den Zettel mit dem Text aus der Tasche zog, und auch mit der Grundmelodie, die Mani auf der Orgel anspielte, müsse sich, hatte Fred gemeint und Egon mit wortlosem Nicken bestätigt, »was anfangen lassen«, woraufhin in den dreieinhalb Monaten bis Essen aus seiner Feder noch eine gute Handvoll Stücke flossen, die nach seiner Rohversion von Dave in ein fehlerfreies Englisch gebracht wurden. Dave, nach seinem Wehrdienst auf der Wiesbaden Air Base in Deutschland geblieben, trommelte nicht nur mit der Kraft eines Stiers, sondern fühlte sich offenbar auch als solcher, wenn er die Felle seiner »Kühe« bearbeitete (Wahlspruch: »Okay, let's get the cows working«) oder wenn er den deutschen Mädels mit seinem rhythm stick »stierisch« ans Leder ging, wie Mani bald zu sticheln begann. Mit vierundzwanzig war er der Älteste der Truppe, geboren, wie er Bo auf der Geburtstagsparty mit kindlichem Stolz mitteilte, genau am D-Day, dem Tag der alliierten Landung in der Normandie am 6. Juni 1944. Bo gewann auf der Stelle sein Herz, als er ihm zu fortgeschrittener Stunde und im Zustand fortgeschrittener Enthemmung, quasi als Geburtstagsgeschenk, einen albernen Song auf den Leib schrieb: »Hi, I'm Dave, I was born on D-Day, but my music is not the Dave Dee way ...« In der fertigen Version durfte er später noch ein langes Trommelsolo hinlegen, und alle feuerten ihn an: »Come on, Dave, let's get the cows working.«

Die Band schottete sich immer mehr ab, je näher der große Termin rückte, wie ein auf Hochtouren arbeitendes Labor, das seine geheimen Forschungen vor der Welt verschloss. So oft, wie der zum Bund eingezogene Egon es schaffte, traf man sich abends oder am Wochenende im Studio, übte Stücke ein, feilte an Halbfertigem oder improvisierte vor sich hin, woraus sich manchmal ein neuer Song entwickelte, manchmal auch nur eine abgefahrene Jamsession. Ein typisches Muster war, dass Egon einen Riff, der unter Freds Fingern entstand, aufgriff und auf dem Bass wiederholte, und wiederholte, und leicht modifizierte, bis sich im Dialog mit der Gitarre und zunehmend auch mit Manis Orgel eine melodisch-rhythmische Grundstruktur herausschälte, zu der irgendwann jemand Textfetzen in den Raum zu schleudern begann, Bilder, Motive, Alliterationen oder sonstige Wortspiele, und alle wild losassoziierten. Oft war es Bo, der als erster eine klare Idee formulierte, eine Refrainzeile, eine erste Strophe, und sich nach einer Weile zurückzog, um sie weiter auszubauen, aber auch Mani textete eifrig mit, und alles, was an unausgegorenen Ideen herumgeisterte, nahm Egon mit in die Kaserne und kaute es während der Dienstzeit durch; angeblich regte es die grauen Zellen an, wenn er beim Drill »dorsch de Schlambes robbe« musste. Als letzter Schritt musste der inhaltlich allgemein gutgeheißene Text noch von Dave poliert werden, so dass auch er seinen unentbehrlichen Anteil an der Kompositionsarbeit leistete. Jeder brachte seinen Rohstoff in die Mischung ein, die sie gemeinsam kochten.

Ein ernüchternder Faktor im Rausch dieser Zeit, der einzige vielleicht und auch der nur ab und zu als schwacher Gewissensbiss zu spüren, war für Bo, dass sein Bruder und er nach der kurzen Zeit der politischen Kampfgenossenschaft wieder auseinanderzudriften begannen. Bald war der Draht zwischen ihnen so dünn wie früher, aber das lag, sagte er sich, wenn er doch lieber in die Straßenbahn nach Mombach stieg, statt zur USG-Sitzung ins Haus der Jugend zu gehen, nicht nur an ihm. Seit Ingo gegen Ende des Sommersemesters eines der heißbegehrten Zimmer im Frankfurter Kolbheim ergattert hatte und zuhause ausgezogen war, kam er nur noch selten nach Mainz. Im Lauf des Sommers führten er und Bo ein einziges längeres Gespräch.

An dem Abend wurden im Republikanischen Club zu einer anstrengenden Lightshow Beat- und Politgedichte gelesen. Sie hatten sich in der Altstadt getroffen und sich eher zufällig in den RC verirrt, und als Bo den Bruder hinterher zum Zug nach Frankfurt brachte, fiel diesem natürlich nichts Besseres ein, als in einem fort an der Lesung herumzumäkeln und ätzende Bemerkungen über die Hilflosigkeit des bürgerlichen Intellektuellen zu machen, der bloß ohnmächtig am Rand des realen Geschehens stehen könne, solange er nicht den Sprung vom Elfenbeinturm in die revolutionäre Praxis wage; da helfe auch alles Lightshowgeflacker und provozierende Gehampel nichts. Ingo musste einfach immer in die selbe Kerbe hauen. Sicher könne ein politischer Dichter im inneren Kreis der Genossen zur Solidarisierung beitragen, aber mobilisierend und real verändernd zu wirken vermöge letztlich nur die direkte Agitation in der Aktion. In der repressiven Gesellschaft habe die allgemeine Manipulation ein solches Ausmaß angenommen, dass alle Formen rein ideologischer Beeinflussung am falschen Bewusstsein abprallten und die Massen nicht wirklich erreichten, und wenn, dann jedenfalls nicht mit der Wirkung, diese zur selbständigen Erhebung gegen die Unterdrückung und zur Selbstorganisation ihrer wahren Bedürfnisse aufzurütteln. In der gegenwärtigen strategischen Situation müssten sich daher diejenigen, die durch ihre privilegierte Stellung zum Widerstand fähig waren, zu informellen Kadern zusammenschließen und gewissermaßen in der Art einer Stadtguerilla, als revolutionäre Avantgarde, durch öffentliche Vorhutgefechte und ritualisierte Formen des Konflikts die Obrigkeit zur Selbstentlarvung zwingen und so die Massenbasis der Opposition verbreitern. Was mache eigentlich die vor einiger Zeit angedachte Kampagne gegen Leistungsdruck und Notenterror an den Mainzer Schulen? Seien sie in der USG schon dabei, die geplante Zeugnisverbrennung zu organisieren?

Bo konnte sich nicht dazu durchringen, Ingo zu gestehen, dass er seit einem Monat keine USG-Sitzung mehr besucht hatte und über die Aktivitäten schlicht nicht auf dem laufenden war. Er murmelte etwas Ausweichendes. Dass es nicht beim Reden bleiben durfte, war natürlich klar – aber das war bei diesem PG Hübsch auf der Lesung eigentlich gar nicht so schlecht rübergekommen, fand er, oder? Gerade im Vietnamgedicht. Ein Satz war bei ihm hängen geblieben: »Der Zorn des Einen ist zornig auf den Zorn des Andern«; den fand er richtig gut. Wichtig war dabei aber – und das hatte der Pie Dschie auch gesagt – dass die Aktionen unmittelbar befreiende Wirkung hatten; dass sie selbst nicht so übermäßig diszipliniert und pflichtbewusst und theorieschwer daherkamen und den Leuten moralisch Druck machten. Mit dem bürgerlichen Triebverzicht oder Triebaufschub musste Schluss sein, mit der ganzen verklemmten Scheiße – und gerade die Musik, wenn sie authentisch war, die war da ein einmaliges Medium, die subversive Phantasie und das Triebpotential zu entfesseln und zu entzünden und für die Politisierung und Erotisierung der Verhältnisse nutzbar zu machen. Fand er. Er machte übrigens seit einem Monat bei den Rout 66 mit, als Sänger. Im September würden sie bei den Essener Songtagen auftreten. Aber als er das sagte, war Ingo schon dabei, in den Zug zu steigen, und Bo bekam keinen Kommentar mehr, nur noch seinen Blick.

Warum muss er gerade jetzt, unmittelbar vor ihrem zweiten Auftritt, an Ingo denken? Ach, scheißegal. Bo nimmt den Joint, den Dave ihm hinhält, füllt sich mit einem kräftigen Zug die Lungen, und fast augenblicklich kommt der bekannte Auftrieb wie aus tausend Düsen, die Schwerelosigkeit, die dieser marokkanische Stoff macht wie kein zweiter, das Gefühl, souverän über den Dingen zu schweben, von Luftkissen gepolstert. Er zieht gleich noch einmal. Gut. Als nächste sind sie an der Reihe. Motto der Veranstaltung, wie gestern: »Deutschland erwacht.« So wie der Brötzmann mit seiner Combo zum Abschluss noch mal die Wände wackeln lässt, wird dem Land gar nichts anderes übrigbleiben, als zu erwachen. Ein Glücksschauer überläuft ihn. So ist es: um Leute aufzuwecken, aufzurütteln, gibt es überhaupt nichts besseres, als Musik zu machen, zu singen. Ja, so ist es. Es ist die beste Aktion überhaupt, auch wenn die Politbanausen, die gestern abend groß rumgetönt haben von Kunstonanie und Konsumentenmentalität, das nie begreifen werden. Die waren noch vernagelter als Ingo. Weil das, was rüberkommt, wenn man was sagt oder macht, das hängt niemals an den Worten, das hängt nicht daran, dass man das richtige ABC aufsagt und brav a, b, c sagt und nicht u, d, x oder sonst was. Was einer wirklich sagt, das hängt daran, wie weit er reingeht in das, was er sagt, wie weit er es schafft, sich selbst zu zeigen, ganz und gar, mit oder ohne Worte, und genau das heißt singen, dass einer, wenn er den Mund aufmacht, sich nicht verstecken oder den andern was verkaufen oder sie plattmachen will, sondern er will alles sagen, absolut alles, will sich selbst ganz und gar zeigen und von den andern auch ganz und gar genommen werden und nicht in Teilen verhackstückt. Nur so kriegen dann auch die Worte das richtige Gewicht. Wie eine Vereinigung ist das, wie ein Liebesakt, jedenfalls wie er sich einen vorstellt, und so ähnlich ist es gestern auch in der PH gelaufen, hatte er da den Eindruck: als würde er mit der Stimme in den Kollektivleib des Publikums eindringen, ihn aufwühlen und darin fortschwimmen, von den Wellen der Begeisterung getragen. Klar, ein bisschen höher könnten sie schon noch schlagen, die Wellen.

Los geht's, fliegender Wechsel, Brötzmann klopft Egon noch kurz auf die Schulter. Als erstes Lied spielen sie heute im Jugendzentrum »Peace To The Hovels! (Death to the palaces!)«, und Bo überrascht nicht nur das Publikum, sondern auch die anderen aus der Band, soweit sie nicht auf der Kiffwolke entschwebt sind, und sogar sich selbst mit der spontanen Ansage, er wolle »das Lied jemand widmen, der im Geist heute mit uns spielt: Volker von Alzey!« Er reckt die Faust in die Luft und ruft: »Schwert und Geige gegen die Mordmaschinerie der US-Hunnen! Schwert und Geige! Schwert und Geige!« Und während die anderen loslegen, hüpft er vor seinem Einsatz hin und her wie ein viel zu lang geratenes Rumpelstilzchen und brüllt noch: »Rache für

Klekih-petra!« Das musste mal gesagt werden. Nach dem Song fühlt sein Kopf sich an wie ein zwei Meter großer Luftballon. Die Gedanken treiben darin wie leuchtende Teilchen, ruhig, klar, unverbunden, unberührt von der Impulsivität des Körpers, vibrierend vor Evidenz. Bo lässt seinen Blick über die klatschende Menge schweifen und versteht. *So* ist das mit der Avantgarde. So. *Er* ist die Avantgarde, jetzt, hier. Es gibt nichts zu vermitteln, er *ist* das Mittel, er *ist* die Mitte. Er steht nicht am Rand als moralisierender Dichter oder abstrakter Theoretiker, ohnmächtig und »noch immer unbefriedigt«, wie der Schwendter es letztens im RC geplärrt hat mit seiner albernen Kindertrommel. Was ein Sänger sagt, wirkt unmittelbar. Er sieht ja, wie es in die Leute einfährt, vom Motor des Rhythmus getrieben, und sie bewegt. Schau her, Ingo, da ist sie, deine Massenmobilisierung. Das Megaphon, ich bin es selbst. Ich! Das Sprachrohr des Unbewussten. Das Bewusstsein des Unbewussten sozusagen, sein Zentrum, seine Insel, mit dem Ozean vereinigt, Welle für Welle.

»Als nächstes ...«, ruft er, als der Beifall verebbt, »Bloody Jesus!« Wieder reckt er die Faust. »He, Leute, der Weg, die Wahrheit und das Leben, das sind wir, wir alle! Unsere Musik, Leute: das wahre, das nackte Leben! Und das hier«, er hält das Mikrofon hoch und lacht, schüttelt die zufriedenstellend lang gewordenen Haare, »das ist der Olifant. Kennt ihr Rolands Schlachthorn? aus dem Rolandslied?« Mani haut in die Tasten, dass es wie ein Hornstoß klingt. »Und der Olifant, sagt Roland, ertönt nur, wenn's ums Ganze geht, ums Leben. Wenn wir heute kämpfen, wenn wir lieben, da geht's ums Leben, auf der Straße und im Bett genauso, da lassen wir uns von niemand mehr kreuzigen, und dann, Leute, ertönt der Olifant, unser Sprachrohr, unser Schlachthorn: so!« Bo wirft beide Arme in die Luft. »One, two, three«, sagt Fred. Die Musik bricht los wie ein Trommelfeuer.

Der Auftakt war nicht ganz so glückverheißend gewesen. Es regnete, als sie am Mittwochabend in Daves altem VW-Bus durch den Essener Berufsverkehr zum Jugendzentrum in der Innenstadt zockelten, Organisationsbüro, Veranstaltungsort und Anlaufstation in einem, und es regnete, als sie zwei Stunden später, mit allen nötigen Infos, Eintrittskarten und Lageplan versehen, die weitläufige Wiese am außerhalb gelegenen Baldeneysee erreichten, wo sie in einem der fünfunddreißig großen, mit Stroh ausgestreuten Rotkreuzzelte Quartier beziehen sollten, die zusammen das für Besucher und einen Teil der Musiker vorgesehene Lager mit dem originellen Namen »Schralaffia« bildeten. Der nasse Boden war schon dabei, sich in Matsch zu verwandeln, passend zu Freds Laune, die nach der Mitteilung, dass Paco de Lucia im letzten Moment abgesagt hatte, im Keller war. Darauf, den spanischen Stargitarristen kennen zu lernen – zwanzig Jahre alt wie er, aber zehn Jahre Bühnenerfahrung – hatte er sich schon seit Wochen gefreut.

Nachdem sie mit Schlafsäcken und Gepäck eine Zeltecke beschlagnahmt und etwas gegessen hatten, fuhren sie ins Jugendzentrum zurück, um dort im Großen Saal das erste Konzert der berühmten Fugs aus New York mitzuerleben. Als es kurz nach Mitternacht vorbei war und sie wieder auf der Straße standen, hatte es wenigstens zu regnen aufgehört. Bisschen Marke Holzhammer sei die Musik gewesen, meinte Egon, »krachtig, um es mit unserm Freund Ruud zu sagen«. Um den revolutionären Charakter des obszönen Spektakels richtig würdigen zu können, hätten sie vielleicht die Texte besser verstehen müssen, deren Feinheiten sich ihnen trotz aller massiv eingesetzten mimischen Mittel nicht erschlossen hatten, und auch Dave, der sich als einziger prächtig amüsiert hatte und sich nun weitschweifig darüber ausließ, was es auf sich hatte mit dem auf der Bühne herumliegenden Schwein

»Pigasus« und dem schwulen rosa Meerschweinchen, das die Queen in den Arsch ficken sollte, konnte die übrigen vier im nachhinein nicht mehr so recht begeistern. Das sei eben das Tolle an den Fugs, erklärte er, dass sie ihre message immer und überall ohne Kompromisse rüberbrachten. Hä, welche message? »Frieden und democracy – dass de Leute sollen sich selbst regieren und machen mal, was sie Spaß macht. Uberall ficken, wo sie wollen, you know, auf de Straße und uberall. Denn das ist nicht obscene, dass sie machen das und sagen das, aber Vietnam, das ist obscene. Weil de Politiker, die wollen de sexuelle repression mit Tabus und bourgeois morality und so, weil dann de Leute sind frustriert und blöd und wählen sie dann de Rechte-Flugel-Politiker und sind dann fur de Vietnamkrieg und de rassistische discrimination und de atomic bomb. Aber wenn de Leute sind shocked uber de sexuelle Dinger und four letter words und so, und sie lachen, wenn neben sie de Leute lachen auch, dann wachen sie mal auf, weil de Politiker werden verarscht, und sie lachen und werden lib..., libera..., liberiert.« Er nickte nachdrücklich und grinste wie ein Honigkuchenpferd.

»Mach Sache«, sagte Egon.

Fred, Dave und Mani beschlossen, noch in eine Diskothek zu gehen, wo zu später Stunde die Tangerine Dream spielen sollten, *der* Insidertip überhaupt in der neuen deutschen Musikszene laut Rolf-Ulrich Kaiser, der ihnen bei der Begrüßung fast das Ohr abgequasselt hatte. Sein Bedarf sei für den Abend gedeckt, meinte Egon, er werde ins Zeltlager fahren und sich hinhauen, und nach kurzem Zögern schloss Bo sich ihm an. Wenn am nächsten Tag der erste große Auftritt seines Lebens war, wollte er nicht auf der Bühne hängen wie ein Schluck Wasser. Hatte er Lampenfieber vor dem Konzert morgen?, fragte er Egon, als sie an der Haltestelle auf den Sonderbus warteten, der zwischen den Spielstätten und dem Zeltlager pendelte, und dieser schüttelte den Kopf. »I'm just the bass player, man«, sagte er. Aber er freute sich darauf – und war ehrlich gesagt auch ein bisschen stolz, in einem Konzert mit Peter Brötzmann und Gunter Hampel zu spielen. Bo nickte. Bis vor kurzem hätten ihm die Namen nichts gesagt, aber seit im Juli das vorläufige Festivalprogramm herausgekommen war, hatte er sich mehrfach die Loblieder anhören dürfen, die Egon, gegen seine sonst eher schweigsame Art, auf den »machine gun sound« von Brötzmanns Saxophon sang und auf Hampels geniale Vibraphonimprovisationen – das musste ein Trip sein, wenn der mit John McLaughlin zusammenspielte! Als Bos musikalische Bildungslücken beschämend offenbar wurden, bekam er von Egon in Form von Plattenstapeln und Kurzkommentaren einen Crashkurs in Free Jazz verpasst – Eric Dolphy, Miles Davis, Archie Shepp, das war die wahre Revolution! – und obwohl es ihm gelang, gelegentlich ein gewisses Verständnis für diesen Generalangriff auf seine sämtlichen Hörgewohnheiten aufzubringen, konnte die Musik sein Herz nicht erreichen. Bei Stockhausen, Cage und Minimal Music stieg er ganz aus. Da waren ihm selbst die fernen Welten der indischen Ragas näher, die zu Egons Aufbauprogramm selbstverständlich dazugehörten.

Als der Bus vorfuhr und sie einstiegen, ließ Egon sich schwer auf den Sitz fallen, schloss die Augen. Mit seinem militärisch kurzen Fassonschnitt und seinem glatt rasierten Gesicht war er in dem bunten Haufen der übrigen Nachtschwärmer, die wie sie ihren Schlafsäcken oder den Lagerfeuern in »Schralaffia« zustrebten, eine durch Unauffälligkeit auffallende Erscheinung. Bo betrachtete ihn von der Seite, die breite Stirn, den hohen Haaransatz, den kleinen Mund über dem kurzen Kinn. Egon war gewissermaßen das Rezeptionsorgan der Gruppe, einer, der absolut alles hörte, was mit Musik zu tun hatte, und den anderen mit stiller Beharrlichkeit die Ohren zu öffnen versuchte. Ansonsten spielte er einen grundsoliden Bass und sang auch nicht schlecht, doch die Einflüsse, die er wie nebenbei in die Band hineinpumpte, kreativ zu synthetisieren und daraus einen eigenen Stil zu entwickeln, das überließ er Fred; er blieb lieber im Hintergrund. Es mache ihm mehr Spaß, sich in gegebene Strukturen einzufügen und sie in bestimmte Richtungen zu drehen, als neue aus dem Boden zu stampfen, hatte Bo ihn einmal sagen hören, aber Schwierigkeiten, eigen zu sein, hatte er nicht. Er war der einzige in der Gruppe, der nicht trank, nicht rauchte, nicht kiffte.

»Bist du müde?«, fragte Bo.

Egon neigte bejahend den Kopf. »Ich hab bis gestern abend noch Dienst geschoben«, brummte er, die Augen weiter geschlossen. »Zur Zeit ist es ein ziemlicher Schlauch.«

Bo zögerte einen Moment mit seiner Frage. »Sag mal, wieso bist du eigentlich zum Bund gegangen? Wieso hast du nicht verweigert – oder irgendwas getrickst?« Wie Fred zum Beispiel, der zur Musterung einen hochgradig ekelerregenden Ausbruch seiner Nussallergie provoziert hatte und damit durchgekommen war.

Egon schlug die Augen auf und wandte ihm das Gesicht zu. Seine Mundwinkel zuckten. »Ei, isch hab des I Ging geworfe, als der Einberufungsbefehl gekomme is,«, sagte er in dem breiten Mainzerisch, das er zwischendurch immer mal kurz einschaltete, wie um die Schrägheit einer Bemerkung noch schräger zu machen, und wieder ab.

Bo runzelte die Stirn. »Und?«

»Und isch hab Schi bekomme, das Heer.«

»Und?«

»Und im Urdeil hat's geheiße, dass es Beharrlischkeit und Weiterzischkeit braucht und inmidde des Heers 'n starge Mann.« Er gähnte. »Das ist nämlich der positive Strich auf zweitem Platz, und der war bei mir eine Neun, deshalb ist daraus als Wandlungszeichen Kun geworden, die Erde.«

»Und?«

»Und die Erde ist das Empfangende, Gefügige, das heißt, wenn der Edle unter diesem Zeichen steht, dann versucht er nicht zu bestimmen, sondern lässt sich führen und folgt der Weisung des Schicksals.«

Bo schüttelte unwillig den Kopf. »Verarschen kann ich mich alleine. Das kauf ich dir nicht ab, dass du bei so einer Sache einfach so tust, als würdest du einer höheren Fügung folgen, und nicht selbst entscheidest. Und wenn du wirklich beschlossen hättest, ein was weiß ich wie viel tausend Jahre altes chinesisches Schafgarbenorakel«, von dessen Existenz er überhaupt nur durch Egon wusste, »entscheiden zu lassen, ob du zum Bund gehen sollst oder nicht, dann wäre das auch eine Entscheidung.« Er stutzte. Wie kam er dazu, ausgerechnet er, auf einmal eigene Entscheidung und Entschlossenheit zu fordern und es nicht hinzunehmen, dass jemand sich angeblich treiben ließ und irgendwelchen Eingebungen folgte? Wobei Egon den Anspruch, entschlossen, rational und selbstbestimmt zu handeln, anscheinend mit einem Achselzucken abtun konnte.

Egon rutschte auf dem Bussitz etwas tiefer, legte den Kopf auf die Rückenlehne und schloss wieder die Augen. »John Cage«, sagte er nach kurzem Schweigen, »hat dir ja nicht so gefallen, aber für mich ist er einer der größten lebenden Komponisten, wenn nicht der größte überhaupt; vielleicht weil er mehr als bloß Komponist ist. Die Stücke von dem sind wie Spiele, wie Orakel. Du hast eine bestimmte Situation, einen Rahmen, einen Haufen Material, von dem du ausgehst, und du greifst in den Haufen rein und spielst mit den Elementen, die du halt grad erwischt. In ›Living Room Music‹ zum Beispiel werden die Sachen, die in irgendeinem beliebigen Wohnzimmer stehen, nach völlig irrsinnigen Regeln als Schlaginstrumente benutzt. Da geht's nicht darum, dass du deine Persönlichkeit zum Ausdruck bringst, dein Künstler-Ego. Da wird kein Unterschied gemacht zwischen Tönen und Geräuschen – das sind alles gleichberechtigte Klangereignisse, total zufällig. Da gibt's keine Hierarchie von Instrumenten, Harmonien, Ideen. In der Aufführung gehst du mit den andern in die Situation rein, spielst mit, spielst mit dem, was halt als Material da ist.«

»Beim Militär kann das Material ziemlich tödlich werden. Das ganze Spiel. Und hierarchisch genug wird es auch zugehen.«

Egon schwieg wieder einen Moment. »In der Bhagavadgita«, setzte er neu an, »will der Königssohn Arjuna, der zur Kriegerkaste gehört, nicht in die Schlacht ziehen, weil ihm irgendwie das Kämpfen und Töten als kompletter Irrsinn erscheint. Aber sein Wagenlenker ist der Gott Krishna, und der erklärt ihm, dass die Rollen und Persönlichkeiten, in denen wir im Leben auftreten, nur Schein sind, nur Masken, mit denen sich unser Ego schmückt.«

»Ego, Ego«, unterbrach Bo ihn spöttisch. »Egon der Egolose. Das Non-Ego. Wir sollten dich Negon nennen.«

Egon lächelte matt. »Ei, von mir aus. Für mich hat das jedenfalls keinen Sinn, dass du zwischen den Masken wählst. Du nimmst den Platz ein, auf den du eh gestellt bist, ohne Wählen und Verwerfen, ohne Ja und Nein. Ohne dass du dich identifizierst und dir von deinen Handlungen was erhoffst. Wenn Kämpfen auf dem Programm steht, kämpfst du halt. Im Innern siehst du zu, dass du davon unberührt bleibst.«

»Und wie unberührt bleibst du beim Soldatenspielen?«, fragte Bo. »Dieser Drill und so weiter, das muss doch die totale Scheiße sein. Vom Politischen mal ganz abgesehen.« Abgesehen auch davon, dass für ihn als Sohn eines Bundeswehrgenerals das

Thema auf eine persönliche Empfindlichkeit traf, von der er seinem Bandkollegen lieber nichts erzählen mochte.

Egon zuckte die Achseln. »Erst mal ist es ziemlich idiotisch. Strammstehen, marschieren, Dauerlauf, schießen, Gewehrschloss auseinander und wieder zusammen, Truppenkunde büffeln, Stube putzen, Waffe putzen, Stiefel putzen, Revier putzen, dorsch de Schlambes robbe – wie in der Schule, nur mehr Körper, weniger Kopf. Du lernst dich selbst ganz gut kennen dabei, was für Ängste du hast, was für Aggressionen. Wobei ich ein Mordsglück gehabt hab, dass ich nach Mainz gekommen bin, wo ich's nur zwanzig Minuten zu Fuß zur Kaserne habe, und dass sie mich seit der Grundausbildung als Heimschläfer über Nacht nach Hause lassen. Sonst hätte ich die Band abhaken können.« Wieder gähnte er ausgiebig. »Ein paar von den Jungs sind ganz okay, und wenn du im richtigen Moment einen Witz reißt, hast du sie alle auf deiner Seite. Bei unserer ersten Geländeübung hab ich mitten im dicksten Dreck von Ernst Jandl ›schtzngrmm‹ aufgesagt, und sie haben sich fast bepisst. Einigen hab ich's hinterher aufschreiben müssen, und wenn es jetzt raus ins Gelände oder bloß auf den Sportplatz geht, fängt immer einer an und macht ›schtzn, schtzn‹ und jemand anders macht ›t-t-t-t, t-t-t-t‹ oder ›grrt, grrrrrt‹, und wir müssen aufpassen, dass wir keinen Anschiss wegen Disziplinlosigkeit kriegen.« Eine ganze Weile war wieder Stille, und Bo fragte sich, ob er eingeschlafen war. Dann fuhr Egon fort: »Im Frühjahr haben mal ein paar Leute vom Verband der Kriegsdienstverweigerer vor der Kaserne Flugblätter gegen die Notstandsgesetze verteilt, weil ja im Notstandsfall die Bundeswehr als Bürgerkriegstruppe eingesetzt werden kann. Dann haben sie mit den Soldaten diskutiert, um ihnen klarzumachen, was sie alles nicht kapieren und wie falsch ihr Bewusstsein ist. Dollbohrer. Schon von der Sprache her haben die völlig über die Leute weggeredet, nur blind ihr Programm abgespult: sie dürften sich nicht als Handlanger missbrauchen lassen, müssten Strategien entwickeln zur Destabilisierung des Systems, der ganze Rotz. Am Schluss haben sich alle angeschrien. Besser kannst du dir nicht beweisen, dass die andern allesamt Arschlöcher sind.«

Egon streckte sich auf seinem Sitz, gähnte erneut. »Im Zenbuddhismus gibt's das Wort vom Erleuchtungsgestank, das heißt, wenn einer so stolz ist auf die tolle Erleuchtung, die er erlangt hat, das tolle höhere Bewusstsein, dass er zu stinken anfängt. The stench of enlightenment. In dem Fall wohl besser mit Aufklärungsgestank zu übersetzen. Da kannst du dir nur die Nase zuhalten und gehen.«

Wochen später gab die *Sounds* im Rahmen eines großen Artikels »Stimmen von den Essener Songtagen« auch eine Äußerung wieder von »Egon Neubert von den Rout 66«. Ein Mitarbeiter des Blattes hatte am Sonntagvormittag, als alle anderen noch schliefen, mit Egon gesprochen, der am Packen war, weil er nach dem letzten Auftritt der Band am Nachmittag gleich in den Zug springen musste, um für eine Nachtübung rechtzeitig in der Kaserne zu sein. Es war ohnehin nicht leicht gewesen, die Tage freizukriegen, denn obwohl er den Urlaub schon im Juni angemeldet und bewilligt bekommen hatte, waren durch die Vorgänge in der Tschechoslowakei im August sämtliche Urlaubsregelungen hinfällig geworden; die gesamte Truppe musste sich einsatzbereit halten. Nur seinen guten Beziehungen zum Schreibstubenbullen hatte Egon es zu verdanken, dass er doch noch fahren durfte. Von dem Interview hatte er den anderen kein Wort gesagt.

Sounds: »Meinst du, dass ihr mit eurer Musik gesellschaftlich etwas bewirkt, dass ihr dazu beitragen könnt, politische, vielleicht revolutionäre Veränderungen herbeizuführen?«

Neubert: »Bewirken? Das klingt immer so, als ob man von außen irgendwas anstoßen wollte. Aber wo sollte das sein, dieses Außen? Wir sind immer schon mittendrin. Alles hängt mit allem zusammen. Wir sind ein Teil der Veränderung. Die Veränderung geschieht jetzt, hier. Immer. Sie geschieht immer. Durch unsere Musik und durch alles andere. Sie geht durch uns durch. Alles was geschieht geht durch uns durch. Wie sonst? Wo sonst? Erst wenn ich mich hinstelle und sage: Ich will was bewirken, bin ich draußen und bewirke nichts.«

Als Bo anderntags aufwachte, lag nur ein schnarchender Mani neben ihm. Egon war schon auf den Beinen. »Der Phönix stieg aus seiner Asche«, frotzelte Bo, als Mani sich schließlich ächzend und stöhnend aus dem Schlafsack pellte, und krümmte sich vor Lachen, als dieser trotz seiner Verpenntheit schlagfertig erwiderte: »und sprach: Wird Zeit, dass ich mich wasche.« Gegen Mittag trudelten Dave und Fred ein, die wohl anderswo ein Beilager gefunden hatten. Um halb vier fuhren die Rout 66 rechtzeitig an der Pädagogischen Hochschule vor, um noch die zweite Hälfte des Auftritts von Amon Düül mitzuerleben, deren monotones Malträtieren von Gitarren, Trommeln und Stimmbändern gewöhnungsbedürftig war, so attraktiv »Uschi Oberweite« (O-Ton Mani) Rasseln schwenkte und sonstiges rundes Gerät. Dagegen war das folgende Klanggewitter der Brötzmanntruppe ein Wunder an Subtilität.

Dann waren sie dran. Kaum stand Bo auf der Bühne, ging das Flattern los. Als er es gegen Ende ihres Auftritts so weit im Griff hatte, dass er sich in der dreiviertel vollen Aula umsehen und die Anwesenden anschauen konnte, zuckte vor seinem inneren Auge plötzlich ein Bild vom Mittag auf: Ein Mädchen war an ihm vorbeigegangen, schmales blasses Gesicht mit riesengroßen

Augen und buntem Stirnband um die mittelgescheitelten Haare, und sie hatte ihn so von der Seite angesehen und in sich hineingelächelt, keine Ahnung warum, und ihm war fast das Herz stehengeblieben vor Schreck – aber genau in dem Moment waren Fred und Dave um eine Zeltecke gebogen und Fred hatte sofort angefangen, die letzten Details ihres Konzerts zu regeln. Jetzt, im Auge des Sturms sozusagen, sah er das Gesicht wieder vor sich, spürte wieder den Adrenalinstoß und das Nachrieseln durch den Körper, und er fragte sich, ob sie vielleicht hier im Saal war, irgendwo mittendrin stand und zu ihm aufsah mit ihren braunen Mandelaugen, seinen erkennenden Gegenblick erwartend, mit dem er sie anpeilte, fest und sicher und mit einer solchen ruhigen Kraft, dass sie wie magnetisch angezogen durch die Menge nach vorn kam, zur Bühne, und er trat an den Rand, beugte sich zu ihr hinab, hielt ihr die Hand hin, und mit einem Lächeln –

»Dí-di-diii, dí-di-diii, díii«, ließ Fred den Riff von »Trobriand Tripping« aufheulen. »Dí-di-diii, dí-di-diii, díii.« Bo packte das Mikrofon. »There is an island in the South Sea«, begann er.

Von da an bekam er das Mädchen nicht mehr aus dem Kopf. Was hatte sie angehabt? Kordhose? irgendeine Jacke drüber? grau? braun? Die Augen hatten alles andere ausgelöscht. Am Abend spazierte er mit Mani und Egon von der PH stadteinwärts zum Saalbau, wo das große Konzert »Protest International« stattfinden sollte, und die ganze Zeit, beim Hinweg, beim Hineindrängen, beim Platzfinden, hielt er heimlich Ausschau nach *ihr*. Sie konnte doch nicht bloß auf dem Zeltplatz rumhängen, sie musste doch auch die Konzerte besuchen – aber vielleicht war sie ja zu dem parallel stattfindenden Folklorekonzert gegangen, und am Nachmittag bei den Liedermachern gewesen, und selbst wenn sie hier war, wie sollte er sie unter den vielen Leuten herausfinden, in diesem Gewimmel?

Und wenn er sie fand, was dann?

Er war, als es losging, in Gedanken mehr bei seinem Erinnerungsbild als bei den Sängern auf der Bühne, zumal Ulli und Frederik ihn nicht so richtig vom Hocker rissen. Das ging anderen offenbar ähnlich, wenn auch aus unterschiedlichen Gründen. Die nachfolgende englische Folksängerin Julie Felix wurde regelrecht ausgebuht, weil sie ein aufgeputztes, rumkünstelndes Modepüppchen sei, die mit ihrem harmlosen Geträller die Massen nur von der Aktion abhalte, wie ein wütender Revolutionär in der Diskussion während der ersten Pause ins Mikro trompetete. »Wir sind doch hier ins Ruhrgebiet gekommen«, empörte er sich, »damit wir an der Front sozusagen, auf der Straße, die Bewohner agitieren, das heißt politisch bewusster machen. Nicht dass wir hier für ... für *Konsumenten* schöne Lieder bringen!« Nach zehn Minuten Hickhack hatte Egon die Nase voll und ging. Eine Frau stürmte mit der Forderung auf die Bühne, dass nicht nur in den Pausen zwischen den Programmblöcken, sondern nach jedem Lied diskutiert wurde, sonst verliere man ja den Überblick und die gesellschaftliche Relevanz der ganzen Sachen bleibe ungeklärt. Die meisten Lieder hier seien eh nichts weiter als ästhetischer Eskapismus, die reine unpolitische Onanie, und brächten für die sozialistische Agitation gar nichts, setzte der nächste Redner noch eins drauf. Man solle lieber darüber diskutieren, wie man den Empfang, zu dem der Essener Oberbürgermeister einige Auserwählte nach dem Konzert geladen hatte, durch geeignete Aktionen sprengen und die Hinterhältigkeit der Herrschenden entlarven könne, die mit dem Zuckerbrot dieser Songtage die Protestbewegung in ihre tödliche Umklammerung zu locken versuchten.

Es dauerte, bis die Veranstalter die Wogen halbwegs geglättet bekamen. Die mächtige Stimme des amerikanischen Folkrockers Tim Buckley brachte die meisten zum Verstummen. Und als die für das Konzert vorgesehene Zeit längst abgelaufen war und der OB im Weißen Saal auf seine Gäste wartete, legte Julie Driscoll mit Brian Auger and the Trinity noch eine Stunde lang eine derart atemberaubende Show hin, dass kein Mensch mehr ans Diskutieren dachte, einerlei worüber. Das war mit Abstand das Stärkste, was er bisher hier gehört hatte, sagte Bo sich begeistert. Dafür hatte sich das Bleiben gelohnt. Zierlich, geradezu zerbrechlich hatte die fast zur Maske geschminkte und doch bildschöne Frau mit den streichholzkurzen Haaren und dem schrägen Kosakenlook gewirkt, als sie ans Mikrofon trat, und jetzt röhrte sie mit einer Stimmgewalt und tobte mit einer Energie durch den Saal, dass ihm Augen und Ohren übergingen. »Save me!«, schrie sie die Leute an. Nichts hätte er lieber getan. »I need somebody to save me!« Bo hatte gute Lust, seinerseits die Bühne zu stürmen und sie beim Wort zu nehmen. Da hatte er sich am Nachmittag bei seinem »Liebesakt« mit dem Publikum so ... männlich gefühlt, phallisch nachgerade, aber wie diese Frau hier mit ihrer Stimme in ihn eindrang, ihn aufpeitschte und durchschüttelte, das war noch ein paar Nummern härter. Jetzt war er es, der sich ihr entgegenbäumte, ihre Stromstöße mit dem zuckenden Unterleib auffing, sie mit dem heißen Fleisch der Euphorie umschloss, sich ganz und gar von ihr nehmen ließ. Eine Weile vergaß er sogar seine unbekannte Prinzessin Mandelauge vom Zeltplatz.

Dort war indessen auch einiges los. Als Mani und Bo gegen eins in »Schralaffia« eintrafen, fanden sie etwa hundert Leute um ein Lagerfeuer versammelt, an dem Fred und ein anderer Gitarrist, von etlichen verträumt blickenden Frauen flankiert, miteinander jammten. Flaschen und Joints machten die Runde, einige, darunter Dave, betätigten sich an Bongos und Rasseln, es herrschte eine Bombenstimmung. Am Rand stießen die beiden auf Egon, strahlend vor Glück. Er deutete auf den zweiten Gitarristen, dessen

Finger gerade mit unglaublicher Geschwindigkeit über die Saiten fegten. »John McLaughlin, hier draußen!«, rief er ihnen zu. »So was habt ihr noch nicht gehört.« McLaughlin improvisierte zu Freds »Bulería Blues«, von dem Bo wusste, dass Fred davon geträumt hatte, ihn Paco de Lucia vorzuspielen, Flamencogriffe mit Slide über dem kleinen Finger. Es war sein technisches Meisterstück, an dem er lange gefeilt hatte, und obwohl McLaughlin ihn an Fingerfertigkeit noch übertraf, war Fred ihm doch an Intensität und Spielwitz ebenbürtig. Was dieser durchaus zu genießen schien, denn er wurde nicht müde, den anderen zu immer neuen Variationen und Improvisationen herauszufordern, darauf zu antworten, sie zu steigern, Freds nächste Steigerung aufzunehmen und zu verfremden, ihn wieder einstimmen zu lassen, zu spielen spielen spielen.

Da war sie, die Energie der neuen Zeit, die hier und jetzt in Essen ihre Stunde null feierte, viel stärker und lebendiger als das meiste vorher im Saalbau, ausgenommen vielleicht Julie Driscoll. Trotzdem begann sich Bo nach einer Weile wieder umzugucken. Die Menge war überschaubar. Mani hatte sich bereits ans Lagerfeuer vorgedrängt, wo er Tuchfühlung mit einer großen Blonden aufnahm, die ihm gerade, lachend über etwas, was er ihr ins Ohr gesagt hatte, einen Joint zwischen die Lippen schob. Nur Bos Traumgesicht von gestern war nirgends zu sehen.

Im Abgehen winkte er ein letztes Mal in die Menge, verschwitzt und glücklich. Ihr Auftritt im Jugendzentrum war noch besser gelaufen als der am Tag davor in der PH. Da stand sie und klatschte. Ziemlich weit vorne, links. In den letzten vierundzwanzig Stunden hatte er sie sich so oft vorgestellt, dass ihr Gesicht, leibhaftig vor ihm, nicht geträumt, ihm jetzt ganz fremd vorkam, unwirklich. Aber sie war es. Das Stirnband, die Augen. Aus der Bewegung heraus, bevor ein Gedanke dazwischentreten konnte, sprang er von der Bühne, drei Schritte, stand vor ihr. »Sehen wir uns nachher?« Erst in dem Moment hatte er sich selbst eingeholt, und der Schreck fuhr ihm in die Glieder. War der Kerl daneben ihr Freund? Aber da war es schon heraus. Ihre Augen waren ungläubig geweitet, dann stahl sich das Lächeln in ihr Gesicht, das er vom Vortag kannte. »Ich bin dann vorn«, sagte sie nur. Er nickte hastig. »Okay, bis gleich.« Nichts wie weg, bevor er hier vor ihr das Flattern kriegte.

Er ignorierte Manis fragenden Blick, als er kurz darauf den zur Feier des Erfolgs herumgehenden Joint ausschlug und ohne weitere Erklärungen – »Ich setz mich mal ab heute. Bis später. Tschüs.« – Hals über Kopf aus der Garderobe stürmte. Das Herz schlug ihm fast zum Mund heraus. Wenn sie jetzt doch nicht gewartet hatte ...? Im Vorraum war sie nirgends zu sehen. Die letzten Leute schoben sich langsam nach draußen, und während er sich verzweifelt umschaute und hierhin und dorthin hektete, erntete er erkennende Blicke und die eine oder andere freundliche Bemerkung, die er mit einem flüchtigen Lächeln und einem munteren »Danke, danke« quittierte; wie hätte er das unter anderen Umständen genossen. Weg, sie war weg. Hätte er sich ja denken können. Mit einem rauen Würgen im Hals drängte er auf den Vorplatz hinaus, und da sah er sie auf dem Rasen stehen – im Afghanmantel, doch keine Jacke – den Rücken zu ihm gekehrt. Sie schien sich gerade von einem anderen Mädchen zu verabschieden, das ihn im Aufblicken erspähte, innehielt, lachte, eine Bemerkung machte und ging.

»Oh, hallo, das ist Marion«, sagte »sein« Mädchen, während sie sich ganz zu ihm umdrehte und eine hilflose Geste der Vorstellung zu der anderen machte, die schon in der Menge der Davonströmenden untergetaucht war.

»Und wer ...«, er räusperte sich, weil ihm die Stimme versagte, »wer bist du?«

»Susanne.« Sie lachte verlegen. »Und wie heißt der große Sänger der Rout 66?«

Er verdrehte die Augen. »Bo«, krächzte er, und: »Das ist kurz für Bodo«, setzte er hinzu.

Sie sahen sich an, und Bo spürte, wie er rot wurde. Von Schwitzen konnte man kaum mehr sprechen, aus seinen Achselhöhlen ergossen sich die reinsten Sturzbäche. Er schlug die Augen nieder. »Sag mal, gehst du immer so ran?«, fragte sie, um einen lockeren Ton bemüht. Auch ihr Gesicht war gerötet.

»Kann man ... öhem, kann man nicht sagen. Ich hab ... Es war ...« Sein Kopf war wie leergeblasen. Er zuckte die Schultern, versuchte zu grinsen.

»Und, wo gehen wir hin?«

»Keine Ahnung, öhem, ich kenn mich in Essen nicht aus. Wie ... wie wär's, wenn wir erst mal spazieren gehen. Die frische Luft fühlt sich herrlich an nach dem Mief da drinnen.«

Susanne war einverstanden, und sie wusste auch wohin. Ein bisschen kannte sie sich aus in der Stadt, hatte Onkel und Tante in Essen – die natürlich nicht wussten, dass sie hier war. Sie kam aus Köln, war am Mittwoch nach der Schule mit Marion hochgetrampt, sie hatten schon alles vorbereitet gehabt, vorher dafür gespart, und am Abend hatte sie bei ihren Eltern angerufen und sie, na ja, erpresst: Wenn sie keinen Krach schlugen und sie machen ließen und in der Schule entschuldigten, kam sie am Sonntag wieder, ansonsten konnte sie für nichts garantieren. Langes Hin und Her, am Schluss musste sie versprechen, auf sich aufzupassen und sich einmal am Tag zu melden. Das war ihr echt schwergefallen, weil sie ihre Eltern eigentlich gern mochte, die waren keine vertrockneten vegetables wie so viele Alte, aber erlaubt herzu-

fahren hätten sie ihr nie und nimmer, und her musste sie, unbedingt, das hatte sie gleich gewusst, als Marion ihr zum ersten Mal
von diesen Songtagen erzählte. Sie war schließlich kein kleines
Mädchen mehr; sie war siebzehn. »Und du?«

»Auch siebzehn.« In sechs Wochen.

Ui, sie hätte ihn für älter gehalten ... da oben so auf der
Bühne ... Und wie fand er es hier? Auch so toll? Bo äußerte sich
angetan; die Schweißausschüttung schien erst mal vorbei zu sein,
auch seine Stimme klang fast wieder normal. Also sie war spätestens seit gestern im siebten Himmel. Die vielen tollen Leute überall, wo man hinkam. Die Musik, die tolle Stimmung. So ein irres
Gefühl von Freiheit hatte sie vorher noch nie erlebt, die vielen
Konzerte, vier Tage lang tanzen und wegträumen, das dufte Zeltlager draußen am Baldeneysee, wo man bis in die frühen Morgenstunden an einem der Lagerfeuer sitzen konnte ... hier so mit ihm
rumzuspazieren ... Vorhin im Konzert hatte sie sich plötzlich gefühlt wie auf einem großen Schiff, mit dem sie alle zusammen in
die Zukunft fuhren – oder flogen: ein Luftschiff vielleicht. In eine
Zukunft, wo keiner mehr zu etwas gezwungen und ständig gegän-
gelt und bevormundet wurde, wo jeder sich frei entfalten konnte.
»Für uns ist das jetzt superrevolutionär, aber für unsere Kinder
wird das alles ganz normal sein.«

Susanne hatte den Weg Richtung Grugapark eingeschlagen.
Jenseits des Dunstkreises der Veranstaltungsorte, wo sich die
Scharen der Festivalbesucher verliefen, kam man wieder in die
Welt, die noch die normale war. Ein weites raues Meer, das Susannes Freiheitsschiff zu durchpflügen hatte. Wie von einer gläsernen
Glocke des Glücks geschützt nahm Bo die Blicke der Passanten
wahr, die in ihnen bestimmt Exemplare jener »Hippies« erkannten, vor deren wilder Invasion die Regionalpresse seit Wochen
warnte. Er wusste, was sich hinter den feindseligen Blicken ver-

barg, hatte es mehr als einmal bei Demos oder anderen Gelegenheiten ins Gesicht geschrien bekommen – Arbeitslager! Vergasen! Bei Adolf … – und seinerseits genauso hasserfüllt beantwortet. Die Haare mussten nur ein paar Zentimeter über Normalnull sein, und schon wurde man angemotzt: das hatte er zur Genüge erlebt, als er im Winter und Frühling abends durch die Altstadtkneipen gezogen war und die *Abendpost/Nachtausgabe* verkauft hatte, um sein kärgliches Taschengeld aufzubessern. Einmal hätten ihn zwei so Arschlöcher beinahe verprügelt, da war zum Glück der Wirt dazwischengegangen. Heute jedoch störten ihn die Reaktionen der braven Bürger nicht im geringsten. Er verspürte überhaupt keinen Drang, die Leute zu provozieren oder sich über sie aufzuregen. Susanne hatte ganz recht: die Zeit von denen war abgelaufen. Aus solchen Aufbrüchen der Gegenkultur wie jetzt in Essen würde die neue Gesellschaft entstehen, die freie Zukunft, in die sie hier Seite an Seite, Hand in – ja, er wagte es! – Hand gingen, und sie zog ihre nicht weg, erwiderte den Druck.

Irgendwann schlug der Hunger zu. Sie entknäuelten sich und trennten sich schweren Herzens von der Parkbank, auf der Bo in den vorangegangenen zwei Stunden den ersten Kuss und, wie zum Nachholen des Langentbehrten, gleich noch die nächsten hundert Küsse seines Lebens bekommen und eine erste ahnungsvolle Bekanntschaft mit dem weiblichen Körper geschlossen hatte. Sein Glied war so hart und überreizt, dass es wehtat und er seine Schritte anfangs ein wenig bedächtig setzen musste. Süßes Leid. Für das Folklorekonzert und die Kabarettvorführung des Abends waren sie eh zu spät dran, aber um elf sollte in einem Kino am Wasserturm ein Mixed-Media-Happening mit anschließendem Konzert von Frank Zappas Mothers of Invention stattfinden, den großen Stars der Songtage. Das war noch zu schaffen. Erst einmal aber fanden sie ein unerwartet gemütliches kleines griechisches Restaurant, wo sie sich nicht einmal schief angeguckt fühlten und die Zeit bald vergessen hatten.

»Schade, dass wir uns nicht schon gestern abend getroffen haben.« Auch Susanne war nämlich bei »Protest International« gewesen, wo ihr Tim Buckley gut gefallen hatte, mehr aber noch Julie Felix mit ihrer warmen, eindringlichen Stimme, auch wenn die politischen Nörgler gebuht und gepfiffen hatten und sowieso viele der Meinung zu sein schienen, dass die Lautesten immer die Besten waren. Amon Düül zum Beispiel: warum waren die so wütend und aggressiv? Als Julie in dem einen Lied steckengeblieben war und gesagt hatte: »Oops, I forgot the words«, das war so schlicht und natürlich gewesen, so ungekünstelt, so wäre sie auch gern, so sollten die Menschen überhaupt sein: frei und ehrlich miteinander, keine Angeber und Wichtigtuer wie diese ewigen Diskutierer, die immer alles besser wussten und alle fertigmachen wollten, die nicht ihrer Meinung waren. Immer so tierisch ernst. In der Schule hatte sie vor ein paar Monaten in Geschichte ein Referat über die Pariser Commune von 1871 gehalten, und die – das hatte sie vorher gar nicht gewusst, aber dann hatte sie gelesen und gelesen – die war am Anfang ein einziges großes Fest der allgemeinen Verbrüderung gewesen, ein richtiges Volksfest der Liebe und Freude, bis die Reaktion dann ein Blutbad daraus gemacht hatte. Etwas wirklich Neues aber konnte doch nur aus einem solchen Geist der Liebe entstehen, nicht wahr, nicht aus Wut und Gewalt und Aggression. Da war dann das Totschlagen nicht mehr fern.

Bo gab ihr im Prinzip recht. Wobei er schon glaubte, dass es eine Revolution geben musste, einen Umsturz der völlig verrotteten Verhältnisse. Vermutlich auch mit Gewalt. Wie das mit der Machtübernahme und so weiter genau gehen würde, ließ sich natürlich schlecht voraussagen, aber so, wie die Bewegung um sich griff, war das auf jeden Fall nur eine Frage der Zeit, selbst wenn noch viele Widerstände zu überwinden waren, wie man an den Leuten in Essen ja deutlich sah, und viel Uneinigkeit in den eigenen Reihen. Was die SDSler zum Beispiel überhaupt nicht begriffen, war – apropos Fest – welchen Beitrag gerade die Musik zur Befreiung und zur Massenmobilisierung leisten konnte. Indem man die Leiber bewegte, veränderte man die Köpfe, nicht indem man mit Argumenten darauf eindrosch. Kleinbürgerlich war nicht der Rausch der Musik, kleinbürgerlich war das ewige rationalistische Gequatsche anstelle der unmittelbar gelebten Veränderung. Die lustfeindlichen Politpuritaner witterten überall immer bloß Konsum und Integration, aber Musik war eben nicht quasi naturgesetzlich ein Medium der systemimmanenten Bedürfniskanalisierung, nein, so wie er sie verstand, seine Gruppe, wenn sie spielten und die Leute richtig abfuhren auf die Songs, da war sie so was wie ein Motor der Phantasie zur Unterminierung der Gesellschaft, zur Erschließung von Gegenwelten, wie Kaiser – das war der, der das hier veranstaltete – gestern zu ihm gesagt hatte. Oder, bog er ab, als er merkte, wie Susannes Augen ein wenig glasig wurden (er wollte auf keinen Fall den besserwisserischen Angeber spielen, das hatte er jetzt echt nicht nötig): waren sie ihr auch zu laut gewesen?

Nein, gar nicht. Sie schüttelte den Kopf, legte die Hand auf seinen Unterarm. Sie hatten toll gespielt, wirklich. Sie mochte es, wie er sang, so richtig mit ... mit Haut und Haaren. Am besten hatte ihr das Lied über diese Südseeinsel gefallen, irgendwas mit Tripping, als er das gesungen hatte, da hatte sie dieses Schiffsgefühl ganz stark gehabt. Das war wunderbar. Und sie hatte ihn natürlich wiedererkannt, vom Zeltlager. Da hatte sie ja noch nicht gewusst, dass er der Sänger von einer der Bands war. Als er dann von der Bühne gesprungen war, da hatte sie es erst gar nicht glauben können und sich unheimlich gefreut. Ihre Stimme wurde weich und dunkel. Ja, hatte sie gedacht. Ja.

Nein, heißt dieses leise bittende »M-m«, das sie macht, als er sich auf sie legt und ungeschickt versucht, in sie einzudringen, jetzt wo sie endlich ausgezogen sind und Körper an Körper nackt beieinander liegen. Er spürt ihr leichtes Kopfschütteln mehr, als er es sieht in dem stockdunklen Zelt, doch die kurze Muskelanspannung in den Oberschenkeln, im Unterleib ist unmissverständlich. Wie ein Stich durchfährt ihn die Peinlichkeit, die Enttäuschung, und seine eben noch quicklebendige Hand liegt auf ihrem Fleisch wie ein toter Polyp, doch da küsst sie ihn zärtlich, zieht ihn zu sich herunter, drängt sich ihm entgegen, summt ihm besänftigend ins Ohr. Nach einer Weile schiebt sie ihn sacht zur Seite, beugt sich über ihn, so dass ihre rechte Brust ihn mit der weichen Unterseite streift und am ganzen Leib erschauern lässt, noch einmal mit der prall abstehenden Brustwarze, dann auf seiner Brust zu liegen kommt und damit zu verschmelzen scheint wie ihre Münder im Kuss. Das könnte er ewig so haben. Schließlich löst sie sich wieder, küsst ihn, streichelt ihn, an Hals, Brust, Oberarmen, Flanken, Bauch, Oberschenkeln ... zwischen den Beinen, sie nimmt sein Glied, umschließt es mit den Fingern, fühlt, drückt, dann fängt sie es sanft zu reiben an, sie legt sich zurück, reibt, streichelt, drückt, reibt, reibt, bis er »ja« keuchend, »ja«, sich rasch auf sie wälzt, weiter von ihren Fingern umschlossen, und auf ihrem Bauch kommt kommt kommt. Schreien möchte er am liebsten vor Lust, vor Glück, schreien, doch er beherrscht sich, so gut es geht, denn abgesehen davon, dass sich hier und da Leute regen oder mit Taschenlampen unterwegs sind, liegt ein Meter neben ihnen Marion, die zwar keinen Ton gesagt hat, seit sie gekommen sind, und sich schlafend stellt, aber deren Ohren unverkennbar so weit aufgesperrt sind, dass Bo jeden Laut, jedes Rascheln, noch das leiseste Stöhnen in ihren gespannten Muscheln widerhallen zu hören meint.

Susanne hält ihn, drückt ihn, verschließt ihm den Mund mit einem nicht enden wollenden Kuss, bis die Zuckungen abklingen und sein Atem, der wie eine Dampflok gegangen ist, sich langsam, langsam wieder beruhigt. Lange liegen sie still, beide, denkt er, badend in seinem Glück. Dann nimmt sie behutsam seine Hand, führt sie an ihr heißes, nasses Geschlecht und macht ihm, von leisen Tönen begleitet, deutlich, was er zu tun hat. O Gott. Als sie sich vorhin auf die Schlafsäcke gepackt haben und er, vor Erregung zitternd, die Hand in ihre verflucht enge Hose geschoben und den knöchernen Höcker ertastet hat, wo die Schambehaarung anfing, da hat er gefühlt und gefühlt und es gar nicht glauben können, wie weit nach unten zwischen die Beine die forschenden Finger ihre Suchexpedition fortsetzen mussten, bis es auf einmal sagenhaft feucht und glitschig wurde in ihrer Unterhose und er die erträumte Öffnung endlich zu spüren bekam, die er sich, o Schande, irgendwie weiter oben, weiter vorn vorgestellt hatte; an den Rändern irgendwie glatter. Er hat nicht einmal gewusst, wo Mädchen genau ihre Möse haben. Hilflos hat er herumgefingert wie der letzte Hohlblock. Das kam davon, wenn man sich immer bloß sonst was für Vorstellungen machte und sich nicht mal für die elementarsten anatomischen Fakten interessierte. Selbst die doofste, technischste Sexualkunde wäre bei ihm nicht verkehrt gewesen.

Am Samstag geht seine Aufklärung weiter. Schon am späten Nachmittag liegen sie wieder im Zelt. Das als »Augen- und Ohrenflug zum letzten Himmel« angekündigte Megakonzert in der Grugahalle hat sie nicht halten können, die große psychedelische Popschaffe mit mehreren tausend Leuten, das »richtig dufte Fest«, das sich, wie sie anderntags vorgeschwärmt bekommen

werden, bis zum Morgen hinziehen und der Höhepunkt der Songtage werden wird mit seiner abwechselnden, manchmal auch
gleichzeitigen Beschallung von zwei Bühnen, mit seinen Under-
groundfilmen und Theatereinlagen und seiner irren stroboskopi-
schen Lightshow. Wobei an dem Punkt, wo sie gingen, gerade die
frisch in Gruppe 1 und 2 gespaltenen Amon Düül gegeneinander
spielten und sich nach Kräften an Lautstärke zu überbieten versuchten, bis der Strom ausfiel und Pie Dschie Hübsch, vermutlich
auf Acid, eine völlig durchgeknallte Rede hielt, zu der im Hintergrund seine Wa-wa-wa-wa-was-ist-los-Band mit Schlagzeug, Kin-
dertröten und Gitarren herumlärmte. Aber das ist nicht der Grund
ihres Aufbruchs gewesen. Schon am Abend vorher zog es sie
beide viel stärker zueinander als zu Ferdinand Kriwets Mixed-
Media-Show und den Mothers of Invention, und auch im »letzten
Himmel« der Grugahalle sahen sie keine Verheißung, die der
Himmel des Zuzweitseins nicht übertroffen hätte. Beide. Auch
Susanne merkt, dass dieser Junge sie tiefer berührt als andere vor
ihm. »Tja, jetzt wirst du wohl nach Hause fahren müssen, ohne
die Hauptattraktion gehört zu haben«, hat sie Bo im Bus ironisch
geneckt. Er aber hat ihr ohne jede Ironie in der Stimme geant-
wortet: »Du bist hier meine Hauptattraktion«, und sie ganz ernst
angeblickt. »Du.«

Vorher, am Morgen, hat Susanne noch gemeint, ihn trösten
zu müssen, weil sie in der Nacht nicht mit ihm geschlafen hat: sie
möge ihn unheimlich gern, und es sei unheimlich schön gewesen
mit ihm, aber »dafür« sei sie noch nicht bereit, das spüre sie einfach. Das finde er sicher spießig und so, aber sie könne sich nun
mal nicht zwingen, das würde alles kaputtmachen. Vielleicht ...
wenn sie mehr Zeit miteinander hätten ... wenn sie sich wiedersehen könnten ... so weit waren Köln und Mainz ja nicht auseinander ... sich mal treffen ... sich schreiben hin und wieder ...

telefonieren ... Als ihr die Tränen gekommen sind, hat Bo sie umarmt und gehalten. Ihm ist das Herz geschmolzen vor Rührung. Na klar werde er ihr schreiben, sie müssten sich wiedersehen. Und spießig, so ein Quatsch, sie sei überhaupt nicht spießig, sie sei die tollste Frau, die er jemals kennen gelernt hat. Irgendwie hat es sogar, wenn er ehrlich ist, etwas Erleichterndes, dass sie nicht miteinander schlafen, dass ihm der Druck, alles richtig zu machen und eine Erfahrung zu spielen, die er nicht hat, abgenommen ist und er dieses im wahren Wortsinn überwältigende Spiel der Geschlechter so vorsichtig und tastend angehen kann, wie ihm tatsächlich zumute ist. So ist in ihm, während sie den Tag kreuz und quer durch Essen gelaufen sind und in jeder Minute geredet haben, die der andere Mund den eigenen freigegeben hat, ein Entschluss gewachsen, und als sie endlich vor der Wa-wa-wa-wa-was-ist-los-Band geflohen sind, hat er seinen ganzen Mut zusammengenommen. Er wolle ihr was gestehen. Vielleicht werde sie ihn jetzt verachten. Wo sie wahrscheinlich gedacht habe, sie lerne da einen tollen Beatsänger kennen, und dann stellt sich raus, dass er in Wirklichkeit ... na ja. Sie sei seine Erste überhaupt. Er habe vor ihr noch nicht mal ein Mädchen geküsst. Das sei total erbärmlich, das wisse er, aber ... Doch da hat sie ihm schon mit ihren Küssen das Wort abgeschnitten, so dass er sich, als er wieder Atem schöpfen konnte, getraut hat, auch das Letzte auszusprechen: er wünsche sich nur, sie zu sehen und ... alles gezeigt zu bekommen.

»Schralaffia« ist so gut wie ausgestorben, als sie ihn ins Zelt führt wie eine Priesterin und ihm seinen Wunsch erfüllt.

Nachdem die Rout 66 am Sonntag beim zweiten Nachmittagskonzert in der Grugahalle noch einmal gespielt hatten und Egon zur Bahn geeilt war, begab sich Bo mit den übrigen dreien in eine von dichten Rauchschwaden umwölkte Loge in den oberen Hallenregionen, wo ein Kreis um Tom Schroeder und Henryk Broder mit gutem Dope und flotten Frauen die Songtage für sich ausklingen ließ. Susanne und ihre Freundin waren schon am Mittag mit einem Wagen, den Marion aufgetan hatte, nach Köln zurückgefahren, und Bo war für ein bisschen Entspannung zu haben. Mani fing an herumzublödeln und machte Ferdinand Kriwet nach, der in einer Podiumsdiskussion über »Integration«, die Mani als einziger der Gruppe besucht hatte, nicht müde geworden sei zu beteuern: »Die Gefaaahr«, er raunte es düster beschwörend, »sich in diese Gesellschaft zu integrieren, ist riesengroß.« Jemand erzählte, dass der »Charas«, den sie gerade rauchten, aus dem nordindischen Parvati-Tal stammte, wo er mit zwei Kumpeln ein paar Tage in einem alten Shiva-Tempel verbracht und sie sich ein Shillum nach dem andern reingezogen hätten. Fred war aufgekratzt wie selten und schlug kichernd vor, die Band in Shiva Shillum umzubenennen. Mit großem Hallo einstimmig angenommen. »Elende Integrantenbande, das nützt euch gar nichts!«, brüllte Mani. »Die Gefaaahr, sich in diese Gesellschaft zu integrieren, ist riesengroß!«

Bo hatte sich während des Konzerts – sein dritter Auftritt! – schon wie ein alter Hase gefühlt, und jetzt fühlte er sich außerdem noch, auch er musste kichern, wie ein satter Kater, für den es das Selbstverständlichste von der Welt war, dass nach dem zweiten Durchgang des Shillums irgendeine Conny auf seinem Schoß landete und sich verhielt, als ob sie dort bleiben wollte. Seinetwegen. Mit der Schlafsackakrobatik im dunklen Zelt hatte er inzwischen Übung, und diesmal stieß er auf kein Widerstreben, als er sein Fleisch im andern Fleisch einer Frau versenkte, sie umschloss ihn sofort mit den Schenkeln, und er lernte auch diese Lektion. Was das Schreien betraf, war Conny weitaus weniger zimperlich als er, oder Susanne. Susanne. Sie war es, deren Gesicht er im Dunkeln sah, deren Körper er fühlte, obwohl dieser andere Körper deutlich kleiner und runder war als ihrer. Sie war, obwohl sie eine Grenze gezogen hatte, viel aktiver und leidenschaftlicher gewesen als Conny. Sie hatte das, was mit dieser halt so passierte, nicht einfach passieren lassen, sondern sich bewusst für und gegen entschieden. Sie hatte sich geschenkt und sich zugleich bewahrt. Ein heißes Gefühl für sie durchströmte ihn wie feurige Lava, Liebe? gemischt mit Dankbarkeit und Bewunderung, während gleichzeitig die leibliche Lava in seinem Samenstrang – hieß das Ding so? – dem Ausgang zustrebte und seine Stöße wuchtiger wurden und auch er schließlich, Sänger der er war, den Mund zu öffnen wagte.

... der gehört nicht zu uns ...

Der Erfolg, hinterher das Buch in den Händen zu halten, das du unbedingt haben wolltest oder das zufällig deine Neugier erregt hat, ist das Eine. Aber das wirklich Scharfe am Klauen ist diese Mischung aus Erregung und Ruhe, mit der du durch die Reihen schlenderst, das Objekt der Begierde erblickst, dich ladida in die Nähe bewegst, den richtigen Moment abpasst und – schwupp. Es klemmt unterm Arm. Ruhig. Weiterschlendern. Alles paletti. Das innere Lächeln tritt ein, das Schreiten auf dünnen Wolken. Du schwebst Richtung Ausgang, blätterst kurz noch in einem anderen Buch, stellst es gut sichtbar zurück, fragst den Buchhändler vielleicht noch nach einem Taschenbuch, von dem du weißt, dass er es nicht hat, weil du schon nachgeguckt hast, schade, nein, bestellen hat keinen Zweck, jetzt oder nie, Lächeln, tschüs. Richtig gut war der Auftritt letztens, wo du die Buchhändlerin nach roro 1096 gefragt hast (Camus, unterste Reihe, nicht da), und während sie sich bückt, ziehst du über ihr hinweg aus der obersten Reihe den Rühmkorf, Nummer 1180, er verschwindet unter der Jacke, sie richtet sich auf, leider nicht da, schade, tschüs. Du musst nur wach und bei dir sein, dann läuft es wie geschmiert.

Es läuft überhaupt alles wie geschmiert zur Zeit.

Petra. Ein lächelnder Blick über die Köpfe der Neugierigen hinweg, die ihn und Mani auf dem Schulhof umstanden und Geschichten über ihr Abenteuer in Essen hören wollten, ein

Nicken, fünf Schritte, eine Verabredung am Nachmittag. Schon von weitem sah er sie am 117er Ehrenhof stehen, und ohne ein Wort trat er auf sie zu. Langsam. Näher und näher. Küsste sie. »Er pflückte sie wie eine reife Frucht«, soufflierte der innere Kommentator. Was hatte ihn die Monate vorher daran gehindert? Was auch immer, es war weg. So, are you experienced? So dünn die Erfahrung war, die er hatte, sie gab ihm Sicherheit. Er kannte das Spiel jetzt. Ob Petra das spürte? Have you ever been experienced? Er drängte sie nicht, doch es war deutlich, dass auch sie mit ihm schlafen wollte. Der Nachholbedarf war gegenseitig – und offenbar so stark, dass sie anfangs fast ein wenig zu rabiat miteinander waren, zu überhastet; oder war nur er das? Stimmte was mit der Friktionszeit nicht? Sie brauchten einige Male, um sich aufeinander einzustimmen. Nach den Andeutungen, die sie seinerzeit über die Sache mit dem italienischen Studenten gemacht hatte, überraschte es Bo, dass Petra noch Jungfrau war, und, hm, ehrlich gesagt, freute es ihn auch, obwohl es ihm nicht ganz unpeinlich war, noch später in der Erinnerung, dass er solche bürgerlichen Verhaltensmuster drauf hatte. Eine heiße Welle durchschoss ihn, als er den Widerstand in ihr spürte und, nächster Versuch, ja!, stolz und glücklich durchbrach. In einem italienischen Film im Fernsehen hatte er einmal gesehen, wie nach der Hochzeitsnacht das blutige Laken demonstrativ herausgehängt wurde, und das unheimlich bescheuert gefunden. Als Petra hinterher das Laken abzog, lag ihm der Witz auf der Zunge, ob sie es nicht vors Fenster hängen wollte. Er hätte es der ganzen Welt zeigen mögen. Nur gut, dass er einmal die Klappe hielt.

Eine Frau war also etwas, was man tatsächlich anfassen konnte, richtig zum Gebrauch, etwas, was sogar angefasst werden wollte, unter Umständen sehr gern, unter Umständen etwas, was einen selber anfassen mochte, und auch das gar nicht ungern. Das rational zu erkennen war eines, aber etwas ganz anderes war es, diese Erkenntnis so weit zu verinnerlichen, dass man danach handelte; dass man sie glaubte. Es brauchte Zeit, stellte Bo fest, aber es lohnte sich, wenn man die Frau absteigen ließ von dem Sockel der Anbetung, auf den sie sich schließlich nicht selbst gestellt hatte; wenn man sie nicht gleich auf die nächste fixe Vorstellung festnagelte; wenn man sie kommen ließ. Unerwartete ideelle Unterstützung erhielt er dabei an seinem siebzehnten Geburtstag von einigen SDS-Frauen. Am frühen Nachmittag, als sie die Wohnung noch für sich allein hatten, kam Petra mit einem Kuchen an, den sie für ihn gebacken hatte. Beim Kaffee zog sie ein Flugblatt aus ihrer griechischen Umhängetasche, das hatte eine Freundin ihr tags zuvor aus der Uni mitgebracht. Ein Frankfurter »Weiberrat« drohte darin den »sozialistischen Eminenzen« des SDS die Befreiung von ihren »bürgerlichen Schwänzen« an, offenbar weil sich die Frauen von den männlichen Genossen missbraucht und mundtot gemacht fühlten.

»Echt das Letzte«, empörte sich Petra. Selbst gesetzt den Fall, ihre Anliegen wären berechtigt, brachten die Frauen sich durch die dämliche unpolitische Art ihres sogenannten »Rechenschaftsberichts« um jede Glaubwürdigkeit. Kopfschüttelnd fing sie an, Bo daraus vorzulesen, doch als der amüsiert und flachsend reagierte und einzelne Phrasen mit großem Pathos wiederholte – »Sozialistischer Bumszwang, du liebe Güte!«, »Revolutionäres Gefummel, hm?«, »Gesamtgesellschaftlicher Orgasmus!!!« – da ging sie schnell darauf ein, und bei der abschließenden Litanei ironischer Selbstgeißelung, die sie Wort für Wort betonend vortrug, war sie schon dabei, ihm mit der Linken langsam die Hose aufzuknöpfen. »Wir sind penisneidisch, frustriert, hysterisch, verklemmt«, deklamierte sie, »asexuell, lesbisch, frigid, zukurzgekommen, irrational, penisneidisch, lustfeindlich, hart, viril, spitzig,

zickig, wir kompensieren, wir überkompensieren, sind penisneidisch, penisneidisch, penisneidisch, penisneidisch, penisneidisch.« Das Flugblatt fiel zu Boden, und vor ihm kniend ging
sie schwer atmend daran, ihren neuentdeckten Penisneid mit einer
Schwanzbefreiung eigener Art zu zelebrieren. Happy birthday.

Überraschend für ihn kam ihre Eifersucht. Je bekannter die
Shiva Shillum wurden, umso begehrter, versteht sich, waren sie
bei den Groupies, die sie vor und nach den Konzerten um-
schwärmten, und nach einem Gig in Darmstadt passierte es halt,
dass Bo im bekifften Zustand mit einer vögelte. Er war nicht
sonderlich stolz darauf, und natürlich lag ihm nichts an der Tussi,
aber, herrje, er sah auch keinen Anlass zu großen Selbstbezichti-
gungen. Es war ja nicht so, dass er Petra verlassen wollte, auch
wenn sie in der Zeit davor öfter Knatsch gehabt hatten, deshalb
kapierte er nicht, warum sie so ein Theater machte, als die Sache
durch eine dumme Bemerkung von Dave herauskam. War sie auf
einmal zur bürgerlichen Monogamie konvertiert oder was? Erst
hatten ihn die Erfahrungen mit anderen Frauen interessant gemacht, aber jetzt, wo sie meinte, ihn im Kasten zu haben, sollte er
anscheinend für alle Ewigkeit hübsch drin bleiben. Sie heulte und
tobte rum, es wäre gar nicht die Sache an sich, sondern der Ver-
trauensbruch. Als sie partout keine Vernunft annehmen wollte,
machte er Schluss, vielleicht auch sie, so genau war das an dem
Punkt nicht mehr zu sagen, und den ganzen Frühling und
Sommer über vögelte er alles, was ihm vors Rohr kam. Petra fing
derweil was mit einem gewissen Dankwart an, der beim Fernsehen
arbeitete, wahrscheinlich hob das ihr Selbstwertgefühl. Mit einem
komischen Kribbeln im Bauch rief Bo in Köln an und versuchte
den Kontakt zur mandeläugigen Susanne wieder aufzuwärmen,
aber er hörte schon an der verhaltenen Begrüßung, dass der Zug
abgefahren war. Als ihr nach zwei Sätzen die Stimme wegblieb,

legte sie auf. Sie hatte sich seinerzeit eine Woche nach Essen bei ihm gemeldet, aber da war er gerade mit Petra zugange gewesen und hatte es eilig gehabt, sie wieder loszuwerden.

Es dauerte einige Monate, bis Petra und er sich nicht mehr zwanghaft aus dem Weg gingen, wenn sie sich auf dem Schulhof sahen, und schließlich sogar wieder ein paar Worte wechselten. Nach einer phantastischen Tramptour durch die Türkei, die Bo in den Sommerferien mit Mani und Arnulf unternahm, um seine Versetzung zu feiern, an die er selbst kaum geglaubt hatte, kehrten die drei rechtzeitig zum Undergroundfestival in Wiesbaden zurück, und er sang wie ein junger Gott, von Energie nur so überschäumend. Petras Anwesenheit entging ihm nicht, und als er sie wenig später zufällig im Goldstein traf, allein, fragte er mit betonter Höflichkeit, ob er sich zu ihr setzen dürfe, und sie unterhielten sich sehr zivil und ... prickelnd. Im Laufe des nächsten Vierteljahres wurde das Prickeln von Mal zu Mal stärker. Für beide war es eine Lust, immer freier, immer offener miteinander zu spielen. Irgendwann war es so weit. Es war nichts Überhastetes mehr in der Art, wie ihre Leiber zueinander fanden. Sie beide, stimmten sie überein, waren in der Zwischenzeit – blödes Wort, aber ihnen fiel kein besseres ein – reifer geworden. Es hatte, sei ihm aufgegangen, sagte er, irgendwo auch was Befreiendes, in festen Händen zu sein. Manis Kommentar zu seinem zweiten Versuch mit ihr hätte er allerdings besser für sich behalten. »Warum in die Erna schweifen? Sieh, die Ute liegt so nah!« Den fand Petra mäßig witzig.

Ja, es lief wie geschmiert. Das heißt, wenn man mal von der Schule absah, da lief nach dem Sommer so gut wie nichts mehr. Wie auch? Das Pensum der Konzerte, das die Shiva Shillum landauf landab absolvierten, steigerte sich von Monat zu Monat, sie spielten auf Open-Airs und Festivals, um ein Haar wären sie sogar als »Opening Act« für Steppenwolf in der Jahrhunderthalle engagiert worden. Gegen Ende des Winters unterschrieben sie einen Plattenvertrag bei Rolf-Ulrich Kaisers neugegründetem Label Ohr (wobei Bo die Peinlichkeit nicht erspart blieb, den Vertrag von seiner Mutter unterschreiben zu lassen), und wenig später kam ihre erste Platte heraus, *Mogon*, mit dem an Dalí angelehnten Cover: zerfließende Gitarren in einer Wüstenlandschaft, am Horizont ganz klein das Rheinknie mit der Stadtsilhouette von Mainz. In *Sounds* und *Song* bekamen sie gute Kritiken, im »Plattentip« der *Konkret* wurden sie immerhin erwähnt. Die Schule hatte er zu dem Zeitpunkt längst gesteckt, schon vor dem Halbjahreszeugnis, das mit Sicherheit katastrophal ausgefallen wäre, obwohl der Waschewski ihn noch vollgelabert hatte, er solle sich seine berufliche Zukunft nicht verbauen, bei seiner Intelligenz blabla; von der Mutter ganz zu schweigen; dabei wäre er ohnehin sitzengeblieben, so oft, wie er im letzten Jahr gefehlt hatte. Doch das hatte gar nicht den Ausschlag gegeben, er wäre auf jeden Fall abgegangen, denn durch die Erfahrungen des rauschhaften letzten Jahres war ihm etwas, was er lange dunkel gespürt hatte, schon in seinen Gedichten damals, ein für allemal klar geworden, nämlich dass sie ihm mit ihren Studienperspektiven und Berufsaussichten, die sie ihm in rosigen Farben an die Wand malten, Eltern wie Pauker gleichermaßen, gestohlen bleiben konnten. Das einzige, was er lernen wollte im Leben, war leben. Auf nichts anderes kam es an. Beruf, das war eine Geisteskrankheit. Durch irgendeine idiotische Zufallsentscheidung lebenslang auf eine Sache festgelegt, tagaus tagein immer die selbe Arbeit, freiwillig auf ein Prokrustesbett geschnallt, verbogen, verformt, verstümmelt, passend gemacht für das Funktionieren im Räderwerk des Systems. Die Welt, die ihm ach so wunderbar offen stand, war ein Knast, die tollen Chancen, die sie ihm alle anpriesen, konnten sie sich in die Haare schmieren. Ein Beruf, das war das Letzte, was er wollte. »Junge, was willst du mal werden?« Er wollte nichts werden, was er nicht war. Und was war er? Ein Mensch. Nur das wollte er werden im Leben: der Mensch, der er war. Ohne ihre beschissenen Masken und Rollen und Fesseln. Frei.

Und diese Freiheit, das war seine große Erfahrung in Essen gewesen und sie bestätigte sich ihm immer wieder, dieses radikale Menschsein verwirklichte sich am stärksten im Singen, jedenfalls für ihn. Das Schreiben und Tüfteln an den Worten und ihren Bedeutungsnuancen, das hatte auch was, durchaus, aber erst im Singen wurde wahr, was die Worte beschworen; die Veränderung, die gesamtgesellschaftlich kommen musste, sie geschah, wenn er sang, und er wurde der neue Mensch, leibhaftig, den andere bloß beschrien. »Du bist halt einer von uns new people«, hatte Kaiser bei der Vertragsunterzeichnung seinen übersprudelnden Reden lachend zugestimmt und ihm das mit Acid gewürzte »Electric Water« gereicht; sie alle gehörten zur involved generation, die mit ihrer Musik die Energie der Freude verbreitete, weil sie auf den Schwingungen des DNS-Codes trippte. DNS oder nicht, das war ihm egal, aber die Energie, die spürte er. Das war er. Und diese Energie, diese Kraft übertrug sich, unmittelbar, die Leute spürten sie, wurden selbst von den Schwingungen ergriffen, warfen im Hören, im Tanzen, im Mitsingen alles äußerlich Trennende ab, wurden ihrerseits Menschen, frei! frei! frei!

Klar, viel Geld verdienten sie erst mal nicht; ein bisschen was musste die Mutter noch zuschießen. Aber darauf kam es nicht an. Sie waren keine Karrieretypen, die ihr Leben nur nach Aufstiegs- und Verdienstchancen planten. Man sah ja, was dabei herauskam: eine unmenschliche Mühle, in der es allein ums Ackern, Hetzen, Raffen ging. Krank. Selbst Ingo sah das nicht anders. »Die zeitgemäße Krankheit besteht gerade im Normalen«, hatte er letztens seinen Halbgott Adorno zitiert. Na, nicht mit ihnen. Außerdem fingen sie gerade an; wenn sie erst mal bekannter waren und ein paar Platten auf dem Markt hatten, mussten sie sich um ihren Lebensunterhalt keine Gedanken mehr machen. Und mehr war nicht nötig. Sie brauchten nicht viel. Außerdem konnte es eh nicht mehr lange dauern, bis das ganze marode System zusammenbrach und eine Gesellschaft entstand, in der jeder nach seinen Fähigkeiten gab und nach seinen Bedürfnissen bekam. Ihre Fähigkeit war die Musik, das war es, was sie zu geben hatten, und daran arbeiteten sie mit Sicherheit mehr, als wenn sie sich im Hörsaal oder im Büro den Arsch plattgesessen hätten. Inzwischen hatten sie auch ihren Stil gefunden, in der Spannung zwischen Freds Improvisationen und Bos Sprechgesang, einen ganz eigenen Sound, der anders als bei vielen ähnlich experimentierenden deutschen Bands eben nicht rein oder überwiegend instrumental war. Vor allen Dingen nicht so verkopft wie die meisten. Nicht so dilettantisch wie viele. Für sein Gefühl waren sie den anderen weit voraus. Sie waren auf der richtigen Bahn.

Im nachhinein war es schwer, den Punkt festzumachen, an dem das High gekippt war. Zum ersten Mal bewusst registriert hatte er so ein merkwürdig hohles Gefühl schon im April 1970, als sie zusammen mit Guru Guru, Tangerine Dream, Agitation Free, Gila Fuck und anderen in Berlin beim »Ersten Deutschen Progressiven Popfestival« aufgetreten waren. Das Ganze war gedacht als Gegenveranstaltung zur großen Kommerzshow des Progressive Pop Festival eine Woche vorher in Köln mit »Superacts« wie Deep Purple, Procul Harum, Wishbone Ash und mit entsprechenden Schweinepreisen, und das Konzert selbst war im ganzen gar nicht so schlecht, aber beim vorletzten Lied, »World Without

End«, wehte ihn auf einmal, er wusste nicht woher und warum, das Gefühl an, dass seine Worte irgendwie ... ja, dass sie nicht mehr voll waren wie gewohnt. Sie waren leer. Er war nicht in ihnen drin. Kam auch nicht rein. Er starrte in das wogende Dunkel des Sportpalasts, und etwas in seiner Brust wurde eng, nahm ihm die Luft. Mit Befremden hörte er sich »Be rooted and grounded in another kind of love!« ins Mikrofon röcheln, aber es war nur dieser eine Moment und hinterher schnell vergessen, zumal nach dem Schlag in die Magengrube am Schluss: der Veranstalter hatte sich dünngemacht, und keine der Gruppen sah einen Pfennig Gage. Gleich am Montag meldete der Kerl Insolvenz an.

Auf der Rückfahrt nach Mainz hing eine schwarze Wolke in ihrem neu angeschafften alten Ford Transit, aus der immer mal wieder, mit oder ohne Anlass, eine schneidende Bemerkung von Fred herausblitzte. Zu allem Überfluss begann Mani davon zu erzählen, dass er bei einem Cousinenbesuch in Kreuzberg vor einer Schule zufällig den Auftritt einer Lehrlingstheaterband miterlebt hatte, die sich »Rote Steine« nannte. Ein Song bei der Aufführung war richtig gut gewesen: »Macht kaputt, was euch kaputt macht!« Er sang die Melodie, soweit er sie behalten hatte, ahmte die heisere Stimme des Sängers nach. Ein Mädchen hatte ihm ein Flugblatt in die Hand gedrückt, in dem davon die Rede war, dass die Gruppe bei ihren Auftritten in Jugendheimen und Mieterversammlungen, vor Betrieben und Berufsschulen die reale Situation der Leute darstellte, wodurch das Spiel praktisch direkt zum Klassenkampf wurde. Lehrlinge konnten mit ihnen zusammen die Ausbeutung im Betrieb nachspielen, Forderungen entwickeln und diskutieren und durch die dabei entstehende Solidarisierung zum Beispiel einen Streik in Gang bringen. Ihre Musik war keine unverbindliche »Oberschülermusik«, hatte das Mädchen gemeint, als er sich mit ihr unterhielt, die Musik lebte in und aus dem politischen Kampf der proletarischen Jugendlichen, und sie hatte auch, Mani nickte anerkennend, echt rockig geklungen und – Blitz! Er möge ihn gefälligst mit dieser Agitpropscheiße verschonen, herrschte Fred ihn an. Man werde doch noch mal über Inhalte reden dürfen, gab Mani zurück. Fred: »Parteimusik kannst du woanders machen, wurscht ob für Lehrlinge oder Oberschüler.« Mani: »Wenn dir der Kommerz wichtiger ist als die politischen Inhalte, hättest du vielleicht lieber nach Köln fahren sollen statt nach Berlin.« Und so weiter. Mit ihren Vermittlungsversuchen stießen Bo, Egon und der kurz vorher als Manager und zweite Gitarre dazugekommene Oskar bei beiden auf Granit. Sechs giftige Wochen später war Mani draußen.

Unterdessen kam die Festivalwelle so richtig ins Rollen. Beim Zweiten Essener Pop & Blues Festival und dem Joint-Meeting in Düsseldorf war Mani noch dabei, im Juni beim Rock Circus in Frankfurt hatten sich die Shiva Shillum mit Richie dann einen neuen Keyboarder zugelegt und sich mit Greta um eine Geigerin verstärkt, die musikalisch hervorragend mit Egon und Fred harmonierte, aber nach einigen Monaten als einzige Frau in der Männerhorde das Handtuch warf und nach Fred und Dave nicht noch an einen Dritten weitergereicht werden wollte. Es folgten Großveranstaltungen in Aachen und noch mal in Frankfurt, Anfang September dann ein Popfestival am Deutschen Eck in Koblenz, dem Fred aus unerklärlichen Gründen der Einladung zum »Love + Peace Open-Air« auf Fehmarn – mit Jimi Hendrix! – den Vorzug gab; mit Recht, wie sich nach dem katastrophalen Verlauf herausstellte. Dazu noch die vielen Konzerte. Bos Momente der Hohlheit, der plötzlichen Verlorenheit beim Singen nahmen den Sommer über zu. Er versuchte sie zu verdrängen, nicht daran zu denken. Zu peinlich die Erinnerung an sein Vollgefühl kürzlich noch, Nabel der Welt zu sein, Mittelpunkt, Beweger der Massen. Avantgarde! Doch die Gedanken gingen nicht weg. Auch wenn er sich noch so eindringlich versicherte, dass es nie dazu kommen würde, umkreisten sie hartnäckig die Konsequenz, betasteten sie wie einen gebrochenen, aber noch nicht verschobenen Knochen. Wie wäre es wohl, eines Tages erkennen zu müssen, dass eine Phase vorbei war, dass er — kurzer Herzstillstand — aufhören sollte? Quatsch, das war ausgeschlossen! Sein Leben hing an dieser Band, dieser Musik. Ach so? Hatte er nicht behauptet, frei zu sein? War das die Freiheit, die er meinte: Augen zu und durch? Augen zu und weiterkiffen? Laut singen im Dunkeln, dass man die Angst nicht merkte?

Er konnte mit niemand darüber reden. Und wenn er redete, wie mit Mani vor und eine Zeit lang auch noch nach dessen Ausstieg, wochenlang, nächtelang, dann nicht ... *so*. Sie hatten keine Worte füreinander, nur Argumente. Woher auch? Bei aller Freundschaft, aller fraglosen Nähe hatten sie doch nie ... *so* miteinander geredet. Immer hatten sie sich in einer Sache, auf einem Standpunkt getroffen wie in einer Burg, auf einem Wehrturm, und von dort aus in kühnen Zügen die nichtsahnende Welt erobert. Jetzt hatten sich die beiden Türme ihrer gemeinsamen Burg zu zwei feindlichen Festen verselbständigt, und so schmerzlich es war, blieb ihnen doch nichts anderes übrig, als mit den Lanzen ihrer Argumente gegeneinander anzureiten wie zwei gepanzerte Ritter — wie Falk und Bodo im Turnier auf Schloss Eckbertstein, wo sie sich noch nicht kennen und erst hinterher Freunde werden. Im Turnier zwischen Mani und Bo lag die Freundschaft schon hinter ihnen. Ein Abgrund hatte sich zwischen ihnen aufgetan, in dem alle Verständigungsversuche zerschellten. Sie starrten sich an von Turm zu Turm wie zwei Fremde. Wo sollte sie sein, die Freundschaft? Sie fanden sie nirgends wieder.

Die ganze Zeit hatten sie, trotz gelegentlichem Gefrotzel, davon absehen können, dass Mani in der USG aktiv geblieben war, während Bo schon lange vor seinem Schulabbruch mit den Forderungen zur Schulreform nichts mehr anfangen konnte. Er wollte die Schule nicht verändern, er wollte raus. Kurssysteme, alternative Wissensvermittlung, Erziehung zur kritischen Rationalität, dafür mochte demonstrieren und streiken, wer Lust hatte. Nein, ihm ging es, erklärte er, um eine sehr viel radikalere Revolution – und genau darum ging es auch Mani, denn die USG, umbenannt in Rote Jugend, hatte sich zunehmend aus der Schülerpolitik zurückgezogen und sich einer trotzkistischen Kadergruppe namens Spartacus angeschlossen, um nach der gescheiterten Verankerung in der Schülerschaft ihr Heil im Proletariat zu suchen. In ihrer verächtlichen Ablehnung des gymnasialen Reformgewurstels hatten sich die beiden noch einmal treffen können. Jetzt aber zerriss der Schleier des Schweigens und der Klangteppich der Musik, den sie beide schonend über ihre Auseinanderentwicklung gebreitet hatten. Das Wesentliche an ihrer Musik war, versuchte Bo dem Freund begreiflich zu machen – und da war es wieder, das hohle Gefühl – dass sie damit genau das richtige Mittel in der Hand hatten, um die Leute erreichen, anturnen, verändern zu können. Sie mussten von innen her revolutioniert werden, es gab da uralte Codierungen zu knacken, die ganze jahrhundertelange Erziehung zu Ordnung, Sauberkeit, Disziplin, Verzicht, abstraktem Denken, es galt, die unterdrückten Eigenschaften der Spontanität, der Sinnlichkeit, der Phantasie, der Liebesfähigkeit wieder zum Leben zu erwecken, das so lange gezüchtigte und gemaßregelte Kind, das singen, tanzen, spielen wollte, frei sein, lieben, nicht im Gleichschritt hinter der roten Fahne marschieren. Auf der Ebene musste die wahre Revolution passieren.

Mani schnaubte. Revolution! Umsturz durch Kiffen oder was? Klar erreichten sie mit ihrer Musik die Leute, aber auf einem ganz andern Level, als er das gern hätte. Die Leute konsumierten ihre Musik doch genauso, wie sie die Beatles oder Roy Black oder sonst eine affirmative Scheiße konsumierten, mit einem andern Gehabe, klar, aber jedenfalls ohne den geringsten Mobilisierungseffekt. Revolution, das war reines Geschwätz, solange es keine Kraft gab, keine organisierte, disziplinierte Kraft, die in der Lage war, den Kampf aller Unterdrückten – und das hieß unter kapitalistischen Produktionsbedingungen vorrangig: der Arbeiterklasse! – gegen das System tatsächlich zu führen und die Machtfrage zu stellen. Zur Befreiung der Arbeiterklasse trugen sie mit Bos Gesinge und seinem Geklimper so wenig bei wie seinerzeit, als sie Fidel und Che gespielt hatten und Piffpaff machend durch die Altstadt gewetzt waren.

Ach, aber er trug dazu bei, wenn er Otto den Großen auf Feldzug für die proletarischen Massen spielte, was?, hatte Bo so scharf zurückgegeben, dass er selbst fast erschrak. Sie sahen sich grimmig an. Es ging beiden an die Substanz. Keiner konnte den anderen für sich gewinnen. »Bo, Bo, Bo«, hatte Mani zum Abschied gesagt und tief ausgeatmet. »Chi Minh«, hatte Bo erwidert. Dann war er gegangen. Es hatte etwas Endgültiges, die Tür hinter sich zuklappen zu hören, durch die er seit seiner Kindheit unzählige Male getreten war. Aber was soll's, irgendwann war bestimmt Gras über die Sache gewachsen und sie konnten sich wieder begegnen.

Das erste Mal war Zufall gewesen, der reine Übermut. Herbst 69: Petra und Bo waren in der Phase des genüsslichen Prickelnlassens vor dem Wiederanbändeln. Sie hatte ihn in einem überraschenden wie erregenden Spielzug zu Kaffee und Kuchen im superspießigen

Domcafé eingeladen, und als sie beim Hinausgehen an der Dombuchhandlung vorbeiflanierten, beide innerlich schnurrend wie gekraulte Katzen, da erblickte Petra durchs Schaufenster auf einem Regal ein Buch, das sie schon länger interessierte. *Moral der Massenmedien* von Harry Pross. »Mann, dass die das hier haben!« Aber nach ihrer spendablen Einladung hatte sie nun nicht mehr genug Geld. »Kleinen Moment«, sagte Bo und betrat ohne nachzudenken den Laden. Da konnte er sich gleich bei ihr revanchieren. Er wusste, dass Dave wie ein Rabe klaute – »to liberate things«, nannte er es – Arnulf und andere aus der USG auch, und er hatte zwar hin und wieder schon mit dem Gedanken gespielt, auch mal ein Buch oder eine Packung Plätzchen zu »liberieren«, aber irgendwie war es nie was geworden.

Der grauhaarigen Buchhändlerin sagte er, was ihm in der Sekunde einfiel: Ob sie von Dankwart Mach *Die Flatter* habe? Er verbiss sich mit Mühe das Lachen. Sie runzelte die Stirn: Flatter? F-l-a-t-t-e-r? Ja, so sei es ihm gesagt worden. Von Mack, Dankwart Mack? Nein, Mach, wie der Imperativ von machen. Ach so. Trotzdem hatte sie von dem Buch noch nie gehört. Es sei vermutlich schon älter, sagte Bo ihr in den gebeugten Rücken, als sie sich umdrehte, um im Katalog nachzuschlagen, vielleicht habe er sich den Titel auch falsch gemerkt. Schwupp, schon klemmte der Pross unterm Arm. Alles Blättern und Probieren von Namensvarianten führte zu keinem Ergebnis. Tja, da musste er wohl noch mal nachfragen und dann wiederkommen, meinte er und verabschiedete sich freundlich. Petra, die die Szene durchs Fenster verfolgt hatte, war sprachlos vor Entsetzen. »Du kannst sagen, was du willst«, erklärte Bo, als sie um die Ecke gebogen waren und er ihr das Buch mit einer feierlichen Verbeugung überreichte, »es ist auf jeden Fall sparsam.« Einen Moment war er unsicher, wie echt oder gespielt die Empörung in ihrem Blick war, als er ihr grinsend erzählte, wonach er in der Buchhandlung gefragt hatte. Sie schubste ihn mit beiden Händen. »Dankwart hat längst die Flatter gemacht, du Arsch!«, rief sie. »Das weißt du genau!« Aber dann musste sie doch losprusten und lachte ihr berühmtes haareschlenkerndes Petralachen, in das er erleichtert einstimmte, bis sie beide völlig fertig an der Hauswand lehnten und sich die schmerzenden Seiten hielten. Sie sah hinreißend aus. Zum Abschied boxte sie ihm kurz und knackig in die Rippen und drückte ihm einen flüchtigen Kuss auf den Mund. Noch ein-, zweimal, dann war es so weit, sagte er sich, als er sich zufrieden auf den Heimweg machte.

Damit war er auf den Geschmack gekommen. Es ging viel leichter, als er es sich vorgestellt hatte. Sein Bücherregal füllte sich; Zeit zum Lesen hatte er reichlich. Und letztlich war er auch im Recht, trotz Petras legalistischer Bedenken. Die bürgerlichen Verlage, machte er ihr klar, bildeten sich ein, sie könnten sich mit ihrer ökonomischen Macht und ihrer Monopolstellung auf dem Markt einfach nach Belieben kritische und revolutionäre Inhalte unter den Nagel reißen und damit ihre Geschäfte machen, aber das würden sich die Leute, denen diese Inhalte rechtmäßig gehörten, die Leute, die sie ernst nahmen und dafür kämpften, Leute wie er eben, nicht bieten lassen. Und recht bedacht war es bei anderen, literarischen Inhalten genauso: Was hatten die kapitalistischen Profithaie mit Inhalten zu tun, egal welchen? Gar nichts. Denen ging es doch nur darum, Kohle zu machen und ihr menschenverachtendes Wirtschaftssystem zu verewigen. Wenn einer sich frei an den Dingen bediente, die er echt brauchte, griff er im Grunde nur der zukünftigen Sozialisierung vor, die von den realen Bedürfnissen ausging. Leider ließen sich Platten wesentlich schlechter sozialisieren als Bücher. Fressalien waren da schon besser geeignet.

Lange ging es gut. Anderes nicht so. Die anstrengenden Entwicklungen nach Manis Abgang schlugen ihm aufs Gemüt, so
dass die Phase, die er im Februar durchlief, alles andere als prickelnd war: eisig das Wetter und eisig die Stimmung in der Band,
die Zukunft mit Petra ungewiss. Missmutig schlurfte er an den
Bücherregalen vorbei: heute interessierte ihn gar nichts. Er wollte
die Gutenberg-Buchhandlung schon wieder verlassen, da fiel ihm
ein, noch schnell im Untergeschoss nach den Gedichten von Peter
Handke zu gucken, *Die Innenwelt der Außenwelt der Innenwelt.* Die
hatte er immer schon mal lesen wollen. Ihm gingen zur Zeit selber
ein paar Ideen durch den Kopf, wo er sich fragte, ob sich daraus
nicht ein Gedicht machen ließ; vielleicht sogar was Längeres;
wenn er wieder besser drauf war. Gedichte, zum Lesen geschrieben, waren noch mal was ganz anderes als Liedtexte, das Gewicht
der Worte war völlig anders. Natürlich schloss eins das andere
nicht aus, und so schwierig es im Augenblick war, er wollte auf
jeden Fall mit der Band weitermachen, mit der Musik. Da hing
sein Leben dran. Aber wenn er sich anschaute, was einer wie
Handke stilistisch machte, tat das sicher auch seinen Texten nicht
schlecht, von denen ihm einige in letzter Zeit doch etwas schal
vorkamen; auch von den älteren. Sein Blick überflog die Regenbo-
genreihe der edition suhrkamp: tatsächlich, da stand es, Nummer
307. Er hielt sich nicht groß mit Blättern auf, ein kurzer Blick,
Jacke auf, schwupp, schon steuerte er die Treppe an.

»Einen Moment, bitte!« Verdammt, wo kam die plötzlich
her? Er sprang zur Treppe, ohne sich umzudrehen, da hing die
Buchhändlerin schon an seinem Arm. Mit einem Ruck machte er
sich los, stieß sie zurück und fegte nach oben, zur Tür hinaus und
die Straße hinunter. Nach wenigen Schritten hörte er schon die
Verfolger hinter sich, laute Schreie zweier Männerstimmen: »Halt,
stehen bleiben! Haltet den Dieb!« Wie im Kino, schoss es ihm

durch den Kopf. Er bog in die Seitenstraße ein und lief, was er konnte. Er konnte nicht viel. Sport war nichts, was die Revolution voranbrachte. Er kam schon außer Puste, sein Herz schlug zum Zerspringen. Die Verfolger blieben ihm auf den Fersen, schrien weiter, und an einer schmalen Stelle zwischen Hauswand und parkendem Auto stellte ein älterer Mann ihm ein Bein, so dass er der Länge nach hinschlug. Bevor er sich aufrappeln konnte, hatten sie ihn gepackt.

Ihm war zumute wie mit Vollgas im Leerlauf, als die beiden Buchhändler ihn, jeder einen Arm gefasst, vor aller Augen zurück in den Laden und nach unten in einen Büroraum brachten. Seine Gedanken und Gefühle überschlugen sich, aber sie waren wie nicht mit ihm verbunden, sie rasten einfach selbständig vor sich hin, dann schien der Treibstoff auszugehen, sie wurden langsamer, schwerer, zäher, träger, noch langsamer, blieben stehen. Aus. Er saß auf einem Stuhl, ohne sich erinnern zu können, wie er dort hingekommen war, und der ältere der beiden, die ihn geschnappt hatten, sagte etwas zu einer Frau, die darauf von einer Rolle ein paar Küchentücher abriss und sie Bo hinhielt. Er sah sie verständnislos an. Sie deutete auf seine Hände. Sie bluteten. Er nahm die Tücher, drückte die Hände hinein. Sie taten weh, er merkte es jetzt. Sein rechtes Knie auch. Ein Jackenärmel war zerrissen. Der ältere Mann sagte etwas zu ihm. Er antwortete etwas. Die Worte waren nicht mit ihm verbunden. Er merkte, dass er gegen die Tränen ankämpfte. Dann kamen zum Glück zwei Polizisten, und sie nahmen seine Personalien auf, stellten ihm Fragen, die er beantwortete. Sie ließen ihn laufen. Er ging aus der Buchhandlung hinaus, den Kopf gesenkt. Während er die Straße hinunterhumpelte, kam ihm langsam zu Bewusstsein, was geschehen war. Als er um die Ecke bog, brach wie eine Sturzflut die Verzweiflung über ihn herein. Das Schlimmste stand ihm noch bevor.

Nachdem Bodo in sein Zimmer geschlichen ist, fühlt sich Hilde, als säße sie auf dem elektrischen Stuhl, und der tödliche Stromstoß hat sie durchschossen und ihr die Augen aus den Höhlen gedrückt, das Gehirn zerkocht, Haut und Adern platzen lassen, wie sie es neulich in dem schrecklichen Artikel in der *Bunten* gelesen hat, und trotzdem hat die Hinrichtung nicht funktioniert, sie sitzt auf dem Stuhl mit rauchendem, verbranntem Fleisch und doch irgendwie noch am Leben.

Sie hat gedacht, sie wird wahnsinnig, als Bodo gekommen ist und ihr mit stockender Stimme, den Blick abgewandt, das Unfassbare gesagt hat, und sie hat geschrien wie noch nie in ihrem Leben ... höchstens das eine Mal, als Alberts heimliche Liebschaft ans Licht kam ... und bevor sie sich bremsen konnte, hat sie ihm links und rechts eine gescheuert und immer weiter auf ihn eingeschrien: was denn noch, was noch alles, was wolle er ihr denn noch alles antun?, aber als er nur dastand und sich nicht wehrte und gar nichts und bloß leise zu zucken anfing und dann zu weinen, da hat sie sich schließlich beruhigt und sich alles erzählen lassen, und dann hat sie ihn weggeschickt.

Langsam, ganz langsam kommt sie wieder zu sich. So furchtbar die Sache an sich schon ist, richtig furchtbar werden würde sie erst, wenn Walter sie auf den Tisch bekäme. Sie stellt sich vor, wie er in seinem Dienstzimmer sitzt, und ein Kollege kommt herein und legt ihm eine Meldung hin, er wirft einen Blick darauf, Ladendiebstahl in einer Buchhandlung, Täter auf frischer Tat gefasst, Name ... Sein Stiefsohn. Nein! Wie plötzlich zu neuem Leben erwacht steht Hilde Tischbier auf und tritt ans Fenster. Nein, das darf nicht geschehen. Was hat sie bloß falsch gemacht? Als sie vor Jahren inserierte und Walter ihr von den dreien, die sich meldeten, am besten gefiel und sie nach einer Weile beschlossen, es miteinander zu versuchen, da hatte sie das doch vor allem der Jungen wegen getan. Ingo und Bodo sollten wieder einen Vater haben, im Haus, Tag für Tag, nicht einen irgendwo weit weg, den sie zweimal im Jahr besuchten. Die Jungen brauchten eine starke männliche Hand, die Mutter allein, das tat ihnen nicht gut, damit war sie auch als Frau überfordert, und Walter hatte ja mit seinem Sohn aus erster Ehe Erziehungserfahrung, und auch wenn Horst den Kontakt zum Vater nach der Scheidung abgebrochen hatte und sich ganz auf die Seite der Mutter stellte, war aus ihm im Beruf doch etwas Anständiges geworden. Walter ging das neue Familienleben mit so viel Elan und gutem Willen an, dass sie richtig aufblühte an seiner Seite und ihn viel lieber gewann, als sie erst gedacht hatte. Aber die Jungen waren schwierig, von Anfang an. Den älteren mit seiner häufig so schroffen Art hat er irgendwann nehmen gelernt, weil Ingo zwar seinen Kopf für sich hatte und sich nie etwas sagen ließ, aber dafür hatten sie Themen wie Sport und die Pfadfinder, bei denen kein ernsthafter Streit drohte, und Ingos Tatendrang und Einsatzfreude hat Walter auch oft gelobt, und »zwischen Männern kann es auch mal ein bisschen laut werden, wenn sie sich hinterher wieder vertragen«, hat er einmal gesagt oder so ähnlich, »nicht wahr, Ingo?«, und der hat immerhin genickt und nicht widersprochen. Auch wenn es um die NS-Zeit ging, waren sie zeitweise einer Meinung und Ingo erkannte es an, dass Walter nie in der Partei war, im Gegenteil, er hatte sich strikt geweigert mitzumachen, als über Nacht sein ganzer Gesangverein braun wurde, »wie wenn sie alle ins Puddelloch gefallen wären«, und er war auch hart geblieben, als er erleben musste, wie im Revier die Pfeifenköpfe befördert wurden, weil sie das Parteiabzeichen hatten, und er die Drecksarbeit im Außendienst aufgehalst bekam. Von denen ließ er sich nicht kleinkriegen. Verbohrte Fanatiker allesamt, die Nazis wie die Kommunisten, die nichts als Unglück über unser Volk gebracht hatten.

Die schmutzigen Eis- und Schneehaufen, die ihr unten auf der Straße entgegenstarren, machen Hilde selbst im vierten Stock frösteln. Die Kälte und Härte setzen ihr zu, diesen Winter besonders. Sie sehnt sich nach Frühling, nach Blumen. Wieder erschrickt sie. Wenn sie nicht aufpasst, wird es in ihrem Leben nie wieder Frühling werden, ganz gleich, wie das Wetter wird.

Was hat sie mit Bodo bloß falsch gemacht? Er ist weicher als Ingo, besser formbar, und deshalb war Walter zunächst so zuversichtlich, dass seine Erziehung bei ihm besser anschlagen würde: der Junge sei zwar ein Phantast und mit den Gedanken immer woanders, aber Gott sei Dank nicht so stur und rechthaberisch wie sein älterer Bruder. Aber dann hat auch Bodo mit diesem schrecklichen Politisieren angefangen und darauf bestanden, sich die Haare lang wachsen zu lassen, so unmännlich lang, dass man gar nicht weiß, ob er Bub oder Mädchen ist, und für vernünftige Argumente ist er überhaupt nicht zugänglich, er widerspricht nicht, sondern klappt einfach die Ohren zu. Mehr als einmal hat sie ihm schon ins Gewissen geredet, dass er den Vati nicht einfach so dastehen lassen kann, als ob der ihm gar nichts zu sagen hätte. Ein klein bisschen Achtung und Unterordnung, mehr verlangt Walter ja gar nicht, aber seit Bodo bei dieser Beatgruppe mitmacht, ist es immer schlimmer geworden. Die kleine Freundin, die er hat, ist ja ganz nett und gepflegt, aber auf eine solidere Bahn hat auch sie ihn noch nicht bringen können, und intim sind sie bestimmt auch miteinander. Bodo kommt und geht, wie er will, als ob sie ein Hotelbetrieb wären, nimmt auf niemand Rücksicht und hat nichts anderes mehr im Kopf als seine Musik. Was war das für ein Schlag, als er vor einem Jahr von der Schule abging und sich mit allem gut Zureden nicht davon abbringen ließ, da dachte sie schon, schlimmer kann es nicht kommen. Für Walter war damit das Maß voll. Es war in all den Jahren das erste Mal, dass er vor ihr die Beherrschung verlor. Er habe die Eigenmächtigkeit und Pampigkeit von dem Bengel satt, ein für allemal, hat er sie angebrüllt. Nichts als dumme Antworten, wenn man nachfragte, er lasse sich doch in seinen eigenen vier Wänden nicht zum Deppen machen! Keine Schule, keine Lehre, nur diese Heulmusik, mit der doch nichts zu verdienen war, und unterm Strich der Mutter auf der Tasche liegen. Sich den Führerschein bezahlen lassen! Und für Zigarettentabak war auch immer Geld da. Er habe in der Jugend ja auch Musik gemacht, aber man hat doch gewusst, wo die Grenzen waren. Der Ingo, der habe noch wenigstens Ehre im Leib, aber dieser Bursche ...! Sie hat ihm ja recht gegeben, aber dann ist Bodo mit seinem Plattenvertrag gekommen, und sie hat Walter noch mal beruhigen können: wenn doch das Herz des Jungen daran hing! Er konnte später ja immer noch auf die Abendschule gehen. Schließlich hat er sie zähneknirschend gewähren lassen. Aber wenn er jetzt diese Diebstahlsmeldung sieht, weiß sie nicht, wie es weitergehen soll.

Keine Ahnung, wie die Mutter es gedeichselt hatte, dass es nicht zur Anzeige kam. Vier Tage später musste er im Polizeipräsidium bei Watis Zimmerkollegen Herrn Kannegießer erscheinen, dessen Name zuhause über die Jahre bei Geschichten von der Arbeit oft gefallen war, meistens verbunden mit dem ausgeleierten Witz vom Tischbier, das der Kannegießer ausschenkt. »Ein Gemütsmensch.« Kriminalobermeister Walter Tischbier selbst war an dem Nachmittag in einer staatsanwaltlichen Brandermittlung unterwegs. Kannegießer redete Bo eindringlich ins Gewissen, bis ihm, wie so oft in den Tagen, die Tränen in die Augen traten und er hoch und heilig Besserung gelobte. Die Buchhändlerin, die er gestoßen hatte, sei die Treppe hinuntergefallen (das konnten höchstens zwei Stufen gewesen sein!) und habe sich wehgetan. Zum Glück sei

nichts Schlimmeres passiert, aber er musste versprechen, hinzu-
gehen und sich bei ihr und dem Geschäftsführer zu entschuldigen;
was er auch tat. Es hätte nicht demütigender sein können. Er
wusste nicht, wofür er sich bei der ganzen Geschichte am meisten
verachten sollte.

Immerhin schaffte er es, die Sache vor Petra zu verheim-
lichen. Die Hände? Auf dem vereisten Bürgersteig ausgerutscht
und blöd gefallen. Sie gab bedauernde Töne von sich und begann,
von dem neuesten Hammer zu erzählen, den sich ihr Abteilungs-
leiter geleistet hatte. Seit letzten Sommer war Petra stark mit sich
und der Planung ihres Studiums und ihrer beruflichen Zukunft
beschäftigt. Gleich nach dem Abi und der Urlaubsreise mit Bo
hatte sie ein einjähriges Volontariat bei der *Mainzer Allgemeinen*
angefangen, vermittelt von ihrem Vater, der Wirtschaftsredakteur
bei der *FAZ* war, und anschließend wollte sie unbedingt nach
Berlin, denn Publizistik studieren konnte man in diesem Land,
egal was ihr Vater sagte, nur bei Harry Pross, auf gar keinen Fall in
Mainz bei der Noelle-Neumann. Seit Monaten redeten sie sich die
Köpfe heiß, wie es mit ihnen weitergehen sollte, ohne zu einer
Lösung, einer gemeinsamen Perspektive zu kommen. Wollte sie
etwa, dass er ihretwegen die Band aufgab und dann einfach sinnlos neben ihr in Berlin rumhing und Däumchen drehte? Nein,
natürlich nicht, aber vielleicht taten sich ja noch andere Möglichkeiten für ihn auf – mit dem zweiten Bildungsweg hatte seine
Mutter gar nicht so unrecht. Oder warum nicht bei einer anderen
Band einsteigen? Die gab es in Berlin bestimmt in Massen. Oh,
Rattenkacke, ihre Musik war was Besonderes in der ganzen Brrrd
samt Wbln, ereiferte er sich, war ihr das vielleicht schon mal auf-
gefallen? Die wurde nicht an jeder Straßenecke gespielt. Aber er
spürte, dass er langsam mürbe wurde, und wenn das in ihm hochkam, dieses mürbe, hohle Gefühl, dann war es einen Moment lang

wie Feuer in der Brust und danach ein roher Schmerz wie, na ja, wie ausgebrannt eben.

Nach der Diebstahlsgeschichte kam noch das Brennen der Scham dazu. Das Klauen ließ er jedenfalls erst mal sein, es kostete ihn überhaupt nichts, das Kannegießer gegebene Versprechen zu halten. Und als die Shiva Shillum bei einem Konzert in Heidelberg lange Diskussionen mit einem Haufen Leute führen mussten, die sie anmachten, weil sie für ihre Konzerte Geld nahmen, und die der Meinung waren, dass die Konzertsäle von ihrer Funktion her befreites Territorium waren, dem kapitalistischen Verwertungskreislauf entzogen und Eigentum derjenigen, die es nutzten, und dass die Musik sowieso dem Publikum gehörte; und als die Band hinterher beim Einpacken feststellte, dass ihnen auch noch Teile des Equipments gestohlen worden waren – da schimpfte Bo genau wie die andern auf die verdammten Arschlöcher, die mit ihren großen Sprüchen doch bloß schmarotzen wollten und sich nicht die Bohne dafür interessierten, dass sie schließlich auch von irgendwas leben mussten. Klar wäre es gut, die Geldwirtschaft so schnell wie möglich komplett abzuschaffen und ganz Germoney am besten gleich mit, und in Kaufhäusern und Geschäften zu klauen, die nur auf Profitmaximierung aus waren, war völlig okay, aber was war das für ein Begriff von Solidarität, wenn angebliche Genossen sich persönlich an einem bereicherten?

Die Scham flammte jedes Mal wieder auf, wenn er irgendwo den Namen Handke las. Die Mutter hatte ihm das gelbliche Bändchen auf den Tisch geknallt, als er von seinem Gespräch mit Herrn Kannegießer zurückkam, und als er sich erbot, ihr das Geld dafür wiederzugeben, hatte sie ihn – zum ersten Mal im Leben, soweit er sich erinnern konnte – mit einem Ausdruck angesehen, der nichts anderes bedeuten konnte als blanke Verachtung. Er schluckte und gehorchte wortlos, als sie ihn aufforderte, das Ding zu nehmen und ihr aus den Augen zu schaffen. Er ließ es im Mülleimer verschwinden, ohne einen Blick hineinzuwerfen. So gut, dass es die ganze Scheiße rechtfertigte, die er sich damit eingehandelt hatte, konnte es gar nicht sein.

Mit Blei in den Gliedern und Düsternis im Herzen sitzt Bo beim Frühstück und blickt auf die liegengebliebene Zeitung mit der Schlagzeile »Militärputsch in der Türkei«. Automatisch beginnt er zu lesen, doch die Namen sagen ihm nichts, und er driftet in Gedanken zu seiner Türkeireise mit Petra ab. Vier Wochen lang sind sie im vorigen Jahr zu zweit durch Anatolien getrampt, ungefähr die selbe Runde, die er 69 mit Mani und Arnulf gedreht hatte. Bei diesem ersten Mal war er eigentlich nur mitgetrabt und hatte sich ganz der Führung der beiden anderen überlassen, die schon Fahrterfahrung hatten und sich meistens zu helfen wussten, während er im Leben noch keinen Rucksack auf dem Buckel gehabt und noch nie im Freien geschlafen hatte. Trotzdem, oder deswegen, war die Reise für ihn eine Offenbarung, gar nicht so sehr, wie ursprünglich gedacht, die freakige Puddingshop-Szene in Istanbul als vielmehr die wilden anatolischen Landschaften, die ehrfurchtgebietenden Moscheen, überhaupt die fremde Kultur, die offene Art der Menschen, ihre Gastfreundschaft, seine riesige, geradezu ekstatische Erleichterung darüber, dass Menschen anderswo tatsächlich anders lebten, ganz anders, als er es von zuhause gewohnt war, und es völlig selbstverständlich fanden; und da ist es ihm im Sommer darauf als prima Idee erschienen, Petra an dieser Offenbarung teilhaben zu lassen ... unter seiner kundigen Führung ... ihr zu zeigen, was es alles zu entdecken gab ... die Wandkalligraphien in der Ulu Cami in Bursa ... die Grotten Cennet ve Cehennem bei Silifke ... das Meer hinter Kemer ... die Ruinen des antiken Pergamon ... das Draußenschlafen unter dem zum Greifen nahen Sternenhimmel ... das Gefühl von Freiheit on the road ... Aber er hat so manches nicht bedacht gehabt, zum Beispiel dass es für eine Frau etwas anderes ist als für einen Mann, ein mediterranes und zudem islamisches Land zu bereisen. Beim hundertsten Nachfragen hat er schließlich behauptet, jawohl, sie wären verheiratet. Nein, äh, die Ringe hätten sie vorsichtshalber zuhause gelassen. Petra hat es natürlich ganz und gar nicht gepasst, dass Männer über ihre Verfügbarkeit verhandelten und sie quasi als sein Eigentum ausgegeben wurde, aber andererseits wollte sie, dass er etwas gegen die ständig tatschenden Hände unternahm. Das war nicht seine Stärke. Zu viel Beschützertum oder zu wenig, er konnte es eigentlich nie recht machen. Wenn in Alanya nicht dieser alte Mann eingeschritten wäre, hätte die Szene mit den fünf jungen Burschen übel ausgehen können. In solchen Situationen hat sie damit gehadert, dass sie sich auf diese »verrückte Reise« mit ihm eingelassen hatte, und sie haben sich zwar nicht richtig gekracht, aber nähergekommen sind sie sich in der Türkei gewiss nicht.

Tief aufseufzend schiebt er die Zeitung beiseite, schenkt sich den nächsten Kaffee ein. Alles Scheiße, deine Emma. Mit Petra geht es noch halbwegs, aber in der Band ist die Stimmung auf dem Gefrierpunkt. Ein gutes Dreivierteljahr ist es her, dass Mani ausgestiegen ist, und seitdem muss er bei Fred als Sündenbock für alles herhalten. Und es passt ihm auch wirklich nicht, dieses besinnungslose Abspulen von 08/15-Konzerten, Freds manisches Gieren nach Erfolg, ohne die Bereitschaft, die eigene Rolle auch mal inhaltlich zu hinterfragen, aber wenn er einen Ton sagt, ist gleich der Teufel los und Fred raunzt ihn an, er denke nicht im Traum daran, die Menschheit mit einer message zu beglücken. »Frieden und democracy«, hat Egon letztens ausgleichend versucht, einen alten Witz aufzuwärmen. Bo nimmt sich ein Brötchen, schmiert es mit Marmelade. Als im Dezember dieses überregionale Treffen undogmatischer Linker war, das die »Organisation der Subkultur« vorantreiben sollte, sah es eine Weile so aus, als wäre doch noch eine konstruktive Diskussion möglich, dann aber hat das Ganze mit dem üblichen Zerwürfnis der Teilnehmer in hier »Organisation« und dort »Subkultur« geendet und der Streit mit Fred ist wieder von vorn losgegangen und wird seitdem von Probe zu Probe erbitterter. Und die Krönung war dann die Nummer, die er sich in der Gutenberg-Buchhandlung geleistet hat, das hätte er sich wirklich –

Urplötzlich brechen seine Gedanken ab. Was summt er da vor sich hin? Schon eine ganze Weile. Vor wie viel hundert Jahren hat er das zuletzt gesungen? »Wer nur den lieben langen Tag ohne Plag, ohne Arbeit ...« Die Hand mit dem Brötchen erstarrt vor dem halb geöffneten Mund in der Luft. Augenblicklich ist er wieder der zehnjährige Wölfling auf dem Pfadfindercamp in der Lüneburger Heide. Er sieht die Gestalt seines Lebens. Ja, so ist es, auch wenn er es nicht wahrhaben will, unabänderlich, schicksalhaft, wieder einmal, wie immer: »... der gehört nicht zu uns.« Da ist sie, die Konsequenz, die er sich nicht zu ziehen getraut. Wo aber, wo gehört er hin? Jedenfalls nicht in die Band, nicht mehr. Er ist, recht betrachtet, gar kein Musiker. Was ist er? Er legt das Brötchen hin, steht langsam auf, tritt an den Spiegel, sieht hinein. Ein Junge von neunzehn Jahren mit morgendlich verquollenem Milchgesicht und vom Kiffen getrübten Augen blickt ihn an. Der große Sänger. Trara. Er fühlt den Druck der Tränendrüsen. Musiker, Junge, das ist ein Beruf. Ein Beruf, der für Fred stimmen mag, vielleicht auch für Egon und Dave. Er aber hat ein Mensch werden wollen, nichts weiter. Und, ja, er will es immer noch. Wohin gehört ein Mensch? Gibt es für ihn einen Ort, irgendein Nest, wie es jeder Vogel ...

Vogel. Eine ungeahnte Gedächtnisschublade geht auf. »Die Füchse haben Gruben, und die Vögel unter dem Himmel haben Nester; aber des Menschen Sohn hat nicht, wo er sein Haupt hinlege.« Shiva Shillum, ausgeraucht. Es gibt kein Zurück. Gibt es ein Vor? Schwer schluckend sieht er mit an, wie die Augen des Jungen im Spiegel überquellen.

Kurz nach Ostern fiel Walter Tischbier das Protokoll des Ladendiebstahls in die Hände. Reiner Zufall. Kannegießer war in Urlaub, und er suchte in den abgelegten Akten des Kollegen nach einem älteren Fall, einem Tätlichkeitsdelikt, zu dem ihm eine Frage gekommen war. Da sah er den Namen. Er las, setzte sich hin, las noch einmal. Er konnte nicht glauben, was da stand.

Bo war dabei, die Sache langsam zu vergessen. Nach seiner Erkenntnis vor dem Spiegel hatte er am selben Abend noch seinen Austritt aus der Band erklärt, so ruhig und gefasst, wie er konnte, und war erst danach zusammengebrochen, aber seit etwa zwei Wochen machte er jetzt mit dem Schreiben Ernst, tagebuchartig zuerst, dann freier, und er hatte kein schlechtes Gefühl. Was ihn gehindert hatte, aus Mainz wegzugehen, war aus der Welt geschafft. Er würde mitziehen nach Berlin, und die Riesenfreude, die das bei Petra ausgelöst hatte, tat ihm gut. Sie hatte recht: es würden sich neue Möglichkeiten eröffnen.

Er schmiss die Tür ins Schloss, dass die Wände wackelten. Ruhe, sagte er sich, Ruhe, doch kaum dass Hilde mit erschrocken fragendem Gesicht aus der Küche geeilt kam, fing er an zu brüllen, und es war, als ob die Worte von ganz allein aus ihm hinausschossen und er nur den Mund aufmachen musste. Hinter meinem Rücken, hörte er sich brüllen, hinter meinem Rücken! Kannegießer, was hatte der sich bloß dabei gedacht? Der konnte was erleben, wenn er aus dem Urlaub zurückkam! Vertuscht hatte er die Angelegenheit, vertuscht, und wer hatte ihn dazu angestiftet? »Meine eigene Frau!« Wegen ihrem Früchtchen von Sohn, aber mit dem war seine Geduld jetzt zu Ende. Der brauchte nicht zu meinen, er würde so ungeschoren davonkommen.

Zwei Monate lag das jetzt zurück, doch als Bo die Wohnungstür knallen hörte, wusste er sofort, was los war. Die Sache hatte ihn eingeholt. Dann ging das Brüllen los. Durch Tür und Wand verstand er jedes Wort. Unverständlich die jammernden Töne der Mutter, aber innerlich sah er sie im Flur stehen, vor ihrem Mann. »Vati«. Sie hatte sich so sehr gewünscht, dass Ingo und er ihn als Vater annahmen. Bo hatte nie was gegen den Mann gehabt. Es störte ihn nicht mal besonders, dass er ein Bulle war. Er sah halt nur nicht ein, warum er sich mit ihm abgeben sollte. Vor Jahren hatte der Stiefvater ihn ein paarmal aufgefordert, mit ihm in der Eckkneipe unten im Haus einen trinken zu gehen, und einmal war er tatsächlich mitgegangen, hatte nicht Hausaufgaben oder sonst was vorgeschützt. Er hatte den bittenden Blick der Mutter gesehen und sich gedacht, ach, scheiß an. Aber das laute Reden und Krakeelen der trinkenden Männer war ihm zuwider gewesen, und das der wenigen anwesenden Frauen erst recht. »Diese Mainzer Frohnaturen!«, fiel ihm ein Wort seines Vaters ein, seines richtigen Vaters, mit tiefem Widerwillen gesprochen. Bo hatte sich mit »Vati« an einen freien Tisch gesetzt und sich standhaft geweigert, sich ein Bier bestellen zu lassen, nein, eine Cola tat's. Dann hatten sie sich über die verpasste Qualifikation für die Europameisterschaft unterhalten, 0:0 gegen Albanien, eine Schande! Fußball interessierte ihn da schon lange nicht mehr, bestimmt ein Jahr.

Er ließ sich von Hilde ins Wohnzimmer bugsieren und starrte darauf, wie sich ihre Lippen bewegten, während sie ihn beschwor, sich doch um Gottes willen zu beruhigen, er habe ja vollkommen recht, es tue ihr unendlich leid, sie habe halt einfach an die Zukunft des Jungen gedacht, das müsse er doch verstehen. Ja? Bitte! Und sie werde Bodo jetzt holen gehen, und der Junge werde sich auch entschuldigen und bestimmt alles tun, was er ihm sagte, und er habe versprochen, es nie wieder zu tun, und bestimmt – Er unterbrach sie mit einer unwirschen Handbewegung und knurrte, sie solle den Bengel endlich beischaffen, doch obwohl er sich, während Hilde nach hinten ging, ausdrücklich vornahm, kühl und klar zu bleiben und einfach nur auf Konsequenzen zu bestehen, sofort: Schluss mit dem Rumgegammel!, Abendschule oder Ausbildung! – als er den Lulatsch mit seinem schlurfenden Gang durch die Tür kommen sah, die langen fettigen Haare, den krummen Blick, aber immer noch diesen verstockten Ausdruck im Gesicht, da platzte ihm einfach der Kragen und er brüllte gleich wieder los.

Bo ließ das Geschrei über sich ergehen. Er musste das jetzt durchhalten. So grausam es war, irgendwann war es vorbei. Irgendwann war er weg. In Berlin. Bald. Was er sich dabei gedacht habe, schnauzte sein Stiefvater ihn an, was habe er sich dabei gedacht, was? Aber selbst wenn er eine Antwort herausgebracht hätte, er wäre gar nicht dazu gekommen. »Es tut ihm doch leid, es tut ihm leid!«, jammerte die Mutter immer wieder dazwischen. »Bodo, sag, dass es dir leid tut!« Es tut mir leid, wollte er sagen. Doch er war starr am ganzen Leib. Er begann zu zittern. Nein, nicht das jetzt auch noch. Er zwang sich den Mund aufzumachen, die Zunge zu bewegen, gleich, gleich würde er sprechen und – Zu spät.

In Walter Tischbier kochte der angestaute Zorn vieler Jahre über. Unaussprechliche Dinge. Er spürte, dass er sich hinreißen ließ, dass es nicht klug war, was er sagte, nicht gerecht, wider seine ganze Berufserfahrung, doch das war ihm jetzt alles egal. Oho, die schlauen Herren Oberschüler und Studenten, die sich für was Besseres hielten, weil sie die Söhne vom sauberen Herrn General waren, die hochnäsig auf ihn herabblickten als kleinen Polizeibeamten und ihn wahrscheinlich unter sich als »Bullen« bezeichneten oder als »Bullenschwein«, er kannte doch die Sprüche, dabei war der eine ein gefährlicher Feind unserer freiheitlich-demokratischen Grundordnung und der andere ein gemeiner Verbrecher. Hilde versuchte ihn zu bremsen, doch er tobte weiter, bis alles heraus war.

Leichenblass steht Bo da. »*Ein* kleines Buch«, sagt er schließlich, »es war doch bloß *ein* kleines Buch. Und ich wollte —«

»Es ist mir scheißegal, was du willst. Du wirst morgen zum Arbeitsamt gehen und dich nach einer Lehrstelle umgucken.«

Er holt tief Luft, will sich wehren. »Vati« lässt ihn nicht ausreden, staucht ihn weiter zusammen. Ein Wort gibt das andere, bis Bos ganze Scham in Wut umschlägt und er zurückschreit. Er lässt sich nicht wie ein kleines Kind behandeln. Beide brüllen sich an, und Walter Tischbier sieht endgültig rot.

»Raus! Aus meiner Wohnung! Raus hier! Sofort! Ich will dich hier nie wieder sehen!« Er stößt die Frau von sich, die sich an ihn klammern will.

Bo macht auf dem Absatz kehrt. »Worauf du dich verlassen kannst!«, zischt er über die Schulter.

... nicht unverwundet ...

Berlin, here I come!

Es ist noch keine zehn Minuten her, dass Petra ihn abgesetzt hat, da hält auch schon eine lindgrüne Ente, aus der »Whole Lotta Love« dröhnt, und sie fährt – wie sollte es anders sein? – nach Berlin! Will er dort jemanden besuchen oder türmt er vorm Bund oder was, erkundigt sich der Fahrer mit gehobener Stimme über das Hämmern der Musik hinweg, und Bo schüttelt den Kopf. Nein, beim Bund haben sie ihn untauglich geschrieben, wegen Epilepsie, die er früher mal gehabt hat. E-pi-lep-sie! Und besuchen will er auch niemand, nein. Er ist dabei, nach Berlin umzuziehen. – Einfach so oder will er dort studieren oder was? – Studieren? Um Himmels willen. Bo winkt ab. Nein, er will nicht studieren. Er will dort leben. Der Fahrer versteht nicht, er muss lauter reden. »I'm gonna give you every inch of my love«, kreischt Robert Plant, »I'm gonna give you my love.« Leben!, schreit Bo. Einfach so. Leben. Sonst nichts.

Wohin? Die Frage schoss ihm sofort in den Kopf, während noch der Knall der zugeschlagenen Wohnungstür durchs Treppenhaus hallte, begleitet vom Rumsen der ersten Sprünge, mit denen er die halben Treppen hinunterstürzte. Bevor er unten angekommen war, wusste er schon die Antwort. Ingo hätte theoretisch nahegelegen, aber alle Theorie war bekanntlich grau. Ingo würde ihm in den nächsten Tagen Schlafsack, Klamotten, Gitarre und ein paar überlebensnotwendige Bücher und Platten aus der Wohnung holen müssen, dafür brauchte er ihn. Aber als jemand, bei dem er in der Situation um Asyl anklopfen konnte, kam eigentlich nur einer in Frage.

Er hätte nicht sagen können, wieso. Sicher, als Bandkollegen hatten sich Egon und Bo gut verstanden, aber das war keine Kunst: Egon verstand sich mit jedem gut. Privat hatten sie bis dahin wenig miteinander zu tun gehabt, und in den Wochen, seit er aus der Band ausgestiegen war, hatten sie sich gar nicht mehr gesehen. Dennoch schien es das Selbstverständlichste von der Welt zu sein, dass Egon ihn in seiner Butze in der »Mathildenburg« aufnahm, einem heruntergekommenen alten Mietshaus um einen dunklen Hinterhof, dessen kleine Wohneinheiten und Einzelzimmer mit Gemeinschaftsküchen und Bädern und Toiletten auf dem Gang vor allem an Studenten billig vermietet wurden, solange die Bauaufsicht den Laden nicht dichtmachte. Bo bekam eine Ecke freigeräumt und blieb sechs Wochen lang unter denkbar beengten Bedingungen, die mit jedem anderen Knatsch gegeben hätten. Nicht mit Egon. Meistens ergab es sich ganz organisch, dass Bo bei Petra übernachtete, wenn Egon mit seiner Freundin Kathi allein sein wollte, oder dass einer sowieso gerade irgendwo hinwollte, wenn der andere seine Ruhe brauchte, oder da war, wenn Redebedarf bestand und man die durch neue Gedanken erhitzten Köpfe unbedingt noch weiter aufheizen musste, zusätzlich befeuert durch permanente Beschallung. Eine Freundschaft entstand, mit der keiner der beiden gerechnet hätte.

Beide waren im Aufbruch, jeder auf seine Art. Egon hatte nach einigen Jahren brotarmen Musikertums und Privatgelehrtendaseins angefangen zu studieren, Mathematik und Philosophie. Über Minimal Music, Stockhausen und andere war er auf spannende harmonikale Theorien gestoßen und über diese auf Platon, hinter dessen rätselhaften mathematischen Gleichnissen in einigen Dialogen er so etwas wie eine, hm, musikalische Geheimlehre vermutete. Für Platon, erläuterte Egon mit dem typischen leisen Mundwinkelzucken, aber sehr viel redseliger, als Bo ihn im Bandzusammenhang je erlebt hatte, für Platon lagen der sichtbaren Welt verborgene Strukturen zugrunde, Zahlenverhältnisse, die dem Ohr als klingende Harmonien erschienen, die aber die Bauund Entwicklungsgesetze des ganzen Universums waren, eingeschrieben der Natur wie der Seele. Das Ohr könne die Zahlen als Töne hören, und die Musik sei der Schlüssel, der das innerste Mysterium der Welt erschloss. Platons Philosophie sei, wenn man ihr auf den Grund ging, ein direkter Weg zur »Ärleuschtung«. Verstärktes Mundwinkelzucken. Oder wenigstens ein gutes Gegengewicht zu den Mysterien der Shiva Shillum.

Über Musik machte Bo sich ebenfalls gerade Gedanken, etwas schlichterer Art allerdings. Ihn interessierte vor allem ihr Verhältnis zum Wort, zum gesungenen Text. Seit dem Ausstieg aus der Band war ihm klargeworden, wie sehr er sich früher an seinem eigenen Singen berauscht hatte, an der Rolle des Aufpeitschers, der die Leute bewegte. Dabei war der Text mit der Zeit immer mehr in den Hintergrund getreten, vielleicht auch flacher geworden, banaler. Die Musik hatte sich wie ein Nebel darüber gelegt. Jetzt hatte er angefangen, an einem längeren Gedicht zu arbeiten, in dem es irgendwie um den Gegensatz von Politik und Subkultur im revolutionären Kampf ging, um die textliche und die musikalische Seite, konnte man auch sagen. Er wollte sich fürs erste wieder mehr der textlichen, inhaltlichen Seite zuwenden, ein bisschen genauer und differenzierter hingucken, auch die eigene Rolle hinterfragen, aber nicht auf abstrakt analytische Art, sondern eben in Form von Gedichten, weil Gedichte zwar schon etwas Allgemeines zu fassen versuchten, aber andererseits subjektiv waren, wirklich vom Eigenen ausgingen und nicht von vorgefertigten Theorien. Bo sah Egon fragend an. »Meinst du, es würde was bringen, in dem Zusammenhang mal was von Platon zu lesen?«

Egon wiegte den Kopf, dann stand er nach kurzem Überlegen auf, trat an sein Bücherbord und kam mit einem Buch zurück. Eher das, meinte er, auch wenn er selbst damit seine Schwierigkeiten habe. *Die Geburt der Tragödie aus dem Geiste der Musik.* Bo nahm das sichtlich benutzte gelbe Taschenbuch entgegen, hielt es zweifelnd in der Hand. Nietzsche? Er hatte nie was von dem gelesen, aber irgendwie gedacht, das wäre so eine Art Protofaschist, oder? Mit Herrenmenschen und blonder Bestie und so. Egon zuckte die Achseln. Was die Nazis sich aus Nietzsche rausgezogen hatten, ging für sein Gefühl an dessen eigentlicher Philosophie vorbei. Wie gesagt, ihm persönlich war die Schreibe von dem zu bombastisch, er war nur darauf gekommen, weil Bo vom Verhältnis von Wort und Musik gesprochen hatte. Wenn man über das Thema nachdenken wollte, war gerade dieses Buch, konnte er sich vorstellen, als Reibungsfläche gar nicht so schlecht.

Bombastisch. Als Bo anfängt zu lesen, versteht er schnell, was Egon gemeint hat. Unheimlich dick aufgetragen der Stil – und doch ganz anders als gedacht. Bürgerliche Philosophen hat Bo bis dahin noch nie gelesen, er hat mal mit Hegels *Phänomenologie* angefangen, aber sehr bald kapituliert vor den monströsen Bandwurmsätzen und dem Begriffsgefrickel mit an-und-für-sich außersich-seiendem In-sich-selbst-Bleiben im mit sich selbst vermittelten Sich-anders-Werden und so weiter; da ist es ihm wie bei seiner kurzen Berührung mit Adorno vor Jahren gegangen. Dieses Buch jedoch springt mit dem ersten Satz in sein Thema hinein, und es schlägt sofort einen derart persönlichen und leidenschaftlichen Ton an, dass Bo die Ohren anlegt. So kann Philosophie also auch sein. Ein seltsames, scheinbar völlig weltfremdes Zeug, was da mit dem Gehabe größter Dringlichkeit vorgetragen wird, und gleichzeitig geht gerade von diesem Fremden, Unpolitischen, entschieden Unlinken, merkt er, der Reiz des Verbotenen aus. Offenbar will hier einer Wissenschaft, Kunst, Religion, Moral, Demokratie und überhaupt alles, was man Kultur nennen könnte, »unter der Optik des Lebens« betrachten, also wie gehabt als Überbauphänomene, aber in einem ganz anderen als dem marxistischen Sinn, in dem etwa Ingo abschätzig vom Überbau spricht, denn für Nietzsche fußen sie nicht auf der materialistischen Basis der Ökonomie, sondern eben auf dem Leben selbst. Und dieses Leben scheint eine Art kosmischer Spieltrieb zu sein, der sich mit Gaukelei und Vorspiegelung, *mit Kunst,* eine Welt des schönen Scheins erschafft, um den Untergrund des Leidens zu überdecken, des Leidens daran nämlich, dass das Ur-Eine nicht ungeschieden in sich selbst verbleiben kann, sondern hinausgerissen wird ins Schöpfen, ins Werden, in die unendliche Vervielfachung und Vereinzelung.

Bo schwirrt nach kürzester Zeit der Kopf. Dies also wäre das Leben? Das einzige, was er wirklich lernen will im Leben, hat er verkündet, als er voriges Jahr von der Schule ab ist, ist leben. Hätte er ... einen Lehrer gefunden? *Seine* Philosophie? Mit Befriedigung liest er Nietzsches Ausfälle gegen christliche Religion und bürgerliche Demokratie, freut sich an der Schärfe, mit der die Lebensfeindlichkeit aller religiösen und politischen Maßregler und Verbieter gegeißelt wird, die rationale Kritik und moralischen Druck aufbieten, um Kunst und Spiel zu unterbinden, Rausch und Musik. Diese »theoretischen Menschen«, wie Nietzsche sie nennt, bilden sich ein, mit äußerlichen Mitteln wie Vernunftgeboten oder veränderten Produktionsverhältnissen und Regierungsformen wäre die Welt in Ordnung zu bringen, aber sie scheuen das Leben selbst, fürchten sich, einen Blick in den dunklen Abgrund des Urschmerzes zu werfen und die daraus fließende Urlust zu leben, »die aus Schmerzen geborene Wonne«. So viel Ur- hat Bo sein Lebtag nicht gelesen, wie hier auf einer Seite steht. Er ist sich nicht sicher, ob Nietzsche so was im Sinn hat, aber er muss unwillkürlich an seine Kindheitserfahrungen denken: an den Zerreißensschmerz der Anfälle, an das Absinken ins Dunkel, an das Gefühl der Zerstückelung, die das Leiden des Gottes Dionysos ist, wie er jetzt erfährt; in Gustav Schwabs *Sagen des klassischen Altertums* hatte Dionysos keine große Rolle gespielt.

Ja, Nietzsche hat recht: von alledem haben die Normalen mit ihrer oberflächlichen leichenblassen »Gesundheit« keine Ahnung. Bos Erregung wächst: dieses genau hundert Jahre alte Buch ist wie für ihn geschrieben. Und es kommt noch besser. Denn die Kunst, die aus dem Urabgrund selbst tönt und die Menschen mit dessen tiefer Schmerzlust durchdringt, ist für Nietzsche die Musik. »Musik ist eine Hure, die mit jedem Text schläft«, erinnert sich Bo an Ingos Blochzitat vor Jahren. Jetzt kehrt sich das Verhältnis um. »Die Musik ist das Erste und Allgemeine«, liest er: sie ist es, die aus sich die Worte der Dichtung gebiert. Die Sprache streckt und spannt sich mit aller Macht (so geschehen anscheinend in der altgriechischen Tragödie), um die bildlose, rauschhafte, überwältigende Urgewalt der Musik zu fassen und in die Welt der Bilder und Worte, des schönen Scheins, zu überführen. Aber wenn sie mit ihren Schöpfungen nicht die in der Musik widerhallende Gefühlstiefe ausschöpft, bleibt die Sprache flach und rational, der kraftlosen spitzfindigen Dialektik des theoretischen Menschen ausgeliefert. Ihm stellten die Griechen den Satyr als das Urbild des »wahren Menschen« gegenüber, der singend und tanzend einer höheren Gemeinschaft angehört, außerhalb der bürgerlichen Gesellschaft und von ihren Normen und Konventionen unbeleckt, und der dichtend die Poesie als ungeschminkten Ausdruck der Wahrheit erschafft. In der Poesie verbinden sich somit zwei gegensätzliche Urtriebe, die von den Griechen in ihren Göttern Dionysos und Apollon dargestellt und im chaotischen nächtlichen Rausch und im einzelgestalteten taghellen Traum erfahren wurden. Die zwei Götter liegen miteinander im ständigen Streit, doch wenn wahre Kunst entstehen soll, gestaltetes Leben, müssen beide Seiten zusammenwirken: Maß und Übermaß, Denken und Fühlen, Text und Musik. Und wie in der alten Tragödie gilt es auch heute, sie von ihrer Einseitigkeit zu erlösen, miteinander ins Gespräch zu bringen, im Fest zu versöhnen. Es steht Bo leuchtend vor Augen.

Seit seinem hochkantigen Rausschmiss zuhause war es ohnehin, als wäre bei ihm ein Knoten geplatzt. Der Hängezustand von vorher war vorbei. Er schrieb jeden Tag. Aber als er jetzt die *Geburt der Tragödie* las, und wieder las, und über einzelnen Stellen brütete, und wieder brütete, da gewann sein Schreiben nach und nach eine neue Entschiedenheit. Nietzsche hatte sich von irgendwelchen Entwicklungen zu seiner Zeit ein Wiedererwachen des dionysischen Geistes erhofft, und dass daraus nichts geworden war, hing möglicherweise damit zusammen, dass er das Künstlerische doch zu eng begriff, zu unpolitisch. Andererseits lag die Begeisterung, die sich von der alten Schrift auf Bo übertrug, bestimmt auch daran, dass da einer in seiner Zeit und gegen seine Zeit und über seine Zeit hinaus absolut radikal wirken wollte, und zwar mit Gedanken, die jeden rein politischen Rahmen sprengten und tiefere Kräfte entfesselten. Kräfte des Lebens. Das Wesentliche war auf jeden Fall die Erkenntnis, dass Apollon und Dionysos in ihrer äußeren Gegensätzlichkeit einander im Innern brauchten. Einer konnte nicht ohne den anderen sein. Und genauso konnte die politische Revolution nicht ohne die tiefe, im wahren Wortsinn sub-kulturelle Kraft der Musik und des Rauschs sein. Diese Kraft musste alles Gesprochene und Geschriebene durchdringen und so ein Handeln erzeugen, das die tragischen Widersprüche aushielt und den von Nietzsche beschworenen – eine uralte Scham durchrieselte ihn – »heroischen Zug ins Ungeheure« hatte. Jawohl. Und um diese Kraft ins Wort zu überführen, bedurfte es eines Dichters. Eines wahren Menschen.

Eines Volker von Alzey.

Bo stand auf und streckte sich. Ihm glühte der Kopf. Höchste Zeit, an die Luft zu gehen. Irgendetwas, vielleicht das schöne Maiwetter, trieb ihn zur Zeit häufiger vor die Tür als früher, und er hatte die Entdeckung gemacht, dass ihm die besten Einfälle kamen, wenn er im Freien war. Die Mathildenburg lag schräg gegenüber dem ehemaligen MG, ihrem alten Tanzkeller, und Bo ging das kurze Stück zur Kupferbergterrasse und setzte sich mit seinem täglich voller werdenden alten Schulschreibheft auf die Brüstung, auf der er vor Jahren gesessen und in die Tiefe gestarrt hatte, in der Nacht der großen Verzweiflung. Andere Gefühle als damals erfüllten ihn, wenn er jetzt den Blick über die im Sonnenschein liegende Stadt schweifen ließ. Auge und Herz gingen ins Weite. Petra gehörte ihm. Bald würden sie zusammen in Berlin leben, und er, hatten sie letztens beschlossen, würde demnächst schon mal vorausziehen und zusehen, dass er eine WG oder sonst eine Wohnmöglichkeit für sie beide an Land zog. Die Aussicht gab ihm eine Richtung, straffte ihn innerlich, so dass er sich wie ein Bogen fühlte, den Pfeil eingelegt, die Sehne der Hoffnung gespannt. Und hier oben hatte es angefangen mit ihnen, hier war er am tiefsten Punkt der Verlorenheit gewesen und hatte sich nach und nach selbst gefunden, hier war er endgültig aus der Kindheit ausgetreten, dieses Plateau über der Stadt war der Übergangsort und gleichzeitig so was wie ein Zerreißpunkt zwischen äußerer Höhe und innerer Tiefe, die Schnittstelle zwischen –

Schnittstelle. Sein Herz setzte einen Schlag aus. Da war es, das Wort, das er die ganze Zeit gesucht hatte. Der Titel für sein Gedicht. Ein Wort, das beides ausdrückte, Berührung und Bruch, Grenze und Zusammengehörigkeit. Denn das, genau das war seine Erfahrung in den letzten zwei, drei Jahren: wie sich die Unterschiede innerhalb der Bewegung immer mehr vertieften, wie aus feinen Spalten breite Gräben wurden, wie die Gegensätze immer härter und grausamer ins Fleisch des Widerstands schnitten, ins Fleisch der Freundschaft, und den Verletzungen durch die gesellschaftlichen Gewaltverhältnisse weitere, noch schmerzhaftere Wunden hinzufügten. Die große Schnittstelle war die zwischen Politik und Subkultur. Man konnte auch sagen, zwischen Mani und Fred. Zwischen Ingo und ihm. Aber auch Mani und Ingo, Fred und ihn trennten Gräben. Mittendrin lebten solche wie Egon auf ihrer eigenen Insel. Alles zerfiel in getrennte Lager, Parteiaufbauer, Drogenszene, Landkommunen, Betriebsprojektgruppen, Hippies, Stadtguerilla und wie sie sonst hießen, und kein Lager wollte mit dem anderen was zu tun haben. Je größer die Nähe, umso härter der Schnitt. Keiner blieb unverwundet. Alle versteiften sie sich auf ihre spezielle Einseitigkeit und hielten ihr Ding für das einzig Wahre, auch ein Nur-Musiker wie Fred ließ nur seinen eigenen Trip gelten und grenzte sich scharf von allen andern ab.

Bo aber wollte zu keinem Lager gehören. Wenn er es nicht schon gewusst hätte, durch die Nietzsche-Lektüre wusste er es jetzt definitiv. Das Denken der theoretischen Menschen durfte nicht siegen, Apollon und Dionysos mussten in eine fruchtbare Spannung gebracht werden, und von wem anders als einem Satyr, der außerhalb von allem stand? Wie ein solcher Satyr, so kam er sich vor, wie einer, der nirgends hinpasste, der von allen geschnitten wurde und der darum, recht betrachtet, der verkörperte Schnitt war, der Verwundetste von allen, die ... ja (er musste grinsen), die wunde Muschel. Der Schmerzensmann. Doch wie sehr er im Schreiben manchmal versucht war, eine Vision von der Überwindung der Einseitigkeit zu entwerfen, von der Heilung der Wunden, von der Schließung der Schnitte, so strikt verweigerte sich eine andere Instanz in ihm allen simplen, ausgedachten Lösungen. »wir bleiben nicht unverwundet«, schrieb er, als folgte er einem inneren Diktat. Das war es letztlich, was an Gedichten so erregend war: man sagte auf einmal Sachen, von denen man gar nicht genau wusste, woher sie kamen und was sie letztlich hießen, aber die sich einem dennoch durch irgendetwas zusprachen, eine besondere Fügung der Worte, einen eigenen Rhythmus, einen Klang, eine Bildlichkeit. Dann standen sie da und man hörte die tiefe »Musik« durch sie tönen, das aus dem Abgrund der Schmerzlust emporquellende Gefühl, *Urgefühl*, nun aber in eine Form gebunden, damit es sich nicht roh verströmte. »das klappern und plappern der dialektik / verstummt vor der tragischen wahrheit«, schrieb er.

die revolution heilt die wunden nicht
sie reißt sie erst richtig auf
sie schneidet ins fleisch
sie vergießt unser blut
und wo wäre der kelch
der es auffängt?

Berlin, here I come! Am Anfang war Petra die treibende Kraft hinter dem Umzug und er nur der Mitmacher gewesen, bewegt allenfalls von der vagen Hoffnung auf neue Leute, neue Erfahrungen, neue Inspiration, große weite Welt. Nun aber war er voll von dem Gefühl, etwas zu tun, etwas zu geben zu haben, etwas, das wirklich wichtig war, und dafür musste er raus aus dem Mainzer Provinzmuff, nur raus. Für das Leben, das er sich führen sah, war die »Hauptstadt der Bewegung« gerade groß und weit genug. Klar, er würde nicht in Berlin einziehen wie Jesus in Jerusalem, erst einmal musste er sein Leben ganz praktisch auf die Reihe kriegen, sich einen Job suchen, Geld verdienen und so weiter. Aber das war okay. Seine ständige Geldnot ging ihm schon lange auf den Senkel, in letzter Zeit mehr denn je. Egon ließ ihn natürlich umsonst bei sich wohnen, aber die paar Kröten, die er sich mit Zeitungsaustragen verdiente, hielten ihn nur knapp über Wasser, und die Witze, die er über seine Situation riss, wurden nicht besser. »Schade, dass wir in der USG die Sache mit den Subsubs nicht durchgezogen haben«, hatte er letztens gegrummelt, als Petra ihm wieder mal einen Wein ausgeben musste. Alle, die unter elterlichem Terror litten, sollten von ihrem Taschengeld etwas in eine kollektiv verwaltete Kasse einzahlen, aus der dann eine gewisse anfängliche Unterstützung floss, »subversive Subvention« genannt, wenn für jemanden die häusliche Situation unerträglich wurde und er abzuhauen beschloss; richtig ernst gemeint war die Idee nie. »Bei deinen zehn Mark Taschengeld damals würden dich deine Einzahlungen heute nicht weiter als Wiesbaden bringen«, hatte Petra trocken versetzt. Bo hatte ihr den Trampdaumen entgegengestreckt: »Der bringt dich überall hin.« Anfang Juni war es schließlich so weit, Petra setzte ihn mit dem väterlichen Wagen am Rasthof Wetterau ab. Umzugsgepäck ein Rucksack.

In den Wochen davor war er nicht untätig gewesen, auch was die praktischen Vorbereitungen betraf. Er hatte den Kontakt zu Lüül von den Agitation Free reaktiviert, mit dem er sich auf dem Progrock-Festival prima verstanden hatte, und der hatte am Telefon gleich eine Idee, wo er für die ersten Wochen provisorisch unterschlüpfen konnte. Zu der Frage, welche Wohngemeinschaft eventuell längerfristig für Bo und Petra in Frage kam, hatte er auch eine Idee. Und noch eine Idee kam ihm, als Bo nach dem Eintreffen in Berlin erzählte, woran er sich gerade schreibend versuchte; Lüül kannte Tod und Teufel. Gedichte und so fielen zwar nicht in sein Fach, aber sein Freund Ronald gebe seit vorigem Jahr ein ziemlich gutes Undergroundblatt heraus, *Love*, ziemlich erfolgreich auch, Auflage mittlerweile schon bei zehntausend, und jede Wette, der wäre für so was zu haben.

War er. Ronald, der ein paar Jahre zuvor ein Buch über psychedelische Drogen geschrieben hatte, war offen für jeden Impuls, der das allzu enge Bewusstsein gerade der deutschen Gegenkultur erweiterte und zur Überwindung der Spaltung von Fightern und Dropouts beitrug, zur Schaffung einer weltweiten geistigen Brotherhood of Love. Als Petra Anfang September nachgezogen kam, traf sie einen Freund an, der nicht nur mit seinem Bonus als Ex-Shiva-Shillum-Sänger die WG in Halensee klargemacht hatte, bei der sie beide drei Wochen zuvor zum Vorstellungsgespräch angetanzt waren, und der überdies zum ersten Mal richtig Geld in der Tasche hatte, weil er seit Juli für die Spedition Schenker mit einem Lieferwagen durch die Stadt fuhr, sondern der nebenher auch noch wie besessen an seinem Langgedicht arbeitete, von dem in der nächsten Nummer der *Love* ein Auszug von mehreren Seiten erscheinen sollte. Bo strotzte vor Energie. Er war stolz, auf eigenen Beinen zu stehen, stolz auf den ersten Erfolg – und begierig nach mehr, denn Ronald hatte etwas von einem Lektor bei Luchterhand gemurmelt, den er bei Gelegenheit mal auf Bos Sachen ansprechen wolle. Nicht zuletzt war er stolz darauf, Petra an ihrem ersten Abend groß zum Essen einladen zu können, wie auch auf den beim Trödler besorgten plüschigen Omasessel, den er ihr ins Zimmer gestellt hatte und über den sie völlig ausflippte. Hatte ihn etwa der Nestbautrieb erwischt? – sie kannte ihn gar nicht wieder. Aber nessun problema, von ihr aus konnte er ruhig so bleiben. Petra war selig, endlich in Berlin zu sein und ihn nach den drei Monaten Trennung wiederzuhaben, und verliebte sich noch mal neu in ihn.

Nicht ganz so selig war sie nach einigen Wochen mit ihrer WG. Die lockere Art und die undogmatische politische Einstellung der drei Mitbewohner hatten ihr beim ersten Kennenlernen gut gefallen und gefielen ihr anfangs noch, doch mit der Zeit traten die Unterschiede zutage. Die Begeisterung, mit der sie sich in ihr Studium stürzte und ihre Publizistik-, Politik- und Italienischkurse über die Woche verteilte, wurde von den anderen bestenfalls belächelt, und dass diese für ihren Lebensunterhalt Raubdrucke herstellten, mit Shit und Acid dealten und ansonsten ihren Bedarf mit systematischem »Einklauen« deckten, behagte Petra umso weniger, als von ihr und Bo als Beziehern von regelmäßigem Einkommen beziehungsweise Bafög »Solidarität« erwartet wurde, sprich, höhere Einzahlungen in die Gemeinschaftskasse. Das Hauptgesprächsthema von Harri, Inga und Suser über Wochen war, wie sie die persische Mafia ausbooten konnten, die in Berlin den Drogenhandel kontrollierte. Ihr erklärter Kampf gegen das Schweinesystem bestand in Petras Augen hauptsächlich im Kiffen und Ficken mit wechselnden Tisch- und Bettgenossen, gelegentlich auch im Schmeißen von Steinen und Mollis auf Justizanstalten und Konsulate. Das große Berliner Zimmer war nicht nur vorübergehend, wie Petra gedacht hatte, sondern dauerhaft von fertigen und noch zu heftenden Raubdrucken mit Beschlag belegt und zu Wohnzwecken kaum zu gebrauchen; Harris Vorschlag, eine Ecke für ein Matratzenlager zum gemeinschaftlichen Ficken freizuräumen, entlockte ihr nur ein verächtliches Schnauben. Als aber die Diskussionen am Küchentisch immer mehr um den Übergang von spontaner zu gezielter Gewalt kreisten, um die Verbindung zu den bewaffneten Genossen, die in die Illegalität abgetaucht waren, und die Planung von Banküberfällen zur Unterstützung des Widerstands, nicht zuletzt des eigenen, war ihre Schmerzgrenze erreicht. Auch Bo zog sie zwar hin und wieder damit auf, wie wohlgesittet und wohlüberlegt sie ihr Studium anging und ihre linksjournalistische Karriere plante, aber bei einem Brandanschlag auf die US-Botschaft wollte er genauso wenig mitmachen wie sie, und als Petra ihm von zwei Kommilitonen erzählte, die für ihre WG in der Bergmannstraße zwei Mitbewohner suchten, sprach von seiner Seite aus nichts dagegen, sich von den Halenseer Haschrebellen zu entsolidarisieren.

Er hatte seinen Kopf ohnehin woanders. Ronald hatte Wort gehalten und bei Luchterhand für ihn Reklame gemacht, und nachdem Bo einem interessierten Lektor das fertiggestellte Manuskript (*schnitt/stellen* hieß es jetzt) geschickt und überraschend schnell eine positive Reaktion bekommen hatte, sagte dieser sich zu einem Besuch Anfang November an: am Freitag müsse er ohnehin in der Berliner Dependance des Verlags vorbeischauen, und wenn es Bo passte, könnten sie am Samstag an einigen Stellen arbeiten, wo vielleicht noch etwas zu tun war, und dann gleich einen Buchvertrag machen. Bo musste sich zusammenreißen, um nicht am Telefon laut zu jubeln. Wie gut auch, dass sie gerade in die neue WG umgezogen waren und Herrn Ramm nicht in dem Loch in Halensee empfangen mussten. Außerdem fanden zur gleichen Zeit die Berliner Jazztage statt, zu denen Egon Jahr für Jahr pilgerte, und nachdem Bo fast den ganzen Tag mit *seinem* Lektor das Manuskript von vorn bis hinten und zurück durchdiskutiert und zu guter Letzt tatsächlich seinen Namen unter den vorbereiteten Vertrag gesetzt hatte (vorbehaltlich der Zustimmung seiner Mutter), der das Erscheinen des Buches als Luchterhand Typoskript im Sommer 1972 vereinbarte, Vorschuss fünfhundert Mark, da war es ihm mehr als recht, dass Egon am Abend ihn, Petra und Klaus, wozu Herr Ramm mittlerweile geworden war, zum Konzert der Miles Davis Group entführte.

Egon blieb das ganze Festival über bei ihnen, und wenn er nach den Konzerten zurückkehrte und Bo noch auf war, redeten sie bis in die frühen Morgenstunden. In Bos Zeit in der Mathildenburg war eine Vertrautheit zwischen ihnen gewachsen, die beide als besonders empfanden. Mit Schützenhilfe von Platon und Nietzsche trugen sie einander ihre aktuellen Lösungen der »Welträtsel« vor, wie Egon selbstironisch zu sagen pflegte, und obwohl sie dabei Persönliches höchstens am Rande berührten, hatte Bo das Gefühl, sich noch nie einem Menschen so tief geöffnet zu haben. Vor Egon konnte er Dinge aussprechen, für die andere ihn gesteinigt hätten, Petra eingeschlossen. Sie verabredeten, aus diesen Treffen eine feste Einrichtung zu machen: einmal im Jahr würde Egon während der Jazztage bei Bo übernachten, und einmal im Jahr wollte Bo zum Geburtstag seiner Mutter im März nach Mainz kommen und dann bei Egon wohnen. Er würde sich mit der Mutter in der Stadt treffen, ihr das quasi zum Geschenk machen. Das Haus aber würde er nie wieder betreten. In diesem Leben nicht mehr.

Das Glück hielt eine Weile. Petra ging ihrem Leben nach und Bo seinem, aber wenn sie in der ersten Zeit zusammenfanden, jeder aus seiner eigenen Bewegung kommend, entstand sofort ein gemeinsamer Schwung, der etwas wunderbar Spielerisches, fast Tänzerisches hatte und um sie herum, zu zweit und mit anderen, ganz von selbst freien Raum wachsen ließ, im Reden und Machen, im Ausgehen, im Bett. Mit der Zeit jedoch wurden die Rhythmen, in denen ihre Leben schwangen, schwerer zu synchronisieren. Während die Gewissheit, in Bälde veröffentlicht zu werden und sich einen, sei es bescheidenen, Namen als Lyriker zu machen, bei Bo erst einmal für Entspannung sorgte, radikalisierte sie sich rasant und entwickelte sich zur wild wirbelnden Hochschulpolitikerin, die neben ihrem vollen Studienprogramm Streiks und Demonstrationen mitorganisierte und ständig irgendwelche Basisgruppen- und Komiteetreffen hatte. Wenn er von seinen Lieferfahrten nach Hause kam, stand ihm der Sinn nach häuslicher Gemütlichkeit: Füße hochlegen, einen durchziehen, bisschen rumknuddeln, vielleicht vor dem Abendessen noch einen Quickie einschieben, dann gemeinsam kochen, mit den Wohnungsgenossen Lilli und Wolf zusammen essen, später ins Kino oder in die Kneipe, selbst gegen die Anschaffung eines Fernsehers hätte er nichts mehr einzuwenden gehabt. Aber einmal war Petra sowieso so gut wie nie zuhause, wenn er Feierabend hatte, und wenn sie schließlich angehetzt kam, blieb wenig Zeit zum Kochen, von anderen Sachen ganz zu schweigen, weil noch ein Abendtermin in der Roten Zelle Publizistik anstand oder in einer Initiativgruppe gegen dies oder das. Die Rotzpub mit ihrem muffigen Marxismus-Leninismus konnte Bo ihr immerhin nach einer Weile ausreden, doch statt nun vielleicht etwas häuslicher zu werden, begann sie bei »Brot und Rosen« mitzuarbeiten und führte auf einmal feministische Reden über den Kampf gegen den Paragraphen 218 und für die gesellschaftliche Versorgung der Kinder, wogegen er zwar politisch nichts einzuwenden hatte, aber was ihn ein wenig erstaunte. Von frauenpolitischen Extrawürsten hatte sie früher gar nichts gehalten.

Im Frühjahr bekam Bo Post von Luchterhand, allerdings nicht von Klaus, der erkrankt sei, sondern von einer Lektoratsassistentin, die ihm mitteilte, dass der Verlag in nächster Zeit von Neuwied nach Darmstadt umziehen werde und die Veröffentlichung seines Buches deswegen und wegen »damit einhergehender Umstrukturierungen« leider um ein Jahr verschoben werden müsse. Er versuchte es sportlich zu nehmen und dachte über ein neues Generalthema nach, das nächste Projekt, mit dem er an die *schnitt/stellen* anschließen konnte, wenn sie dann endlich erschienen, aber irgendwie war die Luft raus. Die Doppelbelastung überforderte ihn auf die Dauer, er war, wenn er den ganzen Tag im Lieferwagen durch Berlin gegurkt war, einfach zu kaputt zum Schreiben, zumal er für seine tastenden Versuche noch keine klare Richtung sah. Nachdem er sich durch den Sommer gefrustet hatte, kündigte er seinen Fahrerjob, doch die dichterische Produktion steigerte das nicht. Er war müde. Er hatte gar nicht gewusst, wie müde er war. Zeitweise konnte er zehn, zwölf Stunden am Stück schlafen, vor Mittag kam er nie aus den Federn. Als seine angesparten Reserven zur Neige gingen, fing er wieder zu klauen an, vor allem Bücher im großen Stil, die er auf dem Flohmarkt oder vor der TU-Mensa vertickte, sofern es keine direkten »Bestellungen« waren. Sein Verhalten erschien ihm nur konsequent. Petras politische Sprüche waren ja gut und schön, aber bei der gesicherten Existenz, die sie führte, war das alles heiße Luft. Wirkliche Veränderung hieß, dass man sich völlig aus der Gesellschaft ausklinkte und real im Widerstand lebte, natürlich nicht so totalvernagelt wie die Leute vom 2. Juni, die mit ihren Schießereien und Sprengstoffanschlägen den allgemeinen Hass und Krampf im Land nur auf die Spitze trieben. Der radikale Bewusstseinswandel, der die Voraussetzung jeder Veränderung war, verlangte, dass man mit allen Normen und Konventionen brach, auch und gerade mit den Normen und Konventionen der Linken. Dass er in einem günstigen Moment eine neu erschienene dreibändige Werkausgabe von Nietzsche einsacken konnte, empfand er als einen Wink des Schicksals. Wenn Petra zuhause einlief, lag er meistens mit einem der dicken braunen Pappbände auf der Couch, heftig Stellen anstreichend, und dazu lief eine der Bluesplatten, die Egon ihm aus seinen Beständen überlassen hatte, weil für ihn die Phase abgeschlossen war.

– Sie fand es furchtbar. White papa, what's the matter with *you*?, schimpfte sie innerlich, wenn sie spät abends nach Hause kam und aus dem Gemeinschaftszimmer knarzte ihr »Oooh, black mama, what's the matter with you?« entgegen. Erst hatte sie gedacht, das darf doch nicht wahr sein: ihr Freund war einer der ganz wenigen Männer, die sie kannte, die sich nicht bedroht fühlten, wenn Frauen für ihre Befreiung kämpften, und keine Vorträge über Haupt- und Nebenwiderspruch hielten, im Gegenteil, er hatte sie noch ermuntert, bei der Gründung des Frauenzentrums mitzumachen, und er fand ihre Selbsterfahrungsgruppe ehrlich gut, weil Männer seiner Meinung nach nur davon profitieren konnten, wenn Frauen sich zu einem vollwertigen Gegenüber entwickelten und bisher den Männern vorbehaltene *menschliche* Erfahrungen machten – frei reisen, sexuell aktiv sein, künstlerisch kreativ sein, theoretisch denken – und dann las er diesen reaktionären Sack mit seinen Sprüchen von Weib und Peitsche! Doch durch die Arbeit im Zentrum wurde ihr irgendwann klar, dass das nur scheinbar ein Widerspruch war, dass sein Nietzsche genauso funktionierte wie die ganzen anderen männlichen Messlatten, nach denen sich eine Frau strecken musste, wenn sie ein »vollwertiges Gegenüber« sein wollte. Er hielt seine Vorträge halt nicht über die Kritik der politischen Ökonomie oder die Strategie des antiimperialistischen Kampfes, sondern über die Umwertung aller Werte und solches Zeug, beziehungsweise er setzte hin und wieder dazu an, kam aber nicht weit, weil sie sofort die Ohren zuklappte. Der reine Privatismus war das in ihren Augen und Nietzsche schlicht der theoretische Ausdruck seiner zunehmenden Entpolitisierung, überhaupt seiner ganzen Perspektivlosigkeit, Ehrgeizlosigkeit, seines Hängenlassens. Bo konnte nicht nur auf seine Gedichte setzen, so gut sie waren. Er musste endlich den Arsch hochkriegen und mit seinem Leben was anfangen, das wäre besser für ihn und für sie beide.

– Er sah das anders. Ihren neuentdeckten Feminismus fand er wirklich interessant, auch wenn bei ihr Töne reinkamen, die ihm nicht so gefielen. Vor gar nicht so langer Zeit hatte Petra ihm noch erklärt, dass Frauen sich auf die verschleiernde Argumentationsebene des Klassenfeindes begaben, wenn sie ihre Unterdrückung an der biologischen Tatsache des Kinderkriegens festmachten. Inzwischen war die Fesselung der Frauen an Familie und Kinder der Grundwiderspruch, der jede sozialistische Perspektive im Keim erstickte. Okay, sei's drum, aber was hatte das mit ihnen beiden zu tun? Als Frau unterdrückt fühlte sie sich doch erst, seit ihr bewusst geworden war, wie sehr die Medienwelt, in der sie so gern mitmischen wollte, von Männern und männlichen Strukturen beherrscht war; seitdem konzentrierte sie sich im Studium auf »weibliche« Themen, übersetzte mit zwei Genossinnen aus dem Frauenzentrum eine italienische Kampfschrift, die Lohn für Hausarbeit forderte. So sehr sie die »gleichberechtigte« Integration in die bestehenden Machtverhältnisse grundsätzlich ablehnte, für ihre eigenen journalistischen Zukunftsperspektiven dachte sie durchaus in Kategorien von öffentlichem Einfluss, Sichtbarkeit, Sendezeiten und Machtpositionen, die sich vom klassischen bürgerlichen Karrieredenken seiner Mutter nur insofern unterschieden, als diese es nicht auf Frauen gemünzt hätte. »Der lange Marsch durch die Institutionen ist ein alter Hut, Baby«, entgegnete er, als Petra wieder einmal seiner Untätigkeit ihr gesellschaftlich relevantes Handeln entgegensetzte. Wenn die Institution einen geschluckt hatte, wurde der Handlungsspielraum verdammt eng; dann hatte es sich schnell ausmarschiert. Dann funktionierte man nach deren Regeln. Klar, dass sie als Mädels jetzt endlich auch mal das Machtspiel spielen wollten, bei dem bisher nur die Jungs am Drücker waren. Viel Spaß und alles Gute. Was seine Wenigkeit anging, war das Spiel ausgespielt. Er hatte das Feld geräumt. Aber sie werde bei ihm immer ein Pflaster bekommen, wenn sie sich im Nahkampf mit dem Patriarchat eine blutige Nase geholt hatte, und eine warme Tütensuppe am Abend nach dem Marsch durch die Eiswüsten der Institution. »Now you're gonna go out and get yourself a reputation«, sang er ihr lächelnd einen neuen Song von Tim Buckley vor, »but I'm gonna have to show you where to start ... Sweet surrender, surrender to love ...«

– Letztlich war es egal, ob er sie akzeptierte oder ob er sie mit Tim Buckley-Songs runtermachte: er ließ sie in der Luft hängen, so oder so. Hatte sie deshalb angefangen, mit anderen Männern zu schlafen? Mehr Boden unter den Füßen gaben die ihr gewiss nicht. Und furchtbar emanzipativ war es auch nicht. Aber irgendwann war ein Reiz da, und er hatte wahrscheinlich auch mit dem Überlegenheitsgefühl zu tun, das sie plötzlich erlebte, zum ersten Mal. Bo war sich ihrer so verdammt sicher. Als sie ihm, mit einigen Wochen Abstand, von der ersten Affäre erzählte, hatte er ziemlich dumm geguckt. Sie hatten sich zwar im Lauf der Jahre immer wieder mal gegenseitig versichert, dass einer nicht der Besitz des anderen war, dass sie miteinander keine monogame Kiste fahren wollten, dass sie sich nur eines schuldig waren: rückhaltlose Offenheit; aber Bo hatte diese Versprechungen schon länger nicht mehr auf die Probe gestellt, soweit sie wusste, und dass gerade sie sich eines Tages solche Eskapaden leisten würde, damit hatte er offensichtlich nicht gerechnet. Sie auch nicht. In dem Kribbeln zwischen Reiz und Abscheu, das Geschichten von freier Liebe und wilden Sexorgien bei ihr auslösten, war der Abscheu immer stärker gewesen, und wenn früher in Mainz ihre Freundin Sabine mit dem berühmten Buko losgezogen war, ihrem Beischlafutensilienkoffer, hatte sich ihr nach kurz aufzuckendem Neid der Magen rumgedreht bei der Vorstellung ... Nein, bloß nicht. Allerdings waren die Männer, die sie sich heute gelegentlich suchte, und die *sie* sich suchte, gewiss keine Helden der freien Liebe, sondern eher traditionell gestrickte Typen, proletarische Genossen, für die sie ein Wesen vom andern Stern war. Wenn sie geschnallt hatten, was Sache war, konnten sie mit ihr nicht viel mehr anfangen als rammeln. So viele waren es auch nicht, drei bisher, alle schnell wieder abserviert. Wie auch immer, obwohl er sie bei ihrem Geständnis ungläubig angestarrt hatte, groß aufgeregt hatte Bo sich nicht. Die Eifersucht, meinte er achselzuckend, hätten sie bei ihm einzubauen vergessen.

– Besser, sie erklärte die freie Liebe zum Naturrecht der emanzipierten Frau, als dass sie die Schwanz-ab-Sprüche der Bewegungslesben drosch. Er musterte sie ironisch. Ein wenig verblüfft war er doch, aber er beschloss, die Sache auf die leichte Schulter zu nehmen, und zog sie mit ihrer Nymphomanie auf, von der er gar nichts geahnt habe, nannte sie eine Vaginabundin. Eine Wandervöglerin. Nach einer Weile ging sie auf sein Necken ein und fing an, von ihren Bettgeschichten zu erzählen, erst sparsam, dann ausführlicher. Sie schien eine eigene Lust daraus zu ziehen, von ihrer Lust zu sprechen. Die Lust übertrug sich. Er eröffnete ein Spiel, gab sich gelehrig: Ach, und wohin hat er dann gefasst? Stets zu Diensten, Genussin. Ist es so recht?

Als die *schnitt/stellen* im Frühsommer 1973 tatsächlich erscheinen, gibt das Bo noch einmal Auftrieb. Er wandelt wieder auf Wolken, sieht neue Möglichkeiten. Zwei freundliche Kurzbesprechungen erscheinen. Die Welt nimmt ihn wahr! Schon hat sie ihn wieder vergessen. Dann wird er bei Kiepert beim Klauen erwischt und schafft es gerade noch abzuhauen. Der Schreck sitzt ihm lange in den Gliedern. Bei Schenker ist gerade keine Fahrerstelle frei, und so sucht er sich einen Job als Zeitungszusteller: Arbeitszeit von drei bis sieben Uhr morgens. Wenn Petra aufsteht, geht er ins Bett. Er behauptet weiter, dass es ihm nichts ausmacht, wenn sie ab und zu fremdgeht, Unterdrückung sei keine Lösung, aber in den dunklen Morgenstunden summt er auf seiner Zustellrunde von der »mean mistreatin' mama« und ihrem »heart of marble stone«. Es wird kalt auf den Straßen. »Broke and hungry, I'm ragged and I'm dirty, too«, tönt es in seinem Kopf.

Über den Winter versinkt er in Nietzsche und Blues. Öfter als vorher greift er zur Gitarre, und im Bild des ausgestoßenen, einsam umherziehenden Bluessängers, das er sich ausmalt, meint er sich selbst zu erkennen. Was verbindet ihn noch mit den hasszerfressenen Linken und ihren asketischen Idealen? Genau wie einst die frohe Botschaft der Christen wird die angebliche Befreiungsbotschaft, die sie ausschreien, von ihren unfrohen wie unfreien Gesichtern widerlegt, von denen der Politfrauen vor allem, deren verbiesterte Visagen ihn glatt dazu bringen könnten, dem andern Geschlecht komplett abzuschwören, tutti quanti, wie Petra sagt. Im Bunde mit seinem philosophischen Lehrer empfindet er sich als einen der großen »Abweichenden«, abweichend von allen linken Ge- und Verboten, als »Dichter und Fortdichter des Lebens«, der sich selbst Experiment und Versuchstier ist und zu den eigentlichen Schöpfern von Werten in der Welt gehört, auch wenn niemand das merkt. Ja, er ist bereit, äußerlich namenlos und niedrig im Verborgenen zu leben, »mit einer ungeheuren und stolzen Gelassenheit«, in der starken Einsamkeit des Schaffenden. Unter der Maske leichter Heiterkeit verdeckt er das tiefe Leiden an der Welt. Nicht nur notgedrungen nimmt er das eherne Schicksal an, nein, er liebt es ehrlich. Amor fati. »She's gone, but I don't worry«, singt er, »I'm sitting on top of the world.«

Trotzdem ist er froh, dass Petra nicht geht. Eines Abends sehen sie sich im Kino *La guerre est finie* von Alain Resnais an. Yves Montand spielt einen älteren spanischen Kommunisten im Pariser Exil, der »die politische Perspektive« verliert. Er sieht, dass die alten Berufsrevolutionäre wie er sich mit den immer gleichen Parteisprüchen und Leninzitaten gegen die Wirklichkeit abschotten und alles tun, um sich in der isolierten Exilsituation ihre Träume zu bewahren und sich nicht von der Wirklichkeit »blind für die Sache« machen zu lassen. Alles was sie reden, sind nur noch hohle Phrasen, wie Beten um Regen: der Generalstreik, die Aktionen der Massen, der Aufschwung der Bewegung, die verstärkte Repression als Anzeichen der Schwächung der Franco-Diktatur. Phrasen, Illusionen, Schmerzbetäubung. Ihr heroischer Untergrundkampf: ein sinnloses Katz-und-Maus-Spiel mit der politischen Polizei, in dem einer nach dem andern verheizt wird. Auch die leidenschaftlichen Pläne der jungen Genossen, die Diktatur mit revolutionärem Terror gegen den Tourismus zu destabilisieren: Illusionen, Gerede. Er sieht es deutlich: der Krieg ist vorbei. Doch als er zum nächsten vergeblichen Versuch, den Generalstreik zu organisieren, über die Grenze geschickt wird, steigt er nicht aus, obwohl er fest damit rechnet, dass sie ihn diesmal schnappen werden. Einerlei was er glaubt, er kann die Genossen in Spanien nicht im Stich lassen. Er gehört zu ihnen. Es ist so.

Ja, so ist es, sagt sich Bo, als er aus dem Kino kommt, von einer eigentümlichen melancholischen Hochstimmung ergriffen. So ist es. Er teilt ihre Illusionen nicht mehr. Keine einzige. Aber er gehört dazu. Du gehst deinen eigenen Weg, einen ganz und gar abweichenden Weg, der in ihren Augen der blanke Verrat ist – und doch gehörst du dazu. Das Band wird stärker, je weiter du weggehst, je straffer die Spannung wird. Du hältst ihnen die Treue, auch wenn ihnen das ganz egal ist. Auch wenn sie es gar nicht merken.

Als sie hinterher reden, fühlt er sich zum ersten Mal seit langem von Petra verstanden.

Als das Klingeln nicht aufhören wollte, nahm Bo stöhnend den Hörer ab. Es war eh nie für ihn. »Hallo. Was? Ja hallo!« Beim Klang der Stimme war er sofort hellwach. »Das ist ja eine Überraschung! Lange her, was?« Fred hielt sich nicht mit Einleitungsfloskeln auf, sondern kam gleich zur Sache. In der Band gab es neue Entwicklungen, die ihn vielleicht interessierten. Sie hatten seit kurzem eine neue Sängerin, höchste Zeit auch, wo sie nach seinem Weggang mit ihren Frontleuten nie so das ganz große Los gezogen hatten, na, jedenfalls neulich, als sie mit Sofie, so hieß sie, ein paar von den alten Sachen geprobt hatten, mit seinen Texten, da hatte er auf einmal seine Stimme im Ohr gehabt, neben der von Sofie, und das, jo, das war was, was er sich gut vorstellen konnte. Und dann war da noch ... aber das war am Telefon nicht so gut zu bereden. So in zehn Tagen, übernächsten Freitag, gaben sie in Mainz ihr erstes Konzert mit Sofie, im Eltzer Hof – vielleicht hatte er ja Lust, mal wieder einen Trip in die alte Heimat zu machen und sich das anzuhören und dann am Wochenende mit raus in die Mühle zu kommen, bisschen was ausprobieren und so ... Bo zierte sich etwas, aber in Wahrheit gab es überhaupt nichts zu bedenken. »Übernächstes Wochenende? Ich schau mal, aber ich denke, das müsste sich machen lassen.«

Überraschung ja, aber so lange her war es in Wirklichkeit gar nicht. Im November waren die Shiva Shillum für ein großes Deutschrockkonzert in Berlin gewesen, und Bo hatte sich von

Egon überreden lassen, über seinen Schatten zu springen und in der Deutschlandhalle vorbeizuschauen. Er war gespannt gewesen, seine alte Truppe wiederzusehen (dass Oskar als Frontmann nicht das große Los war, konnte er bestätigen), und nach fast drei Jahren war der Streit von einst bei allen vergessen, offenbar auch bei Fred, der sich ungewohnt offen und interessiert gegeben hatte. Bo solle sich doch mal melden, wenn er in Mainz war, oder am besten gleich vorbeikommen, alte Erinnerungen auffrischen pipapo, sie wohnten mittlerweile draußen auf dem Land, in einer alten Mühle bei Wörrstadt. Nach dem Telefonat mit Fred versuchte Bo, Egon zu erreichen und Genaueres über die Hintergründe dieser plötzlichen Einladung zu erfahren, doch als er auch mit dem dritten Anruf keinen Erfolg hatte, gab er es auf. Seine Entscheidung zu fahren stand im Grunde sowieso fest.

Glück gehabt, dass er sich auf die vollgekramte Rückbank hinter das Göttinger Hippiemädchen quetschen durfte, das sich der smarte Opelfahrer gezielt ausgesucht hatte, normalerweise stand man sich freitags in der Tramperschlange vor dem Kontrollpunkt Dreilinden immer die Beine in den Bauch. Trotzdem sahen die Chancen, rechtzeitig in Mainz einzutreffen, fünf Stunden später am Rasthof Seesen relativ schlecht aus, weil sich die Vopos bei der Ein- und Ausreise mit der Grenzkontrolle mal wieder besonders viel Zeit gelassen hatten. Scheiße. Dazu noch das nasskalte Aprilwetter. Außer Seesen nix gewesen, knurrte er mit zunehmender Übellaunigkeit vor sich hin. Dann aber meinte es das Schicksal noch ein zweites Mal gut mit ihm. Das gibt's nicht, dachte man, aber das gab es: reihenweise rauschten die Wagen an einem vorüber, wo man überzeugt war, die *müssen* halten, so klapprig, wie die Mühle aussieht, oder so freakig der Fahrer; und auf einmal fuhr ein dunkelblauer Mercedes 280 SE mit Stuttgarter Kennzeichen rechts ran, bei dem man nur pro forma den Daumen rausgestreckt hatte, am Steuer ein alter Herr mit Goldrandbrille, grauem Anzug und Krawatte. Bos Rucksack wurde ordentlich im Kofferraum verstaut, er musste sich anschnallen, zum ersten Mal im Leben, dann wurde er mit einem väterlichen Lächeln und einem Stück Schokolade bedacht und nach einer Weile, als die Klassiksendung vorbei und das Radio abgestellt war, in ein Gespräch verwickelt, bei dem er gar nicht auf den Gedanken kam, sich wie beim Lift davor irgendwelche Märchen auszudenken, um nicht dem neurotischen bürgerlichen Ehrlichkeitswahn zu verfallen.

Aus Berlin, soso. Was machte er dort? Hm, ja, nicht viel, um ehrlich zu sein. Er erzählte, dass er früher in Mainz Sänger in einer Rockband gewesen war, Sänger und Texter, aber vor drei Jahren hatte er sich mit dem Bandleader verkracht und war mit seiner Freundin nach Berlin gezogen, weil die unbedingt dort studieren wollte, und er, na ja, er hatte da über einen Bekannten Kontakt zu einem Verlag bekommen und der hatte im letzten Jahr einen Band mit seinen Gedichten veröffentlich – er schrieb auch Gedichte – aber im Moment arbeitete er als Zeitungszusteller, weil er durch das Buch erstaunlicherweise nicht riesig reich geworden war und die Einführung der geldlosen Tauschwirtschaft leider noch auf sich warten ließ. Heute wollte er nach Mainz, um mal zu hören, was seine alte Truppe so machte. Nicht ausgeschlossen, dass er wieder bei denen einstieg.

»Darf ich fragen, bei welchem Verlag Ihr Buch erschienen ist?«

»Bei Luchterhand. In einer Reihe, die Typoskript heißt.«

Der alte Mann am Steuer warf Bo einen interessierten Seitenblick zu. »Und würden Sie mir vielleicht auch Ihren Namen verraten?«

»Bo Bodmer. Warum?«

»Bodmer, Bodmer ... Kann es sein, dass Ihr Buch ›Schnittwunde‹ hieß?«

Bo wäre vom Sitz gefallen, wenn das möglich gewesen wäre. »Ich werd verrückt«, sagte er. »Sie kennen es? Es ... es heißt ›Schnittstellen‹.«

»Ah, genau, das habe ich mit Wondratschek durcheinandergebracht. Die Typoskripte sammele ich seit Jahren, bemerkenswerte Reihe, Franz Mon, Herburger, Mayröcker, PG Hübsch, dazu die politischen Sachen, kontrovers, aber hochinteressant. Ich habe Ihr Buch nicht gelesen, muss ich gestehen, aber wenn ich nach Hause komme, werde ich mich sofort daran machen. Was hat es mit diesem Titel auf sich, Schnittstellen?«

So fassungslos wie geschmeichelt erzählte Bo von seinem Buch. Seinen Motiven. Seinen Absichten. Er erfuhr, dass sein Fahrer, der sich als Konrad Hermes vorstellte, seinerseits Verleger war – »Hermes-Verlag, nicht sehr einfallsreich, zugegeben« – und die neuere deutsche Literatur mit Interesse verfolgte, auch wenn er selbst einer anderen Generation angehöre und einen anderen Ton pflege. Es sei ihm immer wichtig gewesen, im Dialog zu bleiben. Bos Klagen über die eingeschlafenen Beziehungen zu seinem Verlag quittierte er mit einem wissenden Nicken. Seit dem Umzug nach Darmstadt werde bei Luchterhand die experimentelle Literatur leider stark zurückgefahren. Walter habe im vorigen Jahr als Verlagsleiter aufgehört, und nach seinen Informationen sei auch Klaus Ramm auf dem Absprung. Erneuter Seitenblick. Ob Bo denn etwas Neues in Arbeit habe?

»Na ja, nicht so richtig. Es gibt schon so die eine oder andere Idee ... aber im Moment scheint das Leben eher in eine andere Richtung zu gehen.« Während am Horizont die Stadtsilhouette von Frankfurt auftauchte, erzählte Bo von Freds Anruf und der Aussicht auf einen neuen Anfang.

»Haben Sie denn in Berlin weiter Musik gemacht?«

»Wenig ... eigentlich gar nicht. Mit einer Gruppe habe ich ein paarmal gejammt ... äh, gespielt, bin auch mal mit ihnen aufgetreten, aber irgendwie hat es letzten Endes doch nicht gepasst.« Die Agitation Free hatten ihm vor zwei Jahren vorgeschlagen, bei ihnen als Sänger einzusteigen, aber der Auftritt im Quartier Latin war mäßig gewesen, und sein hohles Gefühl von früher war wiedergekommen. »Als sie dann in München bei den Olympischen Spielen im Kulturprogramm gespielt haben, hat es mich schon ein wenig gejuckt. Das wäre nicht unspannend gewesen. Aber, wie gesagt, es hat einfach nicht gepasst.«

»Und wenn es mit Ihrer alten Gruppe jetzt ›passt‹, was wird dann aus Ihrer Freundin in Berlin? Die wird doch ihren Studienplatz nicht wechseln wollen.«

»Tja, gute Frage. Keine Ahnung, ehrlich gesagt. Muss man sehen. Wobei das für so Überlegungen eh noch zu früh ist. Vielleicht wird's nur ein nettes Wochenende, und am Montag bin ich wieder in Berlin.«

»Verdient man denn als Rockmusikant genug zum Leben?«

»Noch 'ne gute Frage.« Bo lächelte den alten Mann an, und dieser lächelte zurück. »Mit unserm ersten Plattenvertrag sind wir ziemlich baden gegangen, weil wir keine Erfahrung hatten und uns auf ganz schlechte Konditionen mit niedrigen Tantiemen und langer Laufzeit eingelassen haben. Und nicht mal das Geld, das uns vertraglich zustand, hat der Sch..., der Kerl uns voll ausgezahlt. Irgendwie ist die Band dann doch aus dem Vertrag rausgekommen – zu dem Zeitpunkt war ich schon nicht mehr dabei. Gerüchteweise habe ich gehört, dass der Bandleader daran denkt, ein eigenes Label zu gründen. Na, so reich wie die Stones oder die Beatles werden wir wohl nicht werden, aber ich denke, man kann davon leben, wenn man wirklich dranbleibt.«

Kelsterbach – Raunheim – Rüsselsheim – Opelwerk – Bischofs-
heim – Gustavsburg: eine Strecke einmaliger Trostlosigkeit, die
Landschaft wie exorziert. Das perfekte Depressivum. Aber heute
keine Depressionen. Heute nicht. Der freundliche Verleger hatte
es sich nicht nehmen lassen, ihn zum Bahnhof am Flughafen zu
bringen, statt ihn einfach am Frankfurter Kreuz rauszulassen, von
wo aus der bekannte längere Fußmarsch an der Autobahn fällig
gewesen wäre. Zum Abschied hatte Herr Hermes ihm seine Karte
in die Hand gedrückt: falls Bo eines Tages zur Lyrik zurückfand
und es mit Luchterhand nicht weiterging, möge er sich doch bei
ihm melden. Oder einfach mal auf der Frankfurter Buchmesse
vorbeischauen. Er würde sich freuen. Alles, alles Gute.

Na, der Anfang war schon mal verheißungsvoll gewesen,
und rechtzeitig ankommen würde er auch. Als der Zug über die
Rheinbrücke ratterte, packte ihn eine jähe Freude – auf das Konzert, auf das Wiedersehen mit der alten Truppe ... auf die »alte
Heimat«? Hm. Das Wort hatte Fred letztens am Telefon gebraucht, und es hatte ihm in den Ohren geschrillt. Als er seinerzeit
vor dem Umzug nach Berlin von der Kupferbergterrasse über die
Stadt geschaut hatte, war ihm gewesen, als nähme er sie in dem
Moment, abschiedsgestimmt, zum ersten Mal wirklich war. Hello,
good bye. Im Grunde hatte er sich in Mainz niemals heimisch
gefühlt, schon für seine Eltern war es die fremde Stadt gewesen.
Die Mutter hatte irgendwann beschlossen, die Stadt zur Heimat
zur erklären, weil ihre Söhne dort aufwuchsen und weil auch ihre
Eltern zur Unterstützung der geschiedenen Tochter »von drüben«
nachgezogen waren. Der Vater war weitergewandert und hatte, so
schien es, keine Sekunde zurückgeblickt.

Bos Blick aus dem Fenster wurde suchend. In dieser Ansicht, so in das Rheinknie gebettet, zeigte sie sich von ihrer
schönsten Seite, die unheimische Stadt, da störten nicht mal die

vielen Kirchen, oben am Hügel der mahnende Zeigefinger von St. Dingsbums. So wenig sie ihm im Lauf seines Lebens ans Herz gewachsen war, den Rhein hatte er immer geliebt, gerade diese Stelle hier, wo von rechts der Main dazustieß und der Fluss zu seinem großen Bogen ansetzte, umgelenkt von den breiten, dunklen Rücken des Taunus, deren sanft geschwungene Linien den altbekannten Horizont zeichneten. Ganz kurz erhaschte er hinter der Theodor-Heuss-Brücke und dem, was man vom Deutschhaus noch sah, einen Blick auf ein Eckchen vom Kurfürstlichen Schloss und vielleicht sogar – ganz sicher war er sich nie – von seiner alten Penne. Lange genug her, um fast schon nostalgisch zu werden. Weiter vorn tat die Stadt seit Jahren alles, was sie konnte, um das Flussufer gnadenlos zuzuklotzen mit Rheingoldhalle, Hilton, dann das Rathaus im vorigen Jahr, ein Grauen. Wo die hinlangten, blieb kein Auge trocken. Durch die Altstadt wollten sie eine Art Autobahn hauen, hatte er gehört. Na, von ihm aus. 1968, als die Rheingoldhalle eingeweiht wurde, hatte ihr USG-Grüppchen noch eine Protestaktion dagegen veranstaltet und Tomaten und Eier auf die Promis geschmissen, die in dicken Mercedessen vorgefahren waren ... wie er gerade in einem gesessen hatte.

Da – erspäht und vorbei – war auch der Winterhafen. Ein paar Angler am Ufer, die bestimmt wie eh und je über die Möwen schimpften und sich freuten, dass die Kormorane ausgestorben waren. Dort hatten sie vor hundert Jahren am Ufer gesessen, und er hatte für Petra herumgeclownt. Ihre erste Begegnung. Ihm wurde warm ums Herz. Aber jetzt – sie rollten aus dem Tunnel in den Hauptbahnhof ein – jetzt war er erst mal auf diese Sängerin gespannt, von der Fred so geschwärmt hatte. Neunzehn Uhr siebenundzwanzig. Kein Problem, vor acht da zu sein.

Aus alter Gewohnheit machte er den kleinen Schlenker über Saly's Pan Club und sah davor das Plakat hängen. »Shiva Shillum featuring Sofie Anders.« In fetten roten Lettern. Seine Schritte, eben noch so zielstrebig, verlangsamten sich. Er war fremd hier, immer gewesen. Was in aller Welt hatte ihn bewogen, zu diesem Konzert zu fahren, diesem Wochenende? »Die Antwort kennt nur der Wind«, meinte Johannes Mario Simmel, mit dem die Gutenberg-Buchhandlung ein ganzes Fenster vollgeknallt hatte; wurde anscheinend gekauft, das Zeug. Sein Herz zog sich zusammen wie ein erschrockenes Kleintier, als er an die Verfolgungsszene vor Jahren denken musste, an das grässliche Nachspiel. Drei Straßen weiter stockte er, als er um die Ecke biegen wollte und die vielen Leute vor dem Eltzer Hof sah. Ein mords Andrang. Er zögerte einen Moment, dann wandte er sich abrupt ab, überquerte die Straße und ging weiter zum Rhein. Wie eh und je wälzte sich der alte Strom breit und mächtig dahin. Ein Lächeln breitete sich in ihm aus. »Fluss, ich bin wieder da.« Eben noch hatte er sich über sein gutes Timing gefreut, und eigentlich war er ja extra deswegen aus Berlin gekommen, aber auf einmal fand er die Vorstellung befremdlich, sich unter die Menschenmassen zu mischen und zuzusehen, wie oben auf der Bühne seine alte Band aufspielte – mit dieser neuen Sängerin. Sofie. Anders. Das Gefühl für Petra wurde groß in ihm, als er, ohne nachzudenken, Richtung Winterhafen zu schlendern begann. Wie früher. Sie hatten es in letzter Zeit nicht leicht gehabt miteinander. Gerade deshalb hätte er bei ihr in Berlin bleiben sollen, verdammt. Er hatte hier keine Heimat. Auch der Fluss floss nur vorbei.

Am Stresemannufer blieb er vor der Bronzeplastik des »Feuervogels« stehen, die eine durch die Luft fliegende nackte Tänzerin darstellte, Kopf, Arme und linkes Bein nach hinten geworfen, die Brüste gereckt, die Beine unnatürlich gespreizt, nur mit dem Knie den Sockel touchierend. Als das Ding vor ein paar Jahren frisch aufgestellt war – und wenig später schon von einem besonders subversiven Undergroundkünstler mit roter Farbe an der Möse besprüht, genau wie ein Stückchen weiter der »Schreitende Tiger« am Gemächt – da waren Petra und er auf einem ihrer Rheinspaziergänge übermütig darumgetollt und hatten mit wilden Verrenkungen die absurde Pose imitiert. Vor allem Petra hatte gar nicht mehr aufhören können und bei ihr zuhause gleich wieder angefangen mit dem Beineschmeißen und Augenverdrehen und Busenrecken, während er die überreifen Erdbeeren, die in der Küche standen, gewaschen und in eine Schale getan hatte. »He, Ballerina«, hatte er sie geneckt, »der Feuervogel ist aber nackt!«, und im Vorbeigehen an ihrer Bluse gezupft. Als er vom Klo zurückkam, war sie entblättert und hatte diesen Ausdruck im Gesicht, den er kannte und liebte. Die Verrenkungen wurden langsamer. Er schob den Teppich zur Seite, dann hielt er mit der Linken ihr nach hinten gestrecktes Bein und griff mit der Rechten in die Erdbeerschale. »Die Farbe fehlt noch.« Genüsslich zermatschte er die weichen Früchte zwischen ihren Beinen, beschmierte damit ihre Spalten, ihren Bauch, ihre Brüste. Sie zog ihm Hemd und Hose aus, griff ihrerseits in die Schale. Sie stopften sich gegenseitig eine Handvoll in den Mund, sauten ausgiebig herum, küssten sich, schoben die zerkaute Masse hin und her, sabberten sich hemmungslos voll. Schließlich ging sie wieder in Position, das linke Bein hinter sich auf die Sessellehne gelegt, den Oberkörper mit erhobenen Armen zurückgebogen. Die letzte Erdbeere drückte er ihr ganz zwischen die saftenden Lippen. »Feuervögeln« war danach eine Zeit lang ihr Kürzel für dieses Spiel gewesen. In den zwei Varianten mit und ohne Erdbeeren.

Versonnen sah Bo eine Weile zu, wie sich der graue Fluss in der Abenddämmerung immer tiefer eingraute. Am liebsten hätte er die Lichter drüben in Kastel und hier an der Promenade gelöscht, das Rauschen des Verkehrs abgestellt, überhaupt alle

Spuren menschlichen Siedelns und Uferverschandelns getilgt, um mit dem Fluss und dem schwindenden Licht allein zu sein. Mit den Erinnerungen. Er ging weiter. Am Winterhafen setzte er sich auf die altvertraute Böschung. Hier gab es keine Laternen mehr. Alles still im Kanuverein. Wie oft waren sie hierher zurückgekommen. Sie hatten sich auf eine der Ufertreppen gehockt und sich, wenn sie sich sattgeguckt hatten und es unbequem wurde, auf die Wiese dahinter gelegt, manchmal auch auf den stählernen Ponton nahe der Eisenbahnbrücke, wo man die Bewegung des Flusses fühlte, das angenehm stimulierende sanfte oder, wenn ein Frachter vorbeifuhr, weniger sanfte Wiegen. Manche Schiffe sahen nach einem fahrenden Hausstand aus, Wäsche hing auf der Leine, Kinder spielten an Deck, und er hatte davon gesponnen, ein Leben als Rheinschiffer zu führen – »Da darfst du deine Wäsche allein aufhängen«, hatte Petra gedroht, die sich vom Fluss lieber zu anderen Traumreisen anregen ließ. Als sie damals nach den Essener Songtagen miteinander anfingen, trugen ihre Füße sie wie von selbst vom 117er Ehrenhof zum Winterhafen, zum Rhein, Petra an seine Schulter geschmiegt, und dann saßen sie auf dem Ponton und schauten hinaus auf das äußere Bild des mächtigen Glücksstroms, der durch ihre Herzen rauschte, die Wasser zweier Flüsse vereinigt und in die gemeinsame Zukunft entfließend, dem Blick durch den großen Bogen flussauf entzogen, ausbrechend aus der gewohnten, der einzelnen Bahn ... Und als sie endlich den ersten großen Durst aneinander gelöscht hatten, hatte Petra die Worte von seinen Lippen getrunken, mit denen er ihr vom Fluss phantasierte, von den schmutzigen Wellen, die ihm mit ihr an der Seite zum klarsten Quellwasser wurden, das er bedenkenlos trinken würde, schau, so, und dann hatte sie sich auf ihn geworfen, als er den Kopf hinunterbeugte, und ihm den Mund zugehalten und ihn geschlagen, bis er herumgerollt war und sie nassgespritzt und den Kampf Brust an Brust geführt hatte. Das Detail des Rheinknicks mit der Stadtsilhouette auf dem *Mogon*-Cover war seine Idee gewesen.

Petra. Er stand auf und kehrte um, doch hinter der alten Drehbrücke besann er sich abermals anders und bog in die Altstadt ab, wo er schließlich im Goldstein landete und eine Kleinigkeit aß. Niemand da, den er kannte. Hinterher nahm er den Umweg durch die Kapuzinerstraße und blieb vor der Kreuzigungsgruppe neben der Ignazkirche stehen. Es musste kurz vor dem Einstieg bei den Rout 66 gewesen sein, da waren Mani und er und ein paar andere blödelnd durch die Altstadt gezogen, und als er hier an dieser Stelle die verzerrten Haltungen der beiden Schächer am Kreuz nachmachte, hatte Mani angefangen, »heilige Messe« zu spielen und als Priester im breiten Mainzerisch eines scheinbar völlig vertrottelten Kaplans, den sie in Reli hatten, irgendeinen Quatsch zu lallen, und Arnulf, auch er wie Mani mit Messdienerschaden, hatte in einem überschnappenden, jaulenden Ton die einzelnen Verrichtungen kommentiert: »Der Priester hebt jetzt die heilige Hostie.« (Augenverdrehen, lautes Schmatzen.) »Er führt den Kelch mit dem Blut Christi an die Lippen ...« Irgendeiner hatte als personifizierte Messdienerklingel immer »Bimmelim!« geplärrt, und ein anderer hatte ein imaginäres Weihrauchfass geschwenkt, und währenddessen hatte Mani mit debilem Blick ein Brimborium veranstaltet, bei dem Bo als Evangele nicht ganz durchblickte, aber über das er sich trotzdem schieflachte. Der Versuch, »Meerschwein, ich dich grüße« zu singen, verunglückte ein wenig. Die Krönung war, als Mani ein monotones Genuschel über die sündigen Anfechtungen des Fleisches und die furchtbaren Nachstellungen des Teufels abließ und dann zu den Fürbitten überging: »Lasset uns beten, Brüder und Schwestern, für den heiligen Pisspott von Gunsenum, dass der Herr ihm voll einschenke alle Tage bis an der Welt Ende.« Alle: »Amen.« Arnulf: »Beuget die Knie!« Alle knieten sich hin. »Erhebet euch!« Und weiter ging es mit Fürbitten für den Fassnachtsbrunnen und den Vietcong und die Hämorrhoiden unseres geliebten Kaplans Georg und die heilige Jungfrau auf dem Motorrad (»Beuget die Knie!« »Erhebet euch!«) und mit Anrufungen obskurer Heiliger, wobei der Ton immer lauter und geifernder wurde, bis Mani und Arnulf sich in eine sinnlose Litanei von Namen und Satzfetzen hineinsteigerten und sich überhaupt nicht mehr einkriegten: »... und der Pfarrer von Ars ... er schwebt jetzt empor zum Kirchendach ... der heilige Pfarrer von Ars ... und das gottlose Treiben in den Spelunken ... und das Tanzen der Weiber ... die viehische *Unzucht* ... aber der heilige Pfarrer von Ars ... und die Trunksucht, die scheußliche Völlerei ... aber die heilige Philomena, die Reliquie der heiligen Philomena ... auf die Knie, Hérrgott, *auf die Knie!* ... und der selige Niklaus von Flüe ... der selige Niklaus von Flüe und die Lastwagenfahrer ... ja Hérrgott, *Hérrgott!* ... und der heilige Pfarrer von Ars ... er fährt jetzt zum Himmel auf ... Wunder über Wunder ... und die heilige Hadeloga von Kitzingen ... die Therese von Konnersreuth ... mach dich fort, Satan, fort, fort, *fort!* ... ja *Hérrgott!* ... und die heilige Jungfrau ... gebenedeit unter den Motorradfahrern ... die *Jungfrau!* ... Hérrgott! ... und der Pfarrer von Ars, der *Pfarrer von Ars!* ...«

Am Schluss hatte Mani breiig vor sich hingesabbert, und die anderen hatten einzelne Worte dazwischengebrüllt, »Hérrgott! Hérrgott«, »der Pfarrer von *Arsch!*«, und als alle dann nur noch unartikulierte Laute lallten und Schreie ausstießen und herumwankten wie besoffen, von kopfschüttelnden Passanten missbilligend beäugt, waren sie vor Lachen zusammengebrochen. Bo hatte nie erfahren, was es mit dem Pfarrer von Ars auf sich hatte.

Was wohl aus Mani geworden war?

Als Bo schließlich doch noch den Weg zum Eltzer Hof fand, strömten schon die Leute heraus. »Schade. Hat leider nicht so geklappt mit dem Trampen, wie ich dachte«, sagte er entschuldigend, als er in der Garderobe mit lautem Hallo und scherzhaften Vorwürfen begrüßt wurde. Dann fuhr er im Bandbus mit ins rheinhessische Hinterland hinaus.

Als Fred im November den Umzug aufs Land erwähnt hatte, war Bo skeptisch gewesen, wohl auch weil ihm kurz zuvor ein Freund von Lilli aus seiner WG beim Abendessen damit auf den Keks gegangen war, wie unabhängig und selbstversorgt und naturnah das Leben in seiner Landkommune bei Dannenberg an der Elbe sei, im Zonenrandgebiet, wo der Quadratmeter Land nur zehn Pfennig koste: neulich hätten sie anderthalb Tage lang zusammen Marmelade eingekocht, und ihre Milchschafe blabla. Gegen solches Ursprünglichkeitsgedusel war Bo noch von Ingos alter Pfadfinderherrlichkeit her allergisch. Andererseits hatte er sich beim besten Willen nicht Fred in Gummistiefeln beim Schafstallausmisten oder Gartenumgraben vorstellen können; zu Recht, wie sich herausstellte.

Obwohl man Fred die Zufriedenheit ansah, als er Bo am Samstagmittag nach dem Frühstück das Haus und die Nebengebäude zeigte, war ihm die ländliche Lage als solche, sagte er, völlig schnurz. Um den Garten mochte sich kümmern, wer wollte. Von ihm aus hätte das Haus auf dem Mond stehen können. Sein wichtigstes Kriterium bei der Suche war Abgelegenheit gewesen, am liebsten völlige Alleinlage, wo man seine Ruhe hatte, selber ungestört Krach machen und auch mal nackt durch den Garten laufen konnte und nicht von neugierigen oder meckernden Nachbarn von der Musik und den kreativen Ideen abgelenkt wurde. Sie hatten ewig gesucht und bald gemerkt, dass für sie eigentlich nur

eine Mühle in Frage kam, weil es in Rheinhessen keine alten Aus-
siedlerhöfe gab wie in Süddeutschland, es gab nur diese scheiß
Haufendörfer, wo man sich auf der Straße wie vor einer Festung
fühlte, oder wie im Orient: Mauer, Mauer, Tor, Mauer, Mauer,
Tor. Alle hockten sie auf dem Haufen, bloß niemand abseits – das
war wie ein Psychogramm der Leute hier. Ja keine Extrawurst.
Keine Individualität. Jeder hinter seinem Mäuerlein verschanzt,
seiner sauberen Sandsteinfassade, und außen die totale Kontrolle.

Sie traten auf den kopfsteingepflasterten Hof hinaus, der von
den Gebäuden hufeisenförmig umschlossen wurde. Fred hatte Bo
bereits die Scheune gezeigt, vom Besitzer weiterhin zum Abstellen
von Traktoren und anderen landwirtschaftlichen Maschinen genutzt, den darunter liegenden feuchten Weinkeller sowie den
Pferdestall, der unbenutzt war und baufällig wirkte. Bo schaute
durch die offene Einfahrt, um einen Eindruck von der Landschaft
zu bekommen, und Fred ging mit ihm auf den Zufahrtsweg von
der Straße, wo der Blick nicht von Mauern begrenzt war. Links erhob sich ein mit Wein bepflanzter langgestreckter, flacher Hügel-
rücken, rechts ging es zur Straße hinauf, ansonsten sah man
Felder, weiter entfernt ein Wäldchen, eine Seltenheit in Rheinhessen, wie Fred betonte, als er Bo um das Anwesen herumführte,
mit kleinen Quellen und ideal für einen Spaziergang, wenn man
Inspiration brauchte. An der Gartenecke zur Straße stand ein altes
verbeultes Metallschild: »Trappmühle – Weingut Heinz Schmitt.«
Das a von Trapp war mit einem roten i übermalt, ein p durchge-
strichen. Ein sagenhaftes Schwein, dass sie die Mühle bekommen
hatten, erzählte Fred. Der Besitzer war ein Onkel von Margit – die
Freundin von Dave, diese Vollbusige mit den Hennahaaren und
den Ketten und Armbändern – und Margit hatte ihn so lange bearbeitet, bis er sich schließlich bereit erklärt hatte, an krach-
machende langhaarige Gammler zu vermieten. Und die Mühle lag

echt ideal, viel besser als eine in Groß-Winternheim, die der Besitzer nicht ums Verrecken an sie hatte vermieten wollen, schön geschützt in der Mulde am Bach, auf halbem Weg zwischen Wörrstadt und Rommersheim, nur das nahe Schwimmbad störte ein wenig, aber dafür konnten sie dort im Sommer schnell mal baden gehen, wenn sie wollten.

Als sie nach der Umrundung des Grundstücks in den Hof zurückkehrten, steuerte Fred eine Metalltür zwischen Pferdestall und Scheune an. Diesen Gebäudeteil gegenüber dem teilrenovierten Wohnhaus hatte er bis jetzt ausgelassen, und Bo vermutete darin den Übungsraum, der wohl den Höhepunkt der Führung bilden sollte. Er vermutete richtig. »Das war früher der Kuhstall«, sagte Fred, als er die Tür aufschloss und das Licht anknipste. Eine indirekte Deckenbeleuchtung ging an, die den langen Raum in ein warmes, gedämpftes Licht tauchte. »Da ist die meiste Arbeit reingegangen, seit wir hier sind.« Es gab keine Fenster, und Bo erinnerte sich, dass er von außen die zugemauerten alten Lichtscharten gesehen hatte. Die Wände waren komplett mit Teppichen, Decken und gebatikten Tüchern behängt. Ein roher Dielenfußboden war eingezogen worden und im vorderen Teil, wohnlich gemacht mit alten Sesseln, zwei Sofas, Matratzen, Kissen und niedrigen Tischen, ebenfalls mit Teppichen ausgelegt. Überall lagen Klangschalen, Klanghölzer, Wasserpfeifen, Räucherstäbchen und sonstiger orientalisch anmutender Krimskrams herum. Der hintere Teil war offenbar nicht nur der Probenraum mit Schlagzeug und anderen Instrumenten, mit Boxen, Verstärkern, Mikrofonen, Stühlen, Notenständern und Unmengen von Kabeln, sondern auch ein richtiges Tonstudio, kenntlich an einer Bandmaschine mit Mischpult und diversen peripheren Geräten sowie einer Abhöranlage. Alles war offen, es gab keinen trennenden Regieraum.

Fred zog einen fertig gerollten Joint aus der Tasche und drehte ihn zwischen den Fingern, während er Bo nach hinten führte. »Das ist Richies Reich hier.« Er deutete auf die Technikecke. »Er ist gelernter Elektriker, weißt du, und kommt günstiger an die Sachen ran. Der ganze Spaß hier hat uns knapp dreizehntausend Mark gekostet.« Zur Zeit verhandelten sie mit Wim Wenders wegen der Musik für ein Road Movie, und wenn das klappte, konnten sie sich vielleicht eine 24-Kanal-Maschine leisten, vielleicht sogar die Idee mit dem eigenen Label in Angriff nehmen. »Als Keyboarder ist Richie so lala, da war Mani früher origineller, aber als Toningenieur ist er schlicht genial. Am Anfang hat er es ein bisschen übertrieben mit den Spielereien ... na ja, bei den irren Möglichkeiten, die wir auf einmal hatten, waren wir alle auf dem Experimentiertrip und fanden es toll, den Sound durch Frequenzverdoppler und Tongeneratoren zu jagen, Sägezahn-Booster und was weiß ich. Richie war nur noch mit Overdubs und Phasing zugange, aber inzwischen hat er den Bogen echt raus und arbeitet unheimlich subtil. Effektvoll, ohne dass du es merkst. Was nachträglich dazukommt, Hall, Echo, Spurverlangsamung, setzt er alles total sparsam ein. Das Klangbild, das er produziert, ist nicht was ganz anderes als unsere Live-Musik, sondern das, was wir wirklich spielen, kommt klarer und stärker raus. Und sowieso«, er zündete den weichgezwirbelten Joint an und tat einen tiefen Zug, »sowieso will ich vor allem die Energien verstärken, die in die Musik eingehen, nicht den äußeren Sound.«

Bo nahm den Joint, den Fred ihm reichte. Fred hatte, fand er, wieder das Strahlen vom Anfang, das er später in ihrer Trennungsphase durch sein Erfolgsgehechel und ihre Reibereien und Gifteleien verloren hatte, diese Aura vollkommener, leidenschaftlicher Hingabe an seine Musik. Die Hochspannung. Fred spürte den Blick und ließ sich in einen Sessel fallen. »Das ist praktisch

Alchemie, was ich hier mache«, sagte er, »energetische Alchemie. Und das hier«, seine Hand beschrieb einen Bogen, der nicht nur das Studio, sondern das ganze Anwesen einbegriff, »ist mein Labor. Das musikalchemistische Triplabor. Einerseits machen wir Musik, klar. Aber andererseits werden hier Energien freigesetzt und geläutert, sie werden verstärkt, verdichtet, verbunden ... in einem gruppendynamischen Mehrkanalverfahren abgemischt, könnte man sagen.« Er verzog leicht die Mundwinkel. »Dazu braucht es die Lösung und die Verdichtung – ›solve et coagula‹, haben die mittelalterlichen Alchemisten gesagt. Die alte Musik hat genauso funktioniert: in einem indischen Raga werden im ersten Teil die Elemente einzeln entfaltet, die Haupttöne und Melodiephrasen, und im zweiten Teil werden sie dann verschmolzen und in die feste Form der Komposition gebracht, mit Ausschmückungen und so weiter. Der Egon kann dir das genauer erklären.«

Fred zog wieder am Stummel und blickte versonnen der Rauchwolke nach, die er ausgestoßen hatte. »Sofie zum Beispiel – dass sie dazugekommen ist, hat die Energie der ganzen Gruppe verändert. Erdiger gemacht. Sie hat's irgendwie mit Afrika, und auf einmal haben wir angefangen, afrikanische Musik zu hören und für eigene Songs zu bearbeiten. Es ist wie ein stilles Feuer, still aber stark, wo sich aus der trüben, unentschiedenen Lösung, die vorher da war, irgendwann klare, feste Formen herausschälen. In dem Prozess sind wir noch mittendrin. Coagulatio haben die Alchemisten das genannt, Verstofflichung, Verkörperung. Die vielen fließenden Möglichkeiten verdampfen, und Wirklichkeit entsteht.«

Bo kam aus dem hinteren Teil angeschlendert und setzte sich auf das Sofa gegenüber. Er spürte ein leichtes Schwimmen. Der Rauch tat seine Wirkung. Wie ein Werbebanner an einem Flugzeug zog ihm eine Frage durch den Kopf. Er betrachtete sie eine

Weile, dann stellte er sie: »Und welchen Energieeffekt versprichst du dir von mir?«

Fred sah ihn an und nickte. »Voriges Jahr, wo wir uns in Berlin gesehen haben, hatte ich einen Flash. Ich dachte plötzlich: Der Bo ist das Salz. Wam! Einfach so. Das Salz, sagt Jung ... der hat unheimlich viel über Alchemie geschrieben ... das Salz, sagt er, hat zwei Seiten, Bitterkeit und Weisheit. Das sind Gegensätze, aber beide haben mit Schmerz zu tun, mit Leid oder mit Leidüberwindung. Das Salz kann vergiften oder läutern, je nachdem. Es ist heikel. Aber solange es fehlt, kommt das letzte Konzentrat nicht zustande. Der Stein der Weisen.«

Bo brummte, lehnte sich zurück und blickte an die Decke. Salz. Salz. Salz in der Suppe. Salz in die Wunden. Let's drink to the salt of the earth ... *Beggars Banquet* oder *Let It Bleed? Beggars Banquet*. Nach einer Weile sprach Fred weiter. Womit sie in ihrem Labor arbeiteten, ihre prima materia sozusagen, war natürlich zum einen der Klang. In vielen Kosmogonien wurde die Welt aus dem Klang erschaffen – diese alten Geschichten waren ja schon seit Jahren Egons Lieblingsbeschäftigung. Und um daraus Gold zu erzeugen, hatten sie ihre Instrumente und Anlagen, so wie die Alchemisten ihre Öfen und Schmelztiegel und Retorten gehabt hatten. Gleichzeitig aber war das Opus immer auch eine innere Angelegenheit. Es konnte nur gelingen, wenn die Laboranten in dem Prozess selbst die innere Läuterung und Befreiung verwirklichten und sich mit ihrer ganzen Persönlichkeit voll entfalteten. Der alte Dreck im Innern musste verbrannt oder aufgelöst werden, die Zwangsstrukturen und Charaktermasken – bei den frühen Who oder den Velvet Underground brannte dieses zerstörende Feuer am stärksten – aber man durfte nicht dabei stehenbleiben, man musste weitergehen, neue Verbindungen schaffen, neue Einflüsse aufnehmen, neue Freiräume nicht nur gewaltsam aufreißen und erobern, sondern ausfüllen, bewohnen, beleben. Und wie die Alchemisten mit Substanzen wie Quecksilber, Salz und Schwefel gearbeitet hatten, so arbeiteten sie mit LSD, Meskalin, Pilzen und so, die eine unglaubliche Beschleunigung des Bewusstwerdungsprozesses bewirken und einem zu Bewusstseinssprüngen verhelfen konnten, wie sie mit hundert Jahren Lesen nicht zu erreichen waren. Durch den Stoff geschah eine augenblickliche sinnliche und geistige Öffnung und Informationsübertragung, und um diese Information, diese Horizonterweiterung ging es, nicht um private Glücksgefühle oder um eine neue Fetischisierung des Stoffes, des äußeren Materials. Die traditionellen Revolutionäre waren alle materialfixiert, dingfixiert, zukunftsfixiert, sie wollten eines schönen Tages in einem politischen Gewaltakt die Produktionsmittel vergesellschaften, dabei konnte das Ziel nur die totale Vergesellschaftung aller menschlichen Potenzen sein, und damit konnte man, musste man hier und jetzt beginnen. Be here now. Der Gipfel war, wie in der Alchemie, die Coniunctio, die Schaffung immer neuer kreativer Vereinigungen der Gegensätze, neuer Welten, das grenzenlose Liebesspiel der Schöpfung, unbehindert durch Restriktionen, Verbote, Ängste, Eifersüchte, Einehe, kleinliches Beziehungsgewurstel. Das Feuer des Werks war die Liebesenergie, die alles in ihren Rausch hineinriss und die einen permanenten Kreislauf der Lust in Gang setzte, der Wunscherweckung und Wunscherfüllung. Die Sehnsüchte der Einzelnen wurden zur großen kollektiven Sucht nach einer anderen, einer neuen Welt umgeschmolzen, und diese Sucht ließ sich nicht mit dem Ersatz des Konsums und des Kaufrauschs befriedigen, nur mit der Schaffung immer menschlicherer Verhältnisse, offenerer Beziehungen, freierer Liebe, differenzierterer Musik. Der Schwarz-Weiß-Widerspruch von Nigredo und Albedo, Weltveränderung und Weltflucht, in dem heute alle festhingen, die Flippies genauso wie die K-Gruppen, war eine Falle. Was sie hier praktizierten war Welterschaffung, die Morgenröte des kreativen Lebens, die Rubedo, wie es die alten Alchemisten nannten.

Der Einzige aus der Band, der nicht mitgezogen war nach Rommersheim, war Egon: er habe keine Lust, »uffm Acker zu hocke«, bemerkte er grinsend zu Bo, als er am Nachmittag aus Mainz eintraf und alle sich nach und nach im Studio zusammenfanden, auch die weiblichen Bewohner der Tripmühle, die nicht zur Band gehörten und die Bo noch kaum wahrgenommen hatte, Margit und ... Dings, Ina und ... noch eine, deren Namen er vergessen hatte und die mit Carlo liiert war, einem unlängst erst eingestiegenen Congaspieler und Allroundperkussionisten. Sofie kam als Letzte: von einem Spaziergang über die Felder, wie sie sagte, als sie Fred einen Kuss gab und Bo mit einem warmen Blick aus großen braunen Augen bedachte. Die am Abend vorher zu zwei Zöpfen geflochtenen langen dunklen Haare waren jetzt offen und winddurchpustet und das Gesicht mit den hohen Backenknochen, den großflächigen Wangen, dem breiten Mund und den vollen Lippen frisch und leicht gerötet. Bo sah ihr nach, wie sie in ihrem bunten Afrohemd durch den Raum schritt, die anderen begrüßte und zum Soundcheck an ein Mikro trat. Nette Figur auch, alles dran, was dazugehörte.

»Okay«, sagte Fred, als Bo ein wenig hilflos herumstand, »wir reden gar nicht groß rum, sondern fangen einfach an. Du nimmst dir das Mikro da drüben und schaust, wie du reinkommst. Vieles«, er lächelte beinahe, »wirst du kennen.«

Kannte er in der Tat, stellte Bo fest, wenn auch in anderen Versionen. »Wheere you going with – thaaat – gun in – youur – haaaaand.« Sechs Jahre nach dem ersten quasi ein zweites Probesingen, dachte er, und wieder – Zufall? – »Hey Joe«. Na, erst mal wollte er nur ein bisschen im Hintergrund brummen. Fasziniert lauschte er, wie Sofie aus Jimis Klassiker etwas Unbekanntes, Nie-gehörtes machte, ein beschwörendes Zeitlupenstakkato, indem sie mittendrin plötzlich das Tempo herausnahm, einzelne Phrasen wiederholte, die Worte zerdehnte, so dass sie sich mehr und mehr in Laute und Töne auflösten, die sie wie sinnend vom Grund ihres Körpers heraufzuholen schien und dann im Mundraum hin und her bewegte, kaute, nasalierte, hauchte, stöhnte, um im nächsten Moment in eine Art Bellen umzuschnappen und unerwartet zu be-schleunigen. »I shot her, I shot her, I shot her«, sang er verhalten mit. Die Band war gut auf sie eingestimmt. Bo hatte das Gefühl, dass die Musiker, alle, sich stärker als früher gegenseitig wahr-nahmen, aufeinander hörten. War das ihr Einfluss? Er hätte es nie für möglich gehalten, dass Dave sich so sehr zurücknehmen konn-te und dabei gar nicht an Präzision verlor, im Gegenteil. Und Fred zog seine Gitarrentöne wie Drahtseile durch den Raum, auf denen die Stimme dahinschritt, tanzte, Kapriolen machte mit einer sol-chen traumwandlerischen Tollkühnheit, dass sie sich manchmal, schien es, in einem unmöglich schrägen Winkel am Seil bewegte, ohne abzustürzen, oder kopfunter. »Going down, way down, way waaay down, down down down, going dooown ...« Bo begnügte sich damit, ein dunkles Echo zu geben.

Es wurden keine Blicke gewechselt, als Fred übergangslos mit dem Intro zu »Trobriand Tripping« begann. Bo ließ Sofie die erste Strophe singen. Wenn er den Text nicht gekannt hätte – war schließlich von ihm – hätte er kaum etwas verstanden. Da er-schien ihm ein Bild.

Was er vor sich sieht, wenn er die Augen schließt, ist eine blaue Flamme.

Als hinterher der Joint herumging und er, schon leicht ange-
dröhnt, den ausgegangenen Stummel neu anzünden wollte, blieb
sein Blick am blauen Grund der Flamme haften. Sofort war das
Bild wieder da. Und zugleich stieg ihm mit dem schwachen Geruch von verbrennendem Gas – aus welchem dunklen Gedächt-
niswinkel? – eine ferne Erinnerung in die Nase an eine der vielzu-
vielen zäh wie Kleister dahinkriechenden sterbenslangweiligen
Schulstunden, Mittelstufe, unwiederbringlich vergangen geglaubt
nach den Jahren. Er vergaß zu ziehen, starrte in das gasige Blau.
Die Chemielehrerin, Frau Knoll, hatte ihnen die Temperatur-
zonen der Flamme beibringen wollen, wie man sie etwa an einer
Kerze, einem Feuerzeug, einem Lagerfeuer beobachten könne,
und er glaubte sich zu entsinnen, dass die heißeste Stelle nicht die
gelbe Spitze des kleinen Feuerkegels war, schon gar nicht die
roten Zungen, so sehr gerade sie brandgefährlich aussahen, wenn
sie mit jähem Rauchausstoß gierig in die Höhe zuckten, sondern
der untere, innere blaue Teil, trotz des eher kühlen, »unfeurigen«
Eindrucks, den er machte. Irgendwas mit Kohlenstoff und
Wasserstoff, mit freiwerdender Energie und höherer Lichtfre-
quenz: das blaue Leuchten zeigte angeblich an, dass in dem Be-
reich die Verbrennung vollständig, rußfrei und somit heißer war –
so ähnlich. Genauer als an Knöllchens langatmige Erklärungen erinnerte er sich an ihren üppigen Vorbau, meistens in eine weiße
Bluse verpackt, durch die er seinerzeit bei günstigem Lichteinfall
den Büstenhalter zu erahnen meinte und in der sich manchmal –
wenn sie ihren Stoff besonders erregend fand? – die Knöpfe der
Brustwarzen abdrückten. Beim Bunsenbrenner, hatte sie erläutert
und mehrfach demonstriert, war die Flamme bei normaler Luftzufuhr klein, bläulich, gerade und flackerte nicht, während sie,
wenn man die Luftzufuhr abstellte, groß und flackernd und rötlich
gelb wurde und rußte. Als sie ihn zur Wiederholung drannahm,

hatte er sich einen Spaß daraus gemacht, das Wort »Bunsenbrenner« so zu vernuscheln, dass es wie »Busenbrenner« klang, und Knöllchen hatte es tapfer ignoriert, trotz der Lacher in der Klasse. Beim thermischen Auftrieb um die Flamme herum hatte er nicht mehr weitergewusst und –

»Autsch!« Er ließ das Feuerzeug fallen, schlenkerte die Hand, blies auf den gebrannten Daumen, lutschte daran. »Mann, zieh doch, Bo!« Richie nahm ihm den Stummel ab. »Hast du in Berlin verlernt, wie man 'nen Joint anzündet?« Schräg gegenüber hing sie in den Polstern und ließ sich von Fred befummeln. Sie sah völlig jenseits aus.

Die Flamme hat nichts Blasses, Gasiges, sie ist wie nachtblauer Samt, leicht aufgeraut. Mit dem ersten Ton steht sie da: ein kleiner schlanker Kegel, pfeilgerade, dann beginnt sie sich zu bewegen, nicht flackernd, nicht züngelnd, sondern langsam, ruhig und langsam, ein spannungsgeladenes Winden. Sie wächst. Sie streckt sich, leicht eindrehend; schraubt sich wieder zurück. Sie dehnt sich aus; zieht sich wieder zusammen. Ihr Leuchten vertieft sich, wird stärker, strahlend, je lauter sie singt. Eine Welle des Glücks überspült ihn.

Er macht die Augen auf. Da. Sie bewegt sich genauso wie die blaue Flamme ihrer Stimme, sparsam und spannungsgeladen. Ihre Hände, ihre spielenden Finger scheinen die Luft ringsherum zu feinen, freien Gebilden zu formen, wie ihre Stimmwerkzeuge den Atem. Die Bewegung der Arme und Hände und Finger kommt aus der Körpermitte, nicht aus den Schultern. Die Wellen, die ihre schwingenden Hüften durch den Körper schicken, laufen bis in die Fingerspitzen und weiter in die Gestalten der Luft. Dabei steht sie mit beiden Füßen auf dem Boden, fest, wie von den Wellen verwurzelt, und locker, wie eine vom Fliegen träumende Pflanze.

Durchströmt von den Tönen ist sie ganz und gar Stimme, nur noch dieses Strömen, nichts anderes mehr, nur noch das Blau dieser brennenden Stimme. Auch wenn sie ein rotgelbschwarzes Schlabberhemd mit afrikanischem Muster und hautenge schwarze Jeans trägt, für ihn ist sie blau von Kopf bis Fuß. Jetzt meint er ein kurzes Zögern zu spüren – okay! Als er mit der zweiten Strophe anfangen will, merkt er, dass er nassgeschwitzt ist. Einen Takt lang versagt ihm die Stimme.

Er schloss die Augen. Der Shit war gut. In ihm drehte sich alles – aber ruhig, wie ein mächtiges Mühlrad, nicht dumm im Kopf, nicht dem Wirrsinn entgegenschwindelnd. Blue flame, blue flame. Langsam pulsten die Worte im Kopf, drehten sich mit, und er summte sie vor sich hin, fand eine Melodie dafür. Die blaue Flamme, sagte er sich, sah kühl aus, in Wirklichkeit aber war sie heißer als alle anderen. Intensiver. Sie verschleuderte ihre Hitze nicht mit wildem Geflacker – wie er zum Beispiel in früheren Zeiten. Er musste kichern, als sein Bühnengehampel von einst ihm auf einmal als rotes Züngeln erscheinen wollte, mit dem er vor allem Rauch verbreitete, nur wenig, nur fahles Licht. Passend zu den Dampfschwaden aus der Nebelmaschine am Schluss der Konzerte und diesen »psychedelischen« Farbschlieren, die manchmal immer noch durch die Säle waberten. Den meisten schien es zu gefallen; auch sie züngelten rußig rot. Er lachte schnaubend, gickelte vor sich hin. Richie sah ihn zweifelnd an und tippte sich an die Stirn.

Sie aber, nein, sie dachte gar nicht daran, in einer äußeren Thermik zu flackern und zu qualmen, sie sog den Sauerstoff der Musik zur inneren Luftzufuhr an, die sie regelte und dosierte, um darin vollständig zu verbrennen, mit einer selbst von fern schweißtreibenden Hitze, ohne trüb glimmenden Rest. Eine

Stimme wie eine Flamme. Ein Feuer, das sang. Und es hatte auch ihn entzündet. Verwandelt.

Und es hieß Blue.

Er setzt ein. Die blaue Flamme nimmt die Worte als Brennstoff, verzehrt sie zu leuchtenden Lauten. Wunderschön ... doch er muss seine Worte retten. Im weißglühenden Innern dieses Ohrenlichts sieht er die dunklen Konturen wiedererstehen, feuerfest, unverbrennlich. Sein Lied. Ihm ist heiß. »Now the girls from the neighbouring village«, stimmt er die zweite Strophe an, »they're coming over on a katuyausi, they're coming over on a love trip, they're coming over to kayta ...« Er passt sich ihrem langsameren Tempo an, aber er artikuliert die Worte fast überdeutlich, stellt sie hin im hellen, heißen Südseesonnenschein wie die Stangen und Balken des Jugendhauses, in dem die Jungen und Mädchen sich gegenseitig in die Liebe einführen. Gleich züngelt die Flamme wieder auf, beleckt das feste Gerüst. Sie überlässt jetzt den Text ganz ihm, umspielt seinen Gesang mit Vokalisen und Melismen, mit rhythmischen Wiederholungen einzelner Worte. »Kayta, kayta.« Die Congas wirbeln. Ob sie weiß, dass das, laut Wilhelm Reich jedenfalls, auf Trobriandisch »vögeln« heißt? Er wird härter, je enger sie stimmlich auf Fühlung geht. Sie legt sich ihm ganz dicht an, als wollte sie ihn auspressen mit ihrer Umschlingung, größere Härte von ihm fordernd, größere Deutlichkeit, und er stößt die Worte rau, gewaltsam heraus, während sie seinen Stößen entgegenstöhnt, den nächsten Stoß fordert und, ihn empfangend, erwidernd, vorausfühlend, einen offenen Klangraum schafft, eine blauflammige Mandorla, in die er härter und härter hineinstößt. Das Jugendhaus brennt. Die Mädchen ziehen weiter auf ihrem Liebesausflug. Sie singt den Urwald, durch den sie ziehen. Der Urwald brennt. Am ganzen Leib schwitzend öffnet er die Augen:

Wenn er sie jetzt anfasst, denkt er, kriegt er einen elektrischen Schlag.

Blue. Der Name stand fraglos vor ihm, als hätte ihr Körper ihn ausgesprochen. Blue. So sollte sie heißen. Ihm, nur ihm. Er wollte es niemandem sagen, am wenigsten ihr. Blue. So hieß sie in Wahrheit. Blue.

Er schließt die Augen wieder, hält sie geschlossen. Geschlossen. Atemlose Stille im Raum, zehn, zwanzig, dreißig Sekunden. Langsam verlischt die blaue Flamme. Es wird dunkel. In seinem Schädel hallt die Stille wider. Er ... nein, er zittert gar nicht, äußerlich ist er vollkommen ruhig, was er spürt ist ein inneres Sirren, als ob er jetzt ebenso unter Strom steht wie diese Frau. Jemand atmet hinter ihm aus: Egon. »Wow«, hört er Carlo von links sagen. »Wow.«

Er hatte gedacht, er würde sofort einschlafen, als er sich schließlich bettschwer und benebelt auf die ihm zugewiesene Matratze packte, aber kaum hatte er das Licht ausgemacht und sich auf die Seite gedreht, war er mit einem Mal wieder wach. Die Melodie wollte ihm nicht aus dem Kopf gehen, und er konnte nicht aufhören, weiter an den Worten zu tüfteln. Eine Weile wälzte er sich von einer Seite auf die andere, dann tastete er nach der Lampe. Er bekam das Feuerzeug zu fassen. Er stützte sich auf, zündete es an. Da war er, der blaue Grund der Flamme, darüber die helle Spitze, umzittert von einem schleierigen Hof. Blue flame, blue flame.

Was war heute abend geschehen? Sie hatten ungefähr fünfzehn Lieder gespielt. Manche hatte er gesungen, andere nur mitgebrummt und ihrer Stimme gelauscht. Hin und wieder war sie murmelnd geworden, leise und rau, mit im Rachen reibenden, kippelnden Tönen, schnarrend fast, krächzend, als ob die Sängerin das Singen vergessen hätte und erst einmal nachdenken und probieren musste, bis plötzlich wieder ein ganz klarer, warmer Ton aus dem Klangbrei aufstieg und in einem Jubelstrom fortfloss. Hinterher hatten sie kein Wort über das eigentliche Thema des Abends verloren, über den Grund seines Besuchs. Die Entscheidung schien gefallen zu sein – was gab es zu reden? Sie *war* gefallen. Er ließ die Flamme ausgehen, starrte in die Dunkelheit. Damit hatte er nicht gerechnet. Seine Stimme hatte in ihrer gebadet und war dabei immer voller und fester geworden. Nicht nur das, auch ... nüchterner. Schlichter. Ungekünstelt. Er hatte die Texte mehr gesprochen als gesungen und ihnen doch eine unglaubliche Intensität verliehen. Er hatte sich niemals singender gefühlt. Und trotz einer Art Ganzkörpererektion kein Gedanke an Sex. Auch nicht bei den expliziten Texten. Beim Singen hatten sie sich kaum angesehen, erst danach hatten sie sich lange wortlos, ausdruckslos in die Augen geblickt. Ihre Körper hatte es gar nicht gegeben; nur die Stimmen; diese Stimmen. Es war, als hätten sie sich mit aller Macht die schlichteste Tatsache überhaupt zugesungen. Ich Mann, du Frau. Ich Frau, du Mann. Nie zuvor, schien es ihm, hatte er sich so sehr als Mann gefühlt. Er musste sie nicht erst begehren. Er hatte sie. War eine tiefere Vereinigung denkbar? Rückhaltlos drang er in sie ein, und sie nahm ihn; ganz. Er zündete das Feuerzeug wieder an. Blue flame. Es war besser gewesen als Sex. Besser als alles, was er je mit einer Frau erlebt hatte ... und das war nicht wenig. Mit Petra. Er schluckte. Immer war da dieser Rest gewesen, dieser ... Rest, ja, er hatte kein anderes Wort dafür, dieses Etwas, das draußen blieb im Hineingehen, das zusah, dachte, berechnete, dies tat oder jenes, worin es sich selbst genoss oder die Lust am Lustbereiten, zufrieden war oder unzufrieden, befriedigt vielleicht, aber unbefriedet, immer auf noch etwas anderes aus ... Und dann war er mit einem Mal vollkommen aufgegangen in einer Frau, die er gar nicht kannte, die er nicht einmal berührt hatte, die er gar nicht ... liebte?

Ja, die Entscheidung war gefallen. Er würde wieder mitmachen in der Band. Er würde nach Mainz zurückziehen. Es konnte nur eine Katastrophe geben. Das zumindest hätte er sich die ganze Zeit schon denken können. Was sollte er Petra sagen?

Die Flamme ging aus. Er knipste das Licht an, ging zu seinem Rucksack, fand Schreibheft und Stift, schrieb:

Blue flame done hit me
like lightning square between the eyes.
Blue flame done hit me
like lightning square between the eyes.
It scorched me to the bone,
mmm, to my very bone,
and now I'm black, all black inside.

... nichts zu verlieren ...

»Nur fürs erste halt, weißt du. Man muss einfach abwarten, wie's sich so entwickelt. Das lässt sich nach einer Probe noch schwer abschätzen, weißt du. Sicher, die ist gut gelaufen, wie gesagt, aber —«

»Was heißt hier ›fürs erste‹? Du gehst weg — darauf läuft's doch hinaus, oder? Du lässt mich ›fürs erste‹ sitzen, und wenn es was wird mit dir und der Band, auch fürs zweite und dritte und letzte. Dann sag das doch auch klipp und klar und tu nicht so, heididei, es bleibt bestimmt alles beim alten, nur dass sich halt alles ändert.«

»Have mercy, baby, das ist auch für mich noch total frisch. Was soll ich denn machen? Meinst du, mir fällt das leicht? Außerdem weißt du selbst ganz genau, wie ich die letzte Zeit in Berlin rumgehangen bin, ohne —«

»Weil du dich hartnäckig weigerst, was mit dir anzufangen! Jetzt ist deine alte Band auf einmal der große Lichtblick, obwohl du vor ein paar Jahren wie ein Rohrspatz geschimpft hast auf diesen ausgebrannten Haufen, dieses Arschloch Fred und tutti quanti, gell. Du hättest hier in Berlin schon längst auf die Abendschule gehen können und —«

»Abendschule! So weit kommt's noch! Meinst du, ich will die Schulbank drücken wie ein Pennäler, bloß damit ich hinterher irgendeine scheiß Karriere machen kann? Besten Dank. Außerdem hat sich bei den Shiva in der Zwischenzeit musikalisch echt was getan, davor kann ich nicht die Augen verschließen. Ich muss es wenigstens probieren.«

»Und wie ist sie so?«

»Wer?«

»Na wer wohl! Diese Sofie oder wie sie heißt. Von der bist du doch hin und weg, meinst du, das merke ich nicht? Wahrscheinlich ist die der Grund, dass du es auf einmal so eilig hast, von mir wegzukommen.«

»Jetzt hör endlich mit diesem Quatsch auf! Sofie ist mit Fred zusammen, und das darf sie von mir aus auch gern bleiben. Wir haben beim Singen ganz gut harmoniert, und *das* ist es, was mich interessiert. Ich muss nicht jede Frau vögeln, mit der ich gut kann, das dürftest du langsam gemerkt haben.«

»Pff.«

»Komm, Petzi, jetzt sei nicht so. Das ist auch für mich hart, das kannst du mir ruhig glauben. Ich will mit dir zusammenbleiben – und ich will das mit der Band ausprobieren. Ist doch klar, dass ich da erst mal hin- und hergerissen bin, oder? ... Am liebsten wär's mir, wenn du mitkommen würdest, weißt du.«

»Na klar! Und in Mainz bei der Noelle-Neumann studieren, dieser reaktionären Zimtzicke! Erst neulich hat der Pross zu mir gesagt, ich soll beim Thema ›Frauenprojekte und Medienkompetenz‹ dranbleiben, er könnte sich gut vorstellen, dass sich das zu einer Magisterarbeit ausbauen lässt. Was glaubst du wohl, was ich von der Noelle-Neumann zu hören bekommen würde!«

Ihm hatte vor dem Anruf bei Petra gegraut. Ein paar Tage lang hatte er sein immer schlechter werdendes Gewissen betäuben können, wohl wissend, dass sie mit jedem Tag Warten saurer und misstrauischer wurde. Das Gespräch war noch schlimmer, als er befürchtet hatte. Als er seine Stimme in dem warmen, tiefen Ton resonieren ließ, bei dem sie sonst zuverlässig schwach wurde, fauchte sie ihn an, er brauche ihr nicht »mit dieser Nuttenstimme zu kommen«. So etwas hätte sie früher auch im Streit nicht gesagt; es musste ihr wirklich an die Substanz gehen. Sie hielt ihm seine angebliche Halbherzigkeit und Rücksichtslosigkeit vor, beschuldigte ihn, sie abzulegen wie ein altes Hemd, und verdächtigte ihn, etwas mit Sofie zu haben. Er würde, sagte er schließlich, nächste Woche hochkommen und seinen Umzug machen, dann konnten sie in Ruhe über alles reden und planen, wie es mit ihnen weitergehen sollte.

»In Ruhe? Du spinnst wohl! Was soll da weitergehen, wenn du ...« Und das Ganze noch mal von vorn.

Es traf sich, dass Egon ohnehin im Gruppenauftrag nach Berlin reisen sollte, da sprach nichts dagegen, dass er den Bandbus nahm, um Bos bescheidenen Umzug gleich mitzumachen. Seinerseits war Egon im Jahr davor aus der Mathildenburg ausgezogen und wohnte jetzt mit seiner Freundin Kathi, die mit der MTA-Ausbildung fertig war und verdiente, in einer Dreizimmerwohnung mit Vorgärtchen am Hang in Mainz-Hechtsheim. Als Bo ihn am Sonntag nach der gemeinsamen Probe besuchte, bekam er bestätigt, was schon bei Fred durchgeklungen hatte: Sofies Einfluss hatte die Gruppe auf eine neue Schiene gebracht.

»Kennst du die Geschichte, wie wir sie kennen gelernt haben?«, fragte Egon, nachdem sie sich mit einer Kanne Tee in Gartenstühlen auf dem schmalen Grünstreifen vorm Haus niedergelassen hatten und über die Dächer von Hechtsheim schauten. »Nein? Aber von unserer Nordafrikatournee im vorigen Jahr hatte ich dir erzählt, nicht wahr?« Bo nickte. Er konnte sich gut erinnern, wie neidisch er geworden war, als Egon ihm im November von der phantastischen Tournee vorgeschwärmt hatte, von der sie kurz davor erst zurückgekommen waren: drei Wochen auf Einladung des Goethe-Instituts durch Tunesien, Algerien, Marokko, zehn Konzerte und bei keinem weniger als tausend Besucher. Egon kam gleich wieder ins Schwärmen: »Mann, dass ich mal in Casablanca vor über zweitausend Leuten auftrete, hätte ich mir nie träumen lassen – und dabei sind nicht mal alle reingekommen. Die sind richtig auf unsere Musik abgefahren. Teilweise mussten wir unter Polizeischutz spielen. Irre. Na, in Rabat jedenfalls, wo wir in einem Kino gespielt haben, ist Sofie hinterher beim Empfang im Goethe-Institut aufgetaucht – mit ihrem Vater, der beim Rundfunk arbeitet und eine Sendung über marokkanische Musik gemacht hat. Sie war die erste, die uns ein bisschen was über die Musikkultur der Länder erzählt hat, durch die wir gerade getourt waren. Die Goethe-Leute hatten ja selber keine Ahnung. Ihr Vater hat uns am nächsten Tag zu einem Ritual der Gnawa mitgenommen, so einer besonderen Volksgruppe im Süden. Richtige Trancemusik, die ganze Nacht durch. Jimi Hendrix soll mit den Gnawa gespielt haben, hat er uns erzählt. Schade, dass wir einen Tag später abreisen mussten. So was hatten wir alle noch nie erlebt.«

Irgendwann im Winter, erzählte Egon weiter, als sie wieder zuhause in Frankfurt war, hatte sich Sofie bei ihnen gemeldet und war kurz darauf nach Rommersheim gekommen. Mit einer Platte und einer Idee. Auf der Platte war traditionelle Musik aus dem Niger, und sie spielte ihnen zwei Stücke vor: ein männlicher Vorsänger im Wechsel mit einem Frauenchor, begleitet von Rasseln und Trommeln und einer virtuos gezupften Laute – »ganz ähnlicher perkussiver Stil wie Charlie Patton und andere Deltablues-leute«. Alle waren beeindruckt. Sofies Idee war, traditionelle Lieder dieser Art auf Rock umzuarrangieren. Fred griff sofort zur Gitarre und fing an, die Lautenbegleitung zu imitieren, und Sofie sang dazu Lautmalereien und versuchte ungefähr zu zeigen, wie sie sich das Stück im Duett vorstellte. Am Ende des Abends war sie die neue Sängerin der Shiva Shillum.

»Und an dem Punkt«, ein feines Lächeln spielte um Egons Lippen, »kommst du ins Spiel.« Oskar war skeptisch gewesen: Woher jemand nehmen und nicht stehlen, der so einen rauen Sprechgesang mit so schrägen Harmonien gut rüberbringen konnte? Fred und Egon hatten sich angeguckt und gleichzeitig genickt. Hinzu kam das Problem, war Oskar fortgefahren, dass man sich mit den Sachen auch textlich was einfallen lassen musste. Man konnte ja nicht bloß lalala singen. »Genau«, hatte Fred gesagt. »Ganz genau. Bo.«

Am Abend vor der Abfahrt verkündete Sofie, sie habe Lust, mit nach Berlin zu kommen, sehr zu Egons Erleichterung. Er hatte sich zwar gern bereit erklärt, im Dahlemer Phonogrammarchiv nach Feldaufnahmen aus West- und Nordafrika zu forschen und verwertbar Klingendes zu überspielen, aber da die Instruktionen, wonach er suchen sollte, von Sofie beziehungsweise ihrem Vater gekommen waren, habe er gar nichts dagegen, meinte er, im Gegenteil, wenn sie gemeinsam die Auswahl trafen – ganz zu schweigen von dem Vergnügen, sie als Beifahrerin zu haben. Sofie lachte und deutete mit einem imaginären Kleid einen Hofknicks an. Ihr Vater, bemerkte sie gähnend, bevor sie sich mit Fred bettwärts verzog, habe ihr noch von nubischen Gesängen berichtet, die auf einer neueren musikethnologischen Expedition im Nordsudan aufgenommen worden waren – die sollten sie sich unbedingt anhören.

Von diesem Vater war anderntags auf der Fahrt viel die Rede. Egon schien die Gelegenheit nutzen zu wollen, von Sofie mehr über afrikanische Musik zu erfahren: die paar LPs, die sie ihnen vorgespielt hatte, habe er richtig gut gefunden, ansonsten aber kenne er schwarze Musik praktisch nur aus Amerika, es sei eine Schande. Sofie buffte ihm mit gespielter Entrüstung in die Seite, dann zog sie eine bedauernde Grimasse und gestand, dass sie musiktheoretisch auch nicht viel Ahnung hatte. Westafrika und seine Kultur habe sie durch ihren »Baaba« ein bisschen kennen gelernt, zur Musik speziell jedoch könne sie nicht viel sagen, außer dass er ihr dafür Ohr und Herz geöffnet hatte. Ihn interessierten besonders die Jaliw, von den Franzosen Griots genannt, eine Kaste von Barden, die es bei verschiedenen Völkern Westafrikas gab: sie hielten die Überlieferungen ihrer Stämme lebendig, indem sie die alten Sagen immer neu erzählten, zu den traditionellen Tänzen musizierten, Zeremonien leiteten und das Lob der Herrschenden sangen, von denen sie materiell abhängig waren. Die Sänger waren meistens Frauen, die Instrumentalisten und Erzähler Männer.

»Wie ist denn dein Vater nach Afrika gekommen?«, wollte Egon wissen, und Sofie erzählte, dass er ein paar Jahre lang im Auftrag des Bundespresseamtes als eine Art Entwicklungshelfer beim staatlichen Rundfunk in Mali gearbeitet hatte, in der Hauptstadt Bamako, wo sie ihn mit der Mutter dreimal besuchte. Beim letzten Mal, 1969, war sie vierzehn gewesen und voll von wilden Phantasien, den Sohn eines Stammesfürsten zu heiraten – einen passenden Kandidaten hatte sie im Jahr davor schon ins Auge gefasst und zwischenzeitlich seine stolze Gestalt im prächtigen blauen Gewand in der Erinnerung zu immer stolzerer Pracht aufgebläht. Als weiße Prinzessin von Konsankuy hatte sie sich schon gesehen. Sie warf sich in die Brust, bewegte die Schultern, als stolzierte sie durch eine bewundernde Menge, und nickte huldvoll. Bo, der an der Beifahrertür saß, bekam auf sein Kichern hin einen kurzen lachenden Blick geschenkt, dann wandte sie sich wieder Egon zu. Bo betrachtete sie von der Seite. Klar war sie ein schönes Mädchen, aber was ihn vor allem bezauberte, war die Art, wie sie mit dem ganzen Körper redete und ihre Schilderungen mit lebhaftem Gesten- und Mienenspiel begleitete. Beim Singen neulich war sie so sehr nach innen gegangen, so gesammelt gewesen, und jetzt beim Erzählen ging sie genauso frei und selbstverständlich aus sich heraus. Schon die Tage davor hatte ihn die Lebendigkeit ihres klaren, offenen Gesichts fasziniert – wie ein See, auf dem Wind und Sonne spielen, hatte er gedacht.

Beim ersten Besuch hatte sie anfangs wie ihre Mutter reagiert, fuhr sie mit ihrer Geschichte fort. Alles war ihr viel zu laut, zu grell, zu heiß, zu bunt, zu unhygienisch gewesen. Aber je länger der Urlaub dauerte, umso mehr wuchsen ihr die Menschen ans Herz. Die hypnotische Musik. Die weite karge Landschaft. Die phantastischen Lehmbauten. Ihr Baaba liebte Afrika leidenschaftlich, hatte über zwanzig Länder auf dem Kontinent bereist, er war beinahe selber ein Afrikaner, halt nur mit weißer Haut. Nach Mali hatte es ihn verschlagen, weil die sozialistische Regierung, die damals an der Macht war, mit der massenhaften Verbreitung billiger Transistorradios den Rundfunk als Instrument zur »Erziehung der Massen« entdeckt hatte und »coopérants« suchte, die ihr dabei beratend zur Seite standen. Als Westdeutscher war man zu der Zeit dort unten die große Ausnahme, das Land wurde ja primär von der DDR und anderen sozialistischen Ländern unterstützt, aber antikolonialistischer als ihr Baaba konnte auch der strammste Kommunist nicht sein. Vom Rundfunk versprach sich die Staatsführung, dass sich mit ihm, nach der langen Zeit der französischen Herrschaft, ein nationales Selbstbewusstsein im Volk schaffen ließ, eine stammesübergreifende malische Identität. Anknüpfend an die Traditionen vor allem der südlichen Völker wollte das neue Regime so etwas wie eine authentische Nationalkultur mit einer großen heroischen Vergangenheit erfinden, wofür es auf die

Mithilfe der Jaliw angewiesen war. Wen die Jaliw lobten, dem folgte das Volk. Daher wurden sie von Staats wegen gefördert, bekamen neue Ensembles gegründet und traten in eigenen Kultursendungen im Radio auf, um gewissermaßen der politischen Führung die dringend benötigte Legitimation zu verschaffen.

»Und solche Sendungen hat dein Vater im Radio gemacht«, fragte Bo, »oder was genau war seine Aufgabe als ›Entwicklungshelfer‹?«

Sofie grinste. Eigentlich hätte er Malier als Rundfunkjournalisten und Moderatoren ausbilden sollen, aber davor hatte er sich nach Kräften gedrückt und lieber selbst Programm gemacht. Er hatte eine fünfstündige Sendung am Sonntag, in der er die ganze Palette von Politik, Kultur, Sport und so weiter abdecken musste, und um sich bei Laune zu halten, betätigte er sich zwischendurch als »Musikmissionar«, wie er sagte, und machte seine Hörer mit dem Jazz bekannt, als Gegengewicht zu den überall dudelnden französischen Schlagern, die ihn schrecklich nervten. Aber seine Lieblingssendung war »Les Artistes du Mali«. Dafür machte er sich den Spaß, einfache Leute von der Straße aufzunehmen, singende Marktfrauen und klampfende Jugendliche und wer ihm sonst über den Weg lief, mehr aber noch reizte es ihn, mit den aufstrebenden Sternen der neuen, städtischen Jali-Musik zusammenzuarbeiten oder die alten Jaliw aus den Dörfern vors Mikrofon zu holen. Die luden ihn ihrerseits zu sich ins Dorf ein, und da er in jungen Jahren als Schlagzeuger in einer Jazzband gespielt hatte, stürzte er sich, wohin er kam, begeistert auf die Trommeln, und einmal hatte sie sogar erlebt, dass er sich einen Trommelwettstreit mit den jungen Männern lieferte. Das ganze Dorf hatte Kopf gestanden. Ein Weißer, der trommeln konnte! Bei ihrem letzten Besuch war er mit ihr und der Mutter durch Mali, Obervolta und Niger gereist, immer auf der Suche nach musikalischen Ausdrucksformen, die er noch nicht kannte, vielleicht aber auch einfach nach Gelegenheiten, mit singenden und tanzenden Menschen zusammen zu lachen und zu feiern, vor allem jungen Frauen. Er war schon ein irrer Typ auf seine Art. Die schöne Hawa, die ihnen als seine Haushälterin vorgestellt worden war, hatte Sofie in Verdacht, seine Geliebte zu sein. Sie selbst war von der Grazie und Lebendigkeit dieser jungen Frauen ganz hingerissen, von der Spontanität und Unverkrampftheit, mit der sie aus sich herausgingen und die Männer im Tanz lockten und anstachelten und sich ihrerseits von ihnen anstacheln ließen. Als sie auf einer Dorfhochzeit zum ersten Mal einen Wechselgesang zwischen Männern und Frauen hörte, hatte sie das Gefühl, ihre Musik gefunden zu haben, und ihr Baaba spürte das sofort und animierte von da an die Leute, zu denen sie fuhren, zu solchen Gesängen.

Sofie ging so sehr in ihrer Erzählung auf, dass sie sich, als sie am Grenzübergang vorfuhren, auch durch die scharfen Blicke und barschen Fragen der Vopos nach »Waffen, Munition, Funkgeräten« in ihrem Redefluss kaum unterbrechen ließ, sehr zum Vergnügen ihrer männlichen Begleiter. Der kontrollierende Grenzer musste sie dreimal auffordern, das Ohr freizumachen, bevor sie überhaupt mitbekam, was er wollte, und als sie endlich mit der Linken die Haare zurückstrich, drehte sie sich dabei weiterplappernd Bo zu, der nach dem Verhältnis von Männern und Frauen im Alltag gefragt hatte, so dass der Mann nur ihren Hinterkopf zu sehen bekam. Egon zuckte entschuldigend mit den Schultern: Frauen. Selbst der knurrige Vopo musste sich das Grinsen verbeißen. Er schüttelte den Kopf und winkte sie weiter.

Genau, der Alltag, das war der Punkt. Sofie blickte bekümmert und ließ die unnötig hochgehaltenen Haare los. Das hatte sie unheimlich traurig gemacht, als sie entdeckte, dass dieser freie

Umgang sich auf das Singen und Tanzen und ein bestimmtes Lebensalter beschränkte und dass Männer und Frauen in diesen Ländern ansonsten ganz verschiedene Welten bewohnten. Die Fraglosigkeit, mit der die verheirateten Frauen von den so freundlich und entspannt daherkommenden Männern als Arbeitstiere gehalten wurden und ihrer Befehlsgewalt unterstanden, erschreckte sie und stieß sie ab, und die Erkenntnis, dass sie bei der gängigen Polygamie als Häuptlingsgattin nur eine von vielen gewesen wäre, trieb ihr die Prinzessinnenträume gründlich aus. Sogar ihr Baaba, der selber ein kleiner Pascha war, fand die Behandlung der Frauen als Menschen zweiter Klasse empörend. Bald danach ging seine Zeit in Mali ohnehin zu Ende, denn unter der nachkommenden Militärregierung nahm das Interesse an der »erzieherischen« Funktion des Rundfunks immer mehr ab.

Warum gerade im Singen und Tanzen? Die Frage zog Bo in einer Endlosschleife durch den Kopf, nachdem er hinter der Grenze das Steuer von Egon übernommen hatte und es im Wagen still geworden war, so still, wie es in einem alten Ford Transit werden konnte. Warum im Singen und Tanzen? Warum konnte da etwas passieren, was sonst anscheinend unmöglich war? Ein offenes Spiel. Kaum eröffnet, schon wieder vorbei. Schon wieder aufgerissen, die Kluft. Nicht nur in Afrika. Auch ohne Paschas und Polygamie. Selbst in einem Idealfall wie seinem, wo einer genau die Frau bekommen hatte, die er immer haben wollte. Und was hatte er, was hatten sie beide daraus gemacht?

Bei dem Gedanken an Petra krampfte sich ihm das Herz zusammen. Wie lange ging das schon so, dass sie ihm nicht mehr richtig antwortete, wenn er mal mit ihr reden wollte? Wirklich reden. Dass sie blockte, wenn es etwas intensiver zu werden drohte? Selbst bei ganz harmlosen Sachen. Ihr zu erzählen, was er las und warum, was ihn bewegte, hatte er eh aufgegeben. Aber so was wie »Am Tag, als Conny Kramer starb« – okay, er fand das Lied nicht berauschend, aber warum Petra es mochte, sich sogar die Platte gekauft hatte, hätte er letztens tatsächlich gern erfahren. Was da dran sein sollte. Nein, darüber will sie nicht reden. Mit ihm gewiss nicht. Und ihre Frauenthemen wollte sie natürlich erst recht nicht mit ihm teilen – er könne sich gar keinen Begriff davon machen, wie frei von Druck und Bevormundung die Gespräche in einem reinen Frauenzusammenhang seien, wie sehr sie da aufatme und die anderen Frauen genauso. Als er neulich interessiert nach dem Buch gegriffen hatte, in dem sie seit kurzem ständig las, *Sexual Dialectics* oder so ähnlich, hatte sie es ihm sofort aus der Hand genommen, weil sie keine Lust habe, sich das von ihm »zerpflücken« zu lassen. Im Streit hatte sie sich dann dazu verstiegen, ihm »verbale Vergewaltigung« vorzuwerfen, und ziemlich sauer reagiert, als er bemerkte, sonst habe sie, wenn er verbal mit ihr wurde, eher vergewohltätigt getan – mehr als einmal hatte sie Sachen, die er zu ihr gesagt hatte, peinlicherweise vor anderen fast wortwörtlich wiederholt. Aber dass er in letzter Zeit schweigsamer geworden war, passte ihr auch nicht. Er seufzte vernehmlich und winkte verlegen ab, als Sofie ihn fragend ansah. »Ach, ich hab nur gerade an was denken müssen. Nicht so wichtig. He!« Er deutete auf das vorbeiziehende Straßenschild. »Magdeburger Börde. Ich fahr da mal raus, okay?«

Es war gar nicht so, dass er vom Thema ablenken wollte. Es war nur so ... heikel. Als sie in dem unbeschreiblich realsozialistisch riechenden Speisesaal des Transitrasthofs an dem ihnen zugewiesenen Tisch saßen und nach kurzem Warten von einem zackigen Kellner ein sagenhaft preiswertes gutproletarisches Ostessen vorgesetzt bekamen, nahm er den Gesprächsfaden wieder auf. Was Sofie über die Freiheit im Singen und Tanzen dort in

Westafrika gesagt hatte, wie da die Fremdheit zwischen den Männern und den Frauen auf einmal weg gewesen sei, das habe ihn irgendwie – auch wenn das natürlich gar nicht zu vergleichen war – an ihr gemeinsames Singen neulich abend erinnert. Diese plötzliche Intensität und, na ja, Wahrhaftigkeit. Wenn sie das, hatte er sich später gedacht, gewissermaßen in gesellschaftliche Verhältnisse übertragen könnten, dann wäre die Revolution da.

Mehr bräuchte es nicht.

Ja, sagte Sofie und strahlte, ihr habe das auch sehr gut gefallen – wobei sie vorher schon ein bisschen skeptisch gewesen war. Sie hatte ihn ja nicht gekannt und nicht gewusst, was er für einer war. Fred hatte ihr nicht viel über ihn erzählt: Du wirst schon sehen, hatte er bloß gesagt. Hätte ja sein können, dass er sich total bestimmerisch und arrogant aufführte, und für einen Typ mit Starallüren ein bisschen Tralala zu machen und mit dem Hintern zu wackeln, dazu hätte sie keine Lust gehabt. Joe Cocker zum Beispiel, so gut manche Sachen von ihm waren, wenn sie dem seinen Miezenchor hörte, bekam sie zu viel. Die Art – sie rührte in ihrer Soljanka, sah hin, wie Bo ein Stück von seinem Jägerschnitzel absäbelte, innehielt, ihren Blick erwiderte – die Art, wie er abgewartet hatte und auf sie eingegangen war, hatte ihr, tja, wie gesagt, sehr gut gefallen. Sie fand es schön, dass er beschlossen hatte, wieder mitzumachen.

Bo nickte. Er schob sich das Stück Fleisch in den Mund, kaute, schluckte. Blue flame, dachte er. Sie schwiegen eine Weile, aßen auf. Warum im Singen, fragte er schließlich, warum da? Gut, es war ihm sowieso schleierhaft, was man als Mann daran finden konnte, die Frauen »under my thumb« zu halten. Was hatte er davon, wenn er eine Frau zum Objekt machte? Ein Objekt! Und mit dem dann das Leben teilen, einem Gebrauchsgegenstand quasi ... schauderhafter Gedanke. Aber wie schaffte man das, dass man im Leben umsetzte, was man im Singen vielleicht geahnt hatte? Die Entfremdung von Männern und Frauen war ja kein männlicher Willkürakt, oder nicht nur, das war eine gesellschaftliche Unterdrückungsstruktur, der die Männer genauso unterworfen waren wie die Frauen, an der sie letztlich genauso litten. Sofern sie sich das bewusst machten. Was er sich wünschte, seit er zurückdenken konnte, war ein wirklicher Austausch mit der »anderen Seite«, aber offenbar war das furchtbar kompliziert. Meistens redete man aneinander vorbei. Oder die Frauen redeten gar nicht und machten zu dem, was man sagte, bloß große Augen, wenn sie sich nicht überfahren fühlten und einem deswegen eine irrationale Szene hinlegten. Dabei lag ihm überhaupt nichts daran, jemanden zu überfahren, was er im Gespräch suchte, war eine echte Auseinandersetzung, eine offene Begegnung, und da war es ihm doch völlig egal, ob eine nun große Theorien im Kopf hatte oder nicht, ob sie dies gelesen hatte oder das. Er war ja kein Schulungsleiter im Kapitalkurs, der abfragte, ob sie auch brav die ursprüngliche Akkumulation gelernt hatten. Gerade diese Bravheit bei vielen Frauen ging ihm manchmal echt auf den Sack. Er wollte halt darüber reden können, was ihn innerlich umtrieb – und sich das umgekehrt auch gern von den Frauen erzählen lassen. Wenn er beim Reden, genau wie beim Singen, eine bestimmte Intensität brauchte, eine bestimmte Betriebstemperatur, dann weil ihm die Sachen, die ihn beschäftigten, wichtig waren, weil er tiefer in sie, und letztlich in sich selbst, hineingehen wollte, besser verstehen, *was* ihn da umtrieb, und nicht sein Gegenüber an die Wand reden oder so. Ein echtes Gegenüber, das war es, was er sich wünschte. Denn wie sollte man jemand als vollwertiges Gegenüber behandeln, der jede Auseinandersetzung immer nur als Streit verstand, als Bedrohung, und davor den Schwanz einzog und den man dadurch eben nie, na ja, am Schwanz packen konnte?

Das Bedürfnis, jemand am Schwanz zu packen, könne bei Frauen ins Leere laufen, räumte Sofie ein. Egon grinste.

Bo merkte, dass er in Fahrt geraten war. Ihr ironischer Ton kränkte ihn ein wenig. Ach, sagte er, da gab es andere Stellen, wo sie ganz gut zu packen waren. Und das war dann fast das Schlimmste: wenn sich die Frauen zwar für die Sachen, über die man gern reden wollte, nicht interessierten, aber auf einen scharf waren und und deshalb hin und wieder oh und ah machten, so dass man dachte, sie interessieren sich doch, und redete, obwohl gar kein richtiger Draht da war, jedenfalls kein intellektueller, und das, was man sagte, wurde immer hohler und bodenloser. Die paarmal, wo ihm das passiert war, hätte er sich in den Arsch treten können, so widerlich sei er sich selbst hinterher gewesen, aber genauso widerlich hatte er die Frauen gefunden, die ihn angehimmelt hatten, während er sich produziert und Phrasen gedroschen hatte. Zum Kotzen. Letztlich lief es dann im Bett genauso aneinander vorbei. Warum, und da wäre er wieder am Anfang, war das mit der Begegnung so schwer?

»Auch dieses Welträtsel werden wir heute nicht mehr gelöst kriegen«, sagte Egon, bevor Sofie, deren Gesicht ernst geworden war, zur Antwort ansetzen konnte. »Vorn am Eingang stehen die Leute Schlange. Geh mer.«

Petra war auf Sofies Kommen nicht vorbereitet. Es gelang ihr, einigermaßen die Fassade zu wahren, bis Egon nach einer Weile Sofie einhakte und verkündete, so, jetzt werde er ihr gleich mal eine Kneipenführung verpassen, damit sie einen ersten Eindruck bekam, auf welchem Planeten sie hier gelandet war, und »unsere beiden Turteltäubchen« ungestört Wiedersehen feiern konnten.

Die Tür fiel hinter den beiden ins Schloss, und die Turteltäubchen starrten sich an. »Rühr mich nicht an!«, zischte Petra, als

Bo sie freundlich in den Arm nehmen wollte. Er nahm sich fest vor, ruhig und friedlich zu bleiben und sich nicht provozieren zu lassen, doch nachdem er vor ihrer zugeknallten Zimmertür tief Luft geholt hatte und eingetreten war, dauerte es keine drei Minuten, bis sie sich lautstark angifteten.

»Wenn du nur für alles einen Namen hast, eine Rechtfertigung. Ein Etikett, mit dem du andere abstempeln kannst. Besitzwahn, wenn du klauen willst, Ehrlichkeitswahn, wenn du lügen willst, Eifersuchtswahn, wenn du vögeln willst.«

»Vögeln? Ich hör wohl nicht richtig? Wer vögelt denn hier mit Hinz und Kunz? Ich doch nicht. Wenn einer Grund hätte, eifersüchtig zu sein, dann ich.«

»Das hat mit Eifersucht gar nichts zu tun. Außerdem weißt du genau, dass die andern Typen mir nichts bedeuten.«

»Weiß ich nicht.«

»Weißt du doch.«

»Und warum vögelst du dann mit ihnen, wenn sie dir nichts bedeuten.«

»Das weißt du ganz genau.«

»Herrje, könntest du mal mit mir reden? Ich – weiß – es – nicht!«

»Selber schuld, wenn du die Augen verschließt. Das hat vielleicht mehr mit dir zu tun, als du wahrhaben willst.«

»Spinnst du oder was? Was hab ich denn davon, dass du mit denen rumziehst? Die sind mir doch völlig schnuppe.«

»Siehst du, da haben wir's.«

»Was haben wir? Willst du mir erzählen, dass du das machst, um meine Aufmerksamkeit zu kriegen? Das wäre nicht nötig. Die kannst du auch so haben.«

»Ach ja? Na, im Augenblick hat jedenfalls jemand anders deine Aufmerksamkeit.«

»Es ist nichts mit Sofie, wie oft soll ich dir das noch sagen!«

»Ich fühle genau, dass da was ist, ob du sie jetzt vögelst oder nicht.«

»Ach, du weißt also besser über meine Gefühle Bescheid als ich!«

»Das ist keine Kunst. Du solltest dich mal sehen, wie du um sie herumscharwenzelst. ›Ich hoffe, die Matratze ist weich genug, Sofie.‹ ›Brauchst du sonst noch was, Sofie?‹ Du wüsstest in dem Moment nicht mal deine Adresse, wenn man dich fragen würde. Na, egal, die hast du eh nicht mehr lange.«

Stunden später gingen sie völlig zerschlagen zu Bett, nachdem sie das volle Programm abgearbeitet hatten: wütendes Schreien, verzweifeltes Begreiflichmachenwollen, Würgen, Weinen, todtrauriges Schweigen. Irgendwann ließ Petra sich doch in den Arm nehmen; sie weinte wieder. Sie hörten Egon und Sofie nach Hause kommen und im Bad murmeln, kichern, plätschern, spülen. Petras Starre begann zu bröckeln. Es war ein langer Weg, den seine Hände zurücklegen mussten, um sie zu erreichen. Ganz erreichten sie sie nicht. Erreichte man sich je? Doch so heikel es war, so übermüdet sie beide, er wollte sie wirklich. Das Zusammenfinden der Körper im Dunkeln, das lange heftige Nachkrampfen und schließliche Lösen der Glieder, wenn es auch den Riss zwischen ihnen nicht heilte, linderte es doch den Schmerz.

Am Freitagabend war gemeinsames Abendessen in der WG angesagt. Petra hatte ihren berühmten Lauchauflauf mit Banane und Liebstöckel gemacht. Sofie und Egon berichteten euphorisch von ihren Funden im Phonogrammarchiv, und Petra taute ein wenig auf, so als könnte sie es erst jetzt richtig glauben, dass Sofie nur wegen dieser Tonbandaufnahmen nach Berlin gekommen war. Nach dem Essen verschwanden Lilli und Wolf, die Mitbewohner, ins Kino, und Bo entkorkte die nächste Flasche Pfälzer Wein, einen Kerner zur Abwechslung, mit dem Wolf in Wohngemeinschaften und linken Kneipen einen gut gehenden Handel betrieb. Sie habe, sagte Sofie, an einer Hauswand ein Plakat für eine »Rockfete im Rock« morgen abend hängen sehen, organisiert vom Frauenzentrum. Stimmte es, dass Petra da mitarbeitete? Sollte das echt eine reine Frauenfete werden?

Es brauchte einen gewissen Anlauf, doch dann entspann sich zwischen den beiden Frauen ein Gespräch, das Bo erstaunte: zum einen natürlich, weil Sofie mit echter? gespielter? Unbefangenheit Petras anfängliche Frostigkeit gar nicht wahrzunehmen schien, aber auch deswegen, weil Petra die Veranstaltung auf einmal als ihre Sache darstellte, obwohl er genau wusste, dass sie von einer radikalfeministischen Gruppe gegen die Mehrheit des Frauenzentrums durchgesetzt worden war, nach deren ursprünglicher (und von Petra geteilter) Auffassung die »Frauen an der Basis« für eine solche unpolitische und spalterische Aktion kein Verständnis hätten. Und nachdem der Beschluss dafür einmal gefallen war, hatte sie größten Wert darauf gelegt, dass das Frauenzeichen auf dem Ankündigungsplakat von einer Faust gesprengt wurde, Ausdruck dafür, dass mit dem Venusspiegel auch jedes biologistische Verständnis von Weiblichkeit und Mütterlichkeit, und was da sonst an alten Rollenklischees auf einmal unkritisch wieder aufgewärmt wurde, zerschlagen werden musste.

Sofie war von der Idee eines Frauenfestes begeistert. Vor Jahren, erinnerte sie sich, hatte sie in Obervolta einmal einen unheimlich tollen Frauentanz gesehen, genauer gesagt, den Tanz der Mädchen, die sich nach den Prüfungen der Initiationszeit nun der Gemeinschaft mit neuen Kleidern und neuem Schmuck als geschlechtsreife Frauen präsentierten. Alle hatten in einer Reihe getanzt, ungefähr so – sie sprang auf, stellte den Hintern aus und machte mit wellenartigen Bewegungen des Oberkörpers ein paar Seitschritte – und dazu hatten die Trommeln gedröhnt. Natürlich, sie grinste in die Runde und setzte sich wieder, hatten ringsherum auch die potentiellen Freier gestanden und insgeheim ihre Wahl getroffen, geschaut, welche am schönsten und ausdrucksvollsten tanzte. Die würden morgen abend wahrscheinlich fehlen, was?

»Das möchte ich hoffen«, sagte Petra und stärkte sich mit einem Schluck Wein. Natürlich hatten sie nicht die Absicht, jedenfalls die meisten, die Männer grundsätzlich und für alle Zeiten auszuschließen, aber im Zentrum hatten sie die Erfahrung gemacht, dass die Frauen überhaupt erst einmal lernen mussten, sich ohne Angst vor Verletzung und männlicher Beurteilung zu öffnen und einfach nur sie selbst zu sein. Als Frau in dieser Gesellschaft war man ja in allem, was man machte – was *frau* machte – auf den Mann bezogen und konnte sich selbst nur akzeptieren, wenn man *seine* Anerkennung, *seine* Bestätigung bekam. Wofür man ... frau die bekam oder nicht, war natürlich bei den linken Typen von heute anders als bei ihren Vätern: für das Nachbeten der richtigen politischen oder philosophischen Linie oder für sexuell »befreites« Verhalten; aber der Mechanismus funktionierte ganz genauso, und theoretisch immer bestens begründet. Selbst wenn die Typen im Prinzip zustimmten, dass das Private politisch war und dass es zum Umsturz der gesellschaftlichen Verhältnisse auch einer revolutionären Veränderung des Privatlebens und der eigenen Verhaltensweisen bedurfte, hieß dass für sie in der Praxis nichts anderes, als dass das Private der Politik vollkommen unterzuordnen war und jede persönliche Regung an fixen politischen Normen gemessen und abgeurteilt wurde ... oder was sie sich sonst für phallische Maßstäbe und Messlatten einfallen ließen. Jede Begründung war recht, wenn sie sich nur im Alltag nicht verändern mussten und fraglos ihren Wichtigkeiten leben konnten, denen die Frauen natürlich zuzudienen hatten, und im Zweifelsfall musste man sich anhören, dass die Männer in diesem System genauso unterdrückt waren, genauso kaputt und verkrüppelt, und erst mal dringend weibliche Solidarität und Liebe brauchten, bevor an die Bedürfnisse der Frauen überhaupt zu denken war.

Bo lehnte sich zurück. Er hatte sehr den Eindruck, dass man den Vorwurf der Aburteilung nach politischen Normen viel mehr ihr machen konnte als ihm, aber er wollte jetzt lieber den Mund halten. Egon, der sich in der Küche einen Tee gekocht hatte, warf ihm im Vorbeigehen einen milden Blick zu und hob leicht die Kanne. »Liberdee, Egalidee, Pefferminzdee!«, sagte er und ließ sich in einem der etwas zurückgesetzt stehenden großen Ledersessel nieder.

Die Typen konnten sie natürlich nicht ändern, fuhr Petra fort, das mussten die schon selber machen, aber was sie als Zentrumsfrauen sich von dieser Fete erhofften, war, dass sich die Frauen einmal ohne den kontrollierenden Männerblick frei unter ihresgleichen bewegen und ein eigenes Selbstgefühl entwickeln konnten. Von daher war das Feiern und Tanzen, darüber hatten sie viel diskutiert, durchaus als politischer Emanzipationsakt zu begreifen. Denn diesen Männerblick, den hatte man ja als Frau in dieser Gesellschaft vollkommen verinnerlicht, der wurde einem tagtäglich neu eingebrannt, ob man nun innerlich kochend an pfeifenden Bauarbeitern vorbeiging oder mit klopfendem Herzen eine linke Kneipe betrat, überall wurde man sofort als Sexualobjekt taxiert und war zahllosen, den Männern ganz selbstverständlichen Übergriffen und Gewaltakten ausgesetzt. Erst seit sie in ihrer Selbsterfahrungsgruppe mitmachte, war ihr aufgegangen, wie allgemein die Angst und die unterschwellige Aggression bei den Frauen war, wie tiefverwurzelt die Opferrolle, die Demutshaltung und das Minderwertigkeitsgefühl, die perverse Erwartung, von der Männergesellschaft und von jedem einzelnen Mann vergewaltigt zu werden, sei es verbal.

Hm, meinte Sofie, aber gehörte irgendeine Art von Männerblick nicht dazu, Blick und Gegenblick, wenn man als Frau zu einem Selbstgefühl kommen wollte? Sie war sich da nicht so sicher. Was war das für ein Selbst, das man fühlte, wenn man darauf ganz verzichten wollte? War das Weiblichkeit pur? Oder war das jenseits des Geschlechts, einfach ... menschlich?

»Das ist nach der heute geltenden Geschlechtermythologie das selbe«, mischte Bo sich nun doch ein. Er zuckte die Achseln. Wenn früher der Mann *der Mensch* gewesen war und die Frau gewissermaßen die Abweichung, das sekundäre Rippchen, dann war das heute tendenziell umgekehrt: die Frau repräsentierte alles, was menschlich war, Frieden und Urkommunismus, Freiheit, Gleichheit, Schwesterlichkeit, wahrscheinlich auch Pfefferminztee, während »Mann« das Synonym war für alles Schlechte auf dem Planeten: Krieg, Gewalt, Ausbeutung, Unterdrückung, Zerstörung und so weiter. Unmenschlichkeit. Schwanzfick. Der Feminismus hatte einfach die Vorzeichen vertauscht. Eine Umwertung aller Werte der schlichteren Art, aber mit Zukunftspotential, wie man heute sagte. »Mann« war ein Unwort geworden, ein Schimpfwort ... wie »deutsch«. Für einen realen Mann, einen Freund oder so, wurde es gar nicht mehr gebraucht, der war jetzt ein »Typ«. Rollenmodell: kastrierter Kater. Besten Dank. Ein »Typ« war so ziemlich das Letzte, was er sein wollte. Vor die Wahl gestellt zog er es vor, ein Mann zu sein und auch so zu heißen. Ein schwanzfickender Verbalvergewaltiger.

Während er aufstand, um den Damen und sich die Gläser nachzufüllen, verdrehte Petra die Augen und sah Sofie an, als wollte sie sagen: Siehst du! Diese grinste sie an, bis auch bei Petra die Mundwinkel leicht nach oben gingen und beide auf Bos prostende Verbeugung hin ihrerseits das Glas hoben. Sie tranken. Undefinierbare Blicke wurden gewechselt. Ach ja, meldete sich Sofie, sie wollte noch etwas anderes sagen: das mit der Opferrolle, das hörte sie immer wieder, das fand sie irgendwie komisch. Sie hatte eine Freundin, Luzie, die beim Frankfurter Frauenzentrum mitmachte, und bei der hatte sie manchmal den Eindruck, dass dieses Beschwören der eigenen Ohnmacht fast schon etwas Lustvolles hatte. Etwas Masochistisches. Als ob die intensivste Selbsterfahrung nur als Objekt möglich wäre und Luzie lieber total gegen das Patriarchat Front machte, als sich ihre eigene Bitterkeit, ihre bittere ... Lust fast schon, Lust am Objektsein, genauer anzuschauen. Aber war das wirklich ein reines Frauenproblem? Sie fand, dass es bei den Linken generell so was wie einen Kult der Krankheit gab, geradezu eine Konkurrenz darum, wer am meisten vom System beschädigt, am kaputtesten, am verkrüppeltsten war. Wir identifizierten uns gern mit den Unterdrückten in der Dritten Welt, den Schwarzen, Vietnamesen und Indianern, obwohl wir in Wirklichkeit unendlich viel privilegierter waren, und leiteten daraus das Recht ab, wie kleine Kinder wild um uns zu schlagen gegen alles, was uns nicht passte. Wenn eine zu fröhlich war im Alltag, wenn sie nicht laut genug oder vielleicht gar nicht klagte und sich einigermaßen unbeschädigt fühlte, dann machte sie sich verdächtig, nicht links oder nicht feministisch genug zu sein oder sonst was. Leiden als Legitimation. Von daher fand sie die Idee mit dem Frauenfest wirklich klasse, und auf ihre Art auch politisch: dass man mal rauskam aus dem verhärteten Kopf und jenseits aller Richtungsstreitigkeiten miteinander feierte: sich selbst, das Leben, die Liebe, was auch immer.

Er weiß nicht, wie ihm geschieht. Im Nu wirft es Bo in die Kindheit zurück. Ins Herz der Kindheit. Ins Herz. Er sitzt da wie vom

Donner gerührt. Nicht nur du, Blue, hast einen geheimen Namen, ich auch. Ich auch. Ich heiße ... lach nicht ... Wunde Muschel. Alles stimmt, was du sagst; und es stimmt nicht. Ja, die Kaputtheit, die Verletztheit ist selbst der Panzer, die Ritterrüstung, die ich anlege, um der Welt die Stirn zu bieten. »Trotz dem alten Drachen, Trotz dem Todesrachen, Trotz der Furcht dazu!« Die Wunde *ist* die Muschel. Aber du ahnst nichts von der Perle, Blue, du ahnst nicht, was in der Tiefe wächst. Ja, krank bin ich und lebensuntüchtig, untüchtig zu *diesem* Leben, das alle als Normalität und Gesundheit verkaufen wollen und das doch die Krankheit und der Irrsinn selbst ist; aber tüchtig zu einem anderen, einem freien Leben, das wir heute kaum ahnen, aber das kommen wird. Wir werden es gründen, mit dem Willen zu einer *andern* Gesundheit. Die Schwäche ist die Stärke, Blue, die Galle ist der Honig. Sie wird nicht durch eine künstliche Fröhlichkeit nachträglich versüßt. Wir sind untauglich, allesamt, und ich, ich bin der Untauglichste von allen, der Abweichendste. Ich bin dieser Gesellschaft zu nichts nutz, zu gar nichts, ich bin das letzte Stück Dreck, vollkommen verworfen. Aber der Stein, den die Bauleute verworfen haben, wird zum Eckstein werden. Er liegt in der dürrsten und fernsten Wüste, doch nur aus dieser Ferne kommt die Kraft der Verwandlung. Dort siehst du die Welt wie von einem andern Planeten aus, mit unglaublicher Schärfe und Klarheit. Ich bin die Perle im Schlamm. Blue flame, leuchte du mir durch die Nacht, damit ich den Weg der Verwandlung gehen kann. Glaube an mich, auch wenn du nichts siehst als äußerste Schwäche und Nichtigkeit. Bring die Perle zum Leuchten, Blue. Blue flame, blue flame.

Petra war inzwischen auf das Selbstgefühl der Frauen zurückgekommen. Ihrer Ansicht nach war es müßig, darüber zu spekulieren, worin das bestehen konnte, solange die Frauen nicht endlich anfingen, sich in der Praxis selbst zu fühlen, unabhängig von den Männern. Seit Jahrhunderten definierten sich die Frauen nur über die Männer. Sie hatten keine eigenen Ziele im Leben, der Sinn ihres Daseins erschöpfte sich darin, dem Mann Kinder zu gebären und ihm die häusliche Wärme, die Liebesenergie, die emotionale Basis zu liefern, die er brauchte, um seine großen Werke und Taten zu verrichten, seine Kulturwelt zu bauen, egal ob reaktionär oder revolutionär, zu der sie nur ein Anhängsel waren, ein hübscher Zierat, und Zutritt höchstens über ihn hatten, wenn überhaupt. Diese Energie mussten die Frauen erst einmal abziehen und sich selbst zuführen – und wenn ihnen das noch so viele Schuldgefühle machte – um sich selbst zu entdecken und eines Tages sagen zu können, was sie mit den Männern zu tun haben wollten und was nicht. De facto waren die Frauen als Ausgebeutete und von der Kultur Ausgeschlossene niedere, nicht für voll zu nehmende Wesen, die sich in ihrer Unselbständigkeit und Liebesbedürftigkeit an die Männer hängten und diese aus den Höhen des Geistes oder der Politik oder der sonst wie definierten Wichtigkeiten in die Niederungen des Alltags hinabzogen. Um überhaupt eine Frau lieben zu können, setzte sie mit einem Seitenblick auf Bo hinzu, musste ein Mann diese Eine in seiner Phantasie idealisieren und über alle anderen hinausheben, zu etwas ganz Besonderem und Einzigartigem machen – aber wenn die Eroberung dann gelungen war und nach einer Weile der Alltag einsetzte, musste er einsehen, dass auch die *eine* Frau bloß eine *Frau* war, und entweder er ging wieder seinen Wichtigkeiten unter Männern nach oder er suchte sich die nächste Eine, Wahre – am besten beides auf einmal.

Das saß. Während Sofie, apropos Eigenenergie der Frauen, das Beispiel von Merry Clayton anführte – »nie gehört, was?« – die

»Gimme Shelter« im Duett mit Mick Jagger sang und ihn mit ihrer Power aufpumpte, obwohl sie ihn ohne weiteres hätte wegpusten können, so viel stärker, wie ihre Stimme war, starrte Bo Petra verwirrt an. Er setzte an, etwas zu sagen, doch er wusste nicht was. Sein Kopf war leer. Wie eine Welle schwappte die Müdigkeit über ihn hinweg. Kein Wunder eigentlich: er hatte in der ohnehin kurzen Nacht ewig lange grübelnd wachgelegen, und der Wein tat ein übriges. Offensichtlich hatte Petra in jüngster Zeit theoretisch ordentlich aufgerüstet. Er betrachtete sie, im engagierten Gespräch mit Sofie, und fand sie auf einmal überraschend süß, viel lebendiger als seit langem. Mit dem Wein kam sogar die Klangfarbe des Mainzer Dialekts wieder ein bisschen durch, der ansonsten bei ihr in Berlin fast ganz verkümmert war; verkrüppelt nachgerade. Idealisieren ... hm, als Frau konnte man das vielleicht so sehen. Aber war es andererseits nicht ganz natürlich, dass man nicht irgendeine haben wollte, ein beliebiges Huhn von der Stange, sondern eben eine, die etwas Besonderes war, wenigstens für einen selbst? Hatte sie ihn wegen seiner Gedichte und Lieder nicht auch »idealisiert«? Oder Fred wegen seiner Musik? Na, wie auch immer, dieses Welträtsel würde er heute abend nicht mehr lösen, wie Egon zu sagen pflegte, dessen Augen allerdings im Gegensatz zu seinen trotz der späten Stunde immer noch hellwach blickten.

Bo nahm sein Weinglas und setzte sich in den Sessel neben ihn. Zurückgelehnt hörte er zu, wie Petra von einem Buch erzählte, wo sie in vielen Punkten nicht sicher war, was sie davon halten sollte, aber das sie irgendwie faszinierte. Entworfen wurde darin die Vision einer zukünftigen androgynen Kultur, in der genitale Unterschiede keine gesellschaftliche Bedeutung mehr hatten und die volle Gleichheit der Geschlechter die freie Entfaltung des Individuums in seiner persönlichen Eigenart jenseits der Geschlechtsstereotypen möglich machte. Dabei ging die Autorin so weit, als Voraussetzung dafür die Befreiung der Frau nicht nur von den traditionellen Rollenzuschreibungen, sondern von ihrer materiellen Grundlage in Mutterschaft und Schwangerschaft zu fordern. Die künstliche Fortpflanzung sei ihrer Meinung nach in absehbarer Zeit technisch machbar, und erst mit der Emanzipation vom biologischen Imperativ und der Tyrannei der Reproduktion könne die Abschaffung der Familie und der Aufbau einer gerechten Gesellschaft ernsthaft in Angriff genommen werden. Allein die Bevölkerungsexplosion zwinge schon dazu, sich Alternativen zum unkontrollierten herkömmlichen Kinderkriegen zu überlegen.

Bo seufzte und schloss die Augen. War das jetzt reaktionär, dass sich ihm bei solchen Tönen die Nackenhaare sträubten? Petras Entschlossenheit, keine Kinder zu kriegen, hatte er nie so richtig verstanden. Mehr als einmal hatte sie behauptet, sie wäre bestimmt eine schlechte Mutter, wo sie schon den Gedanken an Kinder als Belastung empfand, und er hatte ihr nie etwas antworten können – was sie auch nicht erwartete. Am nächsten dran war er damals auf ihrer Türkeireise gewesen, als er zum ersten Mal eigene Gefühle dazu entdeckt hatte; dann aber auch bald wieder vergessen. Mit am meisten hatte Petra auf der Fahrt über die türkischen Frauen geschimpft: heiraten, Kinder kriegen, und nach ein paar Jahren sahen sie alle gleich aus mit ihren Pfannkuchengesichtern und ihren kastenförmigen Körpern in diesen hässlichen Einheitsmänteln. Er rutschte ein wenig tiefer im Sessel. »Das wird auch mit meiner Mutter zusammenhängen, dass ich immer, seit ich zurückdenken kann, Kinder haben wollte«, hörte er Sofie sagen. Klingt so, als ob die beiden Frauen richtig miteinander reden würden; hätte ich nie für möglich gehalten. Das Gefühl damals ... wo war das? ... ein paarmal waren wir bei so ganz jungen Familien zu Gast, kaum älter als wir ... wunderschön das Dorf in den

Bergen, kurz hinter der Küste ... Gükükü oder so ähnlich ... die haben uns alles aufgetischt, was sie hatten ... anderthalb war der kleine Sohn, irgendwas mit Ba..., Baha... oder so ... ob wir wirklich keine Kinder haben ... hat er gar nicht fassen können ... später vielleicht ... ja, später, das hat ihn beruhigt ... der ist fast geplatzt vor Stolz auf seinen Sohn, und sie auch ... Gürkan hieß sie, komischer Name, Gürkan ... und dann hat er ihn Petra auf den Schoß gesetzt ... wenn wir so einen Sohn hätten ... ganz mies hab ich mich gefühlt ... als ob ich kein richtiger Mann wäre ... keine Ahnung, was sie sich gedacht haben ... ob Petra unfruchtbar ist oder ich impotent oder was ... aber mit Petra zusammen werde ich nie Kinder haben ... nie ... dabei war sie so fröhlich ... so natürlich mit dem Kleinen auf dem Arm ... wie sie mit ihm geschäkert hat ... das war fast der schönste Moment auf der ganzen Reise ... geschrieben haben wir den beiden auch nicht ... und wie kommt sie auf den Gedanken, dass sie eine schlechte Mutter wäre ...?

»Tjaja, das wahre Selbst«, tönte es plötzlich so dicht neben ihm, dass er erschrak. Tief aufschnaufend schlug Bo die Augen auf. »Und wenn jetzt Individualität und Persönlichkeit auch nur Zuschreibungen sind?«, fuhr Egon fort. »Nicht nur das Geschlecht und die Rollen. Das ganze Ich-Gefühl. Wenn es gar kein wahres Selbst gibt, kein wahres Wesen? Wenn hinter der einen Zuschreibung nur die nächste Zuschreibung kommt und hinter allen Zuschreibungen – nichts?«

Es war schon später Nachmittag, als sie am Sonntag endlich loskamen, nachdem Bos spärliche Habseligkeiten verladen waren. Plötzlich war es so weit, von Petra Abschied zu nehmen. Er umarmte sie zärtlich, traurig, und sie ließ es zu. Nichts war entschieden worden. Sie und Sofie waren erst gegen halb fünf Uhr morgens vom Frauenfest in der TU-Mensa zurückgekommen, dem

Gekicher und Gesinge nach ganz schön angeheitert. Bo, aus flachem Schlaf geweckt, hatte sich auf den Rücken gelegt, um sie mit beiden Ohren im Bad zu belauschen. Ein Lied hatten sie mehrfach wiederholt, getragene Melodie, fast schon pathetisch, irgendwas mit »Million Jahre« und »Frauen zusammen« und dem abschließenden Vers (lachend und mit besonderer Inbrunst gesungen): »Denn außer Männern haben wir nichts zu verlieren!«

Hinter dem Übergang Drewitz schaltete Sofie das Tonband mit den Aufnahmen an, die Egon und sie überspielt hatten. Rasch hatte Bo sich eingehört. Die Lieder klangen zum Teil beinahe rockig, und die Melodien waren ausgesprochen eingängig und durch kleine Veränderungen mit Sicherheit noch eingängiger zu machen. Zu einem Lied – nubisch, erklärte Egon – fing Sofie an, leise mitzusummen, zu lallen, dann spulte sie es zurück, summte und lallte lauter. Bo fiel brummend ein. Das Lied war ein echter Ohrwurm, ein männlicher Vorsänger im Wechsel mit einem Männerchor, begleitet von Trommeln und einem undefinierbaren Zupfinstrument. Zum Refrain des Chors sang Sofie die Lautfolgen, die sie darin hörte. Es klang wie »Hakani tino, hakani uro«. Noch einmal spulte sie zurück. »Lalaan, lalaan, hakani tino, hakani uro«, sang sie. »How can I reach you, how can I touch you?«, antwortete Bo beim nächsten Mal, dann wiederholten sie es gemeinsam. Der Sänger auf dem Band stimmte die nächste Strophe an, und Sofies Augen waren auf Bo gerichtet, als er auf deutsch den Text improvisierte, der in seinem Kopf Gestalt annahm:

»Der Riss einer Wunde zwischen uns ... so tief wie eine Schlucht, wie ein Abgrund ... Ganz nah stehst vor mir ... doch um dich zu fassen, um die Kluft zu überbrücken, muss ... müssen meine Hände zu Flügeln werden.«

»My love, my love, how can I reach you, how can I touch you?«, sang Sofie mit ihm den letzten Refrain. Sie hielt das Band an, schlang freudig die Arme um ihn und gab ihm einen Schmatz auf den Mund.

»He, wenn ihr so weitermacht, können wir gleich morgen ins Studio gehen«, sagte Egon.

»Mal sehen«, entgegnete Sofie und drückte wieder den Start-Knopf. »Die Fahrt ist ja noch lang.« Und an Bo gewandt sagte sie nickend: »Ich glaube, ich verstehe.«

Bo lächelte. Nicht ganz, dachte er. Nicht ganz. Blue.

... your little reputation ...

Der Wahnsinn. Schwer atmend blickt er in die dunklen Tiefen des
Saals, sieht aber gegen das Rampenlicht hinter den ersten zwei
Reihen nicht viel mehr als das Zucken und Brodeln der dicht-
gedrängten Masse. Wie viele mögen es sein? Dreitausend? This is
it. Sie haben es geschafft. Er wischt sich den Schweiß von der
Stirn. Ja, dafür hat es sich gelohnt, die Strapazen der letzten
Monate und die emotionalen Wechselbäder durchzustehen, in der
Gruppe und privat. Klar hat er gehofft, als er im Frühjahr wieder
eingestiegen ist, aber dass sie am Ende des Jahres das Londoner
Roundhouse füllen würden, wo sie alle gespielt haben, Pink Floyd,
Jimi, die Stones, Deep Purple, die Doors, alles was Rang und
Namen hat, das hätte er nicht zu träumen gewagt. Noch einmal
verbeugt er sich kurz, hebt die Hände. Wie die Leute sie feiern!
Eben bei »Blue Flame« hat er die Euphorie förmlich eingeatmet
und sich davon zu immer höherer Intensität, immer ... »blauerem«
Feuer anspornen lassen. Okay, jetzt noch die letzte Nummer des
Abends, ihr »Hit«. Er sieht sie an. Sofie ist völlig aufgelöst. Sugar
in my coffee. Als wäre ein innerer Hydrant aufgedreht worden,
durchschießt ihn die Liebe. Er legt den Arm um sie, drückt sie,
beugt sich an ihr Ohr. »So«, sagt er, »und jetzt bringen wir den
Laden hier zum Überkochen. Let's get it shaking,

Blue.« Ein Wort, und mit einem Ruck reißt es der Liebe den
Schleier weg. Nackt steht sie da, vor aller Welt. Ihre Gedanken

überschlagen sich. Wo hat sie im letzten halben Jahr ihre Augen gehabt? ihre Ohren? ihr Herz? Und wieso »Blue«? Auf einmal ist ihr, als hätte sie es die ganze Zeit gewusst. »Blue flame done hit me.« Von ihr singt er, von ihr! Vom ersten Tag an! Sie nickt, löst sich von ihm, tritt mit weichen Knien ans Mikro zurück. Bloß weg, denkt sie, die Afrikareise, Gott sei Dank. Seit Monaten geplant, der Flug gebucht, Visum besorgt, Impfungen erledigt, und jetzt was für ein Segen, dass der Termin so nah ist, nur noch zwölf Tage. Sie braucht dringend Abstand, von allem. Sie weiß schon länger nicht mehr, wie es mit Fred und ihr weitergehen soll. Ob. Und jetzt Bo. Sie hat irgendwie gedacht ... ja, was? Natürlich mag sie ihn gern, mit ihm singen, mit ihm reden, aber an *mehr* hat sie nie gedacht; glaubt sie. Er hat nie den leisesten Annäherungsversuch gemacht – anders als Dave, der vor nichts zurückschreckt. Jetzt hebt er die Glocke vom Boden auf. Sie blickt zu Fred, der blickt zu Egon. Der einleitende Bassriff ertönt.

Blue.« Scheiße. Einmal nicht aufgepasst, und schon ist es heraus, aber sie scheint es zum Glück nicht gehört zu haben, wenigstens nicht verstanden. Oder? Bloß kein Stress jetzt. Stress gibt es schon genug. Einfach singen. Der Zauber ihrer Stimme wirkt immer, einerlei was sonst ringsherum passiert. Ihre Flamme verbrennt allen Ruß, alles Dunkle in ihm. Er beginnt auf der afrikanischen Doppelglocke die einfache Folge zu schlagen, die das rhythmische Grundmuster des Lieds bildet und die von Dave aufgegriffen und ausgebaut wird: »Ding-di-ding, ding, ding, ding, ding – ding-di-ding, ding, ding, ding, ding.« Während sie vom »abyss of strangeness« singt, weht ihn aus fernster Ferne die Erinnerung an eine Geschichte – aus Indien? aus Persien? – an, und er sieht das Bild einer Brücke vor sich, über die ihm nach dem Tod die Liebe seines Lebens strahlend entgegenkommt und seine Seele von allem Schmutz und Unrat reinigt. Ja, komm! Er lässt die Hände sinken, beugt sich ans Mikro. »... my hands are growing wings«, schließt Sofie die erste Strophe. »My love, my love, how can I reach you, how can I touch you?«, antwortet er, schon wieder verzaubert.

Begonnen hatten die rasanten Entwicklungen des Jahres mit einer Phase, die Fred in seinem neuen Alchemistenjargon als »sagenhafte Coagulatio« bezeichnete. Zwar waren die drei Berlinfahrer am Montag nach ihrer Rückkehr noch nicht so weit, die Band gleich zu Plattenaufnahmen im Studio zusammenzutrommeln, wie Egon geulkt hatte, aber nachdem sich alle mit wachsender Begeisterung das mitgebrachte Material angehört hatten, steigerten sie sich in den folgenden Wochen in einen wahren Schaffensrausch hinein, allen voran Fred, der den Rausch buchstäblich zur Produktionsweise erhob. Während Bo sich im Austausch mit Sofie und Dave in Liebeslyrik ergoss, entschwebte Fred im Studio auf nächtelange LSD-Reisen und ließ sich von den Stücken zu mitreißenden angejazzten Arrangements inspirieren, in denen er sich die afrikanische Vorliebe für komplexe rhythmische Strukturen und für unreine, farbige, geräuschreiche Töne in immer neuen Formen anverwandelte. Dass nach dem Weltbild der animistischen Stammesreligionen die Geister nicht die gesungenen Worte verstanden, sondern allein die Sprache der Musik, war eine von Sofie aufgeschnappte Bemerkung, die er in Momenten, wo er halbwegs kommunikationsfähig war, gern wiederholte.

Anfang August kam die Platte auf den Markt, die meisten Songs stark verfremdende Bearbeitungen ethnologischer field recordings, darunter auch eine längere Instrumentalnummer, auf der Fred alle Register seiner Gitarrenkunst zog. Sofies neugierig gewordener Vater hatte ihm bei einem Besuch erklärt, dass in den

Verbreitungsgebieten afrikanischer Tonsprachen, in denen die Silben mit der Tonhöhe auch die Bedeutung änderten, die Musiker mit ihren Lauten, Fiedeln, Stegharfen, Xylophonen, Glocken und Sprechtrommeln die »Tonformen« verschiedener Worte imitierten und mit diesen kurzen melodischen Phrasen auch ohne Text »sprechen« konnten; und angeregt davon hatte Fred ein Stück komponiert, »Talking Less Sense«, in dem er eine Anzahl solcher Phrasen in immer neuen, immer virtuoseren Kombinationen miteinander verwob. Auch im Dialog eines verliebten Fischers mit einer Nixe (ursprünglich eine westafrikanische Meeresgöttin), deren lockende Sirenentöne von der mit Slide gespielten Gitarre »gesungen« wurden, übertraf er sich selbst. Auf drei Stücken wurde die Gruppe von Gastmusikern an Sopransaxophon und Flöte unterstützt, die sonst bei Missus Beastly und Embryo spielten. Weil die Platte ein einziges Verwandlungsspiel sei, hatte Fred sie eigentlich *Metamorphosis* nennen wollen, doch dann war Sofie etwas Besseres eingefallen: *Numba*. So hieß bei den Bassari in Senegal der dämonische Chamäleongott, der in der Initiation die minderjährigen Jungen verschlang und sie als Erwachsene wieder ausspie; passend auch zur ersten Platte, die ihren Namen *Mogon* von dem keltischen Gott hatte, nach dem angeblich die Stadt Mainz benannt war. Das einzige Stück auf *Numba* ganz ohne Anleihe bei Afrika war Bos »Blue Flame«, zu dem Frieder von Missus Beastly ein fetziges Saxophonsolo beisteuerte.

Die Hochspannung, unter der in der fiebrigen Produktionsphase alle standen, wuchs sich nach der kurzen Durchhängezeit ungeduldigen Wartens zu einer Art Dauerhigh aus, als mit dem internationalen Erfolg der Platte die Gruppe von einem Tag auf den andern eine solche öffentliche Aufmerksamkeit erhielt, dass in Windeseile eine Tournee durch Deutschland, die Niederlande und Frankreich auf die Beine gestellt wurde, an die sich Auftritte unter anderem im »Musikladen« von Radio Bremen und zuletzt kurz vor Weihnachten im Roundhouse schlossen. Niemand hatte in der Situation Lust oder die Kraftreserven, die Konflikte anzusprechen und auszutragen, die unter der Oberfläche schwelten. Wobei ihr Vorhandensein nichts neues war. Bo hatte vorher gewusst, dass es einen in jeder Beziehung an die Grenze und darüber hinaus bringen konnte, mit Fred zu arbeiten; wie viel mehr, zu wohnen. Er hatte oft genug erlebt, wie sich dessen feine Ohren für Gegenstimmen taub machen konnten, wie er Kritik an sich abgleiten ließ und seine Auffassung rigoros durchsetzte, aus rein sachlichen Gründen, was sonst? Da Fred den anderen fast immer einen Schritt voraus war, verstand es sich für ihn von selbst, dass sie ihm, ach was ihm, seinen *Ideen!*, seiner *Energie!* zu folgen hatten, das hatte nichts, aber auch rein gar nichts mit autoritären Strukturen zu tun, das war einfach natürliche Energetik! So tat man gut daran, ihm aus dem Weg zu gehen, wenn er in Fahrt war, sonst kam man leicht unter die Räder, und seitdem sich ihm durch Sofies Anregung dieses neue musikalische Experimentierfeld erschlossen hatte, *war* er in Fahrt, unaufhaltsam, schien es. Mochte das Thema Afrika anfangs Sofies romantischer Tick gewesen sein, mochte Bo das Gros der Texte liefern, mochte der Gesang der beiden im Vordergrund stehen und mochte dieser und jener sonst noch diesen und jenen nützlichen Beitrag leisten – was letztlich dabei herauskam war *seine* Musik, *er* hatte das Ganze im Blick, den Sound im Ohr, nur *er* konnte aus den verstreuten Rohstoffen ein eigenes, unverwechselbares Produkt schaffen, das mehr war als ein billiger Abklatsch und bemühtes Geträller.

Andererseits, klar, nichts wäre ihm lieber, als wenn von den andern ein bisschen mehr Input käme. Zu tun gab es genug. Er konnte schließlich nicht alles machen. Es war überhaupt nicht einzusehen, warum er sich mit jeder gottverdammten Kleinigkeit abgeben sollte. Sein Job war die Musik, und ohne seine Musik konnten sie alle einpacken. »Jeder nach seinen Fähigkeiten« implizierte schlicht eine gewisse Arbeitsteilung, das war doch nicht so schwer zu verstehen. Was er kochte, würde niemand essen wollen, das konnte er ihnen garantieren. Sollte er vielleicht dealen gehen wie Carlo, um Geld ranzuschaffen? Sollte er auch noch die Zelte auf der Wiese aufbauen, wenn das Haus die Gäste nicht mehr fasste? Konnten Ina und Sofie das nicht selbst in die Hand nehmen, wenn sie einen Gemüsegarten haben wollten? Und dass sie den Hanfpflanzen ein Fleckchen reservierten, war ja wohl nicht zu viel verlangt, oder? Das sahen die andern auch ein, meistens. Es war faszinierend, was sie alles einsahen, vor allem die Frauen.

Die Frauen. Bo hatte noch nie erlebt, dass Fred eine anschrie oder richtig mies behandelte, konnte es sich auch schwer vorstellen, aber wie sie ihm nachliefen und sich alles von ihm gefallen ließen, hörte nicht auf, ihn zu erstaunen. Neidisch zu machen? Nun ja, um die Selbstverständlichkeit, mit der Fred eine Frau nahm, wenn ihm danach war, und sie, wenn ihm nicht mehr nach ihr war, wieder fallen ließ wie ein langweilig gewordenes Spielzeug – zu ihrem eigenen Besten natürlich: denn wie wollte sie sich emanzipieren, wenn sie in bürgerlichen Fixierungen hängenblieb und nicht der natürlichen Energie freien Lauf ließ? – darum hatte er ihn in früheren Jahren mitunter schon beneidet. Eine Zeit lang, in seiner petrafreien Phase 1969, hatte er auch versucht, es ihm gleichzutun. Rein quantitativ war ihm das sogar gelungen. Sein Frauenverbrauch hatte ihm damals geradezu ein sportliches High verschafft – aber dieser sportliche Aspekt war, ehrlich gesagt, das Highste daran gewesen. Er hatte nie die unschuldige Ungeniertheit erreicht, mit der Fred das Lustprinzip zum obersten Maßstab seines Handelns erhob, seine »unbefleckte Pängpängnis«, wie

Mani einmal gewitzelt hatte, der darin auch nicht so schlecht war. Früher oder später, meistens früher, fühlte Bo sich bei seinen Bettgeschichten immer hundsmiserabel, und je mehr er gegen das nagende Vorauswissen anrammelte und sich in ekstatische Höhen zu schwingen versuchte, umso härter stürzte er ab. Was die Mädels aus der Szene suchten, die bei jeder Gelegenheit so aufopfernd ihr Fleisch zu Markte trugen, war der offenbar schon in bescheidenen Dosen berauschende Popstardunst, der sie in der Nähe ihrer austauschbaren Helden umnebelte und einen Blick auf den möglichen Menschen dahinter gar nicht zuließ. Die eine oder andere hätte vielleicht auch nichts gegen eine Beziehung gehabt, aber dass änderte nichts daran, dass ihr Interesse nicht ihm galt, sondern dem Abziehbild ihrer Phantasie. Er war, wenn er zu ihnen ins Bett stieg, bestenfalls halb anwesend: mit jener wie ferngesteuert agierenden Hälfte, die blind nach der anderen Hälfte gierte, irgendeiner, unbekümmert darum, ob die zwei Bruchstücke jemals ein Ganzes ergeben konnten. Konnten sie nie. Bruchstückhaft rein, bruchstückhaft raus, zerbrochener denn je. Und doch war die Stimme in ihm nie ganz zum Schweigen zu bringen, die sich etwas anderes erhoffte, die mehr verlangte, jedes Mal, unverbesserlich, und wenn die Tante noch so zugedröhnt war und er sowieso keine Ahnung hatte, worin dieses Mehr bestehen konnte; er bekam es natürlich nie. Die Fremdheit war nicht wegzuficken. Eine Weile konnte man den Mangel vergessen, wenn die Frau wirklich scharf war und ihn so sehr anmachte, dass er sich vom Fieber des Augenblicks verzehren ließ. Aber hinterher war es dann doch wie immer. Seine schlimmste Erinnerung war an ein WG-Zimmer in Bochum oder Bottrop oder sonst irgendwo da oben; Castrop-Rauxel. Beide waren sie betrunken gewesen und hatten sich auf der versifften Matratze mit dem letzten verflackernden Bewusstseinslicht gepaart wie zwei Ratten, und als er am

Morgen aufgewacht und so rasch, wie die brüllenden Kopf-schmerzen es erlaubten, zu seinen verstreut herumliegenden Kla-motten gekrochen war, hatte er, bevor er sich dünnmachte, noch einen letzten Blick auf die wie ausgeknockt Daliegende geworfen, bestimmt zehn Jahre älter als er, die zerknautschten schlaffen Züge des fremden Gesichts, die grobporige graue Haut, die fetti-gen Strähnen, den Speichelfaden, der ihr aus dem Mund rann, da-zu das verschleimte Rasseln des Atems ... und dieser Geruch! Wie hieß sie noch mal? Irgendwas mit I. Er wusste nicht, was ihn mehr anwiderte: dieses angegammelte Stück Frauenfleisch oder die Tat-sache, dass er sich daran vergriffen hatte. Wenigstens blieb ihm die Mühe erspart, die Klette wieder loszuwerden.

Damals hatte er sich diese reinen Bumsnummern rasch abge-wöhnt und es viel erregender gefunden, langsam wieder mit Petra anzubändeln, und natürlich hatte er jetzt, wo er keine siebzehn mehr war, erst recht keinen Bedarf an solchen Ekeleskapaden, aber in der allgemein aufgeheizten Atmosphäre des auf Hoch-touren laufenden »Triplabors« regten sich irgendwann doch ge-wisse Bedürfnisse. Wenn sich von den Damen, die auf allerlei Pfaden im abgelegenen Rommersheim anlandeten, einmal eine in sein Bett verirrte, wollte er nicht so sein. Zudem machte Petra zwar am Telefon zunehmend versöhnliche Töne, kam aber in den ersten Monaten nur einmal auf ein verlängertes Wochenende vor-bei, so dass er von der Seite nicht auf Kühlung seiner Flamme hoffen durfte. Und so mächtig die Gefühle waren, die Sofie in ihm aufrührte, war es doch unvorstellbar, sie mit ihr auszuleben. Zum einen war und blieb sie trotz gelegentlicher Krisenstimmung zwischen den beiden eindeutig mit Fred liiert, und Bo hatte seine Zweifel, ob dieser es so locker-flockig nehmen würde, wenn ein anderer Mann dem Lustprinzip ausgerechnet mit seiner Freundin frönen wollte, und letztlich doch keinen so starken Drang, es herauszufinden. Vor allem aber hatte sich, über das Singen hinaus, zwischen Sofie und ihm sehr bald eine Freundschaft entwickelt, die ihn in manchen Momenten an seine frühe »geschwisterliche« Beziehung zu Petra erinnerte, die ihm aber irgendwie ausgewogener, gegenseitiger vorkam. Die wollte er, sagte er sich, nicht gefährden.

Hatte das Singen ihnen den Raum geöffnet? Er war da. Er stand offen. Es war beiden bewusst. Unwillkürlich zog es sie zueinander, und sie ließen den Zug geschehen. Sie trafen sich, zufällig, in der Küche, und schon waren zwei Stunden vergangen. Er sah sie mit dem Spaten in ihrem werdenden Gemüsegarten und kam mit einem zweiten dazu; Inas Lust am Gärtnern hielt sich doch in Grenzen. Sie spazierten zusammen »durch die Gemarkung«, wie ihr Vermieter zu sagen pflegte, den sie manchmal in seinem Wingert trafen. Das tägliche Singen und Proben steigerte ihr Bedürfnis nach Austausch noch, befriedigte es nicht. Wo sie sich trafen, redeten sie, sie redeten, als ginge es ums Leben.

Es ging darum.

Sie redeten übers Singen. Es war, sagte Sofie, als ginge ein Traum in Erfüllung – ein Traum, sagte Bo, von dem ihm gar nicht klargewesen war, dass er ihn je geträumt hatte. Unglaublich, welche Kraft dabei freigesetzt wurde. Welche Klarheit dabei entstand. Welchen Wert aber hatten die Worte? Sie waren Gefäße, meinte Sofie: viel besser als reine Laute und Töne ließen sie sich mit Gefühl aufladen. Mit dem Gefühl, wirklich etwas zu sagen, von innen heraus. Es musste gar nicht der tollste Text der Welt sein. Man musste ihn nicht mal hundertprozentig verstehen. Das Wortgefühl reichte für die Aufladung aus. Bo lachte und erzählte, wie sich ihm früher bei englischen Hits bestimmte Worte und Wendungen eingewurmt hatten, oft völlig verballhornt, weil seine Sprachkenntnisse eben doch nicht hinreichten oder weil die Worte verschliffen gesungen wurden oder im Lärm der Musik untergingen, und daraus hatte er sich dann Strophen mit irgendwie englisch klingenden Lautfolgen gebastelt und manchmal, manchmal auch nicht, mit einem dunkel geahnten Sinn unterlegt, der seinem Gefühl der Musik entsprach, in den meisten Fällen aber mit dem tatsächlich Gesungenen höchstens zufällig zu tun hatte. Als Sofie letztens in Berlin »Gimme Shelter« erwähnt hatte, war ihm eingefallen, wie er anfangs immer »I'm gonna shout away, shout away« mitgelallt hatte, bis einer ihm irgendwann den richtigen Text unter die Nase hielt.

Genau. Sofie nickte. Selbst bei Dylan, wo das Was so wichtig zu sein schien, kam viel mehr über das Wie rüber, diese ganz besondere Schräglage, die er zur Welt hatte und die einen in seinen schrägen, quäkenden Tönen unmittelbar ansprang. Einerseits schrieb er unheimlich anspruchsvolle Texte, ohne Rücksicht darauf, ob jemand verstand, was er sagen wollte, und dazu sang er noch so vernuschelt, heute noch mehr als früher, als wollte er gar nicht, dass seine Worte verstanden wurden, aber die Lieder kamen trotzdem bei den Leuten an. Bo fiel ein Gespräch ein, das er vor vielen Jahren auf einem Festival mit einem von den Petards geführt hatte. Den hatte es überhaupt nicht gestört, dass ihre Lieder textlich der reine Quark waren: Hauptsache, es reimte sich und es gab ein paar Schlüsselworte, die die Leute erkannten und mit denen sie was verbanden; irgendwas. Klar, so lief das: auf die weißen Flecken wurden eigene Phantasien projiziert, und häufig war die ganze Leinwand des Verstehens eine einzige Projektion. Die Leute füllten die Lieder individuell mit Bedeutung, luden sie mit ihren eigenen Gefühlen auf, wie Sofie sagte – und trotzdem: der rebellische Gestus, der darin steckte, die subversive Wirkung, der tiefere Sinn sozusagen, das kam meistens trotzdem rüber, gerade im Englischen, das ganz anders mit der Musik verschmolz als das Deutsche. Aber das hieß für ihn gerade nicht, dass er genauso gut irgendeinen Quark texten konnte. Dylan hörte ja auch nicht auf, anspruchsvolle Texte zu schreiben; na ja, zur Zeit weniger. Er jedenfalls musste das Gefühl, mit dem er dann im Singen die Worte auflud, schon im Schreiben haben, so ähnlich jedenfalls. Der Text musste selbst eine innere Stimmigkeit haben, damit er wirklich hineingehen und im Singen ganz und gar drin sein konnte.

Wo sie ihn jetzt beim Schreiben erlebte, sagte Sofie, hatte sie ein paarmal schon befürchtet, er würde sich zu sehr an den Worten aufhängen. Auch beim Lesen der *schnitt/stellen*, die er ihr geschenkt hatte, war es ihr hier und da so gegangen. Wie er an bestimmten Bedeutungsnuancen friemelte und keine Ruhe gab, bis ein Vers, eine Strophe »saß«, das war ihr fast schon ein wenig zu ... eng. Aber sobald er sang, war das Enge weg und ihre Befürchtungen auch und die Worte einfach die ... die äußeren Hülsen der inneren Freiheit, die mit der Musik ausbrach. Wenn er dann abhob, hatte sie das Gefühl – komisch, nicht? – dass er erst richtig am Boden ankam.

Sie redeten über die Texte. Erst im Gespräch mit ihr bekamen sie ihre endgültige Form. Seit ihrer gemeinsamen Berlinfahrt war Sofie die Instanz, der Bo als erster seine Ideen zu den entstehenden Liedern vorstellte, begleitet bisweilen von der ironischen Klage, derzeit fielen ihm seltsamerweise nur Liebeslieder ein, was sie mit einem verständnisvollen Lächeln quittierte und Bemerkungen wie, Petra sei eine klasse Frau und sie wünsche ihnen sehr, dass sie miteinander die Kurve kriegten. »Ich auch«, murmelte er und gab ihr seinen Textentwurf von »Getting Down By Taking Off«. Es kam ihm ein wenig so vor, als stärkte und rechtfertigte es ihre eigenen Hoffnungen, wenn sie sich bestätigte, dass es ihm mit

Petra genauso ernst war wie ihr offenbar mit Fred, als versuchte sie in ihm einen Bruder im Geiste zu sehen, einen vertrauenswürdigen männlichen Widerpart, der ihr für die prinzipielle Verlässlichkeit des anderen Geschlechts bürgen konnte.

Sie redeten über ihr Leben. Sofie dachte viel darüber nach, was Fred und sie verband. Sie gestand, dass sie trotz aller Lippenbekenntnisse zur sexuellen Revolution zu Jungen lange Zeit nicht viel mehr als Phantasiebeziehungen gehabt hatte. Fred war ihr erster richtiger Geliebter, der sie zwar nicht entjungfert, aber im anderen Sinn ihre Schutzhaut durchstoßen hatte. Ihre Schale geknackt. Liebe bedeutete immer auch Gewalt – das Jungfernhäutchen war da nur ein Symbol. Sie hatte sich lange ihre Schutzhaut bewahrt, länger als ihre Freundinnen, ihre in sich abgeschlossene kindliche Unbekümmertheit, mit der sie durchs Leben getanzt war, aber die Liebe war gewissermaßen die Kraft, die diese schließende Schale zerbrach. Die Schale zerbrach, weil ein Anderer in das eigene Leben einbrach, in den geschützten Raum, und zum einen wollte man nichts lieber als diesen Einbruch, der einen aus sich selbst hinausriss, in die ... Bekümmerung sozusagen, und zum andern war es ein Gewaltakt, vor dem man schreckliche Angst hatte. In Afrika und anderswo in traditionellen Gesellschaften gab es dafür Initiationen, mit denen die Schale rituell zerschlagen und die Jungen und Mädchen zu Männern und Frauen gemacht wurden; da wurde das nicht dem Zufall und den Jugendlichen selbst überlassen.

Bo musste grinsen. Hatte sie bei »Trobriand Tripping« mal auf den Text geachtet? Das Lied war entstanden nach einem Vortrag, den er vor Jahren gehört hatte. Da hatte es geklungen, als würden die Trobriander in der Südsee diese Schale erst gar nicht entstehen lassen und die Jungen und Mädchen so früh wie möglich zusammenbringen. Bei dem unheimlichen inneren Überdruck, unter dem er damals gestanden hatte, ohne Aussicht auf irgendeinen äußeren sprengenden Schlag, war das die reinste Paradiesvorstellung gewesen. Aber so oder so war es gut, wenn das als gesellschaftliche Aufgabe gesehen wurde und die Alten nicht einfach rumdrucksten und davor kniffen, die Jungen irgendwie zu initiieren.

Sogar die Tiere hatten dafür Rituale, sagte Sofie. Bei ihrem Abitur letztes Jahr hatte sie in Bio als Spezialgebiet Paarungsverhalten bei Vögeln gehabt, und bei vielen war es so, dass die Balz dazu diente, die normalen Abwehr- und Selbsterhaltungsinstinkte außer Kraft zu setzen und die Bereitschaft für diesen Übertritt herzustellen, diese sonst gar nicht zulässige körperliche Nähe. Als Häutchendurchstoßer stand der Mann bei der Sache ja als der Gewalttäter da, sagte Bo, aber die männliche Schutzhaut zerbrach ganz genauso. Eine größere Verunsicherung habe er nie erlebt als bei der ersten echten Berührung mit dem anderen Geschlecht. Viele Männer versuchten das zu verhindern, sagte Sofie, und hielten an ihrem Panzer fest, hielten den Panzer für die wahre Männlichkeit. Frauen hatten ihre eigene Art, sich zu panzern, sagte Bo. Außerdem war es nicht damit getan, dass man sich einmal öffnete und fertig, die Öffnung musste immer neu geschehen, jedes Mal neu vollzogen werden, sonst trat sehr bald die Verpanzerung wieder ein.

Wenn sie über Text und Musik redeten, kamen Bo alte Erinnerungen an Huren und Buhlen, an überkommene Vorstellungen von Männlichkeit und Weiblichkeit. Für Sofie konkretisierten sich solche Vorstellungen aktuell an ihren Eltern. Zwischen denen nahmen die Spannungen zu, und Sofies Sorge war, sie könnten sich scheiden lassen. Einerseits liebte sie ihren Baaba sehr, vielleicht sogar mehr als die Mutter, und bewunderte ihn für den geradezu jugendlichen Elan, mit dem er seine beruflichen

Projekte verfolgte, für seine Lebendigkeit, seine Offenheit für alles Fremde und Neue, seine Beweglichkeit in jeder Hinsicht, seinen Abenteuermut. So einen Vater hatte sonst niemand, den sie kannte. Andererseits – und das konnte sie sich erst jetzt eingestehen – war es wohl so, dass er die Mutter schon seit langem immer wieder mit anderen Frauen betrog, fast als ob das sein gutes Recht wäre. Sie könne ihm, hatte Sofie ihn vor einiger Zeit mit erhobener Stimme zur Mutter sagen hören, nicht geben, was er als Mann brauchte – aber was brauchte sie als Frau? Diese Frage hätte sie, Sofie, sich früher gar nicht stellen können.

Nicht ganz abwegig, sich das als Freundin von Fred zu fragen, dachte sich Bo, aber auf die Idee, solche Sachen an den eigenen Eltern für sich zu klären, wäre er nie gekommen. Dass seine Mutter und sein Stiefvater Mann und Frau waren, hatte er immer nur als ein juristisches Faktum begriffen. Irgendetwas im Leben der Alten, gar seiner Mutter, mit *Liebe,* mit *Leidenschaft,* mit *Sex!* in Verbindung zu bringen, kostete ihn eine riesige innere Überwindung, merkte er. Was war ihre Mutter denn für eine Frau?, fragte er, und Sofie beschrieb sie als eine anstrengende Person, spröde und kühl und auch im Alltag meistens fast übertrieben elegant gekleidet, die andere Menschen, selbst die eigene Tochter und wahrscheinlich auch den eigenen Mann, nie richtig an sich heranließ. Als Schriftstellerin lebte sie der Tochter zwar eine geistige Eigenständigkeit vor, die sie von der Mehrzahl der Frauen ihrer Generation unterschied, zugleich aber ging von ihrer Eingesponnenheit in sich selbst eine Kälte aus, unter der die kleine Familie immer gelitten hatte. Sofie war immer so viel wie möglich außer Haus gewesen, bei Freundinnen, auf der Straße, und ihr sinnenfroher Vater, der mit der ätherischen Schönheit, die er sich noch als Student erobert hatte, im Alltag wenig anzufangen wusste, hielt sich wohl an anderen Frauen schadlos. Erst kürzlich, erzählte Sofie, seien ihr die streitenden Eltern vorgekommen wie kleine Kinder, wie zwei, die niemals richtig erwachsen geworden waren: sie das vor der Außenwelt zurückscheuende und nur in ihren Träumen lebende Mädchen, das sich über die groben, pöbelhaften Jungs empörte, er der wild und unbeherrscht herumtollende Junge, der einfach machte, was er wollte, ohne einen Gedanken daran, auf eine Frau Rücksicht zu nehmen, ihr vielleicht Halt und Sicherheit zu geben, aber dem man doch nichts übelnehmen konnte. Sein von ihr mitgehörter Satz zu seiner Frau: »Wenn es nach dir gegangen wäre, hätten wir gar kein Kind gehabt, nicht mal das eine!«, hatte sie tief getroffen. Trotz allem war ihr der Gedanke furchtbar, sie könnten sich scheiden lassen, selbst wenn das hundertmal wahrhaftiger wäre und sie mit ihrer Angst davor bloß patriarchalische Sozialisationsmuster reproduzierte. Sie hatte auch schöne Momente mit ihren Eltern in Erinnerung. Auf den gemeinsamen Afrikafahrten war ihre Mutter nach anfänglicher Unsicherheit richtig aufgetaut, und auch er hatte sich ausnahmsweise einmal Mühe mit ihr gegeben. Natürlich fand sie es richtig, dass man sich nicht von der Zwangsmonogamie in seiner sexuellen Freiheit beschneiden ließ, aber ... aber irgendwie musste man auch gegenseitig aufeinander eingehen, so wie man nun mal war und nicht wie man sein sollte. Ihr Baaba war ja auch nicht der würdevolle afrikanische Vater, den sie sich in Mali zeitweise gewünscht hatte. Sie wollte jedenfalls einmal eine große Familie haben, am besten als Teil einer großen Gemeinschaft, und sie hätte auch nichts dagegen, früh damit anzufangen. Na, man würde sehen. Gewiss sei es noch *zu* früh, um mit Fred Pläne zu machen.

Striptease und Schleiertanz in einem, was sie da miteinander aufführten. Bo sah es durchaus, Sofie vermutlich auch, aber er wollte es bei dieser reizvollen Mischung belassen. Die Intimität, die so zwischen ihnen entstand, gefiel ihm. Gleichzeitig trieb sie seinen inneren Druck doch sehr in die Höhe, so dass er nach einer Weile beschloss, auf die nicht mehr nur zarten Winke von Margit einzugehen, die inzwischen von Dave verlassen worden war. Dave war in die Stadt zurückgezogen, weil er die Rommersheimer »abomination of desolation« satt hatte und unbedingt, sagte er, neue Anregung brauchte, und wenn sie nur in dem bescheidenen Mainzer Nachtleben bestand; Margit dagegen, aus dem nahen Wörrstadt gebürtig, ließ sich lieber in heimischer Umgebung anregen. Eine Zeit lang genoss es Bo, vom hingebungsvollsten weiblichen Wesen umschmeichelt zu werden, das ihm jemals begegnet war, und jeden Wunsch erfüllt zu bekommen, auch solche, die ihm von selbst im Leben nicht eingefallen wären; dann wurde es langweilig. Über viel mehr als den Hippieschmuck, den sie bastelte, und die Stellungen, die sie noch ausprobieren konnten, war mit Margit nicht zu reden. Außerdem bedauerte er es, dass Sofie ein wenig auf Distanz ging, auch wenn sie nichts sagte, und es erleichterte ihn, dass der Austausch mit ihr wieder intensiver wurde, als er Margits Bett nach einigen Wochen verließ.

»Rein vom Kopf her müsste man eigentlich schwul werden«, geht ihm unerwartet sein bissig-billiger Spruch von vor vielen Jahren durch den Kopf, als er schweren Herzens die Tür hinter sich zuzieht und Margit weinend allein lässt. Was sie denn falsch gemacht habe, hat sie wissen wollen. Immer mache sie alles falsch. Aber was? Sie gebe sich so viel Mühe. Was! Nein, hat er sie zu beruhigen gesucht, sie mache gar nichts falsch, im Gegenteil, für viele Männer sei sie ganz gewiss ein Traum von Frau (bitteres Lachen), wirklich, aber ... er wisse es auch nicht so genau, wahrscheinlich hänge er doch noch an Petra, irgendwie ... Ob das nun stimmt oder nicht, es ist vermutlich die Begründung, mit der Margit am ehesten leben kann.

Schwul werden. Er muss wider Willen grinsen. In der Praxis ist er davon weiter entfernt denn je. Damals war das der Verzweiflungsschrei eines Verschmachtenden, heute wäre es höchstens der Stoßseufzer eines Saturierten, satt bis zum Anschlag und doch weiter lechzend nach der wahren satisfaction. Hey hey hey, that's what I say. In seinem Zimmer fällt sein Blick im Vorbeigehen auf die zerlesenen Nietzschebände, und mit einer spontanen Eingebung schnappt er sich den zweiten und nimmt ihn mit auf die Bank hinterm Haus. Irgendwo in der *Fröhlichen Wissenschaft* ... ziemlich weit hinten ... hier! »Was das Weib unter Liebe versteht, ist klar genug: vollkommene Hingabe mit Seele und Leib, ohne jede Rücksicht, jeden Vorbehalt.« Besser hätte man Margit in ihrer unbelehrbaren Opferlust gar nicht beschreiben können. »Das Weib will genommen werden als Besitz; folglich will es einen, der *nimmt,* der sich nicht selbst gibt und weggibt.« Hm. Er hat sich bei seiner Nietzsche-Lektüre angewöhnt, die großmäuligen Frauensprüche zu überlesen, sie gewissermaßen urteilslos einzuklammern und sich dadurch nicht von den wirklich spannenden Sachen ablenken zu lassen, aber manches arbeitet doch in ihm. Weil es ... ihn verunsichert. »Die *Treue* ist demgemäß in die Liebe des Weibes eingeschlossen, sie folgt aus deren Definition; bei dem Manne *kann* sie leicht im Gefolge seiner Liebe entstehn, aber sie gehört nicht ins *Wesen* seiner Liebe.« Kein Mensch würde heutzutage so etwas von sich geben, aber heißt das auch, dass die Leute sich real anders verhalten? Fred kriegt, hat er Bo einmal beiläufig wissen lassen, das Kotzen, wenn er nur einen Satz von Nietzsche liest, dabei treffen dessen Betrachtungen ziemlich exakt auf ihn zu. »Der Mann, wenn er ein Weib liebt, *will* von ihm eben diese Liebe, ist folglich für seine Person selbst am entferntesten von der Voraussetzung der weiblichen Liebe.« Umgekehrt wie das Weib will er »gerade reicher an ›sich‹ gemacht werden – durch den Zuwachs an Kraft, Glück, Glaube, als welchen ihm das Weib sich selbst gibt.« Genau dieser unbedingte Wille zur Selbstbereicherung, zum eigenen »Zuwachs« ist es doch, womit Fred die Frauen kirre macht, so dass sie alles daran setzen, ihm diesen Zuwachs, *sich selbst*, nur ja zu verschaffen. Ihr ganzes Glück, scheint es, liegt darin, von ihm benutzt zu werden: als Musen und Mittel zum hohen Zweck seiner künstlerischen Inspiration und psychosexuellen Energetisierung. Er hat sie, ist aber selbst nie zu haben: immer woanders, wenn sie nach ihm greifen, und gerade durch dieses sich entziehende Anderswosein den Sog erzeugend, in dem sie strudeln, getrieben von dem leidenschaftlichen Begehren, irgendwie dabei zu sein, teilzuhaben, zuzudienen, wenn das große Werk getan wird, die wichtigen Dinge gesagt, die wahre Musik gemacht, das freie Leben gelebt. Fred braucht kein Privatleben zu politisieren; er hat gar keins. Die revolutionäre Befreiung, über die andere große Reden schwingen, vollzieht er jeden Tag. Alles ist im Fluss, ist Ingredienz im alchemistischen Labor der Energien, und letztlich sind alle Energien nur dazu da, ihm zugeführt zu werden zu seiner persönlichen kreativen Verwertung. »Jeder kann sich nur selbst befreien, das kann niemand anders für einen tun«, hat Bo ihn Sofie einmal erklären hören. »Man kann nur gute Bedingungen schaffen, ohne äußere Barrieren, wo dann die inneren Grenzen leichter überschritten werden können, und genau das tue ich hier.« Durch die Entkonditionierung von der repressiven Sozialisation würden die Energien befreit und könnten sich ausleben, aber hier in seinem Triplabor verpufften sie nicht in irgendwelchen luftigen Utopien und würden auch nicht blind vervögelt, sondern sie strömten ein in den Resonanzkörper der Gruppe und erfüllten und bewährten sich darin, diesen Körper zum Klingen und Schwingen zu bringen: in ihrer, in seiner Musik. Es war schön und schmerzhaft, Sofies Augen aufleuchten zu sehen.

Und er? Bo bläst die Luft durch die Lippen. Es fällt ihm schwer, sich mit Nietzsches Diktum anzufreunden, falls »es auch Männer geben sollte, denen ihrerseits das Verlangen nach vollkommener Hingebung nicht fremd ist, nun, so sind das eben – keine Männer«. Was ist er, wenn kein Mann? Könnte daher, aus dieser Unsicherheit des Wollens, die Vorstellung gekommen sein, »schwul« werden zu müssen? Über echte Schwule weiß er genau wie damals so gut wie nichts – obwohl ihm vor Jahr und Tag der Genosse Krahl vom Frankfurter SDS, angeblich selber nicht unschwul, im stockbesoffenen Zustand einen Vortrag über männliche Reinheit und homosexuelles Begehren und noch tausend andere Sachen gehalten hat, bei dem ihm ganz schwindlig geworden ist. Dass der Bruder von Lilli aus der Berliner WG schwul ist, hätte er gar nicht bemerkt, wenn sie es nicht gesagt hätte. Im vorigen Jahr ist es ihm zweimal passiert, dass Frauen ihn mit einem seltsam innig-schüchternen Blick gefragt haben, ob er schwul sei. Wie sie darauf kamen, konnten sie auch nicht sagen: irgendwas an der Art, wie er so dasitzt, und guckt, und redet, und so ... Inzwischen ist das Wort ja beinahe selbstverständlich geworden und keine üble Beschimpfung mehr wie noch 67.

Aber schwul hin oder her, wenn Nietzsche recht hat, ist das, was er unter Liebe versteht, von dem »Haben-Wollen« eines richtigen Mannes weit entfernt. Er nämlich versteht unter Liebe ... Tja. Was er auf jeden Fall *nicht* darunter versteht, ist das paschahafte Entgegennehmen von Margits nimmermüden Bestrebungen, ihn rundherum zufriedenzustellen. Gewiss, die ersten Male sind ihm schier die Sinne darüber geschwunden, mit welchen Raffinessen sie ihn über ungeahnte Stufen der Vorlust zur langsamen, genüsslich ausgekosteten Verschmelzung der Geschlechtsorgane führte, um dann, indem sie ihn fest umschloss und ganz still hielt, auf einmal die Scheidenmuskeln so geschickt spielen zu lassen, dass er im ersten Moment an eine Sinnestäuschung glaubte ... aber nein, das waren wirklich Muskelbewegungen tief in ihr drin, ihr Becken war völlig ruhig, und dennoch massierte sie ihn nach allen Regeln der Kunst, zog ihn förmlich in sich hinein. Er meinte, sein Glied noch niemals so intensiv gespürt zu haben, ja seinen ganzen Körper, denn die Wellen der Lust, die von seinem Unterleib ausgingen, durchpulsten ihn in einer nicht enden wollenden Steigerung von Kopf bis Fuß, so dass er sich erschauernd, zitternd, geschüttelt in immer heftigeren Glückskrämpfen wand, bis er zuletzt in ihr explodierte.

Ein Traum. Die ersten Tage ist er kaum aus ihrem Zimmer herausgekommen. Aus ihr. Dann hat es ihn doch hinausgezogen, und wenn er zurückkam, war es ... immer noch gut, verflucht gut, nur ... nein, es war sehr gut. Ein Traum, mit ihr zu schlafen. Halt das Wachsein war schwierig, das klappte nicht ganz so gut, und irgendwann klappte es überhaupt nicht mehr ganz so gut mit ihr. Wurde eher schwieriger. Er will offenbar, sagt er sich und schlägt seufzend die *Fröhliche Wissenschaft* zu, eben nicht nur *haben*, so wunderbar dieses Haben sein mag, er will sich seinerseits auch, jawohl, *geben*, wie im Singen zum Beispiel, und wenn das noch so viel Zweifel an seiner Männlichkeit aufkommen lässt. Kann es sein, dass Nietzsche unter Geben und Nehmen etwas völlig anderes versteht als er? Andererseits weiß er nicht, ob er sich *Margit* geben will ... Nein, Quatsch, natürlich weiß er, dass er es nicht will, dass er sich nur einer Frau geben, hingeben kann, die willing and able ist, ihn zu fassen, ihn wirklich zu nehmen, voll und ganz. Dabei hätte man meinen sollen, dass ein Mann schwerlich voller und ganzer genommen werden kann als von Margit – aber das ist noch mal ein anderes Nehmen, im Grunde ist es das, was Nietzsche als Geben bezeichnet, obwohl es gar kein richtiges Geben ist, weil sie sich gar nicht selbst gibt sondern ... einen Teil, irgendeinen abgespaltenen Teil, ein Bild, das sie sich zurechtgemacht hat davon, wie eine Frau zu sein hat, eine richtig tolle Frau, auf die die Männer voll abfahren, nur leider bleiben sie hinterher nicht bei ihr, die Männer. Fahren voll ab und tschüs. Wenn Margit und er hinterher nebeneinander lagen, oder später nebeneinander saßen, oder nebeneinander spazieren gingen, dann waren sie dermaßen nebeneinander, dass er kaum ihre Hand halten konnte, weil er keine Verbindung fand, die nicht sofort zum Ficken führte, »Pimpern«, wie sie es nennt, zum rettenden, heilenden Ficken, heilend den riesigen Riss, der zwischen ihnen klaffte und über den kein Wort hinwegreichte, keine wie immer geflügelte Hand. Sie waren sich völlig unfassbar. Was Margit ganz normal zu finden scheint: wenn man was zu fassen haben will, dann gibt es dafür doch das Bettchen, komm, mein süßer Pimperpimmel, komm komm komm ... Doch er will nicht mehr. Er will mehr.

Was will er? Alles. »Vogliamo tutto« – ausnahmsweise mal die richtige Parole, die die Frankfurter Spontis da von der Lotta Continua übernommen haben. Keine halben Sachen. Schon gar nicht in der Liebe. Das Ganze: eine Frau, der man sich hundertprozentig zumuten, vor der man alles aussprechen, alles herauslassen kann, die sich für alles interessiert, was einen bewegt, und ihrerseits von Sachen bewegt ist, die einen interessieren können, mit der man richtig abheben, hemmungslos träumen und dann auf einen gemeinsamen Boden kommen und diese Träume verwirklichen kann, Seite an Seite, Eins im Andern. Die man *hinterher* immer noch liebt, mehr denn je, und von der man seinerseits alles gezeigt bekommen will und nie genug, nie genug bekommen kann ... So ungefähr. Und ist das jetzt im Kern etwas anderes als das blödsinnige romantische Schlagerideal von der einen großen Liebe des Lebens? Die totale Verblendung, der todsichere Weg in das Unglück des beschädigten Lebens? Kann er das wirklich wollen? Sind sie nicht einmal angetreten, damals in ihrer tollen Sexualkampagne, diesen ganzen verlogenen Kitsch ein für allemal auf den Müllhaufen der Geschichte zu werfen? Weil dabei natürlich letzten Endes immer bloß die alte bürgerliche Zwangskiste von heiraten, Kinder kriegen, Kleinfamilie im Eigenheim herauskommt. Gerade davon wollten sie sich befreien, radikal – aber zumindest die Frauen fangen, wenn er das richtig sieht, mittlerweile damit an, sich auch von der Befreiung zu befreien und aufs neue den Krieg der Geschlechter auszurufen, den eigentlichen Naturzustand, wie Nietzsche an anderer Stelle schreibt, wo er die Liebe als den »Todhass der Geschlechter« bezeichnet und die »Emanzipation des Weibes« als den instinktiven Hass der unfruchtbaren, nein, der »missratenen«, schreibt er, der »gebäruntüchtigen« Frau gegen die »wohlgeratene«. Er mag sich gar nicht vorstellen, was los gewesen wäre, wenn er Petra das vorgelesen hätte.

Ja, Krieg, das ist es doch, was die Geschlechter miteinander abziehen, mit hoffnungsvollen Waffenstillständen dazwischen, aber auf die Dauer nichts anderes als Krieg, sadomasomäßig: das Aufeinanderprallen zweier sich zutiefst fremder Hälften, die sich verklammern und sich, von anfänglichen wohligen Gefühlen verlockt, aneinander reiben, bis sie sich wundgescheuert haben und vor Schmerz schreien, woraufhin sie eine Weile Ruhe halten und gemeinsam Wunde an Wunde verschorfen, sich wieder losreißen, bluten, schreien, weil der andere ihnen solche Schmerzen zufügt, aufeinander losgehen, klammern, scheuern, verschorfen, schreien und immer so weiter, wohl bis der Zustand einer ihm heute noch schwer vorstellbaren, aber an den Eltern nur zu gut zu beobachtenden Abstumpfung erreicht ist. Ein Scheißspiel.

Ein Scheißspiel. Natürlich hängt es mit Sofie zusammen, dass das alles gerade jetzt so geballt in ihm hochkommt. Ohne die Intensität zwischen ihnen hätte er Margit wahrscheinlich nicht so schnell sattbekommen. Aber dass er über das Singen hinaus mit ihr an seinen Liebesliedern basteln und stundenlang über alles, na ja, fast alles reden kann wie mit keiner anderen Frau, das geht mit Sicherheit nur, weil er jeden Gedanken an Sex mit Gewalt unterdrückt. Irgendwie scheint das die Voraussetzung für eine echte Freundschaft zu sein, dass man das Sexuelle davon fernhält, diesen Drang zur Verklammerung, der irgendwann immer den selben Schmerz- und Schreiablauf in Gang setzt. Die selbe Unfreiheit produziert. Deswegen wohl kann man im allgemeinen mit Männern besser reden und Sachen machen: man will sonst nichts voneinander und die Energien sind frei, in andere Bereiche zu fließen. Wahrscheinlich haben Schwule untereinander genau die selben Probleme wie Heteros. (Aber warum zieht es sie dann überhaupt zueinander: echt aus ... sexuellen Gründen?) Wobei ja auch unter den Männern nur mit wenigen wirklich was anzufangen ist. Zur Zeit hat er eigentlich nur Egon zum Freund. Und Sofie. Sofie. Will er mit ihr eine Männerfreundschaft haben? Kaum. Die andere Spannung ist immer da, bei ihm jedenfalls: die, aller Selbstbezähmung zum Trotz, unablässig bohrende Frage, ob es nicht, wo zwei Hälften sind, auch ein Ganzes geben müsste.

Das Ganze. Idealismus pur. Ein praktisches Beispiel dafür kennt er nicht. Unterm Strich ist Petra immer noch das beste, was ihm bis jetzt von der andern Seite entgegengekommen ist. Und mit den Jahren hat sich zwischen ihr und ihm ein ganz guter Realismus eingependelt, oder wenigstens wäre die Chance dazu in Sicht. Er sollte sich wirklich langsam darüber klarwerden, was er von einer Frau will.

Wollen könnte.

Nein, will.

Will.

Anlass dazu hatte er, denn zu seiner Überraschung und, ja, doch, Freude, natürlich, hatte Petra ihm Ende Juni in einem langen spätnächtlichen Telefonat eröffnet, wenn er es wirklich wolle, sei sie nun doch bereit, nach Mainz zurückzugehen. Die Beziehung sei ihr einfach sehr wichtig, das sei ihr nach seinem Weggang noch einmal klargeworden, und so beschissen sie sein unsensibles und ultimatives Verhalten nach wie vor finde, habe sie doch eingesehen, dass er letztlich nicht anders handeln konnte, dass er die Gelegenheit mit der Band ergreifen musste. Aber er müsse auch verstehen, was der Wechsel von Pross zu Noelle-Neumann sie für eine Überwindung koste, was für ein Absturz das sei, zu rechtfertigen allenfalls damit, dass die Publizistik in Mainz im Ruf stand, stärker praxisbezogen zu sein als die in Berlin oder anderswo und von daher ein Studium dort im Hinblick auf die spätere Berufstätigkeit von Vorteil sein konnte. Bo meinte, ihren Vater reden zu hören, der sie bestimmt liebend gern bei der *FAZ* untergebracht hätte.

Überraschend kam ihr Entschluss auch deswegen, weil zwischen ihnen bei Petras Wochenendbesuch nicht nur eitel Sonnenschein geherrscht hatte und er einigermaßen ratlos gewesen war, wie es mit ihnen weitergehen sollte. Sie hatte sich geweigert, bei ihm zu übernachten, weil ihr die Luft in der Tripmühle zu »testosteronhaltig« sei, wie sie nach einem kurzen Nachmittagsabstecher ihren Eindruck zusammenfasste, und so hatte er das Wiedersehen mit ihr in ihrem alten Mädchenzimmer in der elterlichen Wohnung feiern müssen, was wie üblich nicht ganz ohne Spannungen mit ihrem Arschloch von Vater abgegangen war, den die Mutter auch mit bestem Zureden nicht für Bo einzunehmen vermochte. Die Erdbeeren, die er zur Erinnerung an alte Zeiten gekauft hatte, gab er in der Küche zum allgemeinen Gebrauch frei. Hatte sie denn ihre Abneigung überwunden, fragte er sie jetzt am Telefon, oder wie sollte das gehen, wenn sie zu ihm in die Mühle zog? Gar nicht. Petra schnaubte. Sie dachte nicht im Traum daran, den Harem der Herren zu vermehren. »Nachtigall, ick hör dir tripsen«, sagte sie in einem Tonfall, wie er unberlinerischer nicht hätte sein können. Nein, sie wusste schon länger, dass ihre alte Freundin Sabine in Mainz eine Frauenwohngemeinschaft aufmachen wollte, hatte vor einiger Zeit ihr prinzipielles Interesse kundgetan, und vor ein paar Stunden hatte Sabine angerufen, um ihr mitzuteilen, dass sie eine Wohnung in Zahlbach sicher hatte, in der Lanzelhohl, in Laufdistanz zur Uni: ob Petra nun mit einziehen wolle oder nicht? Jetzt hing es von ihm ab, wie sie sich entschied.

Das Dumme an Petras Umzug war der Termin. Das heißt, der Umzug selbst ging noch: der Bandbus war zwar nicht an dem gewünschten Wochenende Mitte August, aber zwei Tage später verfügbar, und Egon hielt sein Angebot aufrecht und kam als zweiter Fahrer und Packer mit. Auch beim Tapezieren und Streichen konnte Bo ein bisschen mitmachen. Aber Petras Vorstellung, sich in Zahlbach gemütlich einzurichten, ein, zwei Wochen mit ihm zu schnuckeln und dann Ende des Monats die Fahrt nach Rom nachzuholen, die im Jahr davor wegen seines frisch angetretenen Zustellerjobs und anderer Sachen ins Wasser gefallen war, diese Vorstellung ließ sich beim besten Willen nicht verwirklichen. Zwei Wochen vorher war *Numba* herausgekommen, und der langersehnte und sich endlich anbahnende Erfolg warf alle anderen Planungen über den Haufen. Die Tourneevorbereitungen liefen an, Fred hätte am liebsten täglich zehn Stunden geprobt, die *Sounds* wollte einen Bericht über die Shiva Shillum bringen, sogar der *New Musical Express* hatte Interesse angemeldet, es gab schon eine Einladung von Radio Bremen, und das schien erst der Anfang zu sein. Petra konnte nicht im Ernst verlangen, dass er in der Situation mit ihr nach Italien gondelte. So kam es, dass statt neuer Nähe die Zeichen erst einmal auf Distanz standen – jedenfalls bei Petra, die für ihr Gefühl einen Riesenschritt auf ihn zu getan hatte und jetzt deutlich einen entsprechend großen Schritt von ihm erwartete. Den er auch liebend gern getan hätte, ehrlich, aber, wie gesagt, zum Wegfahren konnte der Zeitpunkt gar nicht ungünstiger sein, vielleicht, soweit er die bisherigen Planungen überblickte, im Januar, oder in den nächsten Semesterferien, im März oder April, vor der Frühjahrstournee, die es mit hoher Wahrscheinlichkeit geben würde, mit Frühlingsgefühlen im Bauch und so. Auf jeden Fall, Rom hin oder her, freute er sich wie blöd, dass sie nachgekommen war, und wenn es sich nur irgend machen ließ ...

Erst einmal ließ sich wenig machen. Statt sich ein zweites Mal von ihm ausbremsen zu lassen, wie sie sagte, gewann Petra Sabine für die Romreise, die ihnen jedoch, so der Bericht hinterher, durch die römischen Machos mit ihrer penetranten Anmache gründlich vermiest wurde. Den Rest der Semesterferien verbrachten die beiden damit, eine Autonome Frauengruppe Mainz auf die Beine zu stellen, zu deren Gründungsversammlung auch Sofie erschien. Fest mitarbeiten wollte sie dann aber doch nicht. Von terminlichen Gründen einmal abgesehen, bemerkte sie auf einem ihrer Spaziergänge »durch die Gemarkung« zu Bo, sei ihr der Ton in der Gruppe einfach zu schrill. Mit Petra allein könnte sie stundenlang reden. Schade, dass sie so selten nach Rommersheim rauskam. Auch ein Gespräch mit Sabine, die Afrikanistik studierte, was sie sich auch schon als Möglichkeit überlegt hatte, war hochinteressant gewesen und noch netter geworden, als Leloba hinzukam, ihre botswanische Mitbewohnerin. Aber die Atmosphäre in der Lanzelhohl insgesamt ... die wenigen Male, wo sie dagewesen war ... irgendwie ging ihr da vor lauter Frausein sehr bald das Gefühl für sich selbst verloren.

Bo ging eher das Gefühl für Petra verloren, wenn er sie in der Wohnung besuchte. Sich selbst fühlte er mehr, als ihm lieb war – oder jedenfalls sein Mannsein. Typsein. Einzeln war jede der vier Frauen auf ihre Art nicht unrecht, selbst mit der lesbischen Lotte hatte er einen Sonntagmorgen, als die andern noch schliefen, unerwartet locker herumgealbert, weil sie so gern Bier trank und und ihrerseits die ironische Ernsthaftigkeit ironisierte, mit der er Nietzsches Urteil zum besten gab, Bier sei bei den Deutschen gleichbedeutend mit Schwere, Lahmheit und Schlafrock. Aber als Mann, der eine halbwegs relaxte Beziehung mit seiner Freundin leben wollte, kam er sich in der Wohnung vor wie unter Beobachtung des Verfassungsschutzes. Er konnte tun, was er wollte, er machte sich verdächtig. Alles was er tat, war *männlich* (das Wort ausgespuckt wie eine faule Kirsche), was die Mädels machten, war *weiblich,* sprich, über jeden Zweifel erhaben. Was hätte er auf Petras Frage, wie er das weibliche Ambiente der Wohnung finde, anders tun können, als sich in die Nesseln zu setzen? Die Farben an den Wänden, altrosa, ocker, braun, lindgrün, die er zum Teil selbst auf die Raufaser geklatscht hatte, mochten ja noch angehen, auch wenn ihm Schlichtweiß einfach besser gefiel, aber Eichenschränken, Ohrensesseln, Plüschsofas, Spitzengardinen, Häkeldeckchen, Fransenlampen, Ölbildern von Nymphen und Wildpferden und Unmengen gerahmter bräunlicher Fotografien von Damenkränzchen, Ausflügen ins Grüne, Hochzeitspaaren, seelenvoll in die Ferne blickenden Jungfern und andern Motiven aus Omas Mottenkiste, diesem ganzen schnörkeligen Plunder konnte er beim besten Willen nichts abgewinnen. Wobei ihn solche weiblich-weichen Interieurs vermutlich weniger gestört hätten, wenn das Verhalten der Damen entsprechend gewesen wäre.

Sabine zum Beispiel. Er fand sie gar nicht unattraktiv, und ihre schwingenden Birnenbrüste mit dem leichten Himmelfahrtsdrall hatten eine Form, die er bei diesem Organ ausgesprochen gern sah (und die auch, wie er von einer langverflossenen Nacht her zu erinnern meinte, gut in der Hand lag), aber wenn er mit Petra beim Frühstück saß und sie auf dem Weg vom Bad in ihr Zimmer dreimal splitternackt durch das Gemeinschaftszimmer stampfte und dabei das erotische Flair einer Dampfwalze verbreitete, schlug ihm das irgendwann doch auf den Magen. Wehe, ein falscher, ach was, überhaupt ein Blick! »Die Titten als Waffen im Emanzipationskampf«, bemerkte er nach dem zweiten Mal zu Petra, die immerhin grinste. Ob sie sich an Wolfs anfängliche Angewohnheit in ihrer alten WG erinnern könne, demonstrativ befreit und tabulos bei offener Tür zu kacken und bei andern immer just in dem Moment reinzukommen, wo sie gerade am Abdrücken waren, und vielleicht noch ein lockeres Gespräch vom Zaun zu brechen? Nach einigen Wochen innerer Verunsicherung war Bo schließlich der Kragen geplatzt und er hatte ihn über seiner dampfenden Wurst angebrüllt, er solle gefälligst rausgehen und die Tür hinter sich zumachen. Danach hatte er den beim Einzug abgezogenen Schlüssel aus der Kommodenschublade gefischt und wieder eingesteckt, und von dem Tag an durfte abgeschlossen werden, zur unausgesprochenen Erleichterung der Mädels, deren vom Herzen fallende Steine man regelrecht plumpsen hören konnte. Spülung. Petra nickte. Sie erinnerte sich. Als Sabine zum dritten Mal durchs Zimmer walzte, sah Bo sie an und fragte betont höflich, ob sie nicht ein klein wenig Rücksicht auf seine kleinbürgerliche Verklemmtheit nehmen könne. Dagegen war schwer zu schießen. Sie sagte: »Ach Gottchen«, aber kam nicht noch einmal.

Sabine hatte sich einige Monate zuvor von ihrem langjährigen Freund getrennt, bei dessen penetrantem Gebumse sie nie einen Orgasmus bekommen habe und der partout nicht bereit gewesen sei, auch mal auf den Schwanzfick zu verzichten, weil er es in seiner Macho-Borniertheit nicht wahrhaben wollte, dass sexuelle Erregung und Befriedigung bei Frauen allein über die Klitoris lief. Sabine neigte inzwischen dazu, die herkömmliche Art des heterosexuellen Beischlafs als mildere Form der Vergewaltigung zu betrachten, mit der die Männer die Frauen für ihre einseitigen egoistischen Lustinteressen missbrauchten. Sie hatte deswegen dem anderen Geschlecht ganz abgeschworen und war dabei, die wahre weibliche Lust mit Frauen zu entdecken. An dem Punkt schieden sich ihre und Petras Wege. Diese gab ihr zu, dass die Typen von den seelischen Bedürfnissen der Frauen, ihren Ängsten, Verletzungen, Hoffnungen, Phantasien, keine Ahnung hatten, dass Frauen dafür nur bei anderen Frauen echtes Verständnis finden konnten, aber sexuell könne und wolle sie nicht umsatteln – zumindest auf ihrem derzeitigen Bewusstseinsstand, vielleicht entwickelte sie sich da ja noch weiter. Bo wusste, dass man Petras Worte nicht auf die Goldwaage legen durfte, aber manchmal kam er sich vor wie der letzte Vertreter einer aussterbenden Rasse, ein Neandertaler, für den sich überraschenderweise doch noch eine bescheidene Verwendung und Existenzberechtigung gefunden hatte. »Hach, ist bin nur ein Sexualobjekt für dich!«, tuntelte er einmal zum Spaß herum, und obwohl aus dem Spiel dann eine richtig heiße Nummer wurde, hatte er dabei, und mit der Zeit immer mehr, das Gefühl, dass Petra und er sich dem Ende entgegenvögelten.

Ein einziges Mal fühlte Bo sich von Sabine wie ein Mensch behandelt, aber da hatte er es auch bitter nötig. Er war mit der Linie 8 auf dem Weg vom Bahnhof nach Zahlbach, als kurz vor der Haltestelle Hauptfriedhof sein Blick auf einen Mann seines Alters fiel, der etwa fünf Reihen weiter mit dem Gesicht zu ihm direkt an der Tür saß: wohlgenährt, adretter Fassonschnitt, dunkler Anzug,

Aktentasche. Der Mann wandte sich schnell ab, stand auf und stieg aus, sobald die Straßenbahn anhielt. Wer zum Teufel ...? Verwirrt sah Bo ihm durchs Fenster hinterher, als es ihm auf einmal wie Schuppen von den Augen fiel. Dieser wiegende Gang! »Mani!« Er sprang zur Tür, die sich gerade wieder geschlossen hatte, drückte wie wild auf den Aussteigeknopf, bummerte gegen die Scheibe, aber der Fahrer scherte sich nicht um sein Rufen und Lärmen und fuhr los, und Mani – denn er war es, todsicher, halt völlig verändert ohne den Bart und die langen Haare – drehte sich nicht einmal um.

Als Sabine ihm die Tür aufmachte, musste er so entgeistert ausgesehen haben, dass sie ihn erschrocken fragte, was denn los sei. Er erzählte es ihr, mit erstickender Stimme. Mani. Klar kannte sie den von früher, ab und zu lief ihr im Goldstein noch seine Ex über den Weg, Gisa, und sie redeten von den alten Zeiten. Soviel sie wusste, war er eine Zeit lang im »Politbüro« dieser Spartacusgruppe gewesen, in Frankfurt. Dann waren irgendwann Leute von einer völlig verrückten amerikanischen Organisation im Rhein-Main-Gebiet aufgetaucht, irgendwas mit Labor Committee, und die hatten, erzählte man sich, im vorigen Jahr etwa die Hälfte der hiesigen Spartacisten einer regelrechten Gehirnwäsche unterzogen, selbst Arnulf, für den sie früher mal heftig geschwärmt hatte. Keine Ahnung, wie das gegangen sein sollte, aber angeblich fingen die auf einmal alle an, rumzulaufen wie aus dem Ei gepellt und Flugblätter über den Weltuntergang oder so zu verteilen. Total krank.

»Aber ... Mani ... wir ...«, konnte Bo nur stammeln. Er hatte sich über die Jahre immer mal ein Wiedersehen vorgestellt, gerade in letzter Zeit, vielleicht wenn der Tourneetrubel sich fürs erste gelegt hatte und ein bisschen Ruhe einkehrte; eine Gelegenheit, alte Fäden neu anzuknüpfen. Von der Sexta an war Mani sein bester Freund gewesen ... acht Jahre lang ... was hatten sie alles miteinander gemacht ... und dann ... selbst wenn es nicht mehr die dickste Freundschaft aller Zeiten geworden wäre ... aber ... wie war das möglich? Er konnte sich keine Gehirnwäsche der Welt vorstellen, die so etwas fertigbrachte. Als er in Tränen ausbrach, nahm Sabine ihn tatsächlich in den Arm und zog ihn sanft aufs Sofa.

Erst jetzt merkte Petra, dass er da war, und kam aus ihrem Zimmer, und fast gleichzeitig kam aus dem hinteren Teil der Wohnung Lotte in Begleitung eines blonden, etwas käsig aussehenden Mannes mit langen Koteletten, engem Jackett und Schlaghosen. Bo wandte sich verlegen ab, dann fuhr sein Kopf herum und er starrte durch einen Tränenschleier das nächste Gespenst der Vergangenheit an: »Ruud?« Er war es in der Tat, und als Petra ihm erklärt hatte, wer das Häufchen Elend war, das ihm da gegenübersaß, meinte er sich an das Gesicht seines Nachfolgers bei den Rout 66 zu erinnern, die erste Platte von ihnen hatte er sich damals gekauft, mit ihren Fotos hinten drauf, aber auf der Straße hätte er Bo nicht erkannt – schon gar nicht, wo es ihm im Moment echt dreckig zu gehen schien. »Genau«, schaltete sich Lotte ein. »Ihr solltet die Bekanntschaft lieber ein andermal auffrischen.« Sie seien nämlich unterwegs zu einem Treffen, auf dem sich hoffentlich eine Initiativgruppe Homosexualität gründen würde, und sowieso schon spät dran. Ruud tätschelte Bo die Schulter. Vielleicht klappte es ja ein andermal. Bo nickte und hob matt die Hand. Ruud hatte immer noch die gleiche kieksige Stimme wie damals, nur der niederländische Akzent war schwächer geworden.

Mitgenommen, wie er ist, packt Petra ihn in ihren neuen blauen Käfer, Papis Belohnungsgeschenk zum Wechsel nach Mainz, und fährt ihn nach Rommersheim hinaus, bleibt über Nacht. Ihre Zärtlichkeit tut ihm wohl. Er ist selbst überrascht, wie dünnhäutig er ist. Es ist wohl doch keine ganz leichte Zeit. Gewiss schwimmen sie auf der Welle des Erfolgs und sind alle immer kurz vor dem Durchdrehen, oder mittendrin. Erst vorige Woche waren zwei Typen vom *Spiegel* da und haben sie für einen großen Artikel über »Schamanen des Deutschrock« interviewt. Zugleich nimmt die Aggressivität in der Gruppe zu. Zwischen Dave und Carlo hat die Chemie von Anfang an nicht gestimmt, und inzwischen giften sie sich nur noch an. Als Fred, Dave, Richie und Bo nach dem Konzert in München im Hotel die Sau rausgelassen und im bekifften Zustand die Leute verarscht haben, hat Egon, der immer ruhige und entspannte Egon, sie angeschrien, wenn sie noch einmal das Personal auf diese Weise wie Dreck behandeln würden, könnten sie ohne ihn weitermachen. Und Fred wird überhaupt immer zickiger und primadonnenhafter und meckert wegen jeder Kleinigkeit, wirft Bo seine angebliche Schlaffheit vor. Bo hat ihn in Verdacht, dass er auf seinen guten Draht zu Sofie eifersüchtig ist, obwohl er natürlich keinerlei Andeutungen in der Richtung macht, aber warum sollte er ihn sonst auf dem Kieker haben? Dabei kann Bo gewiss nichts dafür, dass es zwischen Fred und Sofie zur Zeit vernehmlich knirscht im Getriebe – ein Eindruck, der sich bestätigt, als Petra und er am Morgen zum Frühstück in die Küche hinunterkommen.

Die beiden sitzen schweigend an verschiedenen Enden des großen Tischs, sonst ist niemand da, aber Petra ignoriert das Eis in der Luft und begrüßt erst Sofie mit einer Umarmung, dann ... Fred. Und der scheint sich richtig zu freuen, und binnen kurzem führen die beiden ein engagiertes Gespräch, zu dem Sofie und Bo zwar nur wenig beitragen, aber das die Stimmung im ganzen merklich hebt. Fred amüsiert sich darüber, wie Petra über den Studienbetrieb in Mainz lästert, und lacht tatsächlich schallend, als sie Noelle-Neumanns zackige Art persifliert. Er seinerseits berichtet von der Arbeit an einer Filmmusik, und als sie sich interessiert zeigt, fragt er, ob sie mit ins Studio kommen und sich anhören mag, was er bis jetzt hat – »die andern beiden kennen das ja schon«. Petra mag.

»Spitze«, sagt Bo, als die zwei angeregt plaudernd von dannen ziehen.

»Sie ist echt ein Schatz«, sagt Sofie.

Sie wisse bestimmt nicht, sagt Bo, dass Petra am Anfang, als sie sich kennen lernten, unsterblich in Fred verliebt war. Nicht wahr! Sofie macht große Augen. Er erzählt ihr die Geschichte, wenigstens zum Teil. Wobei er, recht bedacht, selbst nicht so genau weiß, wie sich ihre Gefühle später entwickelt haben. Einerseits hat Petra bei den wenigen Malen, wo er das Thema ansprach, so getan, als sei das Kapitel längst abgeschlossen, eine Jungmädchenschwärmerei, abgehakt und erledigt. Andererseits war »Fred« eine Zeit lang ein Spiel zwischen ihnen, ein Kürzel, das für etwas Unerreichtes, Unerreichbares stand. »Ich bin halt nicht Fred«, pflegte Bo in Momenten zu sagen, in denen sie ihm diesen oder jenen Mangel vorhielt. Und: »Du bist halt doch nicht Fred«, fing sie irgendwann an zurückzugeben, ironisch natürlich, wenn es ihr passend erschien, ihm einen leichten Dämpfer aufzusetzen.

Sofie lacht über die Geschichte. Sie wäre so dankbar, wenn Petra Fred ein bisschen umgänglicher machen könnte. In letzter Zeit sei mit ihm kaum noch zu reden, und wenn, dann höchstens über die Tabula Dingsbums und dieses ganze alchemistische Zeug, immer sei er auf irgendeinem Trip, Acid oder Musik, häufig beides. Anfangs sei es so schön mit ihm gewesen, die spontane, direkte Art, mit der er ihre Impulse aufgriff und weiterführte, ihr Gefühl, mit ihm wirklich etwas *gemeinsam* zu machen, und darin habe er sie auch sehr bestätigt und überhaupt nicht den Überlegenen und Erfahrenen gespielt, der gönnerhaft auf die kleine Achtzehnjährige hinunterguckt. Wie jetzt manchmal.

Bo weiß, was sie meint. Er habe, als er sie die erste Zeit zusammen mit Fred erlebte, den Eindruck gehabt, dieser mache zum ersten Mal die Erfahrung, dass eine Frau ihm das Wasser reichen konnte, dass sie auf ihre Weise genauso berauscht und begeistert von ihren Ideen war wie er von seinen und sich nicht bloß an seine Begeisterung anhängte, sein Ding mitmachte und ihn kuhäugig anhimmelte.

Na ja, angehimmelt habe sie ihn schon auch, aber irgendwie gedacht, das Anhimmeln wäre gegenseitig. Gerade weil sie ihn nicht nur als großes Genie anbeten will, sondern eigene Ziele verfolgen, eigene Faszinationen leben ... Und sie habe ... ach, Scheiße, sie habe ehrlich geglaubt – wo sie sich so bemüht, nicht die selben Fehler zu machen wie ihre Mutter – dass er mit ihr keine anderen Frauen mehr nötig haben würde ...

Für seine Verhältnisse habe er auch ziemlich lange keine gehabt, meint Bo. Sie habe nicht im Ernst erwarten können, dass einer wie Fred dauermonogam werden würde.

Ja, hm, wahrscheinlich nicht. Wahrscheinlich nicht.

Und auf einmal – zang! – ist ihm, als hätte jemand das Licht angeknipst, in ihm und überhaupt. Ihm ist alles klar. Hier und heute haben sich endlich die richtigen Paare gebildet. Petra – ist sie nicht in Wirklichkeit von jeher für Fred bestimmt gewesen? Und Sofie – noch nie hat ihn eine Frau so mächtig gezogen, so ... ganz. Selbst der Name: hat er nicht vor Jahren eine Frau haben wollen, die »Anders« war? Er weiß jetzt, was er zu tun hat, er sieht es deutlich vor sich, sieht sich die Hand ausstrecken, lächeln, »Komm« sagen, und sie kommt und sie weiß es auch und sie will ihn, hat ihn immer gewollt und – er holt tief Luft – da ...

... steht sie auf und grinst ihn an. »Ich muss mal aufs Klo«, sagt sie. Weg ist sie. Weg.

Ende Februar kam Sofie mit ihrer Freundin Luzie aus dem Senegal zurück. Sie waren bei den Bassari im Südosten des Landes gewesen und hatten unter anderem, wie geplant, die Maskentänze miterlebt, die den öffentlichen Teil des Initiationsrituals der Jungen bildeten. Sofie kam in jeder Hinsicht aus weiter Ferne, als sie Bo auf einem Spaziergang davon erzählte. Es war, begriff er, während sie redete, ihr Abschied. Die Beziehung zu Fred war bei ihrer Rückkehr weniger zerbrochen, als dass der schon vorher erfolgte Bruch gesehen und bestätigt und mit allen Konsequenzen vollzogen wurde. Die Trauer hing über der Tripmühle wie eine drückende graue Wolke. Sofie war bereits unterwegs zu anderen Ufern. Denn so erregend der Aufenthalt bei den Bassari gewesen war, erzählte sie weiter, das wirklich einschneidende Erlebnis hatte sie in einem Dorf weiter im Norden gehabt, in dem just am Abend ihrer Ankunft ein Wandertheater mit einem Volksstück gastierte. Die Mischung aus Tanz, Musik, traditionellem Erzählen und Improvisation, aus alten rituellen Formen und aktueller politischer Aufklärung sei für sie eine Offenbarung gewesen. Noch während der Aufführung habe sie erkannt, dass sie nie im Leben Afrikanistik studieren wollte; sie konnte keine Wissenschaftlerin werden wie Leloba und Sabine und gelehrte Arbeiten über Thomas Mofolo oder das Frauenbild der Négritude verfassen. Sie hatte beschlossen, Schauspiel zu studieren. Sie war dabei, Bewerbungen an Schulen in Zürich, Hamburg und Wien zu schreiben. Sie wollte direkt mit Menschen arbeiten, versuchen, angepasst an die hiesigen Verhältnisse auf ähnliche Weise mit den Mitteln der Kunst gesellschaftlich etwas zu bewegen wie das Wandertheater in diesem senegalesischen Dorf. Gemeinschaft stiften. Weder Agitation noch l'art pour l'art, sondern die Menschen dort abholen und mitnehmen, wo sie wirklich standen.

Während er mit halbem Ohr zuhörte, suchte Bo verzweifelt nach einer Möglichkeit, sie zu halten, ihr seine Liebe zu gestehen. Konnte er vielleicht jetzt die Hand nach ihr ausstrecken? Er konnte es nicht. Er summte leise »How Can I Touch You«, sah sie von der Seite an. Sie ging nicht darauf ein. Sie war im Grunde schon nicht mehr da. Sie wollte Abschied nehmen, sie wollte nichts von ihm hören, schon gar nicht etwas, was sie wahrscheinlich längst wusste und erwogen und verworfen hatte. Nein, eine andere Adresse als die ihrer Eltern in Frankfurt konnte sie ihm im Moment nicht geben, sie wusste ja selbst nicht, wo sie landen würde. Aber wenn es so weit war, würde sie sich bei ihm melden. Es wäre bestimmt schön, sich wiederzusehen ... mit ein bisschen Abstand ... von allem.

Kurz zuvor hatte Petra den Schlussstrich gezogen. Sie hatte sich mit ihm an einem »neutralen Ort« treffen wollen, am besten irgendwo draußen. Er schlug den »Feuervogel« vor und hörte sie am Telefon aufstöhnen. Von ihr aus. Das war ihr jetzt auch egal. Als sie kam und er an ihrem Blick die Endgültigkeit der Sache erkannte, merkte er gleichzeitig, dass er auf dem Weg durch die Stadt ununterbrochen – und schon tagelang, wenn nicht wochenlang vorher immer wieder – ein Lied vor sich hin gesummt und gesungen hatte. »Sweet Surrender«. Tim Buckley. »And then you're gonna bring back your little reputation and prove to me what I could not prove to you.«

Er wusste, dass sie zwei Tage vorher mit Fred geschlafen hatte, nach ... was? ... über sieben Jahren. Aber sie war weit davon entfernt, ihn fredhalber zu verlassen, wie er zunächst geglaubt hatte. Nein, wie sie es darstellte, war dieser Akt die letzte, die ultimative Demütigung gewesen. »Das musste ich mir wohl noch geben.« Wieso letzte, was sollten denn die anderen Demütigungen gewesen sein? Das war anscheinend die falsche Frage. Aber wahrscheinlich wäre jede Frage die falsche gewesen. Einen Moment sah es aus, als wollte Petra in Tränen ausbrechen. Dann gefror das Wasser in einem Blitzfrost. Ihre Stimme wurde zu Eis.

»Was habe ich jemals an dir gefunden? Was? Du hast doch überhaupt nie was mitgekriegt von der Wirklichkeit. Von mir. Das einzige, was du kannst, was du immer nur konntest, ist Sprüche machen. Sprüche, Sprüche, Sprüche. Hierfür oder dafür, so oder so, Hauptsache Sprüche. Laber, laber, laber. Das fing ja schon 68 an, als du mir dein tolles politisches Engagement verkaufen wolltest, revolutionäre Agitation, Briefkästen in die Luft sprengen, und ein paar Wochen später war das alles vergessen und du hast nur noch nachgebetet, was Fred dir ins Ohr geblasen hat. Na, dem war es wenigstens ernst damit.«

Bo erstarrte. Auf dem grauen Rhein arbeitete sich ein Frachter stromaufwärts voran, kein Mensch zu sehen, keine flatternde Wäsche an der Leine, nichts. Er wusste genau, worauf sie anspielte, aber warum hatte sie all die Jahre vorher kein Wort darüber verloren und diese Geschichte in ihrem Elefantengedächtnis gespeichert, ohne dass er etwas davon geahnt hatte, und vermutlich noch hundert andere? Seine Vermutung trog nicht. Mit buchhalterischer Akribie rechnete sie ihm alle möglichen Schwächen und Verfehlungen vor, beschwor Szenen, die er längst vergessen oder vollkommen anders im Gedächtnis hatte, zeichnete das Bild eines schlaffen, haltlosen und unzuverlässigen Schwätzers. »Was habe ich bloß an dir gefunden?«, wiederholte sie. Im Bett, na ja, da habe er sie immer rumgekriegt. Sie sei einfach zu schwach gewesen.

»Aber spätestens als das mit Sofie anfing, hätte ich wissen müssen, was los ist – und eigentlich hab ich's ja auch gewusst, die ganze Zeit, und hab mich doch von deinem Geschwafel nach Mainz locken lassen, obwohl ich genau wusste, dass du nur auf sie scharf bist.«

»Es ist nie etwas mit Sofie gewesen, auch wenn das nicht in das Weltbild passt, das du dir so sorgfältig zurechtgelegt hast. Auch wenn dich das bei deinen idiotischen Geschichtsklitterreien stört.«

Petra lachte höhnisch auf. »Nichts gewesen! Wahrscheinlich bist du mittlerweile wirklich so abgehoben, dass du dir deine eigenen Sprüche abnimmst. Dass Sofie dich nicht rangelassen hat, weiß ich schon. Sie kann nichts dafür, sie hat sich halt von deinen Sprüchen einwickeln lassen, genau wie ich damals. Aber du hast doch in jeder Tussi, die du im vorigen Jahr gehabt hast, immer nur sie gevögelt, immer nur Sofie. Auch in mir hast du immer nur sie gevögelt. Sofie, Sofie, Sofie!« Mit ihrer hasserfüllten Stimme klang das orgastische Hecheln des Namens besonders gespenstisch. »Meinst du, das merkt man als Frau nicht? Wie blöd kann ein Typ eigentlich sein?«

Die geplante Frühjahrstournee der Shiva Shillum kam nicht zustande. Im Frühjahr gab es die Gruppe schon nicht mehr. Es war ein Zerfall ohne Knall, ohne Szenen, eine fast organische Kettenreaktion über wenige Wochen, ein stilles, trauriges Abbröckeln eines nach dem anderen. Nichts schien mehr einen Sinn zu haben. Als Bo Anfang April ging, wusste er buchstäblich nicht wohin. Es war ihm egal. Schon im März, kurz nach dem Ende des Wintersemesters, war Petra zurück nach Berlin gezogen.

Die Säule wächst. Hat er nicht eben noch bequem zu dem braun-
gewandeten Mann aufschauen und sich mit ihm unterhalten können? Jetzt muss er den Kopf immer weiter in den Nacken legen.
Er versteht seine Worte nicht mehr. Die braune Kutte des
Mannes ist verschwunden, eine Gitarre kommt zum Vorschein.
Es ist Jimi Hendrix. Die Säule ist jetzt so hoch, dass er ihn nur un-
deutlich erkennen kann. Er spielt »1983«, die träumende Gitarre,
er singt: »Well, it's too bad ... that our friends ... can't be with us
today ... well, it's ... too bad.« Wo sind sie, die Freunde? Bos Blick
schweift umher. Er steht auf einer kahlen Anhöhe, die Ferne vom
Nebel verschleiert. Irgendwo hoch oben rufen Vögel. Wo? Was?
Es ist gar nicht Jimi, erkennt er. Es ist Fred, in sein Spiel vertieft,
wie immer, den Blick nach innen gerichtet. Oder blickt er ins
Weite? Der Nebel hat sich verzogen: eine felsige Wüstenlandschaft. Andere Säulen sind zu sehen. Bo dreht sich um. Hinter
ihm auch. Auch sie wachsen. Auf jeder ein einzelner Mann mit
einem Instrument. Manche davon sehen wenig musiktauglich aus.
Auch Bo steht auf einer Säule. Immer höher geht es mit ihm
hinaus. Er schämt sich ein bisschen, so gut war er auf der Gitarre
nie. Es ist aber gar keine Felslandschaft mehr, als er sich umblickt,
sondern tief unten im Tal, und um das ganze Hochplateau herum,
liegt eine große Stadt, deren Hochhäuser von hier oben jedoch
zwergenhaft klein wirken. Menschenmassen ziehen an den Hängen empor, auf die Säulen zu. Die erste der wachsenden Säulen,

erkennt Bo, beginnt zu bröckeln. Sie kann jeden Moment stürzen. Angst weht auf. Der Wind wird stärker, bedrohlicher. Die Säule wird stürzen, wird ihm klar, er kann nichts machen. Der Satz wiederholt sich in seinem Kopf. Vielleicht kann er doch etwas machen, denkt er sich, zurückgehen vielleicht an einen Punkt vor dem Beginn des Bröckelns. Vage dämmert das Bewusstsein, dass er denkt. Die Säule wird stürzen, stürzen, stürzen, mahlt der Satz vor sich hin. Er steigt an die Oberfläche.

Normalerweise liebte er diese Zwischenzustände, wo er nicht mehr richtig schlief und noch nicht richtig wach war, oder umgekehrt: nicht mehr richtig wach, noch nicht ganz eingeschlafen. Nur wenn man in eine Schleife geriet, konnte es quälend werden. Man kam von beiden Seiten in diese Zustände hinein, und je nachdem war es ein Traumdenken oder ein Gedankenträumen. Um etwas Brauchbares zu schreiben, musste er in so einen Zustand gelangen. Als er den Traum erinnerte (am frühen Nachmittag im Café, blitzartig, eigentlich hatte er ihn schon vergessen gehabt), war der Auslöser, dass jemand am Nebentisch etwas von »Rudi« erzählte, und plötzlich meinte er, letzte Nacht Rudi Dutschke auf einer Säule gesehen zu haben – Moment mal, nein, das stimmte nicht ganz – und damit war das Bild wieder da und die Erinnerung an das, was er wirklich gesehen hatte. Wirklich? Was hieß das im Traum: sehen? Hatte er Jimi Hendrix »gesehen«? Oben auf der Säule war etwas wie eine Gefühlsqualität gewesen, die offenbar ebenso gut als Jimi wie als Fred erscheinen konnte. Oder als Rudi, mit dem Megaphon in der Hand statt Gitarre. Das Bild der Säule, der ganze Traum bestand aus montierten Gefühlsqualitäten. Aus Namen. Namenbildern. Namenbildergefühlen. Aber ganz deutlich gesehen – und mit der Erinnerung dieses Sehens kam ein überraschendes Glücksgefühl – hatte er das

Wachsen der Säule, dieses unbegreifliche Langziehen des Steins, ähnlich wie er sich Knochenwachstum vorstellte, und etwas später dann das Porös- und Mürbewerden, das Bröckeln. Auch die leichte Scham war deutlich gewesen, bei aller Herrlichkeit des eigenen Stands hoch über den anströmenden Massen, und die beklemmende jähe Erkenntnis, dass der Sturz unmittelbar bevorstand. Die gefährliche Abgehobenheit und Unverbundenheit des Säulenstehers, war das nicht der eigentliche Kern des Traums? Das was hinüberzuretten war in den Tag? »Ermattend auf getrenntesten Bergen«, fiel ihm ein Wort aus einem Gedicht – welchem? – von Hölderlin ein, den er für sich entdeckt hatte. Den zu lesen war jetzt ja offiziell erlaubt, seit der Rote Stern mit großem Tamtam seine »Frankfurter Ausgabe« herausbrachte; Nietzsche war noch verboten. Zwei Gipfel erschienen vor seinem inneren Auge, auf dem andern stand ... Sofie. Er zuckte zusammen, machte die Augen auf, schüttelte sich. Wie gesagt, man kam auch von der andern Seite in diese Zustände hinein. Das Denken floss über in Bilder. Und manchmal entstand daraus eine Idee ...

Idee. Ja, das war sie! Das musste sie sein! Die Idee, auf die er so lange schon hoffte.

Seit der Auflösung der Shiva Shillum vor zwei Jahren hatte er reichlich Zeit für Ideen. Nicht dass viele gekommen wären. Schon gar nicht in der ersten Zeit. Da war er in Frankfurt bei Frieder untergeschlüpft, der bei Missus Beastly ausgestiegen und seinerseits bei Linnea untergeschlüpft war, einer schwer überspannten Opernsängerin mit einem warmen Herz in der üppigen Brust, deren Sachsenhäuser Vierzimmerwohnung ständig von allerlei ambitionierten wie brotlosen Musikern belagert war. Nachdem er drei Wochen aus Linneas gutgefülltem Kühlschrank gelebt hatte, zog Bo weiter; die musikalischen Pläne, die Frieder mit ihm am Klavier im »Salon« zu spinnen versuchte, hätten weitaus mehr Nerven und mehr Einsatz erfordert, als er zu dem Zeitpunkt aufbringen wollte, und konnte.

In den Folgemonaten kam er in wechselnden Frankfurter Sponti-WGs unter, wo er bei manchen noch beinahe Promistatus genoss – von Gigs aus den Anfangsjahren und vor allem vom Auftritt der Shiva Shillum bei einem Stadtteilfest unmittelbar nach der Veröffentlichung von *Numba*. Er hielt es nirgends länger aus. Das traurige Ende der Band, der Beziehung zu Petra, der Hoffnungen auf Sofie – das alles saß ihm tief in den Knochen, viel tiefer, als er sich zunächst eingestanden hatte. Der WG-Alltag überforderte ihn. Nein, ihm war auch nicht danach, bei einer militanten Aktion gegen das spanische Generalkonsulat mitzumachen. Mit seiner Solidarität war es nicht weit her. Mit seiner Kommunikationsfähigkeit auch nicht, von seiner Zahlungsfähigkeit ganz zu schweigen. Da war es eine echte Erlösung, als ihn im Sommer auf Umwegen eine für seine Verhältnisse sagenhaft satte Abrechnung der GEMA erreichte, bei der sich auf Freds Betreiben alle Bandmitglieder schon 1969 registriert hatten. Damit war er wenigstens seine materiellen Sorgen fürs erste los. Er konnte sich eine Einzimmerwohnung im Ostend leisten, Hinterhof, unterm Dach, wo ihn niemand störte, wenn er lesen, Musik hören, kiffen und seine Wunden lecken wollte. Erst an dem Punkt meldete er sich nach langer Zeit wieder mal bei Ingo, der inzwischen in der Redaktion der *Frankfurter Rundschau* arbeitete und ihm, wenn er wolle, einen Job in der Auslieferung vermitteln könne. Nein, vielen Dank, er kam über die Runden. Die Brüder gingen hin und wieder zusammen einen trinken, aber obwohl sich beide um Verständnis bemühten, konnten sie nicht verbergen, dass jeder das Leben, das der andere führte, einigermaßen befremdlich fand. Ein ziemlich straighter Karrieretrip, auf dem Ingo war, da konnte er mit seinem Sozialistischen Büro noch so viele Kampagnen gegen Berufsverbote und die Diktatur in Chile organisieren. Bo sprach es nicht aus. Ansonsten machte er die Nächte durch, in Kneipen und Diskos, mit Freunden und Frauen, tagsüber unternahm er oft lange Spaziergänge am Main, sofern er den Tag nicht verschlief, was auch oft genug vorkam.

Er wollte sich Zeit geben, etwas Neues anzufangen, was auch immer, nichts mit Gewalt übers Knie brechen, sondern es von innen heraus entstehen lassen, mit Muße. Es entstand nicht viel. Er schrieb, während die Monate verrannen, das eine oder andere Gedicht, aber ihm fehlte ein wirklicher Antrieb, eine Leitidee ähnlich den »Schnittstellen«, womit es ihm gelungen war, sich sein Leben als sinnvolle Geschichte vorzusagen. Eine Zeit lang. Zur Musik zog ihn erst mal nicht viel. Wie schon einmal vor Jahren – aber wenigstens ohne persönlichen Zusammenbruch – kam er zu der Erkenntnis, dass er im Grunde kein richtiger Musiker war. Für Musiker gab es nur die Musik, sie hatten diese phantastische Selbstvergessenheit, dieses völlige Aufgehen in der bild- und begriffslosen Gefühlswelt der Töne ... im Dionysischen eben. Er aber wollte darüber hinausgehen. Klar, die bürgerliche Identität musste aufgelöst werden, man musste »außerhalb aller Gesellschaftssphären« stehen, wie Nietzsche sagte. Dann aber mussten aus dem dionysischen Rausch der Musik selbst Bilder aufsteigen, die im klaren apollinischen Licht bestehen konnten. Fühlen und Denken mussten vereinigt werden – Jimi und Rudi sozusagen, Gitarre und Megaphon. Er wollte die Musik nach innen holen, den Seiltanz des Zwischenzustands wagen, kontrolliert träumen.

Aber wie?

Und wovon?

Vielleicht half Bewegung, Klarheit zu gewinnen. Eine Reise. Die GEMA-Abrechnung 1976 fiel schon nicht mehr so reichlich aus, aber ein gutes Stück weit würde er damit kommen, sagte er sich. Im Frühsommer ließ er sich von einem ehemaligen WG-Genossen an einem persischen Autoschieber vermitteln und überführte einen Mercedes nach Teheran, und bevor er langsam und mit Zwischenstationen in der Türkei, vielleicht auch Griechenland zurücktrampte, wollte er ein, zwei Wochen durch das Elbursgebirge am Kaspischen Meer ziehen, im Rucksack den *Zarathustra*. Nach eingehendem Landkartenstudium hatte er beschlossen, den Elburs als das Gebirge anzunehmen, wo Zarathustra als Einsiedler gelebt hatte und aus dem er nach zehn Jahren wieder zu den Menschen abgestiegen war. Die Wanderung, die er sich vorgestellt hatte, kam nicht zustande, weil es fast die ganze Zeit regnete. Vom feucht beschlagenen Busfenster aus betrachtete er die Schluchten und kahlen Gebirgsflanken, die sich nach Norden hin mit urtümlich aussehenden dichten Laubwäldern überzogen, und stellte sich vor, wie von diesem Gipfel und aus jenem Wald mit Turban und langem Bart großausschreitend der ekstatische Weise herabkam; hätte auch Kara Ben Nemsi sein können. Wenn er am Abend im Hotel das Buch zur Hand nahm, musste er erkennen, dass die einst so begeistert verschlungenen Sprüche ihre zündende Wirkung nicht mehr taten. »Wo ist doch der Blitz, der euch mit seiner Zunge lecke? Wo ist der Wahnsinn, mit dem ihr geimpft werden müsstet? Seht, ich lehre euch den Übermenschen: der ist dieser Blitz, der ist dieser Wahnsinn!« Bo hätte eine Zunge gewusst, von der er lieber geleckt worden wäre. Nach drei Tagen stand er an der Straße Richtung Täbris und war viel schneller wieder zuhause, als er gedacht hatte. Immerhin Geld gespart.

Aber keine Klarheit gewonnen. Er drehte sich im Kreis, so war es; in immer engeren Kreisen. Turning and turning in the

narrowing gyre ... Das Lesen, bewährte Hilfe in vielen Lebenslagen, wurde ihm zuwider. Statt zu bewegen, lähmten die Bücher.
Es gab Zeiten, da hatten sie die Kraft, einem weite innere Räume
aufzuschließen, in denen der Geist neue Bewegungen vollziehen
konnte, sie errichteten so etwas wie einen Schutzwall gegen die
Übergriffe der Außenwelt, und dahinter spielte man, träumte Entwicklungen durch, Selbstgestaltungen, Lebensmöglichkeiten. Aber
irgendwann ging die Traumreise zu Ende. Wo blieb jetzt das
Leben? Was Weite gewesen war, wurde eng und drückend. Jeder
Satz, den man las, nagelte einem ein Brett vor den Kopf. Das einst
Leichtgedachte wurde zentnerschwer. Der Schutzwall wurde zur
Gefängnismauer, durch die man brechen, ausbrechen musste,
wenn man nicht in der Wüste aus Papier verkümmern wollte. Man
musste aufbrechen in eine andere Freiheit, am Anfang erschre-
ckend und unvorstellbar und vielleicht umso unvorstellbarer, je
mehr man davon gelesen hatte.

Aufbrechen.

Unvorstellbar.

Der zweite Herbst und Winter in Frankfurt war noch schlimmer als der erste, jeder Tag praktisch nur mit Dope zu ertragen,
unterstützt von Lambrusco und Amselfelder. Ständig litt er an
Schnupfen und Kopfschmerzen, wofür in seinen Augen die
Dunstglocke über der Stadt und dem ganzen Rhein-Main-Gebiet
schuld war. Hauptsache immer mehr Autos und Autobahnen und
Hochhäuser. Westend, Bahnhofsviertel, Innenstadt, überall schoss
der Brutalbeton in die Höhe. Nach der Revolution würden sie
Frankfurt eingemeinden, war damals in Mainz zu USG-Zeiten ein
standing joke gewesen. Schwere politische Fehleinschätzung. In
die Luft sprengen und plattwalzen, das Kaff. Wie sollte man hier
nicht süchtig werden? Er drehte sich den nächsten Joint. Die Bezeichnung »Haschdepp«, die ihm Ingo vor Jahren mal an den

Kopf geworfen hatte, wäre heute zutreffender gewesen. Doch als der Frühling kam und der Stand seiner Finanzen kritisch wurde, gab er sich schließlich einen Ruck und stellte sich nachmittags mit der Gitarre auf die Zeil, um sich mit Rock-Evergreens ein paar Mark zu verdienen; manchmal spielte er auch eigene Sachen. Meistens lief das Geschäft ganz anständig, so schlecht konnte er also nicht sein. Es kam sogar vor, dass ihn jemand erkannte und sich bei ihm mit Tönen des Bedauerns nach dem Schicksal der Shiva Shillum erkundigte. Hin und wieder fand sich eine Frau, mit der sich etwas ergab. Nur mit dem Schreiben kam er nicht voran. In dem, was ihm wichtig war, scheiterte er mal wieder, wie so oft, wenn er auf sich allein gestellt etwas versuchte, ohne forderndes Gegenüber. Dabei hatte er das Gefühl, dass die Idee, hinter der er her war, irgendwie mit dieser Art Scheitern zu tun hatte ... mit dieser Leere, dieser Beliebigkeit ... dass er damit seinem Thema untergründig schon recht nahe war.

Im April hatte er dann den Traum. Auslöser war natürlich der Buñuelfilm im Fernsehen gewesen, *Simon in der Wüste*, in dem ein christlicher Büßer auf einer Säule steht, Wunder tut und vom Teufel in Gestalt einer schönen Frau versucht wird. Am Anfang des Films zieht er von einer niedrigen auf eine viel höhere Säule um, die ihm ein reicher Gönner gestiftet hat, als ob es auch auf der Karriereleiter der Entsagung eine Beförderung gäbe. Buñuels Vorbild für diesen halb lächerlich, halb erhaben gezeichneten Asketen war ein gewisser Simeon Stylites aus dem fünften Jahrhundert, der nach langjährigem extremen Fasten und Kasteien in den Bergen Nordsyriens eine anfänglich drei Meter hohe, nach und nach auf zwanzig Meter erhöhte Säule bestiegen und diese bis zu seinem Tod siebenunddreißig Jahre später nicht wieder verlassen hatte – Informationen, die Bo, neugierig geworden, im Bibliothekslesesaal dem Kirchenlexikon sowie der Mönchsgeschichte eines zeitgenössischen Augenzeugen entnahm. Er wusste nicht, was er von diesem wunderlichen Heiligen halten sollte, aber an so etwas wie einer objektiven Beurteilung hatte er ohnehin kein Interesse. Was ihn faszinierte war das Bild der himmelwärts weisenden Säule und des einsam (und schließlich nur noch auf einem Bein) darauf stehenden Mannes, der jede Entbehrung in Kauf nahm, um sich der immer zahlreicher heranströmenden Pilger- und Schülerschar als lebendes Wahrzeichen seiner göttlichen Berufung darzustellen. Je länger er über seinen Traum nachdachte, umso deutlicher erschien ihm dieses Säulenstehen als der Inbegriff der losgelösten, absolut gesetzten männlichen Energie, die im normalen irdischen Dasein kein Genügen fand, die immer in irgendwelche höheren Sphären des Größenwahns abhob und zwanghaft weg von der Erde strebte, weg von allem, was nieder, fleischlich, sinnlich war; weiblich. Simeon hatte zu seiner Zeit eine regelrechte Massenbewegung von Säulenstehern angestoßen, aber sein Beispiel, das sah Bo jetzt glasklar, hatte in einem noch viel umfassenderen Sinne Schule gemacht, auch wenn sich in den letzten anderthalb Jahrtausenden der Einsatz, den seine Nachfolge verlangte, erheblich verringert hatte. Denn stand heute nicht jeder vereinzelt und abgehoben auf der massenproduzierten Supersonderspezialsäule seiner Phantasien von Größe und Einzigartigkeit, umtost vom eingebildeten Beifall der Menge, individuell bis zum Gehtnichtmehr und doch vom Nachbarn auf seinem zum Verwechseln ähnlichen Modell kaum zu unterscheiden? Bo wusste genau, wie man sich als Jünger des heiligen Simeon fühlte, wie eisern man in den Bildern gefangen war, die man als Sprachrohr bedeutender Botschaften auf erhöhter Bühne, und sei diese nur ein Quadratmeter Straßenpflaster auf der Zeil, in einem fort projizierte. Im Grunde war sein Leben ein einziger Bilderbogen, in dem er eine imaginäre Heldenrolle nach der andern abkasperte, und mit jeder verfehlte er sich selbst. High sein, frei sein – aus die Maus. Wenn es etwas gab, das er wirklich wollte, dann war es der Abstieg von dieser Bühne, hinunter in die schlichte, ungeschönte Wirklichkeit seines Lebens. Hin zur Erde. Er sah im Geiste die Grundzüge eines langen Gedichts vor sich. Das war es, was er für sich klären, was er fassen wollte! Als Arbeitstitel schwebte ihm *Säulensturz* vor.

Egon wiegte den Kopf – aber halt, erst mal musste er eine Platte auflegen! »Nur das eine Stück.« Lange war der Kontakt zwischen ihnen eingeschlafen gewesen, und Bo freute sich, dass er jetzt, wo seine Hängezeit hoffentlich vorbei war, sich endlich ein Herz gefasst und bei seinem alten Freund gemeldet hatte. »Was denkst du, von wem das ist?« Ein angerocktes Jazzstück, Geige, Keyboard, dann eine lange Gitarrenimprovisation, die sich anhörte wie Drachenfliegen in Musik umgesetzt, wobei dieser Flugdrache ein Düsentriebwerk hatte. Bo blickte ungläubig. »Fred?« Egon nickte strahlend und hielt ihm das Cover hin. *Enigmatic Voyage.* Mit Jean-Luc Ponty. Er war selbst überrascht gewesen, als er das Album im Laden erspäht hatte. Gesehen hatte er Fred schon länger nicht mehr. Bo pfiff anerkennend. Die Musik war nicht wirklich das, was sein Herz höher schlagen ließ, aber Fred war hörbar in Hochform und offensichtlich dabei, seinen Weg zu machen.

Egon auf seine Art auch. Bei ihm hatte sich in den vergangenen zwei Jahren viel getan. Nach Abschluss des Studiums hatte er sehr bald eine Stelle im Entwicklungslabor der IBM bekommen, gerade zur rechten Zeit, denn Kathi hatte kurz vor der Geburt ihres ersten Kindes gestanden – im Moment war schon das zweite unterwegs! Sie hatten immer noch ihre Souterrainwohnung in Hechtsheim, mit der Aussicht, im nächsten Jahr die Hauptwohnung dazuzubekommen und das ganze Haus zu erwerben, und von dort waren es zu Fuß nur fünfzehn Minuten über den Hügel bis zu seinem Arbeitsplatz. Ein unglaublicher Luxus! Er hätte sich früher niemals vorstellen können, dass er einmal mit einem stinknormalen Dasein als Angestellter, Familienvater und angehender Hausbesitzer so zufrieden sein würde. Insofern war ihm das, was Bo von der schlichten, unverbrämten Wirklichkeit des Lebens erzählte, nicht so furchtbar weit weg. Auch die Wiesbadener Zen-Gruppe, zu der er zweimal die Woche zum Sitzen fuhr, bestärkte ihn auf dem Weg der Einfachheit, der Normalität. »Nichts Besonderes!«, sei eines der Leitworte von Meister Deshimaru, nach dessen Weisungen sie meditierten.

»Bei dir klingt das alles so einfach mit der Einfachheit.« Nachdenklich strich sich Bo durch die neuerdings kurzen Haare. »Du machst Musik, gut, du hörst damit auf, auch gut. Du studierst und fängst an zu arbeiten. Du nimmst dir eine Frau und ihr bekommt Kinder. Eins entwickelt sich aus dem andern. Bei mir entwickeln sich immer nur Widersprüche und Widerstände, egal was ich anfange. Wobei ich ich mir vorstellen könnte, dass deine innere Stabilität mehr von der guten Beziehung zu Kathi kommt als vom Zazen. Ich hab meine Zweifel, ob es so viel besser ist, eine weiße Wand anzustarren, als auf eine Säule zu steigen. Aber wenn sich die männliche Energie nicht mit der weiblichen verbindet, wenn sie für sich bleibt und sich allein verwirklicht, dann kann sie gar nicht anders als blind in die Höhe schießen und Eremitensäulen oder Bankhochhäuser oder Mondraketen treiben. Phallokratische Onaniermaschinen.«

Egon lächelte. An Worten war sein Freund noch nie verlegen gewesen. »Es ist vielleicht ein bisschen peinlich, aber ich muss gestehen, dass ich nach den mageren Jahren mit der Band und als Student richtig stolz bin, gut Geld zu verdienen und eine Familie zu ernähren. Hätte ich auch nie gedacht. Und Kathi stellt zu ihrer Überraschung fest, dass sie das Mutterglück rundum genießt und sich überhaupt nicht ins Berufsleben zurücksehnt. Sie ist hinreißend mit dem Kleinen, zur Zeit verliebe ich mich jeden Tag neu in sie. Schade, dass die beiden heute zu den Großeltern gefahren sind, ich hätte dir gern meinen Sohn vorgestellt. Gunter heißt er. Gunter Hampel zu Ehren.« Aus dem Lächeln wurde ein breites Grinsen, das Bo erwiderte.

»Ziemlich traditionelles Rollenmuster«, frotzelte er.

»Absolut.« Egon nickte nachdrücklich. »Wir könnten in der Sparkassenwerbung auftreten. Wobei ich mittlerweile behaupten würde, dass es weniger darauf ankommt, auf Biegen und Brechen die herkömmlichen Muster abzuschaffen, als sich gemeinsam über eine Aufgabenteilung zu verständigen, mit der beide gut leben können, und sie in dem Moment zu ändern, wo das für einen oder für beide schief wird.«

»Klingt vernünftig«, sagte Bo, »fast ein bisschen zu vernünftig, aber ich kann da schlecht mitreden. Früher war ich immer gegen die traditionellen Muster – dachte ich jedenfalls, bis Petra mir klargemacht hat, dass ich ein elendes Chauvischwein bin.«

Egon sah eine Weile die Wand an. »Es ist sehr, sehr schade, dass es mit dir und Sofie damals nichts geworden ist«, sagte er schließlich. »Dass zwischen euch etwas war, etwas sehr Starkes, das ihr irgendwie hättet leben sollen, das haben alle gesehen außer euch. Petra natürlich vor allem. Und Fred. Klar hat er irgendwann angefangen rumzugiften, aber ich habe ehrlich gesagt gestaunt, dass er nicht noch viel mehr gegiftet hat.«

»Ursprünglich war das seine Idee, dass wir beide zusammen singen«, sagte Bo. »Er muss irgendwas Verbindendes zwischen uns gesehen haben, bevor wir uns überhaupt kannten. Vielleicht dachte er, er könnte uns als Zutaten in seine alchemistische Retorte schütten, und dann ist ihm das Gebräu doch zu explosiv geworden. Keine Ahnung.« Er zögerte. »Hast du mal was von ihr gehört?«

»Von Sofie? Nein. Das heißt, warte mal.« Egon überlegte. »Vor anderthalb oder zwei Jahren, glaube ich, habe ich mal einen Anruf von ihr bekommen. Sie hat nach deiner Adresse oder Telefonnummer gefragt, aber zu dem Zeitpunkt wusste ich ja selbst nicht, wo du abgeblieben warst. Sonst hat sie nicht viel erzählt, nur dass es mit der Schauspielschule in Hamburg geklappt hatte und sie bald mit der Ausbildung anfangen wollte. Sie wollte sich melden, wenn sie mal in der Gegend war – hat sie bis jetzt nicht getan. Und bis ich auf den Gedanken kam, sie nach ihrer Adresse zu fragen, hatten wir schon aufgelegt.«

»Schade.« Bo hoffte, Egon sah ihm nicht an, wie hart ihn diese Nachricht traf. »Tja, ich glaube, so ganz bin ich immer noch nicht über sie weg. Aber je mehr ich sie damals wollte, umso weniger ging es. Genau wie ich jetzt, je mehr ich ein normales Leben führen will, auf immer aberwitzigere Ideen komme und mich auf einmal mit alten Säulenheiligen beschäftige und die ›Bibliothek der Kirchenväter‹ studiere. Die letzten Freaks, sage ich dir. Dabei habe ich vor Jahren schon auf der Bühne gestanden und ›Get down, a little closer to the ground‹ gesungen – aber eben auf der Bühne! Langsam wird es Zeit, dass ich auch innerlich da runterkomme, dass ich meine ganzen hochfliegenden Phantasien und Illusionen mit Stumpf und Stiel ausrotte.«

»Und wie willst du das anstellen?«

Bo lachte. »Ich dachte mir, ich fahre nach Syrien und begrabe dort, wo Simeons Säule gestanden hat, den Wahn der isolierten Männlichkeit in seinen sämtlichen Formen.«

»Der Kampf gegen die Illusion ist die größte Illusion überhaupt, sagt Meister Deshimaru«, sagte Egon.

Was für ein Glück, dass er noch einen Sonnenplatz vor der Hauptpost erwischt hat, obwohl er so spät gekommen ist! Nach der Kälte und dem Regen der letzten Wochen treibt es alles, was Beine hat, hinaus auf die Straßen, und statt mürrisch vorbeizuhetzen, haben die Leute auf einmal Zeit und Lust, eisschleckend stehenzubleiben und zuzuhören. Heitere Gesichter, fröhliche Kinder, knutschende Liebespaare, sommerlich leicht gekleidete Mädchen. All right! Bo wirft einen Blick in seine Geldschachtel. Sieht auch gut aus. »... in the summer, in the city, in the summer, in the city«, lässt er den alten Lovin'-Spoonful-Hit ausklingen. Sein Gitarrenspiel ist durch die Übung der letzten Zeit wieder besser geworden. Er traut sich inzwischen auch Sachen zu (für den Straßenmusikbedarf vereinfacht natürlich), die ihm vorher durch die Erinnerung an Freds Virtuosität verleidet waren. Und die seinem Herzen immer noch schmerzhaft nahe sind.

»This wound in our one flesh, this abyss of strangeness«, beginnt er. Schon merkwürdig, wie so ein Lied einem auch nach Jahren immer noch durch und durch geht. Er spürt, er hört, wie seine Stimme sofort an Strahlkraft gewinnt. Passanten wenden sich um, bleiben stehen. Er holt Luft, stimmt den Refrain an, da verschlägt es ihm für eine Sekunde den Atem. Ein Stück links, hinter dem dichter werdenden Ring der Zuhörer, erhebt sich eine Frauenstimme: »My love, my love, how can I reach you, how can I touch you?« Mein Gott! Es gibt nur eine Frau, die das so singen kann! Er fängt sich, schaut, singt in die Richtung, aus der ... Da! Ja, da ist sie, dieses Gesicht, leibhaftig, dessen Traumbild ihm Tag für Tag vor Augen steht, ein bisschen schmaler geworden vielleicht?, den Blick auf ihn gerichtet, leuchtend. Die Haare sind kürzer als früher, knapp schulterlang. Steht ihr gut. Und auch sie ist leichtgeschürzt in einem blauweißen Sommerkleid, wie er erkennt, als die Leute beiseite treten und sie durchlassen, wohl fühlend, dass hier gerade etwas Besonderes geschieht. Vor Aufregung vergreift sich Bo auf der Gitarre und hört auf zu spielen, legt sie ab, singt aber weiter, Sofie zugewandt, die langsam auf ihn zugeht, ihrerseits singend. Wenige Schritte vor ihm bleibt sie stehen, wie am äußersten Punkt angekommen, wo die Spannung zwischen ihnen in diesem A-cappella-Duett eben noch zu halten ist. Sie beginnt die zweite Stimme zu variieren, vergrößert mal die Distanz zu ihm, bis zur Dissonanz, und kommt ihm dann wieder näher, verschmilzt mit seiner Melodieführung, so dass sie die im Lied beschworene abgründige Wunde in einem Moment aufzureißen und im nächsten zu heilen scheint, bis sich ihre Stimmen im letzten Refrain umspielen und durchdringen wie zwei liebende Wellen im Meer der Töne. Die Jahre der Trennung wie weggewaschen. Als sie beide verstummen, die Augen ineinander versunken, tritt Bo auf sie zu. Wie im Traum. Er schließt sie in die Arme und küsst sie, und nach einem leisen Zucken, das wie ein kurzes Erschrecken ist, erwidert sie den Kuss, diesen Kuss, den er, so kommt es ihm vor, seit hundert Jahren herbeisehnt. Während sie sich umschlungen halten, brandet ringsherum Beifall auf. Auf dieser Bühne, denkt Bo, könnte ich ewig stehen.

Er sah auf die Domuhr. Zehn Minuten zu früh. Vor Nervosität hatte er kaum geschlafen, von Ängsten und Hoffnungen süß gepeinigt. Ob er morgen Zeit habe, hatte Sofie gefragt, als sie sich leicht gerötet seiner Umarmung entwunden hatte, und Lust, mit ihr in eine Ausstellung zu gehen. Im Kunstverein, am Römer. Sie musste jetzt leider dringend zu einer Verabredung, war eh schon spät dran. Aber sie hätte ihn natürlich schon gern gesehen und ein bisschen mit ihm geredet, nach der langen Zeit, und überhaupt?

Ja, klar, gern ... Hatte sie nicht einmal mehr Zeit für einen kurzen Kaffee, das ging jetzt alles ein bisschen plötzlich für ihn.

Gleich da ums Eck im Café Mozart? Nein, es ging wirklich nicht, so leid es ihr tat. Aber morgen hatte sie etwas mehr Zeit – um drei? Okay, morgen um drei. Er freue sich sehr. Sie sich auch. Mit eiligen Schritten ging sie davon, winkte noch einmal kurz.

Er hatte nicht einmal gefragt, was das für eine Ausstellung war, in die sie gehen wollte. War ihm im Grunde auch schnuppe. Er war ewig in keiner mehr gewesen. Museen ermüdeten ihn schnell. Er besah sich das Plakat am Eingang: »Künstlerinnen international 1877-1977.« Schau an. Er hatte fraglos mit irgendwas Afrikanischem gerechnet. Aber mit ihr wäre er natürlich in jede Ausstellung gegangen. Überallhin.

Vom Römer, vom Dom, von der Paulskirche, schlug es drei.

Und wenn sie nun gar nicht kam? Wenn ihr Bedenken ge-kommen waren und sie ihn versetzte, wenn sie ein zweites Mal aus seinem Leben verschwand? Er würde es nicht zulassen. Diesmal würde er sich auf die Suche nach ihr machen, und er würde sie finden, und wenn er dafür ganz Hamburg auf den Kopf stellen musste. Oder sich mit einem Nebenbuhler duellieren. Hm. Wie auch immer, das konnte es nicht gewesen sein, dass sie einmal kurz über den Nachthimmel seiner Seele zog, wie ein Komet mit blauflammendem Schweif, und –

Da war sie. »Blue«, flüsterte er.

»Ich weiß«, sagte sie mit einem schwer zu deutenden Blick und ließ sich von ihm umarmen. Sie zu küssen wie gestern wagte er nicht, und ihm schien, dass er gut daran tat. In der besonderen Situation gestern hatte das irgendwie gestimmt, aber jetzt ... jetzt mussten sie sich erst einmal neu kennen lernen, sich behutsam näherkommen, abtasten. Ah, abtasten!

»Was ist das für eine Ausstellung, in die du mich da schleppst?«, fragte er. Von allen möglichen Fragen schien das die einfachste zu sein.

»Sagen wir mal, Frauen, die Kunst machen.« Sie lächelte. »Hast du überhaupt Lust, dir so was anzuschauen?«

Klar, hatte er. Doch als sie eintraten und Sofies erklärende Bemerkungen verstummten, war er kaum in der Lage, die Fülle der Gemälde, Fotos, Collagen, Plastiken und sonstigen Objekte – an die tausend Exponate, hatte Sofie erzählt – richtig wahrzunehmen. Wie sollte er auch Augen für bemalte Leinwand und für so oder so geformtes Material haben, jetzt, wo er endlich *sie* anschauen konnte? Über zwei Jahre hatten sie sich nicht gesehen. Er hielt sich ein wenig hinter ihr, betrachtete sie beim Betrachten. Sie war heute in Jeans und T-Shirt, eine Jacke über dem Arm. Konnte sich irgendein Kunstwerk der Welt mit diesem lebendigen Körper vergleichen, mit der Art, wie die Haare zur Seite fielen, wenn sie den Kopf neigte, und den Blick freigaben auf den schlanken Hals (»wie der Turm Davids« – wo kam *das* Bild jetzt her?) und die sanfte Kurve im Übergang zur Schulter? Mit dem entzückenden kleinen Hüftschwung, mit dem sie das Standbein wechselte? Überhaupt, diese Hüften! Sie entsprachen vielleicht nicht ganz dem gängigen Schönheitsideal, dazu waren sie wohl eine Idee zu breit, aber das war alles andere als ein Makel, nichts, was er um anderer Vorzüge willen großzügig zu übersehen bereit gewesen wäre, im Gegenteil, er konnte sich gar nicht sattsehen an diesen Hüften, diesem so weiblichen Hintern unter der schmalen Taille, weil er *sie* darin erkannte, weil das alles, alles ihm *sie* verhieß, in der ganzen Einzigartigkeit ihrer vollkommenen Sofieschaft, *sie,* diese Frau, die er ... liebte.

Ihr kurzer Blick über die Schulter traf ihn wie ein Suchscheinwerfer, und verlegen lächelnd wandte er seine Aufmerksamkeit dem Kunstwerk zu, vor dem sie stand, einer Art Strickbild mit Kinderhänden in den vier Ecken, die nach der leicht gewölbten karierten Mitte griffen – ein Mutterbauch als Symbol der Welt? Na ja. Eine finnische Künstlerin, Anja Nisonen. Er ging weiter, bemüht, nicht auf Sofie zu achten. Die meisten Namen sagten ihm nichts – Käthe Kollwitz, Frida Kahlo, gewiss, die kannte er, wenigstens dem Namen nach. Manches gefiel ihm ganz gut, als er so durch den Raum im Erdgeschoss schlenderte und sich dann in die beiden oberen Etagen begab, anderes weniger. Reichte das wirklich als verbindendes Thema einer Ausstellung, dass alle gezeigten Werke von Frauen waren? Eher disparat, das Gesamtbild. Interessanterweise waren es überwiegend traditionelle Porträts, vor denen er etwas verweilen mochte, weniger die avantgardistischen Abstraktionen und die diversen Darstellungen von Körpern und Körperfragmenten, die Zeugnis ablegten von Leid, Gewalt, Verstümmelung. Die verschiedenen Gesichter des Weiblichen, die ihn anblickten – der Übermut, die Trauer, der Ernst, die Hoffnung, das Lachen, die Kindlichkeit, die Nachdenklichkeit, die Sinnlichkeit – sie berührten ihn auf eine eigentümliche Weise. Die große, auf keinen Nenner zu bringende Vielfalt, gerade sie ließ eine Ahnung von der Einheit, vom Ganzen dieses Weiblichen entstehen, wollte ihm scheinen, und zugleich zog sich ihm, wohin er auch blickte, dieses Ganze ein ums andere Mal in dem einem Gesicht und der einen Gestalt zusammen, in der –

Nein, er wollte jetzt bei dieser Ausstellung bleiben, wenn er schon mal hier war. Sie würde hinterher sicher mit ihm darüber reden wollen.

Die Zeit zog sich hin. Er war mittlerweile im zweiten Stock angekommen, wo er vor einem »Ensemble« stehen blieb, das aussah wie ein Haufen Merkzettel und Plunder, eine bebilderte Ecke mit dem aufgeschütteten alltäglichen Kleinkram eines Hausfrauendaseins. Was war jetzt die Kunst an so was? Auch andere Objekte, Collagen, Montagen, Stick- und Webarbeiten, hatten etwas, je nachdem, von hausfraulicher Ordnung oder Unordnung. Er merkte, dass er müde wurde. Er ging zurück in den ersten Stock zum Selbstporträt einer Malerin, die im Kittel vor der Staffelei stand, einen Doppelpinsel in der Hand. Fridel Dethleffs-Edelmann. Nie gehört. Er mochte die großen ruhigen Augen, den direkten Blick, das Gefühl, davon angesehen zu werden, überhaupt ansehbar zu sein als Mann in diesen fast nur von Frauen bevölkerten Räumen. Apropos.

Sofie stand ein Stück weiter hinten vor den Bildern einer gewissen Hannah Höch. Als Bo von hinten an sie herantrat, drehte sie sich um und deutete auf eine Texttafel. »Ich kann mich noch gut erinnern, wie Fred mir seinerzeit Sachen von Raoul Hausmann vorgelesen hat, dessen Dada-Manifeste er ganz toll fand: gegen die Borniertheit des Spießbürgertums und für die neue Frau, die sich von diesen Spießbürgern emanzipierte und sich mit ihm und seinesgleichen sexuell befreite.« Sie schüttelte den Kopf. »Aber die Technik der Fotomontage gibt Hausmann als seine alleinige geniale Erfindung aus, obwohl die Höch einen mindestens genauso großen Anteil daran hatte, und wenn er sie später in seinen Erinnerungen überhaupt erwähnt, dann als diejenige, bei der man sich für die künstlerische Selbstverwirklichung immer mit belegten Brötchen, Bier und Kaffee stärken konnte. Für ihn und die andern großen dadaistischen und surrealistischen Umstürzler waren die Frauen als Künstlerinnen nur reizende, begabte Amateure und ansonsten Musen, Muttchen und schmückendes Beiwerk, das man künstlerisch verarbeiten und freiheitlich vögeln konnte. Na«, sie verzog den Mund, »da waren sie wahrscheinlich nicht die ersten Revolutionäre, die das so hielten, und auf jeden Fall nicht die letzten.«

Es war fünf nach fünf, als sie den Kunstverein verließen und in die Sonne traten. Bo fühlte sich, als triebe er in einem prallen

Schlauchboot aus einem schmalen, zugewucherten Altwasserarm langsam auf einen offenen, glitzernden See hinaus. Ah, Weite, Helle! Er streckte sich genüsslich, sah sie erwartungsvoll an. »Wir könnten uns da drüben noch auf ein Stündchen hinsetzen«, sagte Sofie, auf einen freien Tisch vor einem Café mit Blick auf den Römer deutend. »Um sechs muss ich weiter, da habe ich eine Verabredung.« Sie machte ein entschuldigendes Gesicht. »Ich bin nur noch heute in Frankfurt. Morgen früh fahre ich nach Hamburg zurück.«

Bos Schlauchboot war urplötzlich leckgeschlagen. Er sank. Schon ging ihm das eiskalte Wasser bis zum Hals. »Das kannst du nicht machen, Sofie«, sagte er mit ertrinkender Stimme. »Das kannst du nicht machen.«

Sie sah ihn an. Machte den Mund auf. Wieder zu. Blickte auf ihre Fußspitzen. »Nein, kann ich nicht«, sagte sie schließlich. Sie sah sich um. »Warte einen Moment.« Steuerte eine Telefonzelle an.

Er blieb stehen wie zur Salzsäule erstarrt.

Als sie zurückkam, begegnete ihr ein tiefschwarzer Blick aus dunklen Augen in einem blassen Männergesicht. Es war ein Gesicht, das sie kaum kannte; damals war es von dem fusseligen Bart verdeckt gewesen, dazu die langen Haare. Wenn er gestern auf der Zeil nicht gesungen hätte, wäre sie an ihm vorbeigegangen. Konnte es sein, dass es kantiger war als damals, das Gesicht? Die Augen waren trüber, so viel stand fest, es schien ihm nicht gut gegangen zu sein in letzter Zeit. Der Mund in dem Männergesicht ging auf. Schöner Mund, volle Lippen. »Ich liebe dich, Sofie«, sagte der Mund.

Als es sechs schlug und die Minuten verstrichen ... verstrichen, versuchte Bo vorsichtig zu glauben, dass Sofie tatsächlich noch bleiben würde. Er zog an der Zigarette, sah auf den Fluss hinaus, hörte zu, wie sie sprach. Sein Schlauchboot war untergegangen, aber er hatte beschlossen zu schwimmen. Was, wenn sie gegangen wäre? Er mochte nicht daran denken. Sie hatte ihm keine Wahl gelassen, als jedes Spiel, jeden Flirt, jede tastende Annäherung zu beenden, bevor er überhaupt damit angefangen hatte. Er hatte ins kalte Wasser springen müssen. Er schwamm. Hier und jetzt entschied sich sein Leben. Nur mühsam gelang es ihm, sich unter dem Gewicht dieser Erkenntnis aufzurichten.

Waren ihre Augen feucht geworden, als er ihn aussprach, den Satz der Sätze? Schwer zu sagen. Sie hatte ihn zu einem freien Cafétisch gezogen und sich hingesetzt, vorgebeugt, das Gesicht in die flachen Hände gelegt. Er war wie versteinert gewesen. Was würde sie antworten? Erst einmal nichts, schien es, als sie schließlich den Kopf hob und zögernd anfing zu erzählen, wie durcheinander sie in den ersten Monaten nach ihrem Weggang gewesen war, wie gebeutelt von widersprüchlichen Gefühlen. Irgendwann später im Jahr hatte sie einmal versucht, ihn zu erreichen, aber als nicht einmal Egon wusste, wo er steckte, hatte sie es aufgegeben. Sie hatte eh nicht so genau gewusst ... halt irgendwie gedacht, man könnte sich einfach mal wiedersehen ... und so. Kurz darauf war ihr Studium losgegangen – sie studierte nämlich in Hamburg

Schauspiel, wie sie es damals vorgehabt hatte; ein Jahr noch, dann war sie fertig. Wenn sie weitermachte. Sie war im Moment hin- und hergerissen zwischen dem Wunsch, eine richtige Ausbildung zu machen und nicht nur unverbindlich zu dilettieren, und ihrem Horror davor, eines Tages auf einer städtischen Bühne für die Bildungsbürger irgendwelche toten Klassiker aufzuführen. Schon ein unglaublicher Glücksfall, dass die Hochschule sie überhaupt genommen hatte, als eine von zehn unter fast tausend Bewerbern, sie kapierte immer noch nicht warum. Den Monolog, den sie sich zur Aufnahmeprüfung aus Kleists *Penthesilea* gebastelt hatte, habe sie ganz verhalten gesprochen, zu leise eigentlich, und trotzdem ...

Bo sah sie an. Warum wurde sie rot? Keine Ahnung. Aber warum sie dich genommen haben, weiß ich genau, dachte er. Er sagte nichts.

Verschärft worden war der Konflikt anscheinend durch eine neuerliche Reise nach Afrika vor einigen Monaten, an die Elfen- beinküste. Sie zögerte kurz, dann berichtete sie, wie sie in Abidjan Theaterleute kennen gelernt hatte, die sich auf einheimische Tradi- tionen zurückbesannen, um ein sogenanntes Ritualtheater zu schaffen. Im westlichen Theater war es ja so, dass man ein ge- schriebenes Kunstwerk auf eine alltagsferne Bühne brachte, um dem passiven Publikum durch äußere Perfektion einen besonde- ren Kunstgenuss zu verschaffen, sprich, eine möglichst große Entrückung aus dem Alltag. In traditionellen afrikanischen Gesell- schaften dagegen war gewissermaßen das ganze Leben eine theatralische Veranstaltung. Jedes bedeutende Ereignis in der Ge- meinschaft wurde rituell überhöht und mit Gesängen, Tänzen und anderen festlichen Formen eigens begangen. Daran versuchten die Leute in Abidjan anzuknüpfen. In dem Ritus zum Beispiel, den sie damals auf ihrer Senegalfahrt bei den Bassari gesehen hatte – da- von hatte sie ihm ja noch erzählt, er erinnere sich vielleicht – da wurde kein Wert auf die Virtuosität eines Maskentänzers gelegt, er musste nur den Geist, die Kraft der Maske irgendwie verkörpern, so dass die nach der Einweihung im Wald heimkehrenden Jungen damit ringen und sich als die Männer erweisen konnten, die sie geworden waren. Die Glaubwürdigkeit lag nicht in einer perfekten äußeren Darstellung, sondern in der realen Bedeutung, die diese Kraft im Leben aller Beteiligten hatte. Es ging nicht um die Wiedergabe eines in sich abgeschlossenen Werks, sondern um die Gestaltung des Lebens mit künstlerischen Mitteln, sozusagen.

Erst als sie seinem Blick begegnete, schien sie zu merken, dass sie abgeschweift war. »Gott, was rede ich da?«, unterbrach sie sich. »Entschuldige, das willst du alles gar nicht hören. Aber ich bin zur Zeit ... es ist ... ich weiß nicht ...« Sie zuckte die Achseln, senkte den Kopf.

»Sprich einfach«, sagte Bo. »Ich höre. Und wie wär's, wir gehen hier weg und bewegen ein bisschen die Beine? Ist auch gut für den Kopf.«

Sie ließ es zu, dass er den Kaffee bezahlte und sie zum Main führte. Äußerlich ruhig stand er neben ihr und drehte eine Zigarette, doch sie hatte den Eindruck, dass er vor Anspannung zitterte. Die Uhren der Stadt schlugen sechs. Er wandte sich ihr zu, hielt ihr die Zigarette hin. Sie starrte darauf, nahm sie. »Magst du weitererzählen?«, sagte er. Sie nickte, rauchte, brauchte eine Weile, um ihre Gedanken zu ordnen.

»Dieser Widerspruch, von dem ich geredet habe«, sagte sie schließlich, »zwischen Kunst und Leben oder wie man es nennen will, der wird ja auch in der Ausstellung viel thematisiert. Das hast du sicher gemerkt, nicht wahr?« Bo stutzte. Äh, nein, hatte er nicht. Nun ja, das war vielleicht in den Videos und den Aktionen, die sie heute morgen gesehen hatte, deutlicher geworden als in den Bildern und Objekten. Er versank sofort wieder im eiskalten

Wasser. »Ach ja?« Also deswegen hatte sie vorhin schon eine Eintrittskarte gehabt. Dafür war Zeit gewesen, den Vormittag in dieser Ausstellung zu verbringen, vielleicht mit ihrem Lover oder weiß Gott wem, aber ihn hinterher mit einem knappen Stündchen abspeisen wollen! Mit Bitterkeit im Herzen ließ er die Schilderung über sich ergehen, die sie von einer Aktion über die »Verstörung in der zwischengeschlechtlichen Zweierbeziehung« gab. Dazu hätte er auch etwas beitragen können, ha! Eine Stimme in ihm erklärte wütend, dass sie recht hatte, dass er dieses ganze Zeug gar nicht hören wollte, dass er, wenn überhaupt noch etwas, nur Eines von ihr hören wollte, eine klare und deutliche Aussage zu ... Aber das stimmte nicht. Er *wollte* sie hören. Er wollte *sie* hören, sei es in dem aufgewühlt-abwesenden Zustand, in dem sie ihm diesen ganzen Kram vor die Füße kippte, um ihm ... was mitzuteilen? Er durfte sie jetzt nicht verloren geben. Er durfte *sich* nicht verloren geben. Er musste jetzt bei ihr bleiben – vielleicht, dass sie sich irgendwie doch noch erreichten. My love, my love ...

Aber die Bitterkeit ließ sich nicht per Knopfdruck abstellen.

Er machte eine Kopfbewegung, und sie gingen flussaufwärts am Main entlang. Sofie erzählte derweil, dass die Ausstellung vorher bereits in Berlin gezeigt worden war und dass in der Frauenbewegung ein heftiger Streit darum tobte. Am lautesten waren wie üblich die Stimmen derjenigen, die alles Ästhetische eh nur als Ablenkung vom politischen Kampf betrachteten und, wenn überhaupt, höchstens Agitationskunst dulden wollten, keine »formalen Spielereien«, die weit hinter dem Erkenntnisstand der Bewegung zurückblieben. Von anderer Seite war zu hören, die mit der Ausstellung suggerierte Einheit »Frau« widerspreche der individuellen Praxis der Künstlerinnen und erzeuge die Fiktion einer homogenen »reinen« Weiblichkeit, unberührt vom Schmutz der geschichtlichen Einzelschicksale und ihren realen Verstrickungen.

Auch bedenkenswert. Aber was sie vor allem beschäftigte war die Kritik, die Organisatorinnen wollten beweisen, dass Frauen genauso gut hohe Kunst machen konnten wie Männer und dies allein wegen der patriarchalischen Strukturen der Gesellschaft im allgemeinen und des Kunstmarkts im besonderen nicht im größeren Umfang taten, und ignorierten dabei völlig, dass Kunst für Frauen unter allen Umständen etwas anderes bedeutete, als in luftigen Geisteshöhen große Werke zu schaffen. Diesen männlichen Mythos des Künstlers gelte es zu zerstören, des Genies, das besessen bis zum Wahnsinn und mit minimaler Alltagsberührung möglichst ausschließlich sein rauschhaftes Schöpfertum auslebte. Werke als Kinderersatz, Gebärmutterneid als Triebkraft. Dagegen bestehe die vergessene und verachtete Kunst der Frauen gerade darin, dass sie die Trennung von Kunst und Leben nicht mitmachten und ihre Energie nicht auf die Schaffung großer Werke verwendeten, sondern direkt in die Förderung der menschlichen Beziehungen und des Lebens im weitesten Sinne einfließen ließen, auch wenn das unter der Herrschaft des Patriarchats nur in der verstümmelten Form der Hausfraulichkeit erschien. Sie besaßen ja eine Gebärmutter und waren auf dieser Ebene nicht auf Ersatz angewiesen. Hinter jedem männlichen Hochkünstler stand die stützende, nährende und ihn in jeder Hinsicht ermöglichende »Lebenskunst« der Frauen.

Im Dahingehen nickte Bo vor sich hin. »Luftige Geisteshöhen«, sagte er nachdenklich. »M-hm.« Ein Stück hinter den am Ufer liegenden Ausflugsdampfern lenkte er Sofie zu einer freien Bank, und sie setzten sich. Die Strick-, Näh- und anderen künstlerisch verfremdeten Handarbeiten fielen ihm ein, die er gesehen und offenbar doch nicht gesehen hatte. Er sollte lernen, hinzuschauen, zu *sehen*, nicht nur auf Reize zu reagieren. Während er den Fluss betrachtete, wollte ihm die Bewegung der Wellen, ihr scheinbar gleichzeitiges Vor und Zurück, als ein Weben erscheinen. Lebenskunst. Man brauchte eine Weile, um zu erkennen, in welche Richtung das Wasser floss, so träge kroch es dahin. Graugrün. Ölig. Nur halb so breit wie der Rhein bei Mainz. Aber viel mehr Brücken. Hier wie dort der Strom gefangen zwischen den Ufermauern. Nicht weint er gern in Wickelbanden wie andere Kinder, hatte Hölderlin über den jungen Rhein geschrieben, oder so ähnlich. Wenn der heute die eingemauerten Flüsse sehen könnte. Und trotzdem, der Fluss war der Fluss. »Lachend zerreißt er die Schlangen.« Das Leben war das Leben. Ohne den Main wäre diese Stadt für ihn überhaupt nicht zu ertragen gewesen. Er zehrte vom Fluss wie die Enten und Möwen. War das ... ein Kormoran da hinten? Vielleicht. Nein, nicht zu ertragen. Er räusperte sich, holte den Tabak aus der Tasche. »M-hm«, wiederholte er. »Ich habe ...« Die Worte blieben in der Luft hängen. Er hatte vergessen, was er sagen wollte.

Sofie sah ihn von der Seite an, hielt seinen erwidernden Blick einen Moment, dann wandte sie sich wieder dem Fluss zu. Seufzte. Sie schwiegen. »Ich habe in letzter Zeit öfter an Petra denken müssen«, sagte sie schließlich, »gerade an unsere erste Diskussion damals in Berlin. Mir kam das überzogen vor, als sie meinte, die Frauen sollten die Männer nicht mehr mit ihrer Energie aufpumpen, sondern sich erst mal eine ganze Weile nur um sich selbst kümmern und schauen, was sie eigentlich für sich selbst wollen. Ich dachte, ich weiß genau, was ich will. Ich war so naiv, so selbstgewiss, so ...« Sie schüttelte den Kopf. »Jedenfalls, diese Kritik, dass das Ausstellungskonzept noch dem Genieglauben verhaftet ist, die trifft mein eigenes Gefühl ziemlich genau. Denn es *ist* doch so: die ganze schöpferische Kraft dieser Kultur wird aus der Lebensgestaltung abgezogen und fließt in die Schaffung männlicher Meisterwerke. Tolle Werke, gar keine Frage. Kein

Wunder auch, wo da so viel nicht gelebtes Leben drin ist, ein ungeheures Gebirge von Ersatz, dem wir Frauen meistens nur mickrige Maulwurfshügel an die Seite zu stellen haben – und unsere Kinder natürlich. Und immer denken wir, wenn wir uns durch das Gebirge fressen, das wir ja lieben, denn da stecken ja auch unsere Gefühle, unsere Kräfte, unsere Leben drin, wenn wir uns da durchfressen, dann kommen wir ins Schlaraffenland. Aber am Ende kommen wir doch immer bloß in die Hungerwüste, weil wir im Gegensatz zu euch in diesen Ersatzwelten nie richtig zuhause sind. Mal ganz abgesehen davon, dass wir als Alltagstierchen die häuslich-praktische Grundlage für die ganze Herrlichkeit legen müssen. Dafür werden wir dann gelegentlich angebetet als in sich ruhende Verkörperung der ungeteilten Ganzheit des Seins oder ein ähnlicher Hack, während die armen Männer in ihrer ewigen Zerrissenheit dieser Einheit immer nur schaffend und machend nachjagen können und doch nie was anderes von ihr zu fassen bekommen als eben – Kunst. Die aber wiederum das Höchste ist, was Menschen überhaupt schaffen können.«

Sofie war lauter geworden. Bo musste sich beherrschen, ihr nicht beruhigend die Hand auf die Schulter zu legen. Petra, sagte er sich. An Petra hatte sie denken müssen. Es war wie ein Grundton, auf den sie sich alle einstimmten, die Frauen. Ein neues Lied ...

»Also, was machen wir nun, wir Frauen? Identifizieren wir uns mit diesem biologistischen Frauenbild und behaupten, dass unser Wesen und unsere Besonderheit genau in unserer Leben schaffenden Kraft steckt und dass wir als Wirkerinnen großer Werke immer an uns selbst irregehen? Oder wollen wir beweisen, dass wir, bei gleichen Startbedingungen, als geistige Schöpfer mindestens genauso viel zustande bringen wie die Männer? Ich weiß es nicht. Aber so oder so bleibt uns, glaube ich, nichts anderes übrig, als dass wir die Kräfte, die wir nun einmal haben, ob jetzt aus biologischen oder sozialen Gründen, gesellschaftlich zur Wirkung zu bringen. So wie die Dinge liegen, bleibt es an uns hängen, die unmenschliche Verformung dieser Gesellschaft zu heilen. Womit wir uns wieder eine wunderbare klassische Frauenrolle zugeschanzt hätten.«

Ein sarkastisches Lächeln huschte über Bos Gesicht. »Na, viel Glück damit. Ich weiß nicht, ob ich mit deinen Vorstellungen von der Männerrolle so richtig glücklich bin. Wenn wir Männer vor lauter tollem Werkewirken nicht mehr die Kraft haben, das Leben zu gestalten, dann ist sehr die Frage, ob man die Werke als Ausdruck der Potenz oder der Impotenz sehen will. Das ist jedenfalls die Frage, die mich zur Zeit vor allem umtreibt.«

Sie sah ihn mit einem seltsamen Ausdruck an. »Es ist wirklich verrückt, dass du mir gerade jetzt wiederbegegnest. Und ... es tut mir leid, dass ich dich nicht gebeten habe, den ganzen Tag mit in die Ausstellung zu kommen. Ich hatte es gestern so eilig ... und ich dachte vermutlich, ich könnte dir das nicht zumuten, so viel Frauenkram. Das war vielleicht ein Fehler. So intensiv, wie unsere Gespräche damals waren, so ... wesentlich. Das war schon was Besonderes. Das könnte ich im Moment gut gebrauchen. Aber es ist so viel passiert in diesen letzten zwei Jahren – bei dir bestimmt auch. Ach, und ich quassele und quassele hier vor mich hin und habe überhaupt noch nicht nach dir gefragt.«

»Ich erzähl schon noch, Sofie, wenn du mir die Zeit gibst«, sagte Bo. »Aber du bist grade mitten in was drin. Das würde ich gern zu Ende hören.«

»Na schön. Aber lass uns weitergehen.« Sie standen auf und setzten ihren Weg am Mainufer fort, vorbei am alten Werftgelände, an Kränen und Gleisen, der Großmarkthalle. Statt abzubiegen und durch die Grünanlagen zu spazieren, entschloss sich

Bo, lieber doch weiter Richtung Osthafen zu gehen, in das industrielle Niemandsland, das er auch sonst auf seinen Spaziergängen zum Fluss durchquerte. Sein gewohnter Weg führte ihn durch das alte Arbeiterviertel des Ostends, das Bauspekulanten und Stadtpolitiker immer mehr mit Gastarbeitern vollstopften und verfallen ließen, über die Hanauer Landstraße, wo die Nutten am Straßenstrich seine lange, schlaksige Gestalt allmählich kannten und sich ihre Avancen sparten, vorbei an den Industrieanlagen und Fabriken, in die neuerdings allerlei Künstlervolk zog. Die Gegenwelt zur Bankencity, kein schlechtes Viertel für ihn. Sein Ziel aber war stets das Ufer. Huck-Finn-Country – sofern man die Flugzeuge ignorierte und nicht zum andern Ufer hinüberschaute – in das er jetzt mit Sofie eintauchte. Auf einem gewundenen Fußweg gingen sie die hohe Böschung hinunter zum Fluss. Sie streiften durch dichtes Gebüsch, Brombeeren, Pappeln, Erlen. An einem Strändchen ein Angler, ein anderes von Pennern vermüllt. Ein drittes mit Blick auf eine vorgelagerte Au war frei, und sie setzten sich in den Sand.

Sofie nahm ihren Faden wieder auf. Sie war an einer Art Scheideweg: Setzte sie die Ausbildung fort, war die konkrete Frage, vor der sie stand, oder verzichtete sie auf die Professionalität und gründete ein freies Straßentheater, um im praktischen Experiment herauszufinden, was sie wirklich wollte? Das heißt, eine Theatergruppe hatte sie im vorigen Jahr schon gegründet. Ihre Idee war gewesen, ob man nicht über eine Art Archäologie des Körpers, der in männlichen und weiblichen Verhaltensweisen im Körper abgelagerten Erfahrung, in Schichten vorstoßen konnte, wo sich andere Spiele zwischen den Geschlechtern eröffneten als die eingeschliffenen Muster der Macht. »Das klingt jetzt so großartig, ›Archäologie des Körpers‹. Eigentlich habe ich das Wort nur von Jan übernommen, einem aus unserer Gruppe, es ist gar nicht meins. Ich dachte einfach an alltägliche Szenen, simple Spielhandlungen, in denen wir unsere gängigen Reaktionsmuster ausagieren und schauen, ob wir hinter den unbewussten Anziehungen und Abstoßungen in uns nicht auch Ahnungen von Achtung, von gegenseitiger Ergänzung finden, Träume, Wünsche, Impulse, die sich vielleicht in Liedern und Tänzen und anderen Formen genauso ritualisieren lassen, halt bewusst, wie die ganzen konventionellen Weisen der Nichtbegegnung, die Übergriffe, die Schutzmechanismen, die Höflichkeitsformen, das tausendfache Verkennen.«

»Spannender Gedanke«, sagte Bo.

»Dachte ich auch.« Sofie seufzte tief. »Und ich hätte auch gern die Zuschauer irgendwie einbezogen, sei es, dass einige von einem bestimmten Punkt an direkt mitspielen oder sich sonst wie an der Entscheidung über den weiteren Verlauf beteiligen, sei es, dass man mit ihnen im Rahmen eines Stückes Lieder und Tänze einübt und dann das Ganze in ein Fest übergeht, das alle gemeinsam feiern, halt in den ritualisierten Formen, die durch das Spiel geschaffen worden sind. Na ja. So richtig ausgegoren waren meine Vorstellungen nicht. Auf jeden Fall ist nichts daraus geworden, weil sich nach einer Weile herausstellte, dass vier von uns – wir waren insgesamt sechs, vier Frauen und zwei Männer – dass sie mehr Interesse daran hatten, das was sie die realen Gewaltstrukturen nannten auszuagieren und die Spielhandlung mit Schockwirkungen und Aha-Effekten zu verstärken, als die vielen widersprüchlichen Impulse in jedem von uns aufzufächern und dafür gewissermaßen rituelle Anker zu finden. Das würde die realen Verhältnisse nur beschönigen. Sie haben wahrscheinlich recht.«

»Und was macht ihr jetzt in eurer Gruppe?«

»Gar nichts. Jan fing an, sich immer dominanter aufzuspielen, obwohl es eigentlich meine Initiative war. Als mich irgendwann jemand gefragt hat, ob ich auch bei Jans Theatergruppe mitmache, hatte ich genug und bin gegangen, und kurz darauf hat sich die Gruppe natürlich aufgelöst. Von wegen ›reale Gewaltstrukturen‹.« Sie stieß scharf die Luft aus. Das Ganze kam ihr ein wenig wie die Wiederholung ihrer Erfahrung mit den Shiva Shillum vor, wo auch sie mit ihrer Idee den Anstoß zu *Numba* gegeben hatte, und dann war daraus sehr schnell *Freds* Musik, *Freds* Platte, *Freds* Werk geworden – und Bos Werk: »Altendorf/Bodmer« stand hinter den meisten Songs, ein paarmal Rodgers, einmal Neubert, aber nicht Anders, obwohl sie – Ach, egal. Sie winkte ab. Das war ihr überhaupt erst nach der Erfahrung mit der Theatergruppe aufgestoßen. Damals hatte sie gar nicht daran gedacht. Nur Freds Geniegehabe hatte sie von Anfang an gestört.

»Scheiße, du hast recht.« Bo sah sie betroffen an. »Bei mindestens zwei Titeln hättest du mit aufgeführt werden müssen, ›Getting Down By Taking Off‹ und ›Krebo Cheo‹, nicht wahr? Ich hab den Text zwar letztlich aufgeschrieben, aber die Idee war von dir, und ein paar Strophen haben wir zusammen gemacht. Aber – das soll jetzt keine Entschuldigung sein – ich hab mich um die Credits auch nicht gekümmert.«

»Ich weiß. Lass gut sein. Fiel mir nur grade so ein. Jedenfalls war ich vor kurzem so weit, dass ich das ganze Studium an den Nagel hängen wollte, und wenn mein ... wenn ein Dozent von mir an der Hochschule mich nicht schließlich überzeugt hätte, dass es blöd wäre, mir Möglichkeiten zu verbauen, die ich noch gar nicht absehen kann, dann hätte ich es vermutlich auch getan.«

War das Schlauchboot geflickt? Auf jeden Fall war die Gefahr des Ertrinkens fürs erste gebannt. Sie war mit zu ihm nach Hause gekommen! Er hatte es kaum zu hoffen gewagt. Als er nach zweieinhalb Stunden Gehen, Stehen, Sitzen, Rauchen und Reden auf der

Fußgängerbrücke über den Bahngleisen dezent darauf hingewiesen hatte, dass sich bei ihm langsam Hungergefühle einstellten, hatte sie den Blick von der dunkelrot im Dunst über den Häuserschluchten abtauchenden Sonne abgewandt und ihn mit großen Augen angestarrt, als hätte er eine Erkenntnis ausgesprochen, die ihr Weltbild in den Grundfesten erschütterte. Dann war anscheinend eine Entscheidung gefallen. Sie habe den ganzen Tag noch nichts Richtiges gegessen, sagte sie. Und nach dem vielen Reden sei ihr zumute, als hätte sie stundenlang Schwerarbeit geleistet. Habe sie auch in gewisser Weise. Sie habe einen Bärenhunger. Nein, auf ein Restaurant hatte sie keine Lust, ständig irgendwo nirgendwo zu sein. Wo er wohne in Frankfurt. Zehn Minuten zu Fuß? Auf geht's.

Vor lauter Aufregung hatte er ganz vergessen, wie schlecht es um seine Vorräte bestellt war. Fast vierundzwanzig Stunden lang hatte er sich dieses Wiedersehen in den glühendsten Farben ausgemalt, aber auf das Nächstliegende war er mal wieder nicht gekommen: etwas zu essen zu besorgen. Jetzt waren die Geschäfte natürlich zu. Und aufgeräumt hatte er auch nicht. »Entschuldige.« Verlegen zuckte er auf der Schwelle zur Küche die Achseln. »Aber doof, wie ich bin, habe ich gar nicht daran gedacht einzukaufen. Das einzige, was ich dir anbieten kann, sind Ravioli und Amselfelder.«

Das Lachen, das ihr Gesicht aufleuchten ließ, das erste bis dahin, wie ihm schien, tat wohl. »Ist mir egal«, sagte sie. »Sieh nur zu, dass du das Zeug schnell auf den Tisch bringst. Und zu trinken tut's für mich Leitungswasser.«

Während er die Dose öffnete und den Inhalt in einen Topf kippte und warm machte, sah sie sich in der restlichen Wohnung um, die außer Küche, Toilette und Flur nur aus einem Zimmer bestand, dies allerdings so groß, dass das Doppelbett in der Ecke nicht weiter auffiel. Ansonsten spärlich möbliert. Und ziemlich verdreckt. Sie überflog seine Bücher und Platten. Wie damals auch hier keine Bilder an den Wänden, nur über dem langen Schreibtisch, den er anscheinend aus Baustellenbrettern zusammengenagelt hatte, hing ein Blatt Papier, eine kleine undeutliche Kopie von irgendetwas. Sie schaute genauer hin. Eine am Rand abgebrochene Metallplatte, wie es aussah, mit der Darstellung eines sitzenden und lesenden bärtigen Mannes auf einem dünnen Turm oder eher einer Säule, an der eine Leiter lehnte und um die sich eine riesige Schlange ringelte. Um des Kunstgenusses willen hatte er sich den Zettel bestimmt nicht aufgehängt. Sie trat an eines der zwei kleinen Gaubenfenster, sah auf den kahlen Hinterhof mit den Mülltonnen und dem einsamen Baum hinunter. Was tat sie hier? Was auch immer, sie würde jetzt mit ihm essen, ihn ein bisschen erzählen lassen, die Adressen austauschen, und dann nichts wie los. Sie wusste ohnehin nicht, wie sie ihr Ausbleiben erklären sollte. Sie hätte überhaupt nicht hier sein sollen.

Aber sie war hier.

»Was hat es mit diesem Namen auf sich, den du für mich hast?«, fragte sie, als er sie zum Essen gerufen hatte und sie sich in der Küche gegenübersaßen. Er hatte ihr die Hälfte der schlabbrigen Teigtaschen auf den Teller getan und für sie beide Leitungswasser eingeschenkt. Schlichter ging's nicht.

»Blue?« Einen Moment schien er sie anlächeln zu wollen, doch dann schaffte es der Impuls nicht ganz bis zu den Gesichtsmuskeln. Bei ihr auch nicht. »Sing was«, sagte er, »irgendwas.« Sie blickte ihn fragend an. »Irgendwas«, wiederholte er. Sie überlegte, dann stimmte sie »How Can I Touch You« an, leise, zurückgenommen. Er schloss die Augen, wartete einen Moment. »Da. Da sehe ich sie genauso vor mir wie beim ersten Mal. Die blaue Flamme. Das Bild deiner Stimme. Dein Bild. In mir.«

»Das musst du mir erklären.« Ihre Stimme war rau.

Er erklärte es ihr, so gut er konnte: das Bild; wie es gekommen war; wie die Flamme sich in ihm bewegt hatte und wie dann ihr Körper die Bewegung der Flamme mitvollzogen hatte; wie er überspült worden war von einer Welle des Glücks; und wie ihr Name vor ihm gestanden hatte, klar, fraglos. Blue. »Blue Flame« war noch in der selben Nacht entstanden. »Ich weiß noch genau, wie ich da in meinem Schlafsack auf der Matratze lag und dachte, das gibt's nicht. Es war ja nichts gewesen zwischen uns, wir hatten bloß zusammen gesungen. Und trotzdem hatte ich das Gefühl, noch nie so eine Vereinigung erlebt zu haben. So tief. Ich war völlig von den Socken. Dass man so vollkommen in einer Frau drin sein kann ... so vollkommen von ihr genommen werden kann ... das hätte ich nie für möglich gehalten. Was du da im Singen mit mir gemacht hast ... ich weiß nicht. Wie ist es denn für dich gewesen? So viel wir später miteinander geredet haben, an das Thema haben wir uns nie richtig rangetraut.«

»Es ... war auch für mich sehr stark«, sagte Sofie. Sie kaute eine Weile vor sich hin. Sie erinnerte sich gut, wie erregt sie gewesen war, wie begeistert, wie glücklich. Aber für sie, für irgendeine Instanz in ihr, war es fraglos gewesen, dass diese tiefe Empfindung umgelenkt werden musste. Sie begehrte nicht ihn, sondern das Singen mit ihm, hatte sie sich gesagt, auch wenn die Grenze manchmal schwer zu ziehen war. Genau wie jetzt. Wo musste sie die Grenze ziehen zu diesem Mann, der sie immer noch tief erregte, vielleicht mehr denn je? Was konnte, was durfte sie sagen? »Aber ich hatte mich nun mal für Fred entschieden«, fuhr sie fort. »Ich wollte ihm treu sein.« Wieder stockte sie, überlegte. »Weißt du, worin ich mir mit Fred einig war, das war, dass wir beide mit dem Mythos der romantischen Liebe nichts anfangen konnten, mit diesem Kult, der im Westen getrieben wird um boy meets girl, losgelöst von allen gesellschaftlichen Bindungen, und sie verlieben sich unsterblich und haben den heißesten Sex unter der Sonne und ihr Glück hält ein Leben lang. Der reine Schwachsinn. In Afrika zum Beispiel können sich die Leute ... jedenfalls die, denen ich im Lauf der Jahre begegnet bin ... wenn sie halt noch traditionell denken ... die können sich unter so einem privaten Glück von zwei isolierten Individuen gar nichts vorstellen, weil dort die Liebe zwischen zwei Leuten immer die ganze Gesellschaft angeht. Wenn zwei sich zusammentun, dann ist das keine Privatsache, das ist immer was Überpersönliches. Und das, was sie zusammenführt, ist auch was Überpersönliches, so was wie eine geistige Anziehung, weil die Seelen irgendwie wissen, dass sie eine verwandte Lebensaufgabe haben und dass sie sich darin gegenseitig unterstützen und fördern können. Deshalb gehen sie zusammen. Es geht nicht um ein rein privates Glück, sondern darum, dass man miteinander die Lebensaufgabe erfüllt, die man in der Gemeinschaft hat, um den Nutzen für alle, und das gibt dann auch der Beziehung Stabilität, dass sie an die Gemeinschaft gebunden ist. Wenn das wegfällt, diese Gemeinschaftsbindung, dann entsteht ein riesengroßes Loch, und erst dann kann jemand auf die Idee kommen, er könnte das Loch mit so was wie einem Sexualpartner stopfen. Das muss einen natürlich überfordern, jeden, ganz egal wie groß die Liebe ist. Denn das wahre Glück liegt eben in der Verwirklichung der Lebensaufgabe – und die besteht auch für Frauen nie bloß im Kinderkriegen. Gerade in dem Punkt hatte ich das Gefühl, dass wir uns treffen, Fred und ich, denn auch für ihn war ja das Wichtigste, dass er das macht, was seine Sache ist, seine Aufgabe, und mit einer Frau auf der Ebene eine Verbindung einzugehen, das war für ihn genauso eine neue Erfahrung – und ich hab ehrlich gedacht, das könnte seine Einstellung zu Beziehungen und so dauerhaft verändern.«

Bo hatte die Gabel hingelegt und betrachtete Sofie mit wachsender Spannung. Er hatte, als sie zu reden anfing, mit Gewalt den Impuls unterdrücken müssen, ihr den roten Soßenfleck von der Oberlippe zu lecken. Der Impuls war ihm vergangen. Er fühlte ein schmerzhaftes Reißen in der Brust. Er setzte an, etwas zu sagen, doch sie ließ ihn nicht zu Wort kommen.

»Ich fand es wunderbar mit dir«, beteuerte sie hastig. »Nicht nur das Singen. Auch das Reden. Ich wollte dich zum Freund haben. Aber ich wollte nicht mit dir schlafen, ich wollte nicht, dass alles kaputt geht, was ich mir mit Fred aufbauen wollte. Ich wollte mich auf meine Aufgabe konzentrieren, und meine Aufgabe – darüber haben wir ja oft genug geredet – das, was ich wirklich kann, was ich wirklich zu geben habe, ist singen, Musik machen, tanzen, spielen: eine Art, was weiß ich, natürliche Leichtigkeit, die in unserer steifen, verbiesterten Gesellschaft verpönt ist und bei denen, die die Gesellschaft bekämpfen, auch; die sind doch genauso steif und verbiestert. Und genau das war meine Verbindung zu Fred. Schon in Marokko war ich beeindruckt davon, wie ernst er seine Musik genommen hat, wie er da mit allem, was er hatte, reingegangen ist. Später habe ich mich dann in ihn verliebt. Ich dachte, wenn meine Freiheit und Fröhlichkeit noch dazukommt, dann kann das was ganz Starkes werden. Dann können wir darin unsere gemeinsame Aufgabe finden, das Besondere, was wir zu geben haben und womit wir was wirklich Heilendes und Befreiendes schaffen können, nicht nur negativ und zerstörend wirken wie die meisten andern. Und als du dazugestoßen bist, da dachte ich, dass wir, Fred und ich, für diese Aufgabe eine Gruppe sammeln, aber dass wir beide der Kern sind, der das Ganze zusammenhält, und dass ich diesen Kern bewahren muss, dass ich ihn nicht durch Bettgeschichten gefährden darf. Weil ich ja auch an isoliertem Sex so wenig Interesse hatte wie an blinder romantischer Verliebtheit. Ich wollte diese andere Spannung, diese Einbindung in was Größeres, Weitergehendes, das die Individuen übersteigt und an das auch der beste Sex der Welt nicht rankommt. Aber das war bei Fred letztlich doch anders, das habe ich nach und nach begreifen müssen. Vielleicht ist es ja bei Männern überhaupt anders. Ich weiß es nicht.«

»Aber als du gesehen hast, dass es mit Fred nichts wird«, brach es endlich fast zornig aus Bo heraus, »warum bist du da auch vor mir geflohen? Wenn ich das richtig verstehe mit der Aufgabe, von der du redest, dann ist das doch nichts Beliebiges, nichts Ausgedachtes, sondern dann ist das ... herrje, dann ist das die Stimme des Herzens, die man im Zusammensein mit jemand anders sprechen hört, und ich habe diese Stimme gehört bei dir, und du hättest sie auch hören können, hast sie wahrscheinlich gehört, aber beschlossen, dir die Ohren zuzuhalten. Warum? Ist es nicht ... nach dem, was du gesagt hast, ist es da nicht gewissermaßen eine heilige Pflicht, dieser Stimme zu folgen? Ich wäre ihr überallhin gefolgt. Überallhin. Warum bist du vor mir geflohen? Warum?«

Schwer atmend lehnte sich Bo zurück. Sofie sah ihn lange an. »Die Stimme des Herzens«, sagte sie schließlich. Sie fuhr sich mit der Hand über den Mund. Der rote Fleck auf der Lippe verschwand. »Wenn es unter großem Druck steht, dann spricht es in einem fort, das Herz, und es sagt die verschiedensten Sachen, die wildesten Sachen, und alle erscheinen dir total richtig und gut. Die Sehnsucht muss nur groß genug sein. Es hatte sich ja schon bei Fred geirrt, das Herz.«

»Nein, hat es nicht!« Bo schrie es beinahe. Er holte tief Luft. Ruhig, ruhig. »Ich glaube nicht, dass es sich geirrt hat«, sagte er. »Es hat gesucht. Das ist sein gutes Recht. Es hätte weitersuchen müssen. Du spürst einen Zug, und wenn der Zug stark genug ist, musst du ihm folgen. Du kannst nicht zur Sicherheit vorher irgendwelche Checklisten durchgehen. Oder, klar, kannst du natürlich, aber wohin es mit zwei Menschen tatsächlich geht, und wie weit, finden sie nur heraus, wenn sie sich dem Zug überlassen.« Er schwieg einen Moment. Die Bangigkeit vor der nächsten Frage erhöhte den Druck in der Brust fast bis zum Zerspringen. »Hast du denn jetzt in Hamburg eine Beziehung, mit der das besser klappt?«, presste er heraus, aber er war kaum bei »Beziehung« angelangt, da fuhr sie ihm schon ins Wort.

»Sich überlassen!« Sie schnaubte. »Das klingt so großartig offen und wahrhaftig. Aber wenn du das gerade gemacht hast, dem Zug gefolgt, und du bist voll in der Scheiße gelandet, dann überlegst du es dir vielleicht noch mal, bevor du dem nächsten Zug hinterherläufst, und dem nächsten, und dem nächsten. Männer, die einen ziehen wollen und die viele schöne Worte machen, um einen ins Bett zu kriegen, gibt's wie Sand am Meer. Aber nach der Sache mit Fred musste ich mich erst mal selbst finden. Und es kann gut sein, dass ich mit der Selbstfindung noch lange nicht fertig bin.«

Bo schluckte eine scharfe Erwiderung hinunter. Frauen ins Bett zu kriegen war gewiss das geringste Problem. Er löffelte seinen Teller leer. Auch sie war bei den letzten Ravioli. Eine Antwort auf seine Frage würde er nicht bekommen, so viel war klar. Das war auch eine Antwort. Andererseits war sie hier. Hier! Und das war, wenn auch nicht die ganze, so doch zumindest ein Teil der Antwort. Der Teil, an den er sich zu halten hatte. Ja. Genau das würde er tun.

»Ich für meinen Teil bin jetzt reif für einen Schluck Wein«, sagte er und sah sie fragend an. Sofie zögerte kurz. Doch, ja, war sie auch. Er räumte ab, holte seine zwei Weingläser vom Küchenregal, schenkte ein. »Auf uns!« Sie stieß immerhin darauf an.

»Was ist das eigentlich für ein komisches Bild, das bei dir über dem Schreibtisch hängt?« Sie deutete auf die Wand zum Nebenzimmer.

»Das?« Bo ging mit dem Weinglas in der Hand voraus, sie folgte. »Das ist das einzige Bild, das ich von Simeon Stylites gefunden habe, einem Heiligen aus dem fünften Jahrhundert, der angeblich über dreißig Jahre irgendwo in den Bergen von Nordsyrien auf einer Säule gestanden hat.« Und als Sofie daraufhin die Stirn runzelte, erzählte er ihr von seinem Traum, von dem Buñuelfilm, vom Leben des Säulenheiligen, von Nietzsches Kritik des christlichen Asketentums, von dem Nerv, den die Geschichte bei ihm getroffen hatte. Er trage sich mit dem Gedanken einer Art negativer Pilgerschaft, sagte er. Es gehe ihm darum – um daran anzuknüpfen, was sie gesagt hatte – die »Manneskraft« nicht auf ein erdenfernes, alltagsfernes Jenseits des Himmels oder der Kunst zu richten, sondern sie gestaltend wieder ins Leben einfließen zu lassen, mit der »schenkenden Liebe« der Erde zu dienen, wie Nietzsche es ausdrückte. Dies wolle er lernen. Seine Lippen deuteten ein Lächeln an. »Könnte ein ganz ähnlicher Impuls sein, wie du ihn mit deinem Straßentheater und deinem Wirken im Alltag hast. Vielleicht sind wir ja in der Beziehung ein bisschen verwandt, was meinst du?«

»Wir sind ganz sicher verwandt«, erwiderte sie. Während sie auf die schlechte Kopie des wahrscheinlich schon im Original undeutlichen Bildes schaute, merkte sie, wie warm ihr bei seiner Geschichte geworden war. Er war noch genauso verrückt wie früher. Diese Selbstverständlichkeit, mit der er Sachen sagte, bei denen sich alle andern an die Stirn tippten, zog sie an wie eh und je, diese Mischung aus Ernst, kindlichem Eifer und ironischer Distanz. Man wusste nie ganz sicher, woran man bei ihm war, und wenn man es seinerseits verstand, eine gewisse überlebensnotwendige

Distanz zu wahren, war die emotionale Achterbahnfahrt, auf die er einen mitnehmen konnte, nicht ohne Reiz – wobei man unterwegs immer befürchten musste, dass man aus der nächsten Kurve flog oder dass beim Sturz in die Tiefe plötzlich die Schienen abbrachen. Aber trotz, oder wegen, ihres empfindlichen Magens war sie immer gern Achterbahn gefahren, schon als Kind.

Bos Stimme vibrierte, als er sagte: »Ja, wir *sind* miteinander verwandt. Wir sind ...«, er schluckte »füreinander geschaffen« hinunter, das ihm schon auf der Zunge lag, »... mehr als das. Du hast von einer ›anderen Spannung‹ geredet – die war doch von Anfang an zwischen uns da! Dieser Zug zu etwas Umfassenderem. Zum Beispiel jetzt, hier, diese Begegnung zwischen uns. Seit Wochen schlage ich mich mit diesem heiligen Simeon herum, was Abseitigeres kann man sich kaum vorstellen, und versuche mir darüber klarzuwerden, was mich an dem Typ und dem Bild der Säule so fasziniert, was ich damit in meinem Leben anstelle, mit dem Traum vom Bröckeln und dem drohenden Sturz, und dann treffe ich dich, und du knackst tatsächlich an ganz ähnlichen Fragestellungen, in anderer Form, gewiss, aber inhaltlich fast das selbe. Und mit einem Mal ist sonnenklar, dass ich mit dem, was mich bewegt, dem Thema der isolierten Männlichkeit, meiner *eigenen* Isolation, nur auf einen grünen Zweig kommen kann, wenn eine Frau wie du – nein, wenn *du* mir entgegenkommst und mich im wahrsten Sinne des Wortes erdest. Sofie, ich habe noch nie eine Frau getroffen, die mich so tief berührt wie du – und bei der ich das Gefühl habe, dass ich sie genauso tief berühre, jenseits aller oberflächlichen Attraktionen. Damit müssen wir was machen, das können wir nicht einfach verspielen und sagen: Ach, wird schon nicht so wichtig sein!«

Er trat einen Schritt näher und legte ihr sanft eine Hand auf den Oberarm. Sie ließ die Hand liegen, wo sie lag, wich nicht zurück, aber kam ihm auch nicht entgegen. Sie schüttelte langsam den Kopf. »Ich bin nicht dort, wo du mich gern hättest, zur Zeit nicht oder überhaupt nie, ich weiß es nicht. Diese Verlockung, dass man als Frau einem Mann mit seinen faszinierenden Plänen und Ideen hilft, ihm das gibt, was anscheinend nur eine Frau geben kann und was ihn dann in entscheidender Weise weiterbringt ...« Sie winkte ab. »Da bin ich nicht. Die Erfahrung mit Fred ... und dann in der Theatergruppe mit Jan ... ich weiß nicht, ob es für die Männer wirklich funktioniert, aber für Frauen, für *mich* funktioniert es nicht, hat es nie funktioniert. Weil es keine Gegenseitigkeit gibt – was vermutlich auch an den Frauen, an mir liegt. Weil wir immer wieder in die alten Muster zurückfallen. Aber ich habe keine Lust auf die alten Muster mehr. Ich habe keine Lust auf die Opferrolle. Bevor ich daran denken kann, irgendwie auf euch zuzugehen, muss ich mir darüber klar werden, was *mich* bewegt, wie ich mein eigenes Leben lebe, ohne dass ich mich immerzu von euch verlocken und fordern und brauchen und auslutschen lasse. Ich bin an einem Punkt, wo ich Sachen mit Frauen machen möchte und gar nicht daran denke, einem Mann auf seinem Feld ›entgegenzukommen‹, wie du sagst.«

Bo hatte seine Hand bereits zurückgezogen. Der Druck auf dem Herzen war wieder da. Sie schwiegen eine Weile.

Vor ein paar Wochen, ergriff schließlich Sofie das Wort, hätten Frauengruppen in der ganzen Bundesrepublik beschlossen, die Nacht zum ersten Mai zu feiern, die traditionelle Walpurgisnacht. Die sei später vom Christentum zum Hexensabbat umgedeutet worden, aber ursprünglich sei sie eine Feier des neuen Lebens gewesen nach dem eisigen, dunklen Winter, ein Fest der Liebe und Fruchtbarkeit, mancherorts regelrecht eine heilige Hochzeit, und die sogenannten Hexen weise Frauen in heiligen Hainen, die man nach der Zukunft befragte. In vielen Städten seien am Abend

Frauen unter der Parole »Wir erobern uns die Nacht zurück!« durch die Straßen gezogen, um gegen alte und neue Hexenhetze zu demonstrieren, gegen männliche Gewalt und die Angst, sich als Frau nachts allein auf die Straße zu wagen.

»Lass uns setzen«, sagte Bo, und sie ließen sich in seinen braunen Sperrmüllsesseln nieder. »Erzähl weiter.«

Nach der Demo war Sofie mit vier anderen Frauen aus der Stadt hinaus an einen kleinen See im Osten von Hamburg gefahren. Sie hatten den unbestimmten Wunsch gehabt, nicht bloß gegen etwas zu protestieren, sondern positiv etwas zu feiern. Aber was? Sich selbst, sagten sie sich auf der Fahrt unter Juchzen und Lachen, ihr freies Frausein. Sie bauten sich ein Lagerfeuer, sangen Lieder, sprangen nackt in das noch verflucht kalte Wasser und tanzten dann zu Musik aus dem Kassettenrekorder ausgelassen um die Flammen. Hinterher auf dem Heimweg hatte Sofie bei aller Freude auch eine eigentümliche Hilflosigkeit gespürt. Was hätten »richtige Hexen« an ihrer Stelle getan? Keine Ahnung. Und das Singen – obwohl es ihr sonst das Natürlichste der Welt war, hatte sie sich erst nach längerem Zaudern getraut, ein Lied anzustimmen und die anderen mitzunehmen. Sie hätten gern etwas wie ein Ritual begangen, aber was das hätte sein können, wussten sie nicht. Sie hatten einfach keine lebendige Tradition, keine eigene weibliche Kultur. Die herrschenden Formen der Kultur waren von den Männern gestiftet, und wenn einem als Mann diese Formen nicht passten, die Anbetung der christlichen Heiligen zum Beispiel, dann konnte man sich Brüder und Mitstreiter wie Nietzsche suchen, die dagegen rebelliert und aus der Rebellion wiederum eigene, neue Formen geschaffen hatten. Ein Mann konnte sich in seinem Denken und Suchen immer mühelos verorten. Die Frauen gehörten nirgends hin. Die Positionen und Gegenpositionen der Männer betrafen sie nur zum geringen Teil.

Sie waren auf der elementarsten Ebene orientierungslos, mussten unter Bergen von Fremdbestimmung und Überformung nach der verlorenen weiblichen Kultur suchen, nach Formen, in denen sie sich selbst wiedererkennen, sich selbst finden konnten. Deshalb hatten Sofie und ihre Freundinnen sich vorgenommen, künftig regelmäßig zusammenzukommen und darüber nachzudenken, wie sie an alte verschüttete Traditionen der Frauen anknüpfen konnten. Sie wollten den Bildern der Göttin in alten Kulturen nachforschen, matriarchalischen Mythen, falls es so etwas gab, Frauenritualen anderer Zeiten und anderer Völker, wollten die Natur des Weiblichen und das Weibliche der Natur ergründen, die vergessenen Rhythmen des Jahreslaufs, eine menschliche Ordnung des Lebens. Sofie spürte dazu besonders den afrikanischen Traditionen nach. Vielleicht konnten sie anfangen, Frauenfeste zu feiern, die die Power des Fests vor drei Jahren in Berlin hatten, aber viel tiefer in die Selbstfindung hineinführten. Sie wollten ganz unten, ganz klein anfangen. In der echten Armut, in der die Frauen heute dastanden, aber auch mit der ganzen Kraft des Aufbruchs.

»Ich glaube, ich verstehe.« Bo nickte mehrmals. »Ja, ich verstehe. Das ist sicher richtig, was du sagst. Aber«, wagte er sich weiter auf das dünn werdende Eis der Worte hinaus, »wenn es um die Ordnung des Lebens geht und nicht nur um das Recht einer Seite, müssen dann nicht irgendwann beide Seiten ins Spiel kommen? Müsste man, außer über separate Frauenfeste, nicht auch über ein gemeinsames Fest nachdenken, über neue Formen der Begegnung, eine heilige Hochzeit, wie du es vorhin genannt hast?«

Sofie zuckte die Achseln. »Ich weiß nicht, was ›man‹ machen müsste. Aber ich weiß, dass so, wie wir Frauen heute dastehen, jedes gemeinsame Projekt mit Männern immer damit enden muss, dass ihr uns mit eurem souveränen Durchblick und eurer theoretischen Überlegenheit und eurem selbstverständlichen Bestimmertum unterbuttert – zu unserem eigenen Besten, versteht sich. Aber da machen wir lieber auf uns allein gestellt das eigene Schlechteste und reden dummes Zeug und Weiberkram, bevor wir uns weiter von euch bevormunden und missbrauchen lassen. Und vor der ›heiligen Hochzeit‹ wären auf jeden Fall härtere, schmerzhaftere Rituale dran. Die Sündenabwaschung zum Beispiel. Das machen Paare in Westafrika, die miteinander nicht mehr weiterkommen. Beide Seiten werfen sich abwechselnd alles an den Kopf, was ihnen an Schlimmem über den anderen einfällt, im Normalfall vor dem ganzen Dorf, und erst wenn alles heraus und öffentlich ist, gehen sie gemeinsam in den Fluss oder ins Meer oder zur Not auch einfach unter die Dusche und waschen sich gegenseitig die Sünden ab, den ganzen aufgeworfenen Schmutz. Aber selbst für so ein Ritual müsste noch viel passieren, bis es für euch etwas anderes sein könnte als ein neues erotisches Spiel.«

Bo entfuhr ein leises Stöhnen. »Ermattend auf getrenntesten Bergen«, sagte er mit einem schwachen Lächeln.

»Wie bitte?«

»Warte.« Er stand auf, trat ans Bücherregal, zog ein Reclambändchen heraus und blätterte, bis er die Stelle gefunden hatte. »Furchtlos gehn die Söhne der Alpen über den Abgrund weg auf leichtgebaueten Brücken««, las er vor. »Drum, da gehäuft sind rings die Gipfel der Zeit, und die Liebsten nah wohnen, ermattend auf getrenntesten Bergen, so gib unschuldig Wasser, o Fittige gib uns, treuesten Sinns hinüberzugehn und wiederzukehren.«« Er klappte das Bändchen zu, stellte es zurück. »Hölderlin. ›Patmos‹. Einer der ›Brüder und Mitstreiter‹. Sofie, ich wünsche dir alles Gute – ganz im Ernst. Tu du auf deiner Seite, was du tun musst. Ich werde auf meiner Seite tun, was ich tun muss. Aber eines weiß ich: den Tag des gemeinsamen Fests sehne ich heute schon herbei.«

Jetzt endlich sah sie ihn an. »Amen«, sagte sie und versuchte ihrerseits zu lächeln, doch ihre Augen füllten sich mit Tränen.

»O Fittige gib«, wiederholte er. Er trat vor sie, hielt ihr die Hände hin, und sie ergriff sie und ließ sich von ihm emporziehen. Sie schlossen sich in die Arme.

Wenn sie mehr Zeit brauchte, war es okay. Er musste nicht sofort mit ihr schlafen. Er konnte warten. Jetzt, wo sie endlich in seinen Armen lag, hatte er alle Zeit der Welt. Die Vereinigung, die er ersehnte, war keine Sache einer Nacht und zweier Geschlechtsorgane. Vor ihnen lag das Glück eines langen Weges. Irgendwann würde sie so weit sein.

Er würde sie morgen nicht nach Hamburg fahren lassen.

Sie brauchte keine Zeit. Mit einer geschmeidigen Bewegung löste sie sich von ihm und streifte den Slip ab, den sie bis dahin anbehalten hatte. Als sie das Bein abwinkelte, klebte am Lippenrand ein hellgrünes Fädchen. Er sah es fast mit Erleichterung. Das konnte ihr Zögern die ganze Zeit erklären, ihre Unsicherheit. Als sie zusammen aufs Bett gesunken waren, hatte er diesen geliebten Körper Millimeter für Millimeter erkunden wollen, stundenlang, nächtelang, diesen wunderschönen Körper, den er zwar schon früher in Rommersheim nackt gesehen hatte, unter der Gartendusche oder beim Sonnenbaden, aber doch nicht so, nicht so.

Sie ließ ihm wenig Gelegenheit, sie ausgiebig zu betrachten und langsam in pure Lust aufzulösen, wie es ihm gefallen hätte. Sie presste sich an ihn und umschlang ihn so heftig, als wollte sie nicht den geringsten Abstand mehr zwischen ihnen dulden. Als er sie packte und über sich zog, zuckte ihm eine Sekunde lang das Bild langer spitzer Nägel durch den Kopf, die bei einer zu gewaltsamen Bewegung durch die Matratze stießen und sich ihm in den Rücken bohrten. Ihr offener Mund schloss seinen.

Sie war nicht unsicher. »Ich habe meine Tage«, sagte sie. »Macht dir das was aus?«

»Nein.«

Als sie sich in den Schritt greifen wollte, hielt er ihr Handgelenk fest. Schlagartig war er ruhig geworden. Die spitzen Nägel waren verschwunden. Er nahm das Bändchen zwischen die Finger und zog den vollgesaugten Pfropf heraus. Schwer. Schwarzrot. Er schnupperte daran. Ein metallischer Geruch. Er sah sie an. Ihr Blick war ernst. Er legte den Pfropf auf den Boden.

Ich schwimme in ihrem Blut, sagte er sich, als sie sich mit langen, langsamen Zügen aufeinander zu bewegten. Wieder umschlang sie ihn fest. Als er die Augen schloss, war das Nachtblau nur der innerste Kern einer dunkelrot und doch still brennenden Flamme. Ein Glück floss daraus auf ihn über, tief und schwer, fast wie Trauer.

Er wollte gerade die Straßenseite wechseln, da ließen ihn die Klaviertöne innehalten, die aus der aufgehenden Kneipentür drangen. Jazzig, ja, aber fließender, melodischer und irgendwie ... freundlicher als die Sachen, die hier sonst meistens röhrten, wenn er vorbeikam. Free Jazz war einfach nicht seine Musik. Er hatte sich, seit er hier wohnte, nur einmal ins Mampf verirrt, schon länger her, und nachdem er da in einer albernen Anwandlung erwähnt hatte, er hätte vor Jahren mal mit Brötzmann in einem Konzert gespielt, hatte der Wirt ihm mit großem Hallo einen Wein ausgegeben; seitdem mied er den Laden. Er zögerte kurz, dann trat er ein, blieb am Eingang stehen, lauschte. Echt gut. Irgendetwas an der Musik kam ihm bekannt vor, an der Art, wie der Pianist zwischendurch immer wieder halb mitzusingen, halb sich selbst anzufeuern schien, an der Spannung zwischen der Präzision, mit der er eine Idee musikalisch entfaltete, und der Freiheit, mit der er sich offenbar vollkommen dem Augenblick überließ. Bo ging weiter hinein, warf einen Blick auf das Cover, das neben der Anlage stand. Keith Jarrett. Na klar, den hatte er vor Jahren in Berlin bei den Jazztagen gehört, zusammen mit Egon, Petra und diesem Luchterhand-Lektor ... Klaus. Da hatte er mit Miles Davis zusammengespielt, und Egon hatte recht gehabt, dass –

»Bo! Das gibt's nicht!« Jemand fasste ihn seitlich am Oberarm, während sein Blick noch am Plattencover hing, zog ihn in eine Umarmung. Er versteifte sich. »Mann, wir haben uns ja ewig nicht gesehen.«

Erst als er sich von dem Mann losgemacht hatte, erkannte er, dass es Frieder war, alter Musikerkollege und kurzzeitiger Wohnungsgenosse aus Frankfurter Anfangstagen, vom früheren Vollbart befreit. »Ja, hallo, ewig, stimmt«, sagte er und versuchte zu lächeln. Frieder schien sich wirklich zu freuen. Er zog Bo zu zwei freien Barhockern. »Darauf müssen wir einen trinken. He, Nobbi, zwei Bier!«, rief er dem Mann hinter der Theke zu, doch Bo bestellte lieber einen Wein. »Doktor Nietzsche hat mir das Biertrinken verboten«, sagte er mit ernster Miene, aber Frieder verstand den Witz natürlich nicht. Wie es bei Bo so laufe zur Zeit? Er nahm Bos Schulterzucken als Antwort. Bei ihm lief es gemischt. Einerseits hatte er in letzter Zeit ein paarmal mit den Jungs vom United Jazz und Rock Ensemble gejammt – saugute Musiker durch die Bank – und hoffte, demnächst voll bei denen einzusteigen. Andererseits, er stöhnte auf, hatte er einen mords Stress mit seiner Freundin – nein, nicht Linnea, puh, das hätte noch gefehlt. Babette hieß sie. Sie waren seit knapp einem Jahr zusammen, und er mochte sie wirklich gern, aber sie ging zur Zeit voll auf Distanz und ließ ihn überhaupt nicht mehr ran, warf ihm sein unsensibles Verhalten vor, und da war sie, ehrlich gesagt, nicht die erste. Er hatte selber den Eindruck, dass er immer wieder in diese beschissenen männlichen Muster verfiel, dass er endlich was dagegen tun musste. Deshalb hatte er auch mit ein paar anderen vor einiger Zeit eine Männergruppe gegründet – damit sie gemeinsam die patriarchalischen Strukturen knackten, die tief in ihnen allen drinsteckten, ob sie wollten oder nicht. Oder?

Bo nickte, abgelenkt von Keith Jarrett, der die Tasten beim nächsten Stück fast boogiemäßig bearbeitete und doch in alle Richtungen freibeweglich blieb, auf kein Schema festgelegt. Die

Platte musste er sich besorgen. Vage zustimmend gab er zu verstehen, dass er in gewisser Weise ebenfalls Stress mit den Frauen hatte. Ja, wahrscheinlich lag das auch in seinem Fall vor allem an ihm. Es war ihm nicht sonderlich ernst damit, aber als er sich schließlich von Frieder verabschiedete, notierte er sich noch die Adresse der Männer-WG in Sachsenhausen, wo sie sich wöchentlich trafen, und den Termin. Mittwoch um acht. Vielleicht werde er kommen, mal sehen, er sei sich noch nicht ganz sicher.

Was sollte er da? Ach, warum nicht? Als die Kneipentür hinter ihm zuklappte, begannen schon die Stimmen in ihm zu streiten, und sie hörten bis Mittwoch nicht auf. Er konnte sich nicht vorstellen, dass der Austausch mit Geschlechtsgenossen, die irgendwie auch mit der Weiblichkeit über Kreuz lagen, ihm half, zu verstehen, was ihm widerfahren war, zu erkennen, wie er doch noch einen Weg fand – zu *ihr*. Aber vielleicht tat einfach das Reden wohl und es ergab sich daraus ein anderer Weg, irgendeiner, auf dem er weitergehen konnte, irgendwohin. Er musste was tun, verdammt. Was Männer und Frauen, gerade die politisch bewussten, seit einiger Zeit miteinander abzogen, war unglaublich trostlos, hatte Frieder gesagt und gemutmaßt, das liege nicht zuletzt an dem Ungleichgewicht in der Bewusstseinsarbeit. Die Frauen machten schon seit Jahren in ihren Gruppen grundlegende Veränderungsprozesse durch – jetzt waren langsam die Männer dran, sich um ihre Selbstfindung zu kümmern und die dringend nötige Vermenschlichung ihrer männlichen Verhaltensweisen nachzuholen. Statt von ihm abzugleiten, blieben die Worte an Bo kleben. Drangen beharrlich in seine Gedanken. Hatte er in seinem langen Gespräch mit Sofie nicht ganz ähnliche Töne von sich gegeben? Vier bleierne Wochen war das jetzt her. »Tu auf deiner Seite, was du tun musst, ich tu auf meiner, was ich tun muss«, hatte er zu ihr gesagt.

Vor der Nacht.

Vor dem Morgen.

Wodurch ist er wach geworden? Hat im Flur eine Diele geknarrt?
Das Türschloss geknackt? Halb schlafend noch schwenkt er den
Arm auf ihre Seite: leer. Er schießt in die Höhe: weg. Eilige Schritte im Treppenhaus: abwärts. Er springt aus dem Bett, zur Tür,
reißt sie auf: »Sofie!«, brüllt er hinunter. »Sofie!« Klapp, macht die
Haustür. Er fährt in die Hose, rast barfuß hinterher, in den Niesel-
regen hinaus. Die Straße wie ausgestorben. Dem Licht nach muss
es unheimlich früh sein, fünf oder halb sechs. »Sofie!« Er rennt
zur Straßenbahnhaltestelle. Niemand zu sehen. Denkfehler. Fährt
um die Zeit überhaupt schon eine Bahn? Und wenn, hätte sie sich
bestimmt nicht dort hingestellt und gewartet. »Sofie!« Er läuft
zurück, nach links, über die Habsburger Allee, zwei Leute an der
Bushaltestelle, aber keine »Sofie!«, nach rechts, nach links ...

Regen- und schweißnass, am ganzen Leib zitternd humpelt
er nach einer Stunde zurück in seine Wohnung. Beide Füße wund,
einer blutet heftig, an der Bordsteinkante aufgeratscht. Was schert
es ihn, ob er den Teppich einsaut. Erst da sieht er den Zettel am
Boden. »Lass mich. Verzeih.« Er knüllt ihn zusammen, schmeißt
ihn in die Ecke, tritt mit dem Fuß gegen die Wand und schreit auf
vor Schmerz. Blutfleck an der Tapete. Er schreit. Schreit. Keine
Worte. Leer im Kopf. Er schreit seinen nackten Schmerz. Tritt
noch einmal zu. Und noch einmal.

Halt. Die Eltern. Beim Abschied vor zwei Jahren hat sie ihm
doch Adresse und Telefonnummer ihrer Eltern gegeben. Wo zum
Teufel ist der Zettel abgeblieben? ... An irgendeinem besonders
sinnigen Ort versteckt ... Er stellt die Wohnung auf den Kopf:
nichts. Ah, das Telefonbuch! Es gibt über dreißig »Anders« in
Frankfurt. Keiner von denen, die sich melden, hat eine Tochter,

die Sofie heißt. Die Lava, die sich immer noch brennend aus dem Vulkan seines Herzens ergießt, beginnt zähflüssig zu werden, dunkel. Er geht zum Postamt und lässt sich das Hamburger Telefonbuch geben. Keine »Anders Sofie«. Einen Moment lang überlegt er, Fred anzurufen. Nicht im Ernst. Sinnlos. Sinnlos aber auch, wird ihm auf dem Heimweg bewusst, mit Sofie zu telefonieren. »Ja, hallo, ich rufe an wegen gestern nacht!« Absurd. Die Lava wird schwerer, schwärzer. Über die Schauspielschule muss sie ausfindig zu machen sein! Er geht zum Postamt zurück. Vier Schauspielschulen sind in Hamburg verzeichnet, aber ihre ist bestimmt die Staatliche Hochschule für Musik und darstellende Kunst, keine der Privatschulen. In jedem Fall eine lösbare Aufgabe. Er muss sie sehen, direkt mit ihr reden, Auge in Auge. In Gedanken sieht er sich sie ohrfeigen. Tiefschwarze Bitterkeit geht von der verglühenden Lava aus. Wie hat sie das tun können ... nach dieser Nacht ...? »Morgen fahre ich nach Hamburg zurück«, hat sie anfangs gesagt. Er stopft ein paar Sachen in den Rucksack, macht sich fertig, zur Autobahnauffahrt zu fahren. Zögernd zieht er die Wohnungstür zu, schließt ab. Zögernd geht er die Treppe hinunter, zur Tür hinaus. Zögernd geht er über den Hof, tritt auf die Straße, wendet sich Richtung Bushaltestelle ... Er bleibt stehen. Erkaltet die Lava, versteinert. Die Bitterkeit frisst sich durch seinen Körper, in jede Zelle. Lange steht er so. Irgendwann gibt er sich einen Ruck, kehrt langsam um, schleicht die Treppe hinauf. Die Wohnungstür klappt hinter ihm zu wie ein Sargdeckel.

Er ging hin. Frieder fiel ihm bei seinem Eintreten regelrecht um den Hals und machte ihn mit Herbert, Benni, Hajo, Rob und Dieter bekannt. Er wolle, presste Bo hervor, erst einmal zuhören ... und schauen ... er sei in einer Situation, wo er nicht mehr weiterwisse ... könne auch noch nicht richtig gut darüber reden ...

aber was der Frieder neulich bei ihrem Treffen gesagt hatte ... na ja ... und ihm sei eingefallen, dass er vor Jahren schon davon gesprochen hatte, ein Mensch werden zu wollen ... auch wenn er sich darunter immer noch nichts Konkretes vorstellen konnte ...

Das verstanden die anderen gut, und sie waren sich einig, dass bis zur Verwirklichung des Menschseins noch eine Menge Arbeit zu leisten war. Die inneren Widerstände waren ja riesig. Kein Wunder, ging es doch um nichts Geringeres als die Zerstörung der traditionellen männlichen Identität, liebesunfähig und gewaltfixiert, wie sie daherkam. Ganz wichtig sei in dem Zusammenhang, Zärtlichkeit zuzulassen, auch und gerade im Umgang untereinander, sich anzufassen, vielleicht mal zu schmusen und durchaus auch weitergehende Wünsche zu entwickeln. »Wir müssen alle überhaupt erst lernen, mit Männern als Menschen und nicht als Rivalen umzugehen, emotional zu kommunizieren, Berührungshemmungen abzubauen«, unterstrich Hajo noch einmal, als Bo beim zweiten Treffen, zu dem er erschien, die Runde mit einem kurzen »Hallo« begrüßte und sich nicht an den Umarmungen der anderen beteiligte. Natürlich dürfe daraus kein Automatismus werden und müsse jeder das Recht haben, sich nach den eigenen Bedürfnissen zu verhalten, ohne dafür von den andern angemacht zu werden, fügte er hinzu, löste damit allerdings eine lange Diskussion darüber aus, wie die wahren Bedürfnisse von den falschen, angstgeschuldeten Scheinbedürfnissen zu unterscheiden waren.

Es gab kaum etwas, das keine langen Diskussionen auslöste, stellte Bo fest. Jede Lebensregung und jede Äußerung über jede Lebensregung und jeder Ton jeder Äußerung über jede Lebensregung wurde unausgesetzt beobachtet, reflektiert und kommentiert, mit einer unbändigen Lust an der Selbstgeißelung. Einer übertraf den anderen darin, sich selbst der »Männeroptik« zu bezichtigen, wo die Frau nur noch eine Montage aus Titten, Arsch und Möse war, an der man sich in der Phantasie aufgeilte, ob beim Onanieren oder beim Vögeln, ohne Interesse an der realen Person, und gleichzeitig, bekannte Dieter zerknirscht, machte er den Frauen gegenüber immer total einen auf Antimacho, der die Frauenkritik an den Männern voll verstand und unterstützte, dabei war das im Grunde nur eine Masche, vor ihnen gut dazustehen und sie auf die Art ins Bett zu kriegen – so wie er das jetzt auch bloß sagte auf die superselbstkritische Tour, um vor der Gruppe gut dazustehen. Scheiße. Aber er konnte es voll verstehen, wenn die Frauen unter den bestehenden psychosozialen Bedingungen befriedigende heterosexuelle Beziehungen für unmöglich hielten und lieber die Droge Sex absetzten, wie die Verena Stefan geschrieben hatte. Die Verena Stefan, meinte Benni, hatte sowieso unheimlich gut beschrieben, wie das, was von der Neuen Linken als »sexuelle Revolution« verkauft wurde, nur der uralte Männertraum von der unbegrenzten sexuellen Verfügbarkeit der Frauen war, realisierbar jetzt durch Pille und Abtreibung, mit dem praktischen Nebeneffekt, dass die Männer, die mit der bürgerlichen Kleinfamilie zu Recht nichts mehr zu schaffen haben wollten, auch keine festen Bindungen mehr eingingen und keine Verantwortung mehr für die Kinder übernahmen. Nichts als institutionalisiertes Groupietum, wo die Frauen auf ihrer Suche nach dem menschlichen Mann immer ins Leere liefen. Das Patriarchat, warf Frieder ein, war ein Moloch, der Menschen fraß und sie als Männer und Frauen ausschiss. Wie wurden sie wieder zu Menschen, jenseits des Geschlechts, das sei die Frage. Das habe der Bo beim letzten Mal ganz gut thematisiert.

Hajo verkündete, er wolle sich endlich trauen, über sein größtes Problem zu reden, nämlich dass er es einfach noch nicht fertigbrachte, die Zärtlichkeit so zu leben, wie er eigentlich gern würde, und vom Reinstecken und Abspritzen loszukommen. Er fand es irrsinnig gut, dass der Benni und der Herbert bewusstseinsmäßig schon so weit waren, dass sie damit ganz aufgehört hatten, aber bei ihm kam das immer noch hoch, na ja, der Pimmel kam halt hoch, und neulich zum Beispiel, als seine Freundin es auch gewollt hatte, jedenfalls hatte sie gesagt, sie will, und ihn auch so genommen hatte und so, da hatte er irgendwann abgespritzt und nicht mal einen Orgasmus dabei gehabt, sie dann natürlich auch nicht, also wie menschlich armselig war das denn? Sie waren beide völlig fertig gewesen, weil sie das Gefühl hatte, er hat Angst vor ihr, schon die ganze Zeit, und so ganz verkehrt war das auch nicht, weil es schließlich immer hieß, dass die Frauen den Schwanz gar nicht drinhaben wollen, dass sie nichts dabei empfinden, und wenn es dann eben doch passierte, dass sie miteinander bumsten, dann dachte er, verdammt, das ist doch Scheiße, was du da machst, und dann war alles am Arsch und es ging auch keine Zärtlichkeit mehr.

»Aber sind denn nicht viele Frauen weiter so gepolt, dass sie mit einem Mann schlafen wollen«, gab Bo zu bedenken, »also mit Reinstecken und allem? Das Bedürfnis deiner Freundin wird schon kein Scheinbedürfnis gewesen sein.«

»Klar gibt es auch noch Frauen, die da umlernen müssen«, räumte Herbert ein und erzählte, was für ein schwieriger Prozess das bei ihm gewesen war, aber dass er irgendwann einfach gemerkt hatte, he, das ist voll der Mythos, dass der steife Schwanz und das Reinstecken für den Mann das Tollste sind. So toll war das nämlich gar nicht, wenn man mal ehrlich mit sich selbst war. Das war hauptsächlich ein verselbständigter Leistungsdruck, ein richtig roboterhaft ablaufender Erektionsmechanismus, und das tolle Gefühl kam daher, dass man die Leistung brachte und dem Druck standhielt. Stand, das sagte das Wort ja schon. Aber rein körperlich, lustmäßig war so ein knochenharter Schwanz über-haupt nicht angenehm, weil er eigentlich gar nichts empfand und sogar wehtat, wenn man ihn fest zur Seite drückte. Einfach so ein hartes Ding, das aggressiv vom Körper abstand. Die Lust war rein im Kopf, dass man damit halt ficken und vergewaltigen und die Leistung bringen konnte. Man machte sich nur selbst was vor. Schon auch deswegen, weil man fürchtete, dass man dann für die Frauen eben sexuell nicht mehr so attraktiv war, wenn man sich weigerte, den starken Mann zu spielen und sich am Phallus messen zu lassen, und zugab, dass man lieber den weichen oder halt nicht ganz so harten Schwanz gestreichelt haben mochte, weil der eben viel sensibler war. Vielleicht ging das sogar eine Zeit lang unter Männern leichter, weil man miteinander nicht diesen Leis-tungsdruck aufbaute wie mit den Frauen und sich mal entspannen konnte. Was der Dieter beim letzten Treffen von seiner Bisexuali-tät erzählt hatte, hatte ihn unheimlich angesprochen.

Standhalten. Unter den vielen Worten, die den Abend über auf Bo eingeströmt waren und auf seinem mitternächtlichen Heimweg von ihm abperlten, war dies das eine Wort, das haften blieb. Stand. Halten. Irgendwo hatte Herbert recht: man neigte da-zu, *Mann* neigte dazu, sich der eigenen Männlichkeit durch phalli-sche Leistungsbeweise zu versichern, aber es war ein Irrtum. Ein Irrtum, der lustvoll sein konnte, durchaus, aber der auf die Dauer qualvoll wurde. Nicht nur für die Frauen. Kein Mann wollte wirk-lich mit einem Dauerständer durchs Leben laufen. Andererseits musste man, *Mann*, wenn er gesellschaftlich etwas gelten wollte, quasi zum Erektionsroboter werden. Zu einem, der sich durch Taten und Werke und Leistungen definierte. Also was? Stand lassen? Total abschlaffen? Den weichen Schwanz gestreichelt be-kommen? Unter normalen Umständen stand er dann auf. Es war kein Entweder-oder. Auch Taten wollten getan werden. Werke gewirkt. In bestimmten Momenten sollte er stehen, der Penis, der Mann, und es war gut, wenn er dann stand. Dann, wenn er gefordert war. Wenn auf der anderen Seite die Öffnung geschah. Dass so viele Frauen auf Distanz gingen, schien Bo weniger am Reinstecken und Abspritzen zu liegen. Eher an der Haltung dahinter. Am blinden Automatismus. Eine Haltung, in der in gewisser Weise eher zu wenig Stand war als zu viel. Echter Stand. Der keine Dauerverhärtung war. Eigener Stand. Der nicht die Frauen als Krücken hernahm. Ein Stand, von dem er weit entfernt war, nüchtern betrachtet. Den er erst einmal gewinnen musste, bevor er ihn halten konnte. Durch zwischenmännliche Zärtlichkeit? Herbert vielleicht. Er ... eher weniger. Eher dadurch, dass er als allererstes mal den Arsch hochkriegte. Dass er aufstand. In Bewegung kam. Apropos ... Seine Schritte verlangsamten sich.

Apropos Bewegung.

Hatte er nicht eine »Pilgerfahrt« machen wollen? Bevor Sofie ihn so gründlich zu Fall gebracht hatte. Er musste endlich zu seinen eigenen Antrieben zurückfinden. Er durfte sich nicht weiter von ihr lähmen lassen.

Ende Juli kam das syrische Visum, und er packte wieder den Rucksack. Diesmal zog er los. Automatisch schlug er den Weg zur Bushaltestelle ein statt zur Straßenbahn, die zur Ausfallstraße nach Süden fuhr. Erst nach zehn Metern wurde ihm der Irrtum bewusst. Nein, verdammt, er wollte nicht nach Norden. Damals nicht und heute erst recht nicht. Er machte kehrt. In der Männergruppe hatten sie ihm beim endgültigen Abschied vorgeworfen, sich so john-wayne-mäßig als großen Einzelgänger zu stilisieren, der einsam durch die Prärie ritt und von großen Taten träumte, aber in Wirklichkeit unfähig war, an den eigenen psychischen Panzerungen zu arbeiten und sich anderen Menschen zu öffnen.

Konnte ja sein. Gut möglich, dass diese Reise, die er da vorhatte, völlig sinnlos war, aber sinnloser, als weiter so vor sich hin zu vegetieren, war sie gewiss nicht. Sie war auf jeden Fall eine gute Probe darauf, inwieweit er wirklich imstande war, *im Stande*, das Leben in Nietzsches Sinne als Experiment zu führen, als Großversuch mit offenem Ausgang. Das ganze Leben war sinnlos, solange der Schaffende ihm keinen Sinn verlieh. Welchen Lebenssinn er mit den Resten einer anderthalb Jahrtausende alten Säule in Nordsyrien zu schaffen vermochte, würde sich zeigen.

Als er am Abend am Grenzübergang Walserberg aus dem dritten Wagen des Tages stieg, fühlte er, dass er sich richtig entschieden hatte. Bewegung. Raus aus dem Gewohnten, dem Engen, Einengenden, wohin die Bewegung auch führte. Nach einer Stunde Stehen, in der nur zwei Autos hielten, die nach Wien fuhren, falsche Richtung, schaute er sich um. Die Sonne war hinter den Bergen im Westen versunken, und das Wäldchen gleich hinter ihm sah aus, als ließe sich dort ein Schlafplatz finden. Also, letzter Versuch. Er streckte noch einmal den Daumen raus. Ein grüner Porsche mit Münchner Kennzeichen hielt an, aus dem orientalisch klingende Musik tönte, am Steuer ein dazu passend aussehender Mann mittleren Alters, der zwar nicht gleich bis in den Orient durchfuhr, wie Bo im ersten Moment hoffte, aber immerhin Richtung Süden. »Tonight I go to Villach.« Ja, da kam Bo gerne mit.

Der Fahrer konnte es kaum glauben, als Bo ihm das Ziel seiner Reise nannte. Nach Syrien? Er war Syrer! Es gab kein schöneres Land, um Urlaub zu machen. Wohin genau? Simeonskloster? Qalat Saman? Hatte er nie gehört. Aber es gab so viel alte Kultur in Syrien. Er selbst kam aus al-Ladhiqiyah, an der Küste. Lattakia sagten sie im Westen dazu. Ganz in der Nähe lagen die Ruinen von Ugarit, auch sehr alte Kultur. Seine Familie hatte in der Stadt ein Unternehmen, das er mit leitete. Import-Export. Teppiche, Schmuck, Autos, »lots of things«. In al-Ladhiqiyah gab es den schönsten Strand von ganz Syrien, Côte d'Azur genannt, wie in Frankreich. Viele schöne Frauen dort, Touristinnen aus der ganzen Welt, die nur auf ihn warteten. Bo lächelte skeptisch. Oder waren schöne Frauen nicht nach seinem Geschmack? Der Mann lachte schallend. Seine Familie hatte dort ein Hotel, gar nicht weit vom Strand. Er werde ihm die Adresse geben, sein Bruder werde ihn mit offenen Armen empfangen, wenn er sagte, dass er ein Freund von Mansur war – Mansur, so heiße er. »What's your name?«

»Bo.« Mansur und er gaben sich die Hand. »Yes, just Bo.« Seine Freunde nannten ihn so. Und Mansur hatte jetzt geschäftlich in Villach zu tun? Der Mann nickte. Ja, er wollte diesen Porsche abliefern. Der bekam dort für den Export neue Papiere, das war bei der Einfuhr zollrechtlich günstiger. Morgen früh brachte er ihn dann nach Ljubljana, und von dort fuhr ihn ein Kontaktmann direkt nach asch-Scham. Damaskus. Auf Arabisch asch-Scham. Bo nickte. Er verstand. Als er im vorigen Jahr den Mercedes überführt hatte und nach Deutschland zurückkam, hatte Ingo es nicht fassen können, dass ihm tatsächlich nicht klargewesen war, auf was er sich da einließ. War ihm auch noch das letzte bisschen Grips abhanden gekommen? Las er überhaupt keine Zeitung mehr? Diese Autoschieberbanden waren doch seit Monaten ein Riesenthema in der Presse, regelrechte Syndikate, die auf Bestellung der Zentrale in Beirut oder Athen Luxuskarossen klauten und über Mittelsmänner mit gefälschten Papieren und Kennzeichen an den Bestimmungsort verschoben, wobei die Fahrer oft ahnungslose Idioten wie Bo waren, die sich freuten, auf die komfortable Art in den Orient zu kommen, ohne trampen zu müssen, und dafür auch noch ein bisschen Geld zu kriegen. Bo hatte sich vor dem Bruder für seine Blauäugigkeit geschämt und sich gefühlt wie in früheren Zeiten. Dafür wusste er jetzt Bescheid.

Er habe, erzählte er Mansur, im vorigen Jahr auch einmal ein Auto überführt, einen Mercedes, nach Teheran. Ein bisschen ... kannte er sich aus. Mansur wandte sich ihm zu. Soweit Bo das im Halbdunkel erkennen konnte, lächelte er. Die Ausstrahlung war freundlich, freundschaftlich geradezu. Überhaupt ein bemerkenswert gutaussehender Mann, dieser Syrer, feingeschnittenes Gesicht, volle Haare, Schnurrbart, große glänzende Augen. »Isn't that funny?«, sagte er. »So many coincidences.« Wie viel Bo für die Überführung bekommen habe? Achthundert Mark plus achthundert Mark Spesen? Bei ihm würde er das Doppelte bekommen. Dreitausend Mark. Bar auf die Hand. Vielleicht wäre das überhaupt eine Idee. Ja, so konnten sie es machen. Er nahm ihn mit zu seinen Geschäftsfreunden in Villach, Bo konnte dort übernachten, und am Morgen übernahm er dann den Wagen und fuhr ihn nach Syrien, mit den neuen Papieren und so weiter, und er, Mansur, konnte sich die Fahrt nach Ljubljana sparen. Was Bo davon hielt? Bo schob die Bedenken beiseite. Warum nicht, sagte er. Aber dann für zweitausendfünfhundert, nicht dreitausend, sagte Mansur. Weil er ihn ja schon bis Villach mitnahm. »Two thousand five hundred Deutschmarks, okay?« Okay, sagte Bo.

Mansur zog ein Päckchen aus seiner Jacketttasche und hielt es Bo hin. Kannte er Haschisch? Konnte er einen Joint drehen? Jetzt hatten sie einen Grund zu feiern, nicht wahr? Bo bastelte eine amtliche Tüte, Mansur wendete die Kassette, und während sie genüsslich Rauchwolken in die Luft bliesen, ertönte wieder die Musik, die kurz nach Bos Einsteigen abgebrochen war: sehr fremdartig in der Melodieführung und der Rhythmik, vermutlich arabisch, aber gespielt von einem europäischen Orchester, wie es klang, verstärkt von Trommeln und Schellen und anderen undefi-

nierbaren Instrumenten. Wow, der Stoff haute richtig rein! Wie
konnte Mansur da noch Auto fahren? Schien dem gar nichts aus-
zumachen. Bo rutschte auf dem Ledersitz tiefer, lauschte der
Musik. Zu schmalzig für seinen Geschmack, zu süßlich gerade die
Streicher, obwohl sie sich mordsmäßig einen abfiedelten und auch
die Flöten sich schwer ins Zeug legten. Kurzes Stocken der
Instrumente, dann setzte die Stimme ein. Augenblicklich rutschte
Bo wieder ein Stück höher. Einen solchen Gesang hatte er noch
nie gehört. Er hatte zum einen etwas Feierliches, Getragenes, als
ob die Sängerin ein Gedicht intonierte, klar artikuliert, mit dra-
matischen Betonungen, zum andern sang sie mit einer Stimmkraft
und Leidenschaft, wie er sie sich für sein eigenes Singen vielleicht
einmal erträumt, aber ganz gewiss nie erreicht hatte. Wie konnte
die Frau emotional derart in die Vollen gehen und gleichzeitig eine
solche Ruhe und Konzentration ausstrahlen? Und das bei einer
Melodie, die für sein Empfinden mehr als schwierig war, extrem
fordernd in ihren langen Phrasen, unberechenbar in ihren plötzlichen Schwenks, ihren jähen Höhen und Tiefen. Neben ihm begann Mansur leise mitzusingen.

»Great voice«, sagte Bo. »Who is this?« Mansur reichte ihm
die Kassettenhülle, auf der eine dicke alte Frau mit Sonnenbrille
und mützenartiger Frisur abgebildet war. Mit hochgezogenen
Brauen deutete Bo auf die arabische Schrift – wie er das lesen
solle? – und Mansur schlug sich an die Stirn. »Umm Kalthum«,
sagte er weihevoll und ließ Bo den Namen wiederholen, bis er ihn
halbwegs richtig aussprach. Umm Kalthum, die größte Sängerin
der arabischen Welt. Wenn sie im Radio gesungen hatte, einmal
im Monat, war überall das öffentliche Leben zum Erliegen gekommen. Als sie vor zwei Jahren gestorben war, hatten alle Menschen in den arabischen Ländern zwei Wochen lang getrauert, in
allen Städten hatten sie geweint, in Bagdad, in Damaskus, in

Kairo, in Tripolis, in Riad, bis hin nach Casablanca und Lahore, es spielte keine Rolle, dass sie eine Ägypterin war, niemand hatte die Herzen der Menschen so bewegt wie sie, vom Präsidenten bis zum Bettler. Ah, Achtung, jetzt kam sein Lieblingslied (er sagte einen arabischen Titel) – und wohl nicht nur seines, denn schon bei den ersten Geigentönen brandete im Publikum lauter Beifall auf. Als Umm Kalthum nach dem langen Vorspiel zu singen begann, übersetzte Mansur seinem deutschen Beifahrer einzelne Verse, und seine Stimme nahm dabei einen pathetischen Ton an. »Why didn't I find your love sooner, my darling?« Ya habibi, das hieß »my darling« – ya habibi. Ya habibi, wiederholte Bo. Das Wort kam öfter vor. »Sweet nights and desire and love ... that I have carried in my heart for you always ... come, my darling, we missed so much love already ... far, far away, you and I ... taste with me love tonight, so sweet ... ya habibi ... ya habibi ...«

Als Bo irgendwann mitsummte und schließlich erwähnte, dass er auch ein Sänger war, klatschte Mansur ihm begeistert auf den Schenkel. »So many coincidences!« Jetzt müsse er eines seiner Lieder singen! »Blue Flame« summte Mansur seinerseits mit, und als die beiden singend und lachend in Villach eintrafen und vor einem Einfamilienhaus am Südrand der Stadt hielten, waren zwei Stunden wie im Flug vergangen. Zwei Männer, Bo als Walid und Amir vorgestellt, begrüßten ihn mit stoischer Miene, und nachdem sie in einem mit Teppichen und Polstern ausgelegten Wohnzimmer zusammen etwas gegessen und geraucht hatten, brachte Mansur ihn auf sein Zimmer für die Nacht. Er trat mit ein und schloss die Tür, blickte Bo mit einem lauernden Lächeln an. Bo erwiderte den Blick. Trotz seines benebelten Zustands schwante ihm seit einer Weile, worauf diese Sache hinauslief. Bei der Einfahrt in die Stadt und beim Aussteigen vor dem Haus hatte er überlegt, sich freundlich von Mansur zu verabschieden und sich irgendwo ein Hotel oder sonst einen Schlafplatz zu suchen, doch dann war eine seltsame Scham in ihm aufgestiegen. Groß reden von Experimenten, aber wenn sich eins bot, feige die Flucht ergreifen. Gewiss, was ihn wohl erwartete, war ihm unvorstellbar. Widerwärtig. Zeitlebens mit Abwehr, mit Ekel besetzt. Mit Angst. Gerade deshalb! »Taste with me love tonight«, sagte Mansur, die Melodie leicht andeutend, und trat auf ihn zu. Bo rührte sich nicht. Das Herz schlug ihm bis zum Hals. Er ließ es geschehen, dass der andere Mann ihn auszog, die Hose herunterließ, ihm zwischen die Beine griff und mit der Hand seinen Penis umschloss – der tatsächlich schon erigiert war! Sie legten sich aufs Bett. Gedanken rasten durch Bos Kopf. Wie würde es sein? So viel Gefühl hatte Mansur vorhin in sein Singen gelegt – wie würde er sich verhalten? Orientalische Liebeskunst – gab es so etwas unter Männern?

Jedenfalls nicht in Villach-Völkendorf. Wie hinter Glas beobachtete eine Instanz in Bo, die von seiner Aufregung unberührt blieb, wie er auf den Bauch gedreht wurde und aus einem Fläschchen Öl, das praktischerweise auf dem Nachttisch stand, etwas in die Pospalte geträufelt bekam. Er sog scharf die Luft ein, als er mit einem schmerzhaften Ruck penetriert wurde, und nach wenigen Stößen und einem kurzen Aufstöhnen war es vorbei und der Penis schon wieder erschlafft und herausgerutscht. Einen Moment blieb Mansur keuchend auf ihm liegen, dann stemmte er sich hoch, griff sich seine Hose und ging ohne ein Wort hinaus. Bo wandte den Kopf, aber sein gefühlvoller arabischer Liebhaber sah sich nicht einmal mehr nach ihm um. Ya habibi.

Als er am Morgen hinunterkam, stieß er auf eine alte Frau mit Schrubber und Scheuerlappen, die ihn ansah wie einen Schmutzfleck. Sie wies in die Küche, wo auf dem Tisch ein Topf kalter Suppe, Reste von Fladenbrot und ein paar angebrochene

Schälchen mit Joghurt und verschiedenen Pasten standen, schenkte ihm einen Tee ein und forderte ihn mit einer Handbewegung auf, sich zu setzen. Bo konnte nichts essen. Er trank seinen Tee, stand auf. »Mansur?«, sagte er zu der Frau. Die hob nur kurz den Kopf, schnalzte mit der Zunge und machte mit wackelnden Fingern eine Bewegung, die heißen konnte, dass der schon verschwunden war oder dass er seinerseits gefälligst verschwinden sollte. Wahrscheinlich beides. »Ljubljana! Ljubljana!«, sagte sie ungeduldig. Sie griff wieder zu ihrem Schrubber.

Tramptechnisch war München eine Katastrophe. Besser, er stieg schon an der Grenze aus, wo alle anhalten mussten und er zur Not Leute ansprechen konnte, bei denen das Kennzeichen vermuten ließ, dass sie weiterfuhren. Er hatte es eilig, nach Hause zu kommen, und keine Lust, sich irgendwo im Münchner Baustellenchaos die Beine in den Bauch zu stehen. Bis jetzt war es gut gelaufen. Im Vergleich zu dem Porsche vor einer Woche war der schwere Holzlaster zwar im Schneckentempo über die Berge gekrochen, aber dafür hatte Bo in Spittal nur fünf Minuten gestanden. Mit etwas Glück war er am Abend in Frankfurt. Nicht, dass ihn dort etwas erwartet hätte. Die Eile war reine Ungeduld. Seine »Pilgerfahrt« hatte zwar sehr schnell eine überraschende Wendung genommen, doch sie hatte ihn dort hingebracht, wo er hingewollt hatte: auf den Boden. Er wusste jetzt, was er zu tun hatte. Er wollte es tun. Er hatte keine Zeit zu verlieren.

Das Thema Syrien war für ihn nach seiner »syrischen Nacht« erledigt. Als er am Morgen das Haus verlassen hatte, war er wie von selbst Richtung Innenstadt gegangen, statt den Schildern zur Autobahn zu folgen, und hatte sich eine Wanderkarte für den Gailtaler Höhenweg gekauft, den ihm die junge Buchhändlerin empfahl. Als sie begriff, wie wenig er für eine Bergwanderung gerüstet war, gab sie ihm noch ein paar freundliche Ratschläge mit auf den Weg, und im nachhinein war er heilfroh gewesen, sich wenigstens Pflaster und Wundsalbe besorgt zu haben, wenn schon kein »gscheids Schuhwerk«. Nicht einmal er hatte es danach fertiggebracht, sie zu beklauen.

Ja, fertig die Fahrt. Auch wenn er für den angeblich »leichten Wanderweg« alles mobilisieren musste, was er an körperlichen Reserven besaß, war er mit jedem Tag, die er die waldigen Höhen hinauf- und hinunterkeuchte, mehr bei sich selbst angekommen. In seiner ganzen Erbärmlichkeit. Diese Erbärmlichkeit war zum einen sein besonderer persönlicher Zustand, und zum andern war sie so etwas wie ein allgemeines Schicksal. In seinem Traum im Frühjahr waren es immer mehr Säulen geworden, die in die Höhe wuchsen und zu bröckeln begannen. Nicht allein er, alle standen sie einsam auf ihren Säulen, alle drohten sie zu stürzen. Der Sturz war nicht zu verhindern. Noch vor einer Woche hatte er sich vorgestellt, er müsste eine große symbolträchtige Reise unternehmen, um die Säule irgendwie zum Einsturz zu bringen, aber kaum aufgebrochen hatte er erfahren, dass sie in Wahrheit längst eingestürzt war. Er musste nicht erst am Boden ankommen. Dort lag er längst. Er musste es nur erkennen. Erkennen und danach handeln.

Erkannt hatte er es in Villach. Da lag er, erniedrigt zu einem beliebigen Stück Fleisch für die Ruck-zuck-Befriedigung eines Mannes mit ihm unbegreiflichen Trieben; zur Hure für einen Buhlen. Brennende Schmerzen im After und brennende Scham im Herzen. Aber in diese Scham mischte sich, wie schon öfter im Leben, ein eigenartiger Stolz. Seine Freunde von der Männergruppe hätten gestaunt, wenn sie gewusst hätten, wie radikal er seine Berührungshemmungen abgebaut hatte. Er hatte den Selbstversuch durchgeführt und wusste jetzt, wie es sich anfühlte, ein verächtliches Loch zum Reinstecken und Abspritzen zu sein. Er war der Angst vor der Erniedrigung nicht erlegen. Er konnte, er wollte der eigenen Erbärmlichkeit begegnen, mit vollem Risiko. Es gab keinen Stand zu halten. Ob und wie sich ein Stand gewinnen ließ, war offen. Aber wenn einer in der Lage war – in der Lage, nicht im Stand! – dies für sich zu klären, für sich und für alle, die es anging, dann er.

Die Säule seines Lebens, sie lag in Trümmern. Sofie hatte ihn verworfen, letztlich genauso wie Mansur, ihn verworfen und liegen lassen. Männer und Frauen, alle verwarfen sich gegenseitig. Liegen konnten sie vielleicht noch zusammen, eine Nacht lang, aber nicht mehr am Tag zueinander stehen. Miteinander gehen. Seite an Seite. Ein gemeinsames Leben bauen. Es lag nicht an einem Fehlverhalten. Es war etwas Altes, Schicksalhaftes, das sich da austrug, eine grundlegende »Verstörung in der Geschlechterbeziehung«, oder wie diese Kunstaktion damals in der Ausstellung geheißen hatte, und es galt, dieses Schicksal zu erkennen und anzunehmen. Es bewusst auszutragen im eigenen Leben. Es hatte keinen Sinn, dagegen anzukämpfen. Jeder Widerstand war zwecklos. So war die Wirklichkeit, und er war dazu erwacht. Unter den Umständen gab es nur eines zu tun: diese Wirklichkeit so genau wie möglich ins Auge zu fassen und gültige Beschreibungen dafür zu finden, die anderen die Augen öffnen konnten. – So hatte auf seiner selbstquälerischen Alpenwanderung das Gedicht über den Säulensturz, mit dem er sich seit einem Vierteljahr trug, langsam Form angenommen.

Schon am Grenzübergang wurde Bos freudige Schicksalsergebenheit auf eine erste Probe gestellt. Er bestand sie nicht. Bei der Passkontrolle behandelte der Beamte ihn wie ein Ungeziefer, das er am liebsten zertreten hätte. Der Zöllner schob ihm den Haufen seiner zerwühlten Sachen mit einer Miene zu, als hätte er in Scheiße gefasst. Und als er sich schließlich zum Trampen nahe der Kontrollstelle postieren wollte, wo er die langsam anfahrenden Wagen alle abpassen konnte, wurde er vom nächsten Grenzer angeblafft, er solle sich gefälligst sofort von der Bundesautobahn scheren, wenn er nicht die Nacht im Gefängnis verbringen wolle. Blanker Hass in der Stimme. Still vor sich hin fluchend bezog er auf dem Parkplatz Stellung. Schweinebullen, verdammte! Elende Arschlöcher! Sobald man einen Fuß in dieses Scheißland setzte, vergifteten sie einen mit Hass. Mit jedem Luftholen atmete man Hass ein.

Im Moment offenbar mehr denn je. Das Studentenpärchen aus Münster, das ihn mitnahm, klärte ihn auf, was im Land gerade abging. Einige Tage zuvor hatten Leute von der RAF in der Gegend von Frankfurt bei einer missglückten Entführungsaktion einen hohen Bankier erschossen, nachdem sie im Frühjahr schon diesen Buback abgeknallt hatten. Die Großfahndung laufe auf Hochtouren, die Polizei drehe völlig hohl. Man könne kaum mehr auf die Straße gehen, ohne kontrolliert zu werden, MP im Anschlag, überall patrouillierten Bullen zu Fuß oder im Streifenwagen, Razzien bei allen, die ihnen als »Sympathisanten« verdächtig waren, und verdächtig sei jeder, der irgendwie einen »linken« Eindruck machte, obwohl die RAF-Typen selbst mittlerweile wie Versicherungsvertreter aussahen. Ein Wahnsinn, was die abzogen, der reinste Todestrip. Auf die Weise würden die ihre Leute nie im Leben aus dem Knast freigepresst kriegen.

Kaum ausgestiegen am Frankfurter Westkreuz, wurde Bo beim Gang stadteinwärts von einem Streifenwagen angehalten. Einer der beiden Polizisten filzte ihn, während der andere mit gezückter Pistole seinen Pass studierte. Sein Blick fiel auf das Visum. »Syrien, soso.« Die Pistole ging ein Stück höher. Ins palästinensische Trainingscamp, lag Bo auf der Zunge, doch er schluckte es lieber hinunter. Den Gedanken hatten die Bullen auch so, und sie waren nicht zum Scherzen aufgelegt. Sie gaben seine Daten über Funk durch, nach zehn Minuten durfte er weiter. Willkommen daheim. Er beschloss, gar nicht erst nach Hause zu fahren, sondern direkt nach Eschersheim in den Elfer Club, wo um die Zeit erfahrungsgemäß immer ein paar Spontihäuptlinge rumhingen und die aktuelle Generallinie ausgaben. Er setzte sich zu einer lautstark debattierenden Runde und erfuhr, dass die Linke nicht nur in Frankfurt gespalten war in jene, die bei aller Kritik an einzelnen Aktionen die grundsätzliche Solidarität mit den Genossen der RAF in ihrem Kampf gegen das Schweinesystem forderten, und andere, die für eine eindeutige Absage an den bewaffneten Kampf eintraten. Nach einer Stunde hatte Bo genug gehört. Alles lag in Trümmern. Jeder Widerstand war zwecklos.

Je entschiedener du etwas von dir weist, umso zäher setzt es sich in dir fest, und irgendwann spielt Bo nicht mehr nur mit dem Gedanken, sein Manuskript zur Buchmesse im Oktober fertigzustellen, sondern will es unbedingt. Er schreibt in den zwei Monaten wie ein Besessener, frei von den Schreibhemmungen früherer Zeiten, doch obwohl er sich so weit wie möglich abschottet, dringen die giftigen Dämpfe der Außenwelt zu ihm durch. Das Land liegt im Fieber der Gewalt, und mit einem Mal ist es dieses Fieber, gegen das Bo sich anschreiben sieht, selber von Fieber erfasst, und das noch einmal in die Höhe schießt, als Anfang September die RAF den Arbeitgeberpräsidenten entführt und seine vier Begleiter ermordet. Bo ringt mit der ausufernden Form seines »Säulensturzes«. Ihm ist, als könnte er, als müsste er, einsam in seiner Einzimmerwohnung im Frankfurter Ostend sitzend, die Ursache dieses Fiebers zu fassen bekommen, an dem alle leiden. Der Umsturzwille ist völlig abgehoben, bodenlos ... das Band zwischen Himmel und Erde ist gerissen ... zwischen oben und unten nur

Hass und Gewalt ... jeder verkennt die Wirklichkeit auf seine Weise ... entschwebend, darniederliegend ... Von der Vorstellung eines einzigen langen Gedichts hat er sich verabschiedet und nennt das, was unter seiner fließenden Füllfeder und beim Übertragen an seiner klappernden Schreibmaschine entsteht, Prosapoeme. Schlaglichter aus verschiedenen Perspektiven stellt er sich vor, vor Intensität vibrierende freie Formen, irrlichternde Facetten, die sich gegenseitig erhellen, rhythmische Sätze, aber ohne Zeilenbruch, halluzinierenden Fließtext, und er peitscht das Buch durch, obwohl er weiß, dass einiges unfertig und überhastet bleibt. Bevor er sich auf den Weg zur Messe macht, blättert er beim Frühstück ein letztes Mal die knapp zweihundert Seiten durch, die es geworden sind, und die halbgaren Stellen springen ihm ins Auge. Egal jetzt.

Er will das Radio ausschalten, da horcht er auf: »... mit zweiundachtzig Passagieren an Bord befindet sich in der Gewalt palästinensischer Entführer. Die Maschine war auf dem Flug von Palma de Mallorca nach Frankfurt. Die Luftpiraten zwangen den Kapitän, den Kurs zu ändern und in Rom zu landen. Auf dem Flughafen von Rom forderten sie die Freilassung aller politischen Gefangenen in der Bundesrepublik. Von Rom aus flog die Maschine weiter über Larnaka auf Zypern und musste schließlich in den frühen Morgenstunden wegen Treibstoffmangels in dem Emirat Dubai am Persischen Golf landen. Unmittelbar nach der Entführung wurde gestern von der Bundesregierung ein Krisenstab eingerichtet. In einer ersten Erklärung heißt es ...«

Soweit der reale Wahnsinn. Bevor er das Messegelände betritt, hat ihn der Mut schon verlassen. Er wird niemandem die Augen öffnen. Dumpf schiebt er mit im allgemeinen Geschiebe. Lauter Menschen mit wichtigen Mienen, wichtigen Projekten. Menschen wie er. Beim zweiten Versuch ist der zuständige Lektor von Luchterhand am Stand und hat einen Moment Zeit. Bodmer, Bodmer, jetzt kann er den Namen gerade nicht unterbringen ... Ah, die Typoskripte, richtig! Leider eingestellt, die Reihe. *schnitt/ stellen*, genau, spannender Titel. *Säulensturz* diesmal ... Prosapoeme, aha ... ja, klinge auch spannend. Verlagsleitung und Lektorat hätten nach dem Umzug nach Darmstadt fast komplett gewechselt, er wisse ja, wie das sei ... Der Mann blättert flüchtig durch die dünnen Seiten, und Bo bereut es, dass er einfach die zwei Schreibmaschinendurchschläge eingepackt und keine besser leserliche Fotokopie gemacht hat. Ja, gerne, gerne werde er es sich anschauen, beteuert der Mann, während eine Assistentin verstohlen Zeichen gibt. Ganz so schnell werde es leider nicht gehen. Er werde sich melden. Auf jeden Fall. Wiedersehen.

Schweren Herzens geht Bo noch am Stand des Hermes-Verlags vorbei, aber den wohlmeinenden alten Herrn, der ihn vor Jahren in seinem Mercedes mitgenommen und ihm seine Karte gegeben hat, kann er in dem Getümmel nirgends erblicken. Eine blonde Dame im grauen Kostüm zieht ein bedauerndes Gesicht, als er nachfragt. »Herr Hermes ist leider erkrankt,« teilt sie ihm mit. Ja, sein Manuskript werde sie selbstverständlich an ihn weiterleiten.

Als Bo im Dezember bei Luchterhand anruft, ist der Lektor, mit dem er gesprochen hat, nicht erreichbar, und kein Mensch weiß etwas von einem Manuskript, das *Säulensturz* heißt. Herr Eschenhagen werde zurückrufen. Er ruft nicht zurück. Arschloch. Dieser andere Arsch hat auch nichts von sich hören lassen. Am nächsten Tag findet Bo im Briefkasten einen handgeschriebenen Brief, in dem Herr Hermes sich mit seiner Krankheit entschuldigt, die schwerer gewesen sei als anfangs gedacht. Er könne sich gut an ihn erinnern und habe seinen Gedichtband seinerzeit gleich gelesen. Das zentrale Bild der Schnittstelle als verbindendes Element

zwischen den verschiedenen Erfahrungsfeldern habe ihn durchaus
überzeugt, auch wenn er »gewisse ideelle Voraussetzungen« nicht
teile und manches ihn eher diskursiv als poetisch angemutet habe.
Was das neue Buch anbelange, so versuche es wieder, mit einem
zentralen Bild weitreichende Verbindungen herzustellen, und wo
die einzelnen Stücke bei der wohl am Anfang stehenden Intuition
von der Säule, ihrer Herrschaft, ihrer Anbetung, ihrem Sturz und
so weiter blieben, gelängen ihm starke und eindrucksvolle Passa-
gen; auch in der »nietzscheanischen« Betrachtung des Styliten-
tums. Dann aber würden die Verbindungen zu zwanghaft, die
Übergänge zu hart, das Thema der sexuellen Gewalt würde zu
dozierend abgehandelt, die Äußerungen über das Geschlechter-
verhältnis, vom Ansatz her hochinteressant, blieben zu vage, das
zunehmende Ausschweifen in die Tagespolitik wirke sich nach-
teilig auf den Stil und den Zusammenhalt aus. Im ganzen mache
das Buch auf ihn den Eindruck, als habe ein talentierter junger
Schriftsteller eine nicht bis zum letzten durchgearbeitete Idee vor-
schnell übers Knie gebrochen.

»Erlauben Sie mir eine persönliche Bemerkung, Herr Bodmer. Nach der biographischen Notiz auf Ihrem Gedichtband sind
Sie sechsundzwanzig Jahre alt, und ich meine mich zu erinnern,
wie sich das Leben in dem Alter anfühlt. Alles ist sehr wichtig und
sehr dringend. Diese Wahrnehmung verändert sich mit den
Jahren. Gut, das Alter nimmt nicht wahrer wahr als die Jugend:
manches muss sich in einer Explosion entladen, anderes braucht
das langsame Wachstum. Die Dinge, mit denen Sie mir umzugehen scheinen, brauchen, glaube ich, das Wachstum, so dringlich
sie sich jetzt für Sie anfühlen mögen. Sie brauchen Zeit. Geben Sie
sich die Zeit. Ich könnte mir vorstellen, dass Sie zu dem Thema in
gewandelter Form in einigen Jahren zurückkehren, und ich wüsste
auch einen Lektor, der dann mit Ihnen an Ihren Texten arbeiten

könnte. Verlieren Sie nicht den Mut. Wachsen Sie mit Ihrem Thema. Und verfluchen Sie mich nicht für ein offenes Wort.

Seien Sie herzlich gegrüßt

von Ihrem

Konrad Hermes

P. S.: Ihr Manuskript geht Ihnen mit getrennter Post zu.

P.P.S.: Sind Sie zufällig verwandt mit einem Herrn Albert Bodmer?«

Als er den Hosenstall zuknöpft, muss er grinsen. Er streicht über die Schrittpartie, den weichen grünen Samt. Praktisch, dass Betty so gut nähen kann. Und dass sie wusste, wo er den Stoff finden würde, den er sich vorstellte, genau diese Art, diese Farbe. Der weite Schnitt der Beine, ihr rockähnliches Schwingen hat seinen Gang verändert. Er bewegt sich mehr in den Hüften. An denen schlackert nichts: oben herum liegt die Hose an wie eine zweite Haut. Wobei der leichte Hüftschwung, sagt er sich, weniger feminin wirkt, als dass er ihm etwas Raubtierhaftes verleiht.

Beim Händewaschen betrachtet er sich im Spiegel. Wieder muss er grinsen. Betty hat im Austausch den Stoff bekommen, den *sie* haben wollte, aber es ist klar, dass sie ihn gern als Zugabe hätte. Mal sehen. Er hält den Blick der eigenen Augen. Wie man sich doch verändert mit der Zeit. Er kann sich gut erinnern, wie es war, als er vor anderthalb Jahren mit sehr gemischten Empfindungen zum Friseur ging und sich nachher zuhause nach den langen Haaren auch den Bart, wenig später noch den Schnurrbart abnahm. Ein Gefühl wie ein Nacktmull. Auf einmal blickte ihm aus dem Spiegel ein unbekanntes Gesicht entgegen und er konnte lesen, was die Jahre hineingeschrieben hatten. Harte Erfahrungen zum Teil, die sich da eingeprägt hatten, aber alles in allem kein schlechtes Gesicht, deutlich schärfer geschnitten als zu Milchbubis Zeiten. Wenig später kam das Desaster mit Sofie, dann das gescheiterte Buchprojekt, dazu das Weltuntergangsklima dieses beschissenen »deutschen Herbstes«, und was am Ende des Jahres in dem Gesicht zu lesen war, hätte er am liebsten ausradiert und neu geschrieben. Ein Glück, dass ihm bald darauf Carlo über den Weg lief; auch finanziell stand es zu dem Zeitpunkt absolut düster um ihn. Aber mit der neuen Tätigkeit kam auch die Lust, die äußere Veränderung fortzusetzen. Raus aus dem Kopf, mit dem Körper spielen. Er fing wieder an zu tanzen, sich bewusst zu bewegen, sehr bewusst. Er färbte sich mit Henna die Haare rostrot. Er lackierte sich einzelne Fingernägel schwarz, zeitweise auch die Fußnägel. Er kleidete sich in schrille Farben. Heute nachmittag trägt er zu seiner dunkelgrünen Samthose einen kragenlosen, hautengen roten Pullover, mit Goldfäden durchwirkt, dazu eine schwarze Weste. Der Schrägheitsgrad ist nach seinem Geschmack. Er gefällt sich gut. Wie sagt doch Freund Nietzsche so richtig? »Alles, was tief ist, liebt die Maske.«

Von draußen tönt Roxy Music herein. »Nailed upon a wooden frame, twisted yet unbroken«, schmettern sie ironisch-gravitätisch im Chor. Bo zwinkert sich selbst im Spiegel zu. Genau das hat er gemeint, als er letztens bei seinem monatlichen Treffen mit Carlo über Teutonenrock und ihre gemeinsame musikalische Vergangenheit hergezogen ist: jemand wie Brian Ferry bringt es fertig, ein Lied über Kreuzigung und Auferstehung zu singen, das überhaupt nichts Schweres hat – oder nein, die Schwere ist da, und wie sie da ist, aber sie ist selbst zum Spiel geworden, zur lockeren Pose, zur leichten Maske. Die Stimme geht voll ins Gefühl rein, hundertprozentig, und dennoch versteht sie es, mit irgendetwas, einem besonderen Timbre, einem bestimmten Vibrato, gleichzeitig Distanz zu signalisieren, und damit ist auch die existentielle Verzweiflung raus, dieser furchtbare teutonische Ernst, in dem er sich früher hemmungslos gesuhlt hat. Bloody Jesus! Es schüttelt ihn bei dem Gedanken. Seine alten Texte sind ihm schon länger ein Greuel, bleiern, bierernst, mindestens so heavy wie einst Amon Düül, immer vollgepackt mit dem Elend der Welt, selbst die Liebeslieder mehr laute Lamenti oder flammende Kampfaufrufe als sonst was. Auf *Numba,* okay, da gibt's Sachen, die kann er noch ertragen. Größtenteils Sofies Verdienst. Gerade er war ja wirklich der Spezialist für dieses Steife, Schwerfällige, dieses »Feierlich-Plumpe«, das Nietzsche den Deutschen zu Recht nachsagt. Unter Platons Kopfkissen jedoch, weiß sein philosophischer Lebenslehrer wie zu dessen Ehrenrettung zu berichten, habe man auf dem Sterbelager nichts Hochgeistiges als Bettlektüre gefunden, sondern die Komödien des Aristophanes. Auf seinem Plattenspieler, denkt sich Bo, möge man eines Tages Roxy Music finden.

Als er aus der Toilette tritt, stimmt Brian Ferry gerade »Casanova« an. Er fängt den Blick Bettys auf, die hinten am Fenster sitzt. Ihre Augen leuchten, als sie ihn kommen sieht. »You – the hero so many times«, singt er mit, während er die Schritte im Takt der Musik setzt, lächelnd die Augen auf sie gerichtet: Hüftschwung, Hosenbein, Raubtiergang, »you've loved and didn't linger.«

»Now my finger«, vernimmt er plötzlich hinter der Theke eine andere Stimme, »points at you«, und als er sich zur Seite dreht, blickt er über einen ausgestreckten Finger hinweg in ein Gesicht, das er ... kennt? Etwas teigig, das Gesicht, rotgeschminkte Lippen, Perle im Ohr, Koteletten, glatte blonde Tolle unter einem kleinen Filzhut. Die roten Lippen verziehen sich zu einem breiten Grinsen: »another loser«, singen sie und öffnen sich jetzt ganz weit zu einem lauten kieksigen Lachen ...

»Ruud!«

Erst als nach allerlei ironischem Gefrotzel die Verabredung getroffen war und er mit Betty das Andere Ufer verließ, merkte er, dass er gar nicht mehr an sie gedacht hatte. Verdammt. Er legte den Arm um sie und schlug die Richtung in die Innenstadt ein, weg von seinem Domizil. Hm, eigentlich habe er gedacht, dass sie heute abend noch was zusammen machen würden – ja, das habe sie auch – aber dieser unglaubliche Zufall, dass er diesen Ruud da eben getroffen hatte ... Er stieß einen Laut der Verwunderung aus, schüttelte den Kopf und erzählte ihr, woher sie sich kannten. Na ja, wie gesagt, im Grunde kannten sie sich überhaupt nicht. Aber dieser Zufall eben ... da habe er spontan für später am Abend etwas mit ihm ausgemacht. Er spürte, wie ihre Schultern leicht sanken, drückte sie fester. »Komm, sei mir nicht böse, jetzt hat sich's halt so ergeben. Den Abend holen wir ein andermal nach.« Sie machte ein tapferes Gesicht und ließ sich von ihm umarmen und einen Kuss auf den Mund drücken, während sie am U-Bahnhof Konstablerwache standen. »Versprochen.«

Er hätte sie natürlich auf ein, zwei Stündchen mit nach Hause nehmen können, sagte er sich auf dem Heimweg, auch darauf hätte sie sich eingelassen. Aber irgendwie war er aus dem Alter für solche Schnellschüsse raus. Außerdem war sie ja nicht aus der Welt, man sah sich immer wieder mal in der Szene, es würde schon irgendwann passen. Er musste es auch nicht übertreiben mit dem Minnedienst. Letztlich war sie eine zufriedene Kundin, die gern noch ein bisschen zufriedener geworden wäre. Tough shit. Aber als er kurz vor neun aufbrach, haderte er immer noch mit seiner Gedankenlosigkeit. Male chauvinist pig, elendes. Das Andere Ufer, über das Betty im HR in einer Kultursendung berichtet hatte, hätte er niemals betreten, wenn sie ihm nicht vorgeschwärmt hätte, wie »irre crazy« der Laden sei. Bo war zwar schon öfter dort vorbeigekommen, habe aber gedacht, für ein Café im Schwulenzentrum bräuchte man einen Mitgliedsausweis in der Schwulenpartei oder so. Sie hatte ihm neckisch ans Hosenbein geschnippt. Wie er so daherkam in seinem Outfit, das sei ganz gewiss Mitgliedsausweis genug, er passe hervorragend zu den schrillen Gestalten, die dort ... verkehrten.

Ruud hatte vorgeschlagen, sich ein paar Ecken weiter im Größenwahn zu treffen: das Tagescafé im Andern Ufer war nur bis acht geöffnet, danach wurden die Räume von diversen Gruppen und Initiativen genutzt. Und natürlich sollten sie sich sehen, unbedingt! »Hatten wir uns das nicht damals in Mainz versprochen, vor ... was? ... vier Jahren?« Reife Leistung, dass sie sich nicht schon früher über den Weg gelaufen waren, hatten sie sich über die Theke hinweg bestätigt, wo sie beide seit Jahren im Ostend wohnten. Andererseits, klar, sie kannten sich kaum, konnte sein, dass sie schon dutzendmal aneinander vorbeigegangen waren, ohne sich zu erkennen, zumal sie sich beide seit ihrer kurzen Begegnung damals ziemlich verändert hatten. Als er Bo zum Klo gehen sah, hatte Ruud erzählt, sei er ins Grübeln gekommen, aber wirklich erkannt habe er ihn erst an der Stimme.

Bo war es ähnlich gegangen mit seinem Vorgänger bei den prähistorischen Rout 66, den er seinerzeit für sein schwules Gehabe verachtet hatte, ohne überhaupt zu wissen, dass er schwul war. Mittlerweile nahm er Schwule differenzierter wahr, und sie verunsicherten ihn auch nicht mehr. Er war allgemein nicht mehr so leicht zu verunsichern. Die Absage, die er nach einem letzten Nachhaken im Frühjahr von Luchterhand erhalten hatte, war keine Katastrophe gewesen. Er hatte noch ein bisschen in dem zurückgeschickten Manuskript geblättert und es dann in der Versenkung verschwinden lassen: als ob es von jemand anders wäre. Wenn er an den gewaltsam beschwörenden Ton seiner säulenstürzlerischen »Prosapoeme« zurückdachte, kam sofort die Peinlichkeit wieder hoch. Viel zu gedankenlastig, zu ernst und schwer; feierlich-plump. In der Zeit war ihm endlich, mit jahrelanger Verspätung, das Ohr für Glamrocker wie Roxy und David Bowie aufgegangen. Das Auge auch. Welchen Reiz hatte das androgyne Image, das Leute wie Bowie und Eno kultivierten, das Spiel mit Fummel und Flitter, Schmuck und Schminke, mit dem Brechen und Mischen der Geschlechterrollen? Er hatte darauf keine klare Antwort, es reichte ihm, dass er den Reiz spürte. Probier's aus, trau dich zu experimentieren. Zaghaft zunächst, dann zusehends kühner begann er, seinen eigenen Glitter Look zu pflegen, die Schamgrenzen zu überschreiten, und ohne an schwulen Sex zu denken – bloß nicht das noch mal! – genoss er die Aura der Uneindeutigkeit, des Changierens, des Nichtfestgelegten, mit der er sich umgab. Bei den Frauen kam dieses leicht Angeschwulte gut an, jedenfalls in der Kneipen- und Diskoszene, in der er dealte. Und politisch, wer hätte das gedacht, waren die einst auch von den Linken geschmähten Arschficker plötzlich die neue Avantgarde der Bewegung.

Der spezielle Avantgardist, mit dem er ein Rendezvous hatte, saß schon auf einem Sofa in der Ecke, als er das Café Größenwahn betrat, und bekam gerade sein Essen serviert. Bo blieb am Eingang stehen. War seine Abneigung gegen Ruud seinerzeit etwas Persönliches gewesen oder nur Ausdruck von Rivalität? Er war sich nicht sicher. Ausgesprochene Abneigung empfand er keine mehr, Sympathie allerdings auch nicht so recht. »Die Welt soll wärmer und weiblicher werden« sei das Motto des Cafés, hatte Betty ihn aufgeklärt, doch Lippenstift, Perle, Rouge und das schräg sitzende abartige Hütchen verliehen Ruud eine merkwürdige Ähnlichkeit mit einem Bösewicht aus alten Superman-Heftchen. Keine Rede von warm und weiblich, auch nicht von tuntig. Die Hand zum Gruß hebend trat Bo an den Tisch und ließ sich in einem Sessel nieder, mit seiner Kluft farblich gut passend zum weinroten Blümchenbezug, dem gerafften dunkelgrünen Samtvorhang an der dunkelvioletten Wand, dem goldenen Kronleuchter über dem Marmortischchen. Ruud erwiderte den Gruß kauend mit gehobener Gabel. »Unerwartet, hier so mit dir zu sitzen, aber ganz nett«, sagte er, nachdem Bo bestellt hatte, und musterte ihn ausgiebig. »Wie ist es dir ergangen seit damals in Mainz in Lottes WG? Da warst du echt mit dem Leben fertig, mein lieber Mann.«

Bo zuckte die Achseln. An dem Eindruck sei wohl die spezielle Situation schuld gewesen. Er erzählte von den Shiva Shillum: vom großen Erfolg der Band um die Zeit, als sie sich begegnet waren, und der raschen Auflösung bald danach. Ja, davon hatte Ruud über andere Kanäle gehört. Bo ließ die wechselvollen Jahre Revue passieren. Seit Anfang des Jahres verdiente er seine Brötchen als Dealer. Kannte Ruud Carlo? Der eine Zeit lang bei den Shiva Congas und Percussion gespielt hatte? Nein? Na, den hatte er jedenfalls im letzten Winter zufällig in der Batschkapp getroffen, als ihm finanziell das Wasser bis zum Hals stand und er nur noch mit Klauen halbwegs über die Runden kam. An dem Punkt hätte er sich sogar von seinem Journalistenbruder einen Auslieferungsjob bei der *Frankfurter Rundschau* zuschustern lassen, aber der war ein halbes Jahr vorher nach Berlin gegangen, um da irgendwas beim Fernsehen zu machen. Da war ihm Carlos Angebot, Frankfurt als Revier zu übernehmen und einen fairen Wiederverkaufspreis zu bekommen, wie ein Geschenk des Himmels erschienen. Carlo hatte ebenfalls die Profimusik an den Nagel gehängt. Er wohnte in Heidelberg und war so eine Art Körpertherapeut, aber sein Geld, und das nicht wenig, verdiente er mit einem neu erfundenen Stoff, den er »Adam« nannte, die richtige chemische Bezeichnung konnte Bo sich nicht merken, ein irrsinnig gutes Zeug auf Amphetaminbasis, das Carlo auf einem Therapie-Workshop in Kalifornien kennen gelernt hatte und dessen sagenhafte Wirkung alles überstieg, was vorher dagewesen war. Angenehm daran war auch, dass es im Gegensatz zu LSD und anderen Sachen völlig legal war.

Ruud schaute interessiert. Was er denn so treibe, wollte Bo wissen, außer im Andern Ufer zu jobben? Ruud winkte ab. Dort im Café habe er nur mal ausgeholfen. Eigentlich sei er als Ekstasetechniker tätig. Er grinste, als er Bos Stirnrunzeln sah. Manche sagten auch Diskjockey dazu. Vor Jahren schon habe er in einer Tanzschule, die den Eltern eines Freundes gehörte, ab und zu am Wochenende Platten aufgelegt und gemerkt, dass er dafür ein Händchen hatte, und eine Zeit lang habe er im Number One gearbeitet, obwohl die Musik dort schon gelegentlich an die Schmerzgrenze ging und die Spielmöglichkeiten begrenzt waren. Aber seit zwei Wochen – seine Stimme bekam einen triumphierenden Ton – sei er Resident DJ im Dorian Gray. Bo machte große Augen. Im Dorian Gray! Er hatte natürlich schon gehört, dass auf einer Tiefebene des Frankfurter Flughafens die größte Disko Deutschlands aufgemacht hatte, ein Laden der absoluten Superlative, fünfzehnhundert Quadratmeter auf drei Tanzflächen für eine unvorstellbare Menge Leute, zweitausend oder mehr, aber er war selbst noch nicht dagewesen. In der Szene verrissen sich alle das Maul über den miesen Kommerzschuppen, der sich da draußen in der Betonwüste des Flughafens ohnehin nicht lange halten werde. »Na, wenn dir das Number One zu brav und bürgerlich war, dann wirst du vielleicht auch im Dorian Gray Probleme bekommen«, sagte er und griff zum Besteck, als sein Chilli con Carne kam.

Ruud schüttelte den Kopf. »Ich glaube kaum.« Seine Augen verengten sich. »Mann, ich weiß auch, was geredet wird, aber darauf gebe ich gar nichts. Einmal haben die alle keine Ahnung, und außerdem ist mir diese ganze politische Denke viel zu borniert.« Klar, früher habe er auch politisch auf den Putz gehauen, in

der Schwulenbewegung mitgemischt, sich den rosa Winkel ange-
steckt und den Leuten um jeden Preis klarmachen wollen, dass es
noch andere, bessere Formen zusammenzuleben gab als Zwangs-
heterosexualität mit amtlichem Trauschein, lebenslanger Fesselung
aneinander, Zeugungspflicht, Patriarchat und so weiter.

»Okay«, sagte Bo. »Aber die Zeiten sind passé?«

»Passé«, bestätigte Ruud. »Mit politischer Agitation bewirkst
du gar nichts, das hat sich im Grunde schon 69 gezeigt, als alle
unglaublich erleichtert waren, dass der Paragraph 175 endlich
liberalisiert war, und nur noch davon träumten, den neuen privaten Freiraum in ein schwules Spießeridyll zu verwandeln. Na ja,
menschlich verständlich war es. Du kannst dir nicht vorstellen,
was für Verrenkungskünstler die meisten von uns sind, wie sehr
wir den Anpassungsdruck und die Heteronormen verinnerlicht
haben. Wenn du wirklich grundlegende Veränderungen erreichen
willst, die was mit den Menschen machen und nicht nur mit den
äußeren Lebensumständen, dann musst du mit Mitteln arbeiten,
die ganz woanders ansetzen, viel tiefer.«

»Im Dorian Gray?«, fragte Bo ungläubig.

Ruud machte eine ungeduldige Handbewegung. Konnte sein,
dass man dafür einen schwulen Blick brauchte. Die Politikos
guckten natürlich immer nur auf die äußere Fassade, und wenn die
nicht nach ihrer Fasson war, musste es bürgerliche Scheiße sein,
Dekadenz, Eskapismus, oder welches Etikett sie sonst gerade
draufkleben wollten. Klar, in der schwulen Subkultur und ihren
Exzessen ging es nicht um Revolution im herkömmlichen Sinne,
aber in einem anderen Sinne schon. Auf einer tieferen Ebene
wurde dort die ganze herrschende Geschlechterordnung in Frage
gestellt. Auf dem basic level der körperlichen Enthemmung und
Vermischung. Da entständen ganz neue Menschenbilder, die in
keine der hergebrachten Schubladen von männlich und weiblich

mehr passten. Die verlangten nach neuen Spielformen der Sexualität und der Lebensführung überhaupt, und sie griffen inzwischen auch auf breitere Bevölkerungsschichten über. »Geschlecht« war nämlich in Wirklichkeit nichts Naturgegebenes, nichts Biologisches, sondern etwas, was genauso kulturell fabriziert wurde wie alle anderen gesellschaftlichen Unterschiede, fabriziert über Mechanismen, die zum großen Teil unbewusst waren. Über die körperliche Praxis. Der dance floor war so was wie die unterste, die elementarste Ebene, da spielte es irgendwann keine Rolle mehr, ob einer als Sponti revolutionäre Ideen im Kopf hatte oder als angepasster Bürohengst John Travolta kopieren wollte. Es war egal, wie er sich äußerlich aufmachte, ob er sich als dies oder das verstand. Als Mann oder Frau oder irgendwas dazwischen. Die menschlichen Verhaltensweisen funktionierten nicht über die tierische Instinktschiene, sie waren alle angelernt – was sexuell akzeptabel war und was nicht, was als männlich, was als weiblich galt. Sie waren veränderbar, ließen sich neu lernen. Bei vielen Völkern war die Geschlechterordnung völlig anders als bei uns, das hätten ethnologische Studien zur Mehrgeschlechtlichkeit klar bewiesen.

Bo starrte ihn an, einigermaßen überrumpelt von dem Erguss. »Mehrgeschlechtlichkeit?«, sagte er, um überhaupt etwas zu sagen, und musste sich beherrschen, es nicht »Mehrgeslechtligkejt« auszusprechen. Den niederländischen Akzent fand er einfach zu dämlich, auch wenn es bei Ruud nur noch seltene schwache Anklänge gab. Wobei er zugeben musste, dass er dem Typ solche Überlegungen niemals zugetraut hätte. Aber der war anscheinend in seinem Element und verbreitete sich darüber, dass Naturvölker die verschiedensten Zwischenstufen und Paarungsmuster zwischen den Geschlechtern kannten. Männer, die sich zu weiblichen Lebensformen hingezogen fühlten, konnten das Geschlecht wechseln, Frauen genauso, und waren dann ein eigenes drittes oder viertes Geschlecht, das einen besonderen Status im Stamm hatte und völlig selbstverständlich homosexuelle oder heterosexuelle Liebschaften leben konnte – die natürliche menschliche Bisexualität halt. Und diese Grenzgänger zwischen den sogenannten normalen zwei Geschlechtern waren meistens hochgeachtet, manchmal sogar gefürchtet, weil sie viel sensibler waren für andere, paranormale Erfahrungen als die Mehrheit. Als Zwischenwesen waren sie die Mittler zur »anderen Wirklichkeit«, die Medizinmänner und –frauen, die Schamanen, die die »normalen« Grenzen überschreiten und die darin Eingesperrten von der Krankheit dieser »Normalität« heilen konnten, den verinnerlichten Verbotsstrukturen, den irrationalen Ängsten. »Die biologischen Geschlechter sind nur Extreme. Dazwischen ist alles möglich. Es ist alles möglich. Die Frage ist, wie man Leuten, die in den Extremen erstarrt sind, diesen weiten Raum eröffnet, die grenzenlosen Möglichkeiten. Dazu braucht man bestimmte Hilfsmittel. Und Menschen, die sie einsetzen können.«

Bo nickte nachdenklich vor sich hin. Offensichtlich war das von Ruud als eine Art Selbstbeschreibung gedacht. »You can be anyone this time around«, sagte er.

»Hn?«

»Kennst du das nicht?« Er nippte an seinem Tomatensaft. Den Alkohol hatte er sich weitgehend abgewöhnt, nicht zuletzt weil er sich schlecht mit »Adam« vertrug. »Das war so ein Sprechgesang von Timothy Leary, Ende der Sechziger aufgenommen auf einer Session mit Jimi Hendrix, Buddy Miles und anderen ... Stephen Stills noch, glaube ich. Ein Freund von mir in Berlin hatte ein Bootleg davon. Heute, in der Runde auf dem Lebensrad, die grade dran ist, kann jeder alles sein, war die message. You can be Shiva this time around, Maharishi, John and Yoko, du kannst ein Berg sein, ein Vogel, die Sonne, die Liebesgöttin, High Priest of

LSD, this time around ... in einer Band singen.« Er lachte. »Du kannst mit Drogen dein Bewusstsein verändern, kannst dein eigenes Nervensystem beherrschen. Make it a good trip, this time around. Das ist gewissermaßen die schamanische Branche, in der ich zur Zeit tätig bin.« Bo hatte seine Dealerei bis dahin zwar noch nie so gesehen, doch jetzt, wo er es sich sagen hörte, klang es einleuchtend, fand er. Die Drogenerfahrungen seines Lebens erschienen auf einmal in einem neuen Licht.

Er habe das Gefühl, fuhr er angeregt fort, dass er mit »Adam« im Grunde ungefähr in der Richtung arbeitete, die Ruud wohl vorschwebte bei seinem Grenzgängertum. Carlo benutzte es mit großem Erfolg in seiner Therapie und nannte es ein »Fenster zur Seele«, weil man damit einen viel direkteren Zugang zu den Leuten habe als auf jede andere Weise, sie viel tiefer erreichen könne. Das Irre an dem Stoff war, dass man praktisch zusehen konnte, wie die Grenzen verschwanden, die einen im »Normalzustand« von den anderen Menschen trennten. Worauf man seine Aufmerksamkeit richtete, damit verschmolz man. Die eigenen Gefühle hatten eine nie gekannte Intensität, und es gab keine Hemmung, die einen hinderte, mit jemand anders Kontakt aufzunehmen. Auf »Adam« zu tanzen, oder sich zu lieben, war eine absolut außerirdische Erfahrung. Wenn man einen solchen Bewusstseinszustand einmal erlebt hatte, war man ein neuer Mensch. Man konnte gewissermaßen mit einer Pille die Erleuchtung erlangen, ohne sich mit spirituellen Übungen, Askese, Meditation und ähnlichem Zeug abzuquälen. Instant trance, baby.

Bo griff in die Tasche und holte eine hellgrüne Tablette in einem kleinen Plastikbeutel hervor. »Ich hab dir eine Probe mitgebracht«, sagte er. »Falls du Lust hast.«

Ruud hatte. Er betrachtete das grüne Scheibchen, dankte und steckte es ein. Die alten Schamanen hätten auch viel mit heiligen Drogen gearbeitet, meinte er, und wie ihnen sei auch ihm jedes Hilfsmittel recht. Er schaute auf die Uhr. »Ich muss los«, sagte er. »Aber lass uns noch mal über das Thema reden. Am Wochenende ist unsere große Promi-Party, bis dahin läuft gar nichts, und danach ...« Er zog einen Kalender aus der Jackentasche, blätterte. »Wie wär's, wir treffen uns übernächsten Freitag. Komm so gegen halb neun im Gray vorbei, dann zeige ich dir den Laden und erkläre dir genauer, was ich meine.«

Terminal 1, Halle C, Ebene 0. »Get into magic« stand groß am Eingang in dem ansonsten höchst unmagisch wirkenden weißgrauen Flughafenambiente. Die Diskothek war noch nicht geöffnet, aber ein Arbeiter ließ sich erweichen, Ruud zu holen, und der gab Bo erst einmal eine Führung durch die verschiedenen Bereiche, kleiner Club, Restaurant, großer Club, Chillout. Mit sichtlichem Stolz zeigte er seine Abspielanlage, erläuterte technische Feinheiten wie Pitchcontrol und Crossfading, erzählte, dass das Tonsystem mit den riesigen Hornlautsprechern eigens vom weltbesten New Yorker Sounddesigner gebaut worden war, ließ sich über die Lichttechnik aus. Der Standort Flughafen, bemerkte er, während sie eine Art Plastikpergola passierten, habe den großen Vorteil, dass sie hier keine Sperrstunde beachten mussten und bis weit in den nächsten Tag hinein durchmachen konnten, am Wochenende bis Montagmittag. Die Leute machten hier Erfahrungen von einer Intensität, wie sie sonst kaum irgendwo zu haben war. Sie feierten auf ihre Weise das uralte Fest der totalen Entgrenzung, das früher in ekstatischen Stammesritualen und Tempelorgien gefeiert worden war. In einer Zeit und einer Kultur, wo es keine Stammesverbände und keine heidnischen Tempel mehr gab, mussten dafür halt neue Formen gefunden werden. Formen, die auf die Atomisierung des modernen Lebens im industriellen Arbeitsalltag antworten konnten. Formen, die den Leuten ein tiefes verbindendes Gemeinschaftserlebnis verschafften und ein Ausklinken aus dem Alltagstrott. Irgendwann begriffen sie, dass das Fest das eigentliche Leben war. Er nickte bekräftigend. Das Fest war das eigentliche Leben. Und zu jedem echten ekstatischen Fest gehörten neben der Musik natürlich auch Drogen.

»Verstehe«, sagte Bo. Er war von den Dimensionen beeindruckt, die Ruuds Feiertempel hatte – wobei die heiligen Hallen mit ihren Rohren und Lüftungsanlagen und Scheinwerferbatterien an der Decke eher nach einer Feierfabrik aussahen. Wie in einem Déja-vu sah er sich mit Fred durch das Studio in der Tripmühle wandern, an das dieser vor Jahren nicht unähnliche bewusstseinsalchemistische Hoffnungen geknüpft hatte. Was wohl aus Fred und seinen Ideen geworden war? Ob er auch noch an der Verwandlung der Wirklichkeit arbeitete? Noch eine Schublade ging auf, alt und langvergessen, und heraus kam eine Erinnerung an ... Susanne. Das erste Mädchen, mit dem er was gehabt hatte. Damals in Essen. Mit glühenden Wangen hatte sie von einem zukünftigen großen Fest der Freiheit geschwärmt und sich wunderbare Wirkungen davon versprochen. Auch Sofie und er hatten das Thema gehabt, und er hatte erklärt, er hoffe auf ein Fest der Vereinigung, eine heilige Hochzeit ... »Verstehe«, wiederholte er, aus den Gedanken auftauchend.

Ruud zwirbelte an der Perle in seinem Ohr und sah Bo mit einem sphinxhaften Lächeln an. »Ich habe dein ›Adam‹ probiert, und es ist wirklich ein gutes Zeug, viel besser als Poppers und Speed und so und im Gegensatz zu Koks – da hast du recht, das haben wir nachgeprüft – tatsächlich legal. In Diskos kommen Dealer, das ist ein Naturgesetz, und damit kommen gewöhnlich Scherereien. Wir haben uns überlegt, ob wir dich gewissermaßen zum Hausdealer machen. Das hätte für dich den Vorteil, dass du einen viel größeren sicheren Absatzmarkt hättest als vorher, und für uns, dass unsere Gäste legal mit Drogen versorgt wären und wir gegen andere Dealer, die uns mit dem Gesetz in Konflikt bringen würden, restriktiv vorgehen könnten. Komm, wir essen da vorn einen Happs und sprechen mit Toni, wenn er kommt. Das ist der Geschäftsführer. Der weiß schon Bescheid, aber er muss noch sein Okay geben.«

Das Restaurant beim kleinen Club hatte bereits für Mitarbeiter geöffnet, und Ruud und Bo nahmen sich je einen Burger und setzten sich auf eine Eckbank. »Eine ziemlich irre Spielwiese, die du hier hast«, sagte Bo mit einem versonnenen Kopfschütteln. »Weißt du, ich habe gerade an Fred denken müssen, wie er damals —« Er hielt überrascht inne, als ihn ein Blick wie ein Dolchstoß traf. »Fred!«, fauchte Ruud mit hasserfüllter Stimme. »Mann, bleib mir bloß weg mit diesem Arschloch!« Er stieß scharf die Luft aus. »Dieses Arschloch!«, wiederholte er. »Immer groß tönen von Befreiung und Grenzüberschreitung, aber unfähig, auch nur den kleinsten Schritt über die eigenen engen Grenzen zu tun, und wenn es einer tut, sich wie die letzte Drecksau verhalten. Das habe ich am eigenen Leib erlebt.«

»Hm«, sagte Bo. »Heißt das, es hatte was mit deinem Schwulsein zu tun, dass du damals aus der Band ausgeschieden bist?«

Das hieß es allerdings! Ruud starrte eine Weile wie versteinert auf den Fußboden, dann erzählte er, wie ihm in der Zeit bei den Rout 66 selber erst langsam gedämmert hatte, dass er sexuell anders gepolt war. Er hatte keine Ahnung gehabt, wie er sich verhalten sollte: ob er krank war oder nicht, ob er das irgendwie leben durfte oder ob er versuchen musste, sich davon zu kurieren. Je mehr er sich radikalisierte, umso sicherer wurde er sich, dass er das, was er war, auch leben dürfen musste, denn schließlich kämpfte man doch für die sexuelle Befreiung, nicht wahr, für Freiheit auf allen Ebenen. Warum sollte gerade er von der Freiheit ausgenommen sein? Aber erst 1968 traute er sich in einem überschwenglichen Moment, Fred einmal in den Arm zu nehmen und ihm einen Kuss, nur einen freundschaftlichen Schmatz, auf den Mund zu drücken. Das Entsetzen, das plötzlich in dessen Augen aufzuckte, hatte er niemals vergessen, und im nächsten Moment den Ekel und die Verachtung, womit er ihn angesehen und sich den Mund gewischt hatte. Danach war es nur noch eine Frage der Zeit, bis Fred den Bruch zwischen ihnen provozierte. Das ganze superradikale Gerede, und dann kam am Ende so ein verschreckter Schisser heraus, die Hosen gestrichen voll mit Angst. Er hatte lange gebraucht, um diese brutale Ablehnung zu verkraften.

Bo brummte verständnisvoll. Der Punkt, den diese Geschichte in Ruud berührte, schien immer noch wund zu sein. Wo Fred hinlangte, wuchs auch nach über zehn Jahren kein Gras wieder. Die Version, die er damals zu hören bekommen hatte, sagte er, sei ein wenig anders gewesen. Was ihn nicht wundere, Fred being Fred. Es sei halt immer das Schwerste, der eigenen Angst ins Auge zu sehen. Ruud zuckte die Achseln. »Entweder du meinst es ernst, oder du hältst die Klappe«, sagte er. Er jedenfalls habe es nicht bei Sprüchen belassen, und das werde er auch weiterhin so halten. Das heterosexuelle Gefängnis müsse zerschlagen werden, und das homosexuelle genauso; die ängstlichen Grenzziehungen, das neurotische Festhalten an scheinhaften Sicherheiten, das Etikett »Perversion« für alles, was über den beschränkten Horizont hinausging. Sein Ziel sei es, sich die ganzen überkommenen Zwangsmuster und Ängste und Grenzen mit aller Gewalt auszutreiben, sie sich wenn nötig aus dem Leib ficken, peitschen, pissen, foltern zu lassen, brachial und schonungslos. Ein hartes Leuchten trat bei diesen Worten in Ruuds Augen. Die alten Schamanen schreckten in der Beziehung vor nichts zurück, sie gingen zum Teil durch unglaubliche Schmerzen, um zu ihrer inneren Wahrheit vorzustoßen, durch Entgrenzungen jeder Art, und in ihren Visionen wurden sie von den Geistern zerstückelt und neu zusammengesetzt. Sie wurden ganz neue Menschen. Wie sie müsse man die Grenzüberschreitung am eigenen Leib vollziehen, wenn man anderen begreiflich machen wolle, was Freiheit wirklich war.

Bo wiegte den Kopf. Von seinen Anfällen als Kind meinte er zu wissen, wie es war, zerstückelt zu werden; wie es war, neu zusammengesetzt zu werden, nicht. Er sagte nichts. Schweigend aßen sie ihre Burger auf und sahen zu, wie Techniker, Kellner, Sicherheitskräfte und andere Helfer letzte Vorbereitungen für den großen Ansturm trafen. »Ah, da ist er ja«, sagte Ruud, als er gerade aufstehen wollte, um die Teller fortzubringen. Er winkte. »He, Toni, kommst du mal bitte!«

»Momentchen.« Toni musste noch kurz im Restaurant etwas klären, dann kam er. Athletische Figur im legeren Anzug. Mit unbewegter Miene musterte er Bo von Kopf bis Fuß und nickte zu dem, was Ruud ihm erzählte. Ein paar kurze Worte, ein kräftiger Händedruck, und sie waren sich einig. Ruud solle den Türstehern Bescheid sagen, damit die im Bilde waren. Und dann los! Die ersten Leute ständen schon draußen, wenn Bo wolle, könne er sofort anfangen.

Wahnsinn, der Kerl war wirklich gut! In den Diskos, die Bo sonst frequentierte, bestand die Aufgabe des DJ in nicht viel mehr, als im fließenden Wechsel eine Rocknummer nach der anderen aufzulegen. Von daher hatte ihm Ruuds Selbststilisierung als »Ekstasetechniker« so wichtigtuerisch geklungen wie manches andere, was dieser von sich gab – bis er ihn live erlebte.

Es gab ein Grundmuster, nach dem die Nächte abliefen, fest und doch variabel. Den Anfang machte massentaugliche leichte Kost, Disco und Funk von Donna Summer, den Bee Gees, Gloria Gaynor, dann kamen langsam komplexere Sachen von Grace Jones, Amanda Lear, Rod Stewart dazu, andere Stilrichtungen wie Peter Tosh, Talking Heads, Kraftwerk. Fast immer war Roxy Music mit im Mix, die Vorliebe teilte Ruud mit Bo. Aber die Stücke nudelten nicht einfach ab, wie Bo es gewohnt war, sondern Ruud fing rasch damit an, die Abspielgeschwindigkeit so zu regulieren, dass sie unmerklich ineinander übergingen, break beats zu isolieren und in bestimmten Abständen als rhythmische Anheizer dazwischenzuschalten, einzelne Teile zu wiederholen und regelrechte Schleifen damit zu bilden, sowohl innerhalb eines Stücks als auch mit Einblendungen eines anderen. Das Ergebnis war das Gefühl einer kontinuierlichen musikalischen Entwicklung über die ganze Nacht hin, die Einschmelzung der einzelnen Elemente in ein einziges, unendlich bewegliches hypnotisches Werkzeug, mit dem Ruud die tanzende Masse bearbeitete und ihrerseits zu einem einzigen, sei es vibrierenden oder explodierenden Gesamtkörper formte, unterstützt von einem Lightjockey, der seine spektakulären Lichteffekte der musikalischen Vorgabe perfekt anpasste. Ein Element bei dieser Technik war regelmäßig ein Song, häufig Roxy, den Ruud relativ frühzeitig brachte und dann im Laufe der Nacht immer wieder kurz anklingen ließ. Zuletzt flocht er nur noch von Zeit zu Zeit eine einzelne Liedzeile ein, die dadurch so etwas wie eine Mottofunktion bekam und die Menge jedes Mal schier ausrasten ließ, wenn er sie genau im richtigen Moment einwarf, Satzfetzen wie »and a night that lasts for years«, »love is the drug I'm thinking of« oder »boys will be boys will be boyoyoys«.

Ja, verdammt gut! Mit echter Bewunderung beobachtete Bo, wie Ruud in hochkonzentrierter Raserei an Plattentellern, Tonarmen und Mischpult herumfuhrwerkte und die Einsätze mit einem traumhaften Gefühl für den Beat und die Stimmung im Saal sekundengenau timte. Die Leute gingen förmlich durch die Decke. Auch die guten Geschäfte, die er selbst in seiner »schamanischen Branche« machte, waren erfreulich. Carlo hatte die Nachricht von Bos neuem Betätigungsfeld begeistert aufgenommen und gemeint, die guten Vibes von »Adam« würden ganz bestimmt auch unter einem Partyvolk, das mit seichten Discohits beschallt wurde, ihre Wirkung tun. Taten sie. Ganz gewiss taten sie das. Die Enthemmung auf dem basic level funktionierte hervorragend, gerade bei den Schwulen, die in einer Weise die Sau rausließen, auf der Tanzfläche wie auf der Toilette, dass Bo mitunter seinen Augen nicht traute. War es das, was Ruud mit grenzüberschreitenden neuen Menschenbildern gemeint hatte? In einer der wenigen Situationen, in denen sie noch zum Reden kamen, erzählte er von seiner eigenen »Grenzüberschreitung« mit dem syrischen Autoschieber in Villach. »Ich dachte, ich lerne vielleicht eine Dimension von Sexualität kennen, von der ich keine Ahnung habe, und in gewisser Weise hat das auch gestimmt und ich habe mal die andere, die männliche Seite eines völlig veräußerlichen Fickverhaltens erlebt, aber mein Bewusstsein, muss ich sagen, hat das nicht erweitert, nur meinen After.« Ruud grinste und meinte, mit Muselmännern werde er auch kaum etwas anderes erleben. Er schilderte seinen ersten Eindruck von Istanbul vor Jahren: zwei Polizisten, die händchenhaltend und knüppelschwingend die Straße entlanggingen. »Ich dachte, ich bin im Gelobten Land, und Männer, die mich ficken wollten, gab's tatsächlich ohne Ende, aber das war's auch. Für die ist jeder, der unten liegt, ein Weib, also der letzte Dreck, und solange sie oben in der Machtposition sind, schadet es ihrem sozialen Ansehen auch überhaupt nicht, dass sie es mit Männern treiben, meistens mit Jugendlichen, die sowieso machen müssen, was die Älteren sagen. Aber dass sie die Leute, mit denen sie Sex haben, für ihr eigenes Selbstwertgefühl verachten und wie Abschaum behandeln müssen, ob Frauen oder Lustknaben, das schafft bei denen eine psychische Verkorkstheit, das kannst du dir gar nicht vorstellen. Die sind in dem, was sie für ihre Männlichkeit halten, eingesperrt wie im Knast.«

Januar. Februar. März. April. »That's the way, aha, aha, I like it!« Er konnte es nicht mehr hören. Als ob im Knast Freigang wäre. Was hatten sie sich nur dabei gedacht, Ruud und er, als sie sich voreinander als schamanische Grenzgänger stilisiert hatten? Er bot seine Ware auf Playboy- und Formel-1-Partys feil, auf Faschingsfeten und Misswahlen. Franz Beckenbauer war unter seinen Kunden. Udo Jürgens. Vicky Leandros. Meistens musste er sich mit einem Glas Wein oder zwei stärken, bevor er sich auf den Weg zu seiner Wirkungsstätte machte. Eines Abends in der S-Bahn wurde ihm bewusst, dass er Hildegard Knef vor sich hinsummte: »Von nun an ging's bergab«. So richtig bergauf ging es mit ihm schon länger nicht mehr, daran änderte auch sein Kontostand nichts. Er wusste nicht, ob es mit seinem gestiegenen »Adam«-Konsum zusammenhing, aber im normalen Alltag, soweit man davon sprechen konnte, fühlte er sich zusehends lustlos, gereizt, von Kopfweh und Rückfällen in die schwärzeste Niedergeschlagenheit geplagt. Er legte seine Glitterklamotten ab. Er brachte es nur noch mit Mühe über sich, seine lockere Verkaufsmasche einzusetzen, seine Sprüche von Allverbundenheit und Gefühlsrevolution, von unglaublicher Empathie und Intensität. Sein Brian-Ferry-Timbre. Just have a *really* good time. Lass einfach los und du schwebst über den Dingen, nichts kann dich mehr runterziehen in den ganzen Hass und Frust um dich rum. Die Leute interessierte sein Geschwätz sowieso nicht, sie wollten ihr schnelles High und sonst gar nichts. Eines Tages ließ er sich von einer Frau auf die Tanzfläche ziehen und blieb auch dort, als das Blitzlichtgewitter der Strobolights einsetzte. Ruuds Mottosong in der Nacht war ausgerechnet »Casanova«, immer wieder heulte »youhouhou – another loser« auf, und Bo wird ganz mulmig, ihm ist, als wäre er damit gemeint, ja, wer sonst?, und er spürt, wie sein Herz zu rasen, sein Kopf zu schwimmen beginnt. Die Musik, die Stimmen, alles bekommt einen Hall ... diesen Hall, den er kennt ... aus ganz früher Zeit ... wenn alles ringsherum von dir abrückt, die Geräusche aus immer weiterer Ferne kommen, der Wattebausch sich um dich legt, die Muskeln zu zittern, zu krampfen beginnen und du – Nein! Mit äußerster Willensanstrengung wankt er hinaus, sackt im Eingangsbereich an der Wand zusammen, ringt um Atem, atmen, gleichmäßig atmen, ruhig atmen, nicht in das Krampfen hineingehen, nicht nachgeben, nicht wegtreten, ganz vorsichtig, ruhig. »Wasser«, keucht er zu der Frau empor, die ihm gefolgt ist, nachdem sie erst dachte, er muss dringend aufs Klo.

Tagelang saß ihm der Schreck in den Gliedern. Wenn man aufpasse und nicht übertreibe, nicht zu hoch dosiere und vor allem das Trinken nicht vergesse, könne einem mit »Adam« gar nichts passieren, redete Carlo ihm am Telefon gut zu. Im Übermaß genossen seien auch Kaffee und Schokolade gefährlich. Wenige Wochen später hörte Bo die Geschichte von Betty, der Redakteurin beim Hessischen Rundfunk. Sie war beim Tanzen im Cooky's mit Herzversagen zusammengebrochen und nur durch das sofortige Eingreifen eines Arztes, der auch in der Disko war, gerettet worden. Das Versprechen, die versäumte Nacht mit ihr nachzuholen, hatte er natürlich nicht gehalten. Kein Gedanke.

Er hörte von einem Tag auf den andern auf. Ausgedealt. Die ganze Zeit wollte er sich und anderen weismachen, er ginge einen Weg, aber in Wahrheit irrte er blind herum. Er nahm es kaum wahr, dass im Juni ein großes Open Air »Rock gegen Rechts« stattfand, das seinen früheren Traum der Versöhnung von Politik und Subkultur zu verwirklichen versprach. Nichts als Augenwischerei. »Homolulu« nannten die Schwulen ihr wunderbares internationales Festival, mit dem sie im Juli für das Menschenrecht auf Schwulsein demonstrieren wollten. Sollten sie. Alles nur letzte Zuckungen. Die Fete war ausgefeiert, die Freiheit verspielt, die Bewegung längst tot, und zwischen den ganzen Zombies lief er leer und ausgebrannt herum, genau wie vor zwei Jahren, und davor eigentlich auch schon, er hatte sich nur darum herumgelogen. Leer war bald darauf auch sein Konto, als die regelmäßigen Einnahmen ausblieben. Zur Straßenmusik musste er sich mit Gewalt zwingen, die Schwelle des Widerwillens war hoch. Nach dem kühlen Sommer kam der regnerische Herbst. Die Zeil mied er strikt. Er fing wieder an zu klauen. Ende November wurde er in einem Kaufhaussupermarkt mit einem Fleisch- und Käsepäckchen unterm Arm erwischt. Er versuchte zu fliehen, aber der Hausdetektiv kannte eine Abkürzung. Die Sache hatte kein juristisches Nachspiel (das Glück konnte man offenbar auch ohne mütterliche Manipulationen haben), aber das tröstete ihn wenig. Irgendeine gemeinnützige Arbeit zu machen wäre fast eine Erleichterung gewesen. Sein Zustand wurde in jeder Beziehung kritisch. Er konnte die Miete nicht mehr bezahlen. Er überlegte ernsthaft, seinen Vater anzubetteln. Nein, das denn doch nicht! Manchmal ging er tagelang nicht aus dem Haus. Die paar Mark, die er sich klampfend verdiente, setzte er in Lambrusco um – der Alk hatte ihn wieder. Zu allem Überfluss rückte auch noch Weihnachten näher, wovor ihm auch in den besten Zeiten immer gegraut hatte. Er konnte die Hoffnung seiner Mutter körperlich spüren und wusste, dass er sie wieder enttäuschen würde; wie immer.

Am späten Nachmittag des 22. Dezember klingelte das Telefon. Nach langem Zögern ging er dran. Es war Egon.

»Fred ist tot.«

Messerscharf stach der Satz durch seinen Lambrusconebel. Mit einem Schlag war er nüchtern. »O Gott, wie ...?« Er sank auf den Korbstuhl vor dem Flurspiegel nieder. Hörte Egon auf seine bedächtige Art erzählen. Fred war drei Tage zuvor auf der Autobahn über die Leitplanke gerast, vermutlich auf Acid. Am Rüsselsheimer Dreieck. Er war allein im Wagen gewesen, auf dem Weg zum Frankfurter Flughafen, um Zakir Hussain abzuholen, mit dem er eine LP einspielen wollte – im Rommersheimer Studio, der alten Tripmühle. Egon war im Sommer nach langer Zeit zum ersten Mal wieder draußen gewesen. Fred ging es blendend. Er hatte die Möglichkeiten genutzt, die sich ihm nach dem Erfolg mit *Numba* eröffneten, und das verwirklicht, wovon er immer geträumt hatte: Musik auf höchstem Niveau zu machen, zum Teil wirklich außerirdisch gut, wechselnde Besetzungen und ganz verschiedenartige Projekte, ein Experiment spannender als das andere. Erst Anfang des Jahres hatte er mit Paco de Lucia gespielt, endlich, nach über zehn Jahren.

»M-hm«, machte Bo. Ein längeres Schweigen trat ein.

»Er hat im Sommer auch nach dir gefragt«, sagte Egon schließlich. »Er war ehrlich interessiert, kein bisschen bitter mehr wegen damals. Er fand es schade, dass du nicht bei der Musik geblieben bist. Dass ich irgendwann abspringen würde, war ihm immer klar, hat er gemeint. Aber du ...«

»M-hm.«

»Die Beerdigung ist am Freitag den 28.« Egon war bei Tina, Freds Freundin, gewesen, und sie hatte ihm Freds Adressbuch gegeben und ihn gebeten, so etwas wie einen musikalischen Abschied zu organisieren. Und so war er nun dabei, den ganzen Leuten Bescheid zu sagen, mit denen Fred im Lauf der Jahre zusammengespielt hatte. Möglichst viele sollten bei dem geplanten Konzert mitmachen, vor allem natürlich die Mitglieder der alten Band. »Bis jetzt haben alle zugesagt, die ich erreichen konnte ... Gerade vor dir habe ich mit Sofie gesprochen. Sie kommt auch.«

Sofie. Stich ins Herz. Er blickte unwillkürlich in den Spiegel, sah sein graues Gesicht, die trüben Augen, die Bartstoppeln, die fettigen Strubbelhaare. Er verbiss sich die Frage.

Egon beantwortete sie trotzdem. »Sie wohnt immer noch in Hamburg, macht irgendwas mit Theater. Sie hat ein Kind, ein Mädchen. Ich weiß nicht, ob sie verheiratet ist.«

»M-hm.«

Auch Bo sagte zu. Die Beisetzung war um zwölf auf dem Mainzer Hauptfriedhof. Am Abend sollte dann im Eltzer Hof das Abschiedskonzert stattfinden. Er legte auf, griff zur Weinflasche, trank, trank. Seine Augen füllten sich mit Tränen. Fred. Von ihnen allen war er der einzige Vollblutmusiker gewesen. Ein Ausnahmetalent. Auf seine Art genial. Und der musste sterben, mit Anfang dreißig, und die Normalos und die Versager blieben leben und vegetierten weiter vor sich hin, wurden wahrscheinlich neunzig. Solche nutzlosen Nullen wie er. Wäre er doch über die Leitplanke gerast, da hätte die Welt nichts verloren.

Über Weihnachten versank er in Rotwein und Weltschmerz. Das Klingeln des Telefons ignorierte er: es konnte nur die Mutter sein. Als er am Donnerstag zum ersten Mal wieder vor die Tür trat, riss ihm im Vorbeigehen am Kiosk die Schlagzeile »Dutschkes Tod in der Badewanne« den Kopf herum. Er zog erst die *Bild* aus dem Ständer, dann die *FR*, die einen Artikel auf der ersten

Seite brachte. Gerichtsmedizinern zufolge sei Dutschke,»einer der bekanntesten Sprecher der Außerparlamentarischen Opposition«, am Heiligen Abend im dänischen Aarhus in der Badewanne ertrunken, wahrscheinlich wegen eines epileptischen Anfalls, Spätfolge des knapp überlebten Attentats vor über zehn Jahren. Im weiteren belangloses Nachrufgeseire. Bo stopfte die Zeitungen zurück, ohne das Schimpfen des Kioskbesitzers zu beachten, drehte sich um und tappte zurück in die Wohnung. Rudi. Fred. Pünktlich zum Ende des Jahrzehnts waren sie fast gleichzeitig abgetreten. Wie am Anfang des Jahrzehnts Jimi und Krahl. Zwei Tote – doch es war mehr gestorben. Eine Epoche war zu Ende. Seine. Die seiner Generation. Woran sie geglaubt, was sie gehofft, wofür sie gekämpft hatten, es war alles tot. Love and Piss. Das ganze Jahrzehnt eine einzige Götterdämmerung. Am Straßenrand die lebenden Leichen der K-Gruppen, die toten Leichen der RAF. Wer die Kurve gekriegt hatte, war etabliert oder auf dem Weg dahin. Der Rest war auf der Strecke geblieben, solche wie er, oder hatte sich in irgendwelche Sekten und Kommunen verkrochen, Bhagwan, Aktionsanalyse, wie sie alle hießen.»That's the way, aha, aha, I like it!«, höhnte die Totenmusik. Diese aasfleddernde Ökopartei, die Ingo und Co. gründen wollten, konnte sich auch gleich Grüne Geier nennen.

Am nächsten Tag weckt ihn lautes Schurren in der Wohnung über ihm aus einem Traum, in dem er in einer zähen blauen Flüssigkeit schwimmt, die immer dicker, immer klebriger wird, ihn unerbittlich hinabzieht, tiefer, jetzt schwappt sie ihm schon an den Mund, über die Nase ... Mit einem Japsen schreckt er hoch. Er ist schweißgebadet. Hat rasende Kopfschmerzen. Er schaut auf die Uhr: halb zwölf. Die Beerdigung! Er setzt an, aus dem Bett zu springen ... aber was soll's, es ist eh zu spät. Hat er wirklich hingewollt? Will er noch hin? Sie alle wiedersehen? Sofie! Mit ihnen singen?

Auf keinen Fall.

Er lässt sich zurücksinken, zieht sich die Decke über den Kopf. Das war's mit dem Menschsein. Aus und vorbei. Das Leben endgültig zu Bruch.

Anderes von selber Hand

Vom Schweigen meines Übersetzers. Eine Fiktion, 428
Seiten, München 2008

*Ein amerikanischer Autor will ein Buch über Deutschland schreiben und
nimmt als Hauptfigur seinen deutschen Übersetzer, der ihm alles verkörpert, was ihn am Geist dieses Landes anzieht und abstößt. »Die Sprache
selbst ist der Protagonist« dieses Romans, erkannte die FAZ seinerzeit.*
Beim Verlag vergriffen, antiquarisch günstig zu beziehen, z.B bei
booklooker u.a.

Dieksee. Gedichte vom Ufer aus, 95 Seiten, Plön 2011

*Miniaturen über den See vor der Haustür, eine Auswahl aus dem Diek-
see-Zyklus, der gegenwärtig über 400 Gedichte umfasst.*

Im Brausen des Sturms,

im Brüllen der Wellen

singen

wenn niemand dich hört.

Preis 9 €. Zu beziehen über hum@humoehring.de.

Schwentinental Journey. Flussgesang, 23 Seiten, Kiel 2014

*Langes Gedicht über das Flüsschen Schwentine in seinem Lauf durch die
holsteinischen Seen bis zur Mündung in der Kieler Förde – eine kleine
norddeutsche Ergänzung zu Hölderlins großen Hymnen auf Rhein und
Donau.*

Preis 12 €. Zu beziehen über hum@humoehring.de.

Ausgetickt. Ein Exzess, 93 Seiten, Berlin 2015

Novelle über ein rätselhaftes Gedicht der amerikanischen Dichterin Emily Dickinson,»A Clock stopped«, das im Austausch zweier Freunde immer neue ungeahnte Dimensionen eröffnet und damit ihren Blick und ihr Leben verändert.

Preis 17,90 €. Zu beziehen über www.edition-rugerup.de/.

Drachen töten. Roman, 141 Seiten, Hamburg 2018

Ein friedlicher Pfarrer fühlt sich berufen, im Alltag zum Drachenkämpfer zu werden. Das Vorbild des Erzengels Michael lehrt ihn, dass es Waffen eigener Art sind, die den Kampf entscheiden. Der Heiler zerstört, der Zerstörer heilt.

Paperback 10,00 €, Hardcover 18,00 €, e-Book 3,00 €. Zu beziehen über tredition.de/autoren/hans-ulrich-moehring-23897/.